21世纪
年　度
报告文学选

2021 报 告 文 学

21世纪年度报告文学选

2021 报告文学

李炳银 编

人民文学出版社

图书在版编目（CIP）数据

2021报告文学／李炳银编．—北京：人民文学出版社，2022
（21世纪年度报告文学选）
ISBN 978－7－02－015985－7

Ⅰ.①2… Ⅱ.①李… Ⅲ.①报告文学—作品集—中国—当代 Ⅳ.①I25

中国版本图书馆CIP数据核字（2022）第033824号

责任编辑　李　宇　向心愿
装帧设计　李思安
责任校对　李　雪　韩志慧　李晓静
责任印制　宋佳月

出版发行　人民文学出版社
社　　址　北京市朝内大街166号
邮政编码　100705

印　　刷　河北环京美印刷有限公司
经　　销　全国新华书店等

字　　数　302千字
开　　本　880毫米×1230毫米　1/32
印　　张　12.75　插页3
版　　次　2022年4月北京第1版
印　　次　2022年4月第1次印刷

书　　号　978-7-02-015985-7
定　　价　58.00元

如有印装质量问题，请与本社图书销售中心调换。电话：010－65233595

出版说明

二十世纪八九十年代，我社曾编辑出版过小说、散文、诗歌、报告文学等各种文学体裁的年选本，其后，这项工作一度中断。进入新的世纪，我社陆续恢复编辑出版短篇小说年选、中篇小说年选、散文年选，对当年我国中短篇小说及散文创作实绩进行梳理、总结，向读者集中推荐，取得了良好效果，也为新世纪的文学积累做出了贡献。

报告文学敏锐及时地把握时代脉搏，反映社会生活。根据文学界人士和读者的建议，同时与小说年选、散文年选形成系列，我社又恢复编辑出版报告文学年选；编选范围原则上为当年全国各报刊上发表的报告文学作品，入选篇目的排列以作品发表时间先后为序。

我们希望年度报告文学选能够反映当年报告文学的创作概况，使读者集中阅读欣赏当年最优秀的报告文学作品。我们的努力是否达到了这样的效果，期望得到文学界和读者的批评和建议。

人民文学出版社编辑部

目录

- 001 · 为珠峰测高的人们　钟法权
- 030 · 一生的长征（节选）　彭东明
- 126 · 大别山：一家人的朱鹮保卫战　连忠诚
- 164 · 永远的袁隆平　陈启文
- 178 · 靠　山（节选）　铁　流
- 276 · 红船启航（节选）　丁晓平
- 363 · 97颗星，我送你们去太空！　长　江
  　　　——记中国卫星燃料加注师白崑顺
- 388 · 一个网红的入场与退场　马宇平

为珠峰测高的人们

钟法权

二〇二〇年早春三月,乍暖还寒。几度春风、几场春雨过后,大地上的枯草,无不顽强地生出一蓬蓬嫩绿的新芽,庭院里的桃花、杏花,无不开始孕育打苞。

受新型冠状病毒肺炎疫情影响,处于疫情严控与恢复生产中的古城西安,大街上不见昔日行人的熙攘和车水马龙。然而在测绘路上的陕西省测绘地理信息局办公院里,经过前期的周密准备,在这个初春的下午,所有参与珠峰项目的队员,一个个精神抖擞地齐聚于信息局大楼前,参加二〇二〇珠峰高程测量出征仪式。这是国测一大队多年来形成的惯例,只要有重大任务,尤其是像测量珠峰这样的艰巨而光荣的任务,他们都会举行出征仪式,为出征队员们鼓劲加油,送上平安的祝福,为全年重点项目吹响征战的号角。

这一次的出征仪式更为特别、庄重、简洁,而且更显神秘,一切是那样的低调,大楼门前没有悬挂横幅,前来参加出征仪式的只有局领导班子成员和相关单位负责人及出征队员的家属，所有人员一律戴着防护口罩。送行的领导在出征大会上深情地讲：在全国人民抗击新冠肺炎疫情取得初步胜利的关键时刻，经上级批准，我们按计划执行珠峰高程测量任务。珠峰是中华大地的高度，也是世界的高度，更是我们国测一大队队员们人生事业的高度。光荣与使命不言而喻，责任与风险不言自明。前六次，我们第一大地测量队在老一辈测量队员的顽强拼搏下，如期光荣地完成了为珠峰测高的任务，写下了六测珠峰的光辉诗篇。如今为珠峰量身高的接力棒交到了我们新一代测绘队员手中，我希望你们发扬前辈的光荣传统，以顽强拼搏的精神，以艰苦奋斗、大地赤子的无私奉献情怀，更加出色圆满地完成第七次珠峰测高任务，为祖国、为测绘局和第一测量大队赢得新的荣誉，祝珠峰复测成功！

三登珠峰的人

在有着"太湖明珠"之称的无锡，每逢"五四"和"六一"，不少中小学校都会请他们心中的英雄郁期青老人为学生们讲一次课。讲课的地点不是在教室，而是在能坐几百甚至上千人的大教室。郁期青老人为学生们讲的题目也很特别，叫"我为珠穆朗玛峰量身高"。

珠穆朗玛峰是地球之巅。它因高寒、缺氧而神秘。

珠穆朗玛峰屹立于喜马拉雅山脉中部，北坡位于西藏自治区的定日县境内，南坡在尼泊尔境内。珠穆朗玛峰早在一七一七年就收入大清康熙皇帝的《皇舆全览图》之中，藏语意为"第三女神"。在藏族同胞的心中，她是一位性格温和、主持正义的仙女，那山峰上有着最美好最幸福的宫殿。爱好吹口琴、能歌善舞的郁期青讲到动情之处，会情不自禁地唱起藏族同胞对珠穆朗玛峰的赞美之歌:"幸福的山峦,你蕴藏着无数的宝藏,再没有比你更富的地方;幸福的山峦,你闪耀着万道霞光,再没有比你更美的地方。"

刚开始学生们认真听讲,无不是因为心怀对珠穆朗玛峰的神秘向往。听着听着,学生们对郁期青三登珠峰壮举的崇拜之情便油然而生,从他的讲课中感受到了一个老人的别样人生。

郁期青一九三九年九月十五日出生于无锡,一九五三年考入南京地质学校,一九五六年新中国完成第一个五年计划之际,郁期青响应党的号召,怀着青春的梦想,来到了最早成立的前地质部西安第一测绘大队。四月的西安,正值一年最美的季节,可他还没来得及欣赏西安古城,五月初他就随队出征,坐火车到兰州,再坐汽车到西宁。测量小队在荒凉的格尔木地窝子里稍作休整,他便随着队伍到达了柴达木盆地。

荒无人烟的沙漠,一经太阳暴晒,沙粒烤得像炭火,炽热发烫。穿在脚上的胶鞋,也像被烤化了一般,发出焦臭的气味。从耳边刮过的风,像烧开了水的锅,冒着滚烫的热气。每个人的嘴唇都干裂得起了皮,无论你喝多少水,依然感到焦渴。

在沙漠里进行大地基准测绘,虽然雇有骆驼,可骆驼是用来驮运帐篷、粮食和水的工具。而大地测量,必须是一个点接着一个点往前测量,没有任何的捷径。哪怕是不可逾越的高山,也得攀上山顶,在那顶峰放置觇标;哪怕是浩瀚的沙漠,也得进到沙海,在那里测出数据。唯有点与点地连接,唯有不间断地往前测量,唯有依靠两只脚板,才能测绘出一个完整的华夏大地。

在柴达木盆地的几个月里,郁期青这个生于江南、长在太湖之滨的小伙子,每天都在同恶劣的自然条件作艰苦的斗争。强烈的紫外线晒黑了他白嫩的皮肤，让他从江南小伙变成了西北汉子；肆虐的风沙、寒冷和酷暑，让他从白面书生变成了具有钢铁意志的战士。四十年测绘生涯中，他在内蒙古干了三年，青海干了五年，新疆干了七年，甘肃干了八年，西藏干了四年，走遍了崇山峻岭、沙漠戈壁，尝尽了恶劣环境之苦。回眸测绘人生，有无数的往事令他难忘，但最让他为之骄傲和自豪的还是三次为珠峰测高。

那是一九七五年，国测一大队经过精心挑选，决定派出杨春和、吴泉源、郁期青等八名优秀队员参加中国登山队测量分队，再次挑战珠峰。此次测量准备在珠峰顶部设立测量觇标，并测量浮雪的深度，以便精确珠峰实际岩顶高程。

刚开始，队里并没有考虑郁期青和吴泉源，原因在于两人分别于一九六六年和一九六八年两次攀登珠峰。多年的野外测绘作业、恶劣的环境、艰苦的生活，让他们的身体付出了很大代价，年龄又稍许偏大，大队领导也就没有考虑他们两人。郁期青和吴泉源得知消息后，哪肯失去珠峰测高的第三次机会，于是反复找领导陈述自己的愿望，讲自己的有利条件，最终获批成为珠峰测量队队员。当晚，郁期青在日记中兴奋地写下了实现愿望的激动心情：人生能有几回搏，此次不搏待何时。

攀登珠峰分北坡路线和南坡路线，北坡在中国一方，南坡在尼泊尔一方。那年，郁期青随队走上了高原，来到了珠峰脚下的大本营。

四月四日那天，突击北坳小组一行八人，从五千二百米的大本营出发，经过两天的艰难行程，他们来到了六千五百米高的前进营地。珠峰似乎要给他们一个下马威。一天清晨，在离他们营地不远的一个雪峰，突然发生了惊人的大雪崩。雪崩的响声，声如炸雷，惊天动地；雪崩形成的雪流，似万马奔腾，如滔滔洪水。也就一根烟的工夫，崩塌的雪块不仅将一个山坳填平，还高高地堆了起来，像一座山峰。

这就是珠峰的惊险与神奇，她时刻都在变化着，险象与祥和共生，多端的风云与多变的气候同频，雄伟与险峻同在，让多少人向往，又让多少人望而生畏、望而止步。然而对大地登山测绘队员来说，任何的险阻与危险都是他们脚下起步的征程。

在雪崩发生后的第三天清晨，他们按计划向北坳山头发起冲击。

珠峰下的北坳，是一堵巨大的冰壁。它是珠峰脚下的一处山坳，只不过离主峰更近，人们称它珠峰北坳，海拔为七千零二十八米，有登珠峰"第一道天险"之称。无论多高多险，对于测量队员来说，没有爬不上去的山。郁期青所在的攀登小组一共七人，从六千五百米营地向北坳攀行。

天气出奇地好。天空瓦蓝瓦蓝的，没有一丝杂质，太阳正冉冉从东边升起，金色的阳光照射在洁白的雪峰上，在蓝天的映衬下，珠峰顶上发出蓝玉生烟的光晕。

郁期青身穿登山服，足蹬高山靴，绑上防滑爪，系上结组绳，采用S路线，一步三喘，几步一歇，步步艰难地向珠峰攀登。没走多远，一座雪山挡住了他们前行的路，雪山像一垛五百米高的雪墙，最大坡度达七十度。最要命的是，时发雪崩，阳光下雪墙上的裂缝像猛兽张开的血盆大嘴。坡度太大了，裂缝太宽了，他们只得走"之"字形路线，迂回向上攀登。越往上，山越高，越缺氧，背在肩上的仪器越发沉重。在如此高度，他们每往前迈一步，仿佛都要拼命一般。

走在最前面的人不时提醒后面的人：

"注意了，前面有裂缝，踩着脚印走，脚步不要偏。"

"小心了，前边通过雪崩区，加把劲，不得停留。"

他们七个人拉开间距，时而快走两步，时而缓步慢走。他们那种小心翼翼的动作，很像奇袭敌军前哨、穿过雷区的特种兵战士。

通过雪崩区，进入缓坡区，郁期青紧绷的神经才松弛下来。其实，他在一九六六年、一九六八年两次测高的攀登过程中，对珠峰无处不在、无时不有的险情有着刻骨铭心的领教，而每次的险情都有着不一样的惊心动魄。

他们利用停歇的间隙，拿起背在右胯的水壶。喝一口水，润润干渴冒火的嗓子。

就这样，每当遇有平缓的地段，他们就快走几步；遇上陡坡，他们则走走歇歇。经过八小时奋力攀登，他们终于登上北坳。此时的落日余晖，像金粉一般洒在那长龙一样的雅鲁藏布江上，浩浩荡荡的江水像玉带熠熠生辉。

北坳，是一个标高，一个离珠峰就差那么一点点的陡坡地。趁天气好，郁期青不顾疲劳，抓住有利的时机，在这里完成了重力测量和航测调绘任务。

胜利仿佛在向他们招手，其实神秘的雪山无处不暗藏玄机。当郁期青从北坳返回时，又一连爬了三座高山，高寒、缺氧、大风、流汗使他们极度疲劳，郁期青的身子被击垮了，患了可怕的重感冒。在缺氧的高原，在奇冷的珠峰，人最害怕的是生病，哪怕是在内地常见的感冒，也是置人于死地的大敌。

郁期青的重感冒不断加重，很快引发肺水肿和胸膜炎并发症，一时进入高烧昏迷状态。

他不想下山，他多么希望等到攀登珠峰成功测高的那一刻。为珠峰测出新的高度不仅是他们测绘人的梦想和夙愿，也是党和国家领导人的期望，同时也是中国人民的共同期盼。新中国成立后，中央人民政府就提出"精准测量珠峰高度，绘制珠峰地区地形图"，并将其列入新中国最有科学价值和国际意义的"填空"项目之一。毛泽东、周恩来等党和国家领导人对测绘珠峰十分关心。自一九五六年在青岛黄海验潮站建立平均海平面的高程系统后，测绘人员开始以此平均值为基准，由北向南、自东向西设站测量，推算高程。仅从青岛水准原点至珠峰脚下的定日这条线，就有六千多公里的距离，他们靠自己的双脚，每隔几十米设一个站，每个站测两遍，相当于步行了一点二万公里的路程。一九六六年和一九六八年，国测一大队人员两次进入珠峰测区，建立定日到珠峰山麓的大地控制网，并获取珠峰地区大气折光的试验数据。他们经过天文、重力、水准、物理测距和折光试验等各项测量工作，经计算获得珠峰峰顶的雪面高层，这是珠峰第一次有了中国测量的高度。虽然测出了珠峰的准确高度，但这次测绘人员没有登顶，峰顶也没有设立觇标，因而测出后的珠峰高程没有向世界发布。对测绘人员来说，这两次珠峰测高就犹如小学升中学、中学升高中，考大学的临门一脚没有踢出，还没有实现鲤鱼跳龙门。这一次就不一样了，由他们测量的珠峰高度将向世界庄严公布。可是他的病情每一分钟都在恶化，如果不及时就近送医，他就有可能长眠于珠峰的半山腰上。

鉴于郁期青不断恶化的病情，测量珠峰指挥部领导决定将其立即送到日喀则野战医院抢救。医院领导非常重视，组织有经验的医生会诊，采取不停输液、特等级护理等措施，以控制郁期青不断恶化的病情。办法想尽了，该用的药也用了，可是收效甚微。郁期青的高烧依然顽固不退，体温每天都在四十一摄氏度左右徘徊。一连十多天的持续高温，最后烧得他连汗都出不来了。郁期青这个壮汉，在病魔的折磨下，体重由过去的七十公斤很快降到三十五公斤，可以说骨瘦如柴。

郁期青在病床上与病魔作顽强的抗争。他的队友们继续在珠峰与高寒缺氧作斗争。

郁期青的队友邵世坤和梁保根负责海拔五千二百米以上的另外四个重力点的测量任务。在联测到六千五百重力点时,梁保根突发胃痉挛,肚子疼痛难忍、翻江倒海,他脸色惨白,额头渗出黄豆粒般大的汗珠。邵世坤见梁保根病情危急,决定把仪器就地放在测绘点上,先送梁保根下山。对于邵世坤的主张,瘫倒在地的梁保根坚决予以否定,他咬了咬牙说:"那可不行,即使要死,也得先把任务完成了。"

邵世坤心疼地说:"老郁若早点下山,病情也不会弄得那么严重。让我看,保命要紧。"

梁保根疼痛难忍地哼着说:"我们国测一大队就没有丢下仪器保命的先例。老队员宋泽盛为保护仪器坠崖牺牲,吴昭璞为保护仪器甘愿渴死,我哪能为了保命而丢下仪器不管。"

邵世坤说:"年代不同了,只要有人在,一切都好办。"

梁保根断然地说:"如果是那样,即使是把命保住了,那也是苟活。"

邵世坤见梁保根态度坚决,也就不再劝他。他想眼下只有等待,等梁保根好一些之后,把后续工作完成。

蜷缩在雪地上的梁保根在喘了一会儿气后说:"假如我真的死了,请告诉组织,把我的尸体就地埋在北坳山下,弄下去还费劲,我乐意与珠峰永远相伴。你回去对我的爱人讲,让她不要难过,人总是要死的,我是为测量珠峰而死,死得光荣。"

其实,梁保根肚子疼有些时日了。近几天,他一直一边服药一边坚持工作,因为消化不好,又缺氧,他的饭量很小,体重也就下降得惊人,足足瘦了三十多斤。

面对梁保根对死亡的淡定超脱,邵世坤感动得热泪夺眶而出。他一边安慰梁保根一边鼓劲说:"你不会死的,我们一定要看到这次测峰成功，一定要喝庆功的喜酒。"

梁保根在疼痛稍稍缓解后，挣扎着站了起来，继续向着六千五百米的高地爬去。觇标布好了，任务完成了，太阳也很快要落山了。

此时，他们又面临新的威胁。风雪到来了。

珠峰气候多变，刚才可能晴空万里，一会儿就有可能狂风大作、大雪漫天。如果动作迟缓，当晚不能赶回六千米的营地，就有可能冻死在回营的路上。他们忍饥挨冻，连走带爬，顶风冒雪，经过八个多小时的跋涉，凌晨三点终于回到了营地。

测量珠峰，不像登山爱好者单纯攀登珠峰那样简单。它是一个复杂、艰苦的系统工程。它由无数个点朝着珠峰汇聚而成，最终在珠峰脚下转变为坐标和高程测站点，与珠峰觇标进行水平角和垂直角观测，根据水平角确定珠峰的水平位置和各测站至珠峰的水平距离。可以说，没有从青岛水准的原点到珠峰脚下无数个点的测量，没有珠峰峰顶的觇标设立，就没有珠峰复测的最终高度。形象地说，珠峰高度的测绘，是队员们用脚板丈量的结晶。

薛璋和另外三名队员在海拔六千一百二十米高度做大气折光试验时，四个人无意中患上了一种特殊的高山厌食症。他们的症状是头痛恶心，每天无论你走多远的路、爬多高的山、干多重的活儿，十几个小时竟然没有丝毫食欲。到了要吃饭的时候，他们只能喝点炼乳维持体力。整整八天的时间，四个南方人吃了不到一斤大米。当他们完成任务回到大本营时，一个个瘦骨嶙峋。人虽然少了斤两，可带回来的记录数据一样也没有少。

当时，参与珠峰测量的还有一支小分队。他们从格尔木沿青藏线测量青藏高原。青年队员崔哲和他的队友在唐古拉山扛着仪器向山上攀爬。那山当然是唐古拉群山中的一座，虽然没有凸起的山峰和陡坡，可它全是风化石，一步踩上去，向下滑半步。那面风化石山坡不仅漫长，而且一大片，想绕过都不可能。

那一天，他们足足爬了大半天，天黑才到山顶。因漏收一个时间信号不能观测，他们只好沿路返回，下到山底时，朝霞已从东边升起。

如何省力，如何提高工作效率，组长朱振坤想了一个办法，从营地附近的藏民家雇了两头牦牛。他雇牦牛显然不是为了自己骑，而是为了驮运装备，以减轻队员登山的负重。

第二天，天刚麻麻亮，太阳刚刚跃出地平线，崔哲和于建国赶着驮着水和仪器的牦牛上路了。其实，他们脚下没有路，只能朝着目标摸索前行。到了离山顶还有二三百米的风化石地带时，踩在风化的石片上的牦牛，每向前走一步，都要向后溜滑半步，没走多远，牦牛站着不动了，无论他们怎么怒吼吆喝，怎么用手拍打，牦牛就是不肯再往前迈一步。

看来牦牛也惧怕死亡，也会保护自己。

崔哲和于建国只好把水和仪器从牦牛身上取下来，背在自己的身上往山上爬。说是爬山，其实像牦牛一样，他们两手着地，撑在风化石片上一点点向上挪动。他们不敢有丝毫的大意，因为一不小心，脚下的石片会像跷跷板一样，把人送到山下。

负载，高原反应，每爬一步都异常艰难，既像在泥泞中跋涉，又像在冰面上行走。

满天的星星就在头顶，似乎伸手可摘，其实离得很远。夜深了，当星星也变得稀疏的时候，他们才爬到山顶。山顶上的氧气更加稀薄，仿佛都被大风刮跑了。崔哲头痛欲裂，仰望星空，想起远在数千里之外的家乡和亲人，他忍不住流下泪来。

月色下，石板坡上有两个影子在一点点向山上移动，崔哲警觉地以为两个黑点是熊。随着黑点的靠近，他才看清是人，爬在前面的是组长朱振坤，后面的是老队员，他们是专程来送馒头和咸菜的。其实，他们已经带足了干粮，组长是担心他们吃不饱，山顶面积大，要测的点多，耗费体力。当然，还担心他们遇上危险，因为这一带常有棕熊出没。

当朱振坤和老队员走到崔哲跟前的时候，崔哲快走两步迎了上去，紧紧地与他们拥抱在一起。朱振坤和老队员的关心体贴，让他感觉一切的付出都是值得的。本来是想把一肚子的苦水倒出来，见了朱振坤和老队员之后，全部咽回到了肚子里。

山顶上一片荒凉，没有人烟，只有大风，就连云朵都像过客一样，不肯在山顶停留半刻。氧气更是极度稀薄，人坐在那儿，不做任何事情都觉得胸闷，更别说走路干活。山顶上所要布点测量的任务很重，崔哲与他的同伴整整干了一天才完成。

从一个点到另一个点，从一座山到另一座山，最终汇聚到珠峰的脚下，然后聚焦成为关键的九个测站点。测站点上的仪器一齐对准珠峰，所有的数据一旦与珠峰顶上的觇标链接对上，珠穆朗玛峰的高度由此诞生。

这一年的五月二十七日，又经过连续三天的奋战，国测第一大队登峰队员首次将那红色醒目的觇标立于珠峰之巅。

九个测站点的坐标和高程分别利用三角测量、导线测量、水准测量和三角高程测量方法求得。在九个测站点上，对珠峰觇标观测水平角和垂直角进行观测，根据水平角确定珠峰的水平位置和各测站至珠峰的水平距离。根据三角高程测量原理，由这些垂直角和水平距离确定各测站同珠峰之间的高度差，进而推得从我国黄海平均海平面起算的珠峰高程为八千八百四十八点一三米，珠穆朗玛峰的高度由此诞生。这一神圣的数据，一经我国政府对外公布，便得到了全世界的公认。

在日喀则部队医院那间普通的病房里，郁期青经过医务人员二十多天的抢救，刚刚从昏迷中清醒过来。他醒过来的第一句话就问："测量珠峰的高度有结果了吗？"

他的主治大夫笑呵呵地说："有了，这张报纸就是给你留下的。"

郁期青激动地接过报纸，只见报纸上醒目的副标题上印着珠峰的精确高度：海拔八千八百四十八点一三米。

这一特大喜讯，于郁期青来说，好似一服良药，四肢乏力的他顿时觉得轻松了许多。他激动得泪流满面，一句话也说不出来。

为珠峰测高，就像高考学子最后冲刺高考一样，无论你前期布了多少点位，测了多少数据，爬了多少山，吃了多少苦，流了多少汗，付出了多大的艰辛，最后登峰时，如果因天气不好或是登峰队员身体突然出现异常，都有可能前功尽弃。作为一名三登珠峰的老队员，虽然这次因身体出了问题而住进医院，但是登峰的事业在延续，队友们的成功，何尝不是他的成功，何尝不是他的心愿。

随着测高的任务完成，郁期青从高原直接转到了技术精湛的中国人民解放军309医院。在那里他得到了医生的精心治疗和高水平护理，五个月后得以康复出院，重新回到了西安，回到了国测一大队，回到了他所热爱的大地测绘事业岗位。

因为年龄和身体的原因，郁期青从此不再有可能直接参加珠峰复测，可他三登珠峰的事迹却被写进了队史。他说自己虽然再也没有攀登珠峰的机会，可为珠峰复测培养骨干力量却是永恒的事业。

正可谓：狂风大雪万千载，攀测珠峰有后人。

会当凌绝顶

二〇〇四年底，上级再一次向国测一大队下达了二〇〇五年珠峰高程复测任务。

消息一经传开，国测一大队的队员们一个个摩拳擦掌、跃跃欲试。

如何组队、如何挑选队员，国测一大队已形成不成文的规矩。那就是：个人自愿申请，领导审核把关。青年队员任秀波得知消息后，第一个向队领导递交了申请书。他不仅希望参加珠峰测高，还希望承担冲击峰顶的重任。

任秀波是陕西横山人，一九九九年毕业于郑州测绘学校，同年进入国测一大队。他先后多次随队进入西藏无人区进行测量任务，业务精，能吃苦，是全队干部职工一致公认有培养价值的好苗子。

二〇〇〇年初，刚刚参加工作不到一年的任秀波便随队进入西藏地区，参加国家重力基本网的施测。这是国家重点项目。七月三十一日，在藏北高原革吉县盐湖附近进行相对重力测量，小组越野车在行驶途中迷路。在藏北无人区，公路的概念与通常意义完全不同，有很多路都是车走得多了自然形成的，因为随意，路就多，密密麻麻的路网，像是一棵根系发达的大树倒伏于大地，纵横交错的枝丫构成交通脉管。通常是哪条路平，司机就会走哪条，由于没有路标，走错是常有的事。没想到他们这一次竟然走错了四十多公里，更为不巧的是车又坏了。由于从革吉县到盐湖的路程不远，早上出发时他们每人只吃了一袋方便面，连干粮也没带。

天色渐渐暗了下来，西北风开始扯开嗓子吼叫，尖厉的狼嚎声从远处的山谷中传来，温度骤然下降，天气突变，下起了大雪。由于施测有严格的闭合时间要求，任秀波和开车的赵师傅只得徒步前往营地。一路上，他们跋山涉水，顶风冒雪走了十多个小时，早晨七点终于走到了藏北公路，恰好与正在寻找他们的后勤补给车相遇。

这一夜，他们在海拔五千多米的高原徒步行军四十多公里，二十多个小时没有吃饭，更不敢驻足休息，渴了只能喝雪水，累了只能放慢走。坐上补给车后，他们直接赶往越野车抛锚地，把车修好，在规定的时间完成了后续测量任务。

同样是在西藏阿里，在海拔五千多米的甜水海测量点，强烈的高原反应让任秀波一连呕吐了两天，胃里的东西吐完之后开始吐血。为了不影响作业进度，他硬是挺到十天十夜联测结束之后，才下撤到新疆叶城。

大队领导经过综合考量，不仅同意了任秀波参加珠峰高程复测，还同意了他与另外三名年轻队员一道冲击峰顶。任秀波在得知获批攀登珠峰峰顶的消息后，欣喜得像中了大奖，他说服未婚妻，推迟了婚期。

二〇〇五年三月一日，任秀波与队友们提前进入了西藏，接受专业登山训练。训练结束时，登山专业教练讲评说，任秀波不仅勤奋好学，而且特别能吃苦，短短的几十天就熟练掌握了登山技巧，让人赞赏。

三月二十九日，任秀波和队友们到达大本营，马上投入到适应珠峰恶劣气候以及在极端环境里如何操作重力仪的训练。珠峰地区气候多变，大晴天也常常风云突变，忽而狂风大作，忽而大雪纷飞，而且氧气含量不到内地的一半，普通人正常行走都较为困难。任秀波可不是空手走路，他不仅要背负沉重的重力仪，还有登山必需品。从海拔五千二百米到五千八百米，别看只增长了六百米，在极寒缺氧的高原，哪怕是增高一百米，也有天壤之别。

接下来，他又从五千八百米上升到六千五百米，又是七百米的增高。这种递增，既是对身体适应能力的检验，又是对意志的考验。他像勤劳的蜜蜂，一趟趟往返于各个点采集重力数据，进行适应性攀山训练。每天晚上回到营地后，虽然疲惫至极，但他不能马上休息，因为他还承担了培训藏族登山队员峰顶测量仪器的操作和使用任务。他必须尽快掌握常用藏语，完成藏族登山队员的培训工作。

四月二十七日，任秀波与队友们一同前往海拔七千七百九十米的二号营地。仅就高度而言，与珠峰山顶还差那么一点点。放眼望去，是一眼望不到尽头的群山，还有耀眼的皑皑白雪，以及让人心醉的无半点杂色的蓝天。

珠穆朗玛峰山峰下，一片空寂万仞山，百里荒芜无人烟。

任秀波与队友们走在无路的山谷里，他们每个人都是负重前行，有的背着仪器，有的背着食品，有的背着简易帐篷。他们脚下没有路，只有常年的积雪和嶙峋的怪石，他们每向前走一步，脚下都会发出吱吱的响声，同时还有他们气喘如牛的喘气声。

脚下的坡度越来越陡了。他们几乎是每往前走二十步，就要双膝跪地，停下来喘喘气，以获取新的力量，再次向前攀登。

天公不作美，出发时还太阳高照，待他们刚刚翻过一个山脊，爬到七千五百米的时候，老天突然变脸，先是大风狂卷，接着是暴雪漫飞。大风像要把他们卷走，大雪像要把他们掩埋。当得到下撤命令时，任秀波想，如此艰难地上到了七千五百米，何不测一测七千五百米的重力值？如此的高度，并不是每一个大地测量队员都有机会到达，他也不知道自己今后还能不能到达这样的高度。

三十年前，以郁期青为代表的老一辈测绘队员，就是在七千五百米的高度首创测量奇迹。作为测量的后辈，他要续写前人的辉煌，为珠峰测量提供最新技术参数。想到此，他停了下来，用冰镐在大于六十度的雪坡上开挖放置重力仪器的平台。他挥着镐，沉重地喘着气，十几分钟后，终于刨出了一块平整的地方，将重力仪器放在上面。由于鸭绒手套太厚，操作仪器不太方便，他干脆脱了手套，只戴线手套操作。十几分钟后，他顺利地采集到重力测量值。当他准备收拾仪器时，发现自己的双手已经冻麻木了。任秀波全然不顾自己冻僵了的手，而是细心地将所有仪器设备装好，然后背在自己的身上，安全地撤回到了七千零二十八米的一号登山营地。

因珠峰高程复测需要，二〇〇五年任秀波在海拔六千五百米营地留守了四十多天，是所有登山队员中留守时间最长的。

六千五百米营地是所有营地中气候条件最差的一个，被登山队员们称为"死亡营地"。到了夜里，气温下降到零下三十多摄氏度，白天气温最高只有零下十摄氏度左右。它被珠峰、章子峰、北坳三面包围，空气像凝固了一般，很多队员都无法坚持，不得不下撤到海拔五千二百米的大本营，还有一些队员下撤到了海拔四千多米的定日县。任秀波不顾头痛、恶心、呼吸困难等高山缺氧反应，坚持留守。因为睡在冰川上，彻骨的寒冷让他患上了严重的关节炎。他之所以坚持留守六千五百米营地，为的是适应珠峰地区的特殊气候，为下一步攀登珠峰打好身体的底子。

四十多天里，他没有洗过一次澡；四十多天里，他没有吃过米饭和馒头，每天只能靠方便面、方便粉丝、饼干等食品充饥；四十多天里，他完全变了模样，面部因强烈的紫外线照射变成了棕褐色，脸颊上有多处被晒裂；四十多天里，他瘦得很快，体重下降了二十多斤。在艰难困苦面前，任秀波没有退缩，他知道自己"必先苦其心志，劳其筋骨，饿其体肤，空乏其身"，才能完成登顶冲高的特殊使命。

五月十二日，一个阳光灿烂的清晨，一个向着冲顶进发的日子。在大本营，所有人都来为六名冲顶队队员送行。国测一大队大队长、珠峰测绘现场总指挥岳建利与每个队员亲切拥抱、握手，他深情地盯着每个队员的脸，为的是牢牢记下每一名队员冲顶时的模样。

真可谓，风萧水寒，全场肃穆。

在那漫长陡峭冰雪覆盖的北坡上，任秀波和他的队友们正艰难地一步一步向上攀爬。越接近顶峰，风越大，气温越低。狂风席卷，冰雪一粒粒砸在他们的脸上，露在外面没有包严的脸部像针扎一样生疼，气温也降到了零下三十多摄氏度。此时，他们已经在北坡上走了七个多小时。任秀波与队友们深知，越接近顶峰，越是艰难，何况他们还背驮着测量仪器等装备。在如此极寒缺氧的恶劣环境里，身上别说多背一斤，哪怕是背半斤，都会让人感到分外沉重。他们实在走不动了，就在心里数数，数到二十，马上往地上一跪，大口地喘一会儿气，心里那个气短啊！真想把肺掏出来直接呼吸。

五月二十二日，A组队员成功冲顶，在峰顶竖立起红色觇标，而身在B组的任秀波和队友却遗憾地失去冲击峰顶的机会。他的攀登高度最后定格在海拔八千一百多米，余下的七百多米，或将成为他一生的遗憾。但他不后悔，因为A组登山队员冲顶成功并顺利竖立觇标架设仪器，就意味着珠峰复测的基本成功，在他心里没有什么比测量成功更重要的。

十一点三十分，珠峰群山突然乌云翻滚，像大海突遇飓风而波涛汹涌。登山队员按照前期的培训要求，将红色测量觇标竖在了珠峰山脊的最高点位，并发出测量信号。山下六个交会点的目镜同时对准顶峰，寻找那红色测量觇标。

寻找，寻找，再寻找，不见觇标的踪影。

呼叫，呼叫，再呼叫，难觅特殊的信号。

目镜里只有雪山云雾，没有他们要找的目标……

接下来的二十分钟，被岳建利称为"要命的二十分钟"。对讲机里都在呼叫，云雾太大，无法找到目标。找不到觇标，就无法完成测量。大本营以及每个观测点上的队员们无不心急如焚，有人惊慌，有人询问，有人猜测，向来严肃、沉着和稳重的总指挥岳建利，此时也很是茫然，心里七上八下。他知道急也没用，可他又无法做到心平如镜。他知道，人努力了，还需要老天帮忙。他更知道，峰顶大风十级以上，冲顶队队员一旦下撤，就再无返顶的可能。今天的窗口期一过，就意味着此次的测量以失败告终。

为了这一天，队员们付出了多少心血啊！来到珠峰大本营两个多月，每个人都近乎"脱胎换骨"，不少人瘦得脱了相，不少人因感冒、缺氧经历了生死的考验。队员张建华一次穿过西绒布冰川时遇到风雪，壮丽的冰塔林顿时成了诡异的迷宫，巨大倾斜的冰柱、深不见底的冰缝，无不危机四伏。他跌跌撞撞、险象环生地用了十五个小时才摸回营地。李明生知道妻子分娩在即，但还是毅然决然地跟着队伍上了高原，当他从电话里得知女儿出生，独自坐在帐篷外的石头上，落泪成行……这一切，都要付诸东流吗？

珠峰顶上的气候更是瞬息万变。十一点五十分，一阵狂风过后，云开雾散，太阳发出的道道金光像金色的幕帘徐徐拉开，巍峨的群山像披上了金光闪闪的绸缎。

红色金属觇标像神秘的仙女，在峰顶露出端倪，终于显现在地球之巅。六个交会点几乎同时发现目标，对讲机里传出一片欢呼。

机不可失，时不再来。大家熟练地操作设备，赶紧抢测数据，记录相关信息。

此后的四十八小时，仍然紧张得令人窒息。峰顶与峰下测量虽然进展顺利，但峰顶上的情况如何？队员能否安全顺利返回？数据能否完整带回？在珠峰登山史上，多数意外都发生在回撤途中。即使是繁星满天，岳建利依然睡不着。他坐在帐篷的窗户边，一边一根接一根地抽烟，一边不时抬头仰望星空，仰望近在眼前的珠峰。

在那神秘的珠峰上，冲顶队员也在创造着历史。任秀波、柏华岗在海拔七千七百九十米的高度停下来后，立即展开重力测量。为了操作仪器，他们冒着失去双手的危险，在零下四十摄氏度的空气中脱掉外层手套，确保数据测量准确，完成重力等测量及卫星定位数据采集。世界屋脊之巅的重力参数，史无前例地将我国重力测量推向了一个新高度。

俗话说，上山容易，下山难。对于攀登珠峰者，上山下山同样难。对于队员们来说，登峰是与特殊地理作极限挑战，下山是与疲惫的身体作极限抗争。二十四日凌晨三点，六名冲顶队员带着仪器设备，一个不少、安然无恙地回到了北坡下的大本营。当时已经两天两夜没有合眼的岳建利，面对站在眼前的六名队员，一时激动得不知如何是好，脑子里像因缺氧而断片儿，语不成句。与队员们握过手、问完话，他突然说，我好想吃碗面条。因为那天，正好是他的生日。

国测一大队先后六测珠穆朗玛峰。一九六六年成功实现首测，一九六八年再测，但因为种种原因没有向全世界正式公布。一九七五年测出的珠峰高度为八千八百四十八点一三米，那是包含了冰雪的高度。二〇〇五年测得珠穆朗玛峰实际高度为八千八百四十四点四三米，这一数字向全世界正式公布，立即被世界各国及联合国教科文组织认可，并作为珠峰的最新海拔高程写入教科书。

测峰自有后来人

"世界上最高的山是珠峰,比珠峰更高的是测绘人矗立的觇标,而比觇标更高的是共产党人的信仰。"这是二〇二〇年五月十一日,在二〇二〇珠峰高程测量临时党支部主题党日上,一名记者发出的肺腑之言。

或许没有人比国测一大队的人更爱珠峰。只要有人谈起珠峰,他们都会眉飞色舞;只要讲攀测珠峰,他们就会像讲自家故事一样滔滔不绝;只要有了重测珠峰的任务,他们就会像高考取得了喜人的成绩而欢欣鼓舞。

说起二〇二〇年珠峰高程测量,国测一大队大队长兼珠峰高程测量总指挥李国鹏,就会情不自禁地讲起此次珠峰测量任务的经历和往事。

二〇一九年四月二十一日,正在拉萨执行任务的李国鹏,突然接到陕西省测绘地理信息局领导的电话,说有个关于珠峰测量方面的紧急任务,让他尽快赶到北京。李国鹏便带上参加过二〇〇五年珠峰高程复测的骨干任秀波和柏华岗一同前往。到达北京后,李国鹏才知道我们国家要再一次对珠峰高程进行测量。在随后的几个月里,自然资源部组织专家对珠峰高程测量等一系列工作进行了论证,并成立了二〇二〇珠峰高程测量领导小组,前期筹备工作紧锣密鼓地展开。

任务明确后,国测一大队大队长李国鹏首先想到的是如何配备人员、准备仪器设备。思考最多的是十五年后重测珠峰,需要采用哪些新手段,实现哪些新技术和创新。

当时,国测一大队恰巧有一支精锐力量在西藏承担另一个项目,李国鹏问他们，是想回西安休整半个月呢，还是转身一变，成为珠峰高程测量队员？大家都一致表示不需要回去。他们这次在高原的任务是，从日喀则国家一等水准基岩点开始复测一等水准网，一直推进到定日县和聂拉木县，春节前完成了百分之七十的水准测量任务。李国鹏听了队员们异口同声的表态，心里是既感动又踏实。

珠峰复测的消息一经传开，国测一大队的队员们一个个跃跃欲试、摩拳擦掌。

国测一大队专门成立了测量登山队员选拔小组，由选拔小组成员对志愿报名者进行评审考核，最终从二十多名符合基本条件的队员中挑选出十二名队员。

一月十二日，正值寒冷的冬天，王伟等十二名冲顶队队员在北京怀柔登山训练基地进行了登山、攀爬等专业训练，后从北京回到西安进行第二阶段训练。登山队队长次落带着登山教练来到西安，在西安建筑科技大学操场，对队员进行了体能、协调性和心理素质等测试，考试全部通过。由于珠峰峰顶是一个仅为二十多平方米的平面，受面积限制，登顶人员将分为A、B两组，王伟等人为A组登顶珠峰的主力，B组作为后备人员，应对突发状况。

选好了队员，接下来就是仪器设备的选购。竖立在峰顶的测量觇标是珠峰高程测量最重要的设备。觇标的制造过程并不容易，要结合光学测距和测角的需要，还要考虑峰顶气象环境因素。既要考虑到坚固性、韧性和重量，还必须能耐零下几十摄氏度的低温。因为有的材质硬度很好，但是一遇到低温就变脆了；有的在低温下又会出现冷缩，变形太大。还有安装便捷性的问题。不能做得太严丝合缝，不好安装；也不能太宽松，不然风一吹来回晃动。国测一大队和一家仪器装备厂商合作，先后尝试了碳纤维、铝合金等材质，经过反复沟通、测试，最终做出了符合要求的铝合金觇标。

在对峰顶觇标进行观测的六个交会点中，珠峰大本营交会点距离珠峰峰顶十八点三公里，测距是一大难题。二〇〇五年珠峰高程复测时使用的是国外测距仪，这次国测一大队与国家光电测距仪检测中心合作研发了超长距离测距仪，不仅解决了珠峰峰顶交会测量的问题，还解决了常规大地测量中超远距离测距的难题。在峰顶测量中，还要使用雪深雷达探测仪来探测峰顶冰雪的厚度。二〇〇五年，国测一大队同样使用的是国外的设备。这次国测一大队找到了国内一家长期生产探地雷达设备的厂家，根据珠峰探测实际需要，提出了珠峰峰顶测量的条件要求。但普通的雷达探测只能探测到下方是什么物质，并且是静止的探测，而峰顶探测要探测冰雪深度，还要在冰雪面上移动。中队长柏华岗从二〇一九年七月就开始和厂家对接，用了四五个月的时间不断修改方案，把卫星定位设备加上去，把时间系统加上去，在内地和高原特殊气候条件下反复进行测试和改进。

三月的春风裁出了柳叶，吹绿了小草，吹开了桃花朵朵。随着一声令下，国测一大队珠峰测量队队员从西安启程前往拉萨。在规定的时间，所有参与珠峰高程测量的队员齐集拉萨，向着世界之巅进发。

翻过加乌拉山，在蓝天白云的衬托下，轻纱似的旗云笼罩在珠峰峰顶，圣洁的珠峰格外耀眼。极目而望，仿佛近在眼前，其实脚下的路还很漫长。随着车流的滚滚向前，测绘队员们在一点一点地靠近他们的神往之地。

为何要再次复测珠峰？难道珠峰几年十几年就会长高或变矮吗？这是很多人的疑问。

珠峰是世界最高的山峰，也是变化最大、最神奇的山峰。她常年被大雪覆盖，又常云雾环绕，仿佛一个披上白色圣洁婚纱的新娘。

有数据表明，珠峰每年以四点四毫米的速度缓慢升高，这就意味着十年会升高四厘米左右，三十年升高十三厘米之多。如果说珠峰高程的测量精度在十厘米左右，那么十多年后，就需要重新测量珠峰高程了。

一路上，珠峰测量队员望着车窗外远在天边的珠峰，眼神里无不透露着对"世界屋脊"的赞叹，脸上无不挂着甜蜜的笑容，仿佛自己坐在婚礼的车上，将要去迎接自己心爱的姑娘。随着海拔的升高，氧气在减少，虽然有队员的身体开始出现高原反应，但他们无不心怀美好的憧憬与向往，像老队员们那样，克服着，忍耐着，坚持着。

李国鹏到国测一大队工作已经二十年了。刚进大队，领导就给他安排了一个师傅帮带，不仅教他仪器操作，还教他野外作业的一些基本常识和经验。师傅对测绘工作的敬业精神和为人处世之道潜移默化地影响着他。因此，李队长无论是在基层当中队长，还是现在当国测一大队队长，都十分注重工作传承，带头践行测绘精神。

珠峰地区高寒缺氧，生活和工作条件艰苦，精神的支撑尤为重要。从大本营到二本营再到五个交会点，无不环境恶劣。自然条件无法改变，但他们尽量为队员提供更好的保障。今年他们专门设置了后勤保障组，派了两个得力的中层干部保障队员们的生活。到拉萨后，对所有的队员进行了全面体检。队里还配备了各类药物和两台制氧机，在个人安全防护装备上也尽量配备齐全，在饮食上尽量改善，并且关注大家的心理状况。国测一大队不只有精神，还有温度。李国鹏说，队员们在工作中亲如兄弟，相互关心、相互帮助、相互温暖，也是国测一大队的优良传统。四月底，一个水准小组干完了活儿，自发地提着酥油茶去二本营慰问交会组的兄弟，大家高高兴兴地坐在一起喝茶，诉说几个月来珠峰测量的感悟。

任秀波是珠峰测量的老队员，二〇〇五年复测珠峰时，他是冲顶队队员，与队友柏华岗一道把重力测量测到了七千七百九十米的高度。这一次他既是作为队党委成员和技术骨干被选入，又是作为登顶珠峰老队员被选进珠峰测量队。他在单位是国测一大队办公室主任，二〇二〇珠峰高程测量队组队后，他在负责对内对外各方协调的同时，还负责组织协调媒体对国测一大队二〇二〇年珠峰高程测量事迹进行宣传，讲好国测一大队测量珠峰的故事。

自三月二日起，国测一大队五十三名测绘队员，在珠峰及外围地区，克服高原缺氧、气候恶劣及新冠肺炎疫情等重重困难，陆续开展了水准、重力、GNSS、天文等测量工作，完成了一等水准测量四百八十千米、二等水准测量二百四十千米、加密重力测量一百九十点、绝对重力测量一点、天文测量一点、局部GNSS控制网测量六十点、板块运动监测网二十一点、布设卫星导航定位连续运行临时基准站两点，完成了六个珠峰高程测量交会点的踏勘、选埋、高程传递等基础性测量工作。

四月六日，云淡天晴，风大天蓝。

十二名冲顶队队员从中国登山协会羊八井高山训练基地转场来到了五千二百米珠峰脚下的大本营，继续进行高海拔地区适应性训练。王伟是个阳光帅气的小伙子，西安蓝田人，一九九二年出生，二〇一四年从西安科技大学测绘工程系毕业，毕业时他选择了国测一大队。王伟品学兼优，身体素质好，大学期间参加一年一次的西安城墙马拉松，王伟都是一二名。这次被选为测量冲顶队队员，并作为一号选手，除了专业过硬，更主要的是身体素质好。

接下来，国测一大队珠峰高程测量登山队的队员按计划，从五千二百米大本营推进到五千八百米过渡营地，经过短暂的气候适应后，继续向前推进到六千五百米前进营地。他们从上午十点一直走到晚上，整整走了八个小时。邢雄旺说，不到极限，不知登峰艰难，当他们爬到六千三百多米高度的时候，再往上每走十米，都要歇二十至四十秒，腿已经没有感觉了，只是机械麻木地往上走。当夜幕降临时，他们终于攀爬到了六千五百米的前进营地。

因为没有食欲，大家简单吃过方便面等食品后，各自打开睡袋开始休息。这一夜，邢雄旺睡得并不踏实，似睡非睡，就连做梦也是片段式的。早晨起来，只觉得头昏脑涨，头疼无力，连饭也不想吃。他担心自己患了高原缺氧反应。一位年岁稍长的队员安慰他，不必大惊小怪，如果一个人到了六千五百米的高度身体还没有一点反应，那人的身体就是铁打的。

五月六日，天气尚好。天蓝得透彻，阳光充足。

测量登山队第一次出征冲顶。其实在五月六日之前，十二名冲顶队队员已经进行了攀登珠峰适应性训练。冲顶队队员们按照要求，身着火红色登山服，头戴登山帽，脚穿带有冰爪的登山靴。他们每人背一个登山包，包里装着可供吃四五顿饭的东西，诸如方便面、八宝粥、麦片、牛肉干、能量棒、果冻、饮料等，当然还有水壶、防潮垫、换洗的速干内衣、羊毛绒帽等，一句话，凡是需要的，包里都有准备，重量达到了十五公斤左右。

上午十点，冲顶队队员在队友的祝福声中准时出发了。脚下的路程在增高，越往上爬，越是缺氧，他们只得走走歇歇，快接近北坳了，他们先是遇到有四百多米高的一段冰墙，脚下的路变得更加艰难，一会儿是斜着走，一会儿是顺着软梯往上爬。脚下的冰山上还浮着一层雪，随时都有发生雪崩的危险；冰川上裂开了一条条缝，有的很深，有的很宽，脚下必须踩牢，否则会摔下悬崖。他们一路万分小心，总算爬过了冰墙到了北坳，上到七千零二十八米的一号营地。

所谓的营地，依坡而建，坡面的平地有限，帐篷下不是石头，更不是泥土，而是冰雪。在冰雪上搭好帐篷后，人进到里面得用脚将雪踩实，铺上防寒垫，打开睡袋，人就直接睡到上面。这一夜，风撕咬着帐篷，地上的寒气直往睡袋里钻。王伟他们一会儿是因为寒冷需要把头钻进睡袋里防寒，一会儿是缺氧让人喘不过气来，需要把头伸出来呼吸一下。漫漫的长夜，总算到了天明。

第二天一大早，他们抓住天气还没有完全变坏的时机，在七千零二十八米营地用雪深雷达探测仪再次进行了测试，把冰雪的介质参数求出，保证接下来珠峰峰顶测量的准确。

第二天天气突变，风速加大，还夹着雪。北坳冰壁出现可怕的流雪风险，指挥部及时向冲顶队队员下达了回撤命令。

第一次冲顶因珠峰气候突变而中止。

五月十六日，天晴，中风，阳光柔弱。

测量登山队在接到冲顶命令后，于中午十二点从六千五百米的前进营地向七千七百九十米的二号营地发起突击。这一次他们十分顺利地在太阳落山前抵达。营地选设在一个缓坡上，帐篷依地势选搭在稍稍平坦的地方，每一顶帐篷睡三人。夜里，突然刮起了大风，还下起了暴雪。大风刮了一夜不曾停歇，大雪下了一夜不曾住下，似乎与他们较上了劲，要把他们帐篷压垮一般。因为地方太小，无法展开过多的帐篷，他们三个人睡一个帐篷，哈出的热气很快在帐篷里结了一层白霜。深夜温度迅速下降，一下子降到了零下三十多摄氏度，白霜也在加厚，在狂风的吹拂下，凝结在帐篷顶上的白霜时不时坠落在他们的脸上、睡袋上。这一夜，风呜呜地叫着，让胆小的人听了心里发怵发毛。王伟他们冻得根本无法深睡，也不敢深睡，担心狂风刮走帐篷，担心大雪压垮帐篷。在珠峰上，没有帐篷是无法度过暴风雪的黑夜的。

这一夜，暴风雪之所以来得猛、来得急，是受气旋风暴"安攀"的影响。大雪掩盖了七千七百九十米以上的区域，不得已，登顶队队员们再次接到了下撤命令。

回撤前，王伟他们在七千七百九十米进行了重力测量。距离是从一个帐篷到另一个帐篷，虽然不远，他们却费时三个小时。因为风太大，地面上全是冰，每走一步都要万分小心，不然就会滑进深谷里。

天黑透了。天上的星星密密麻麻布满了天空。队员们经过七个小时的跋涉，又回到了六千五百米的前进营地。

第二次，又因暴风雪而中止珠峰高程测量任务。

五月二十四日，阵风有云，天气逐渐转好。

鉴于珠峰天气复杂多变、珠峰峰顶地域狭窄、地势险峻的实际情况，二〇二〇珠峰高程测量指挥部做出了选派有八千米以上冲顶经验的队员组成突击队的决定。最终，次落、袁复栋、李富庆、普布顿珠、次仁多吉、次仁平措、次仁罗布和洛桑顿珠被确定为二〇二〇珠峰高程测量登山队冲顶队员。王伟、陈刚等人未能进入冲顶队，当时他们心里虽然充满了失落、遗憾，但还是从大局出发给予理解。

蓝天下，云随风移，云开日出，金色的朝霞染红了整个珠峰雪山。八名队员在队友们的热烈欢送下，随着指挥部领导出发命令的下达，在领队的率领下第三次向峰顶发起了冲击。

他们再一次从六千五百米营地出发。那天虽说六千五百米前进营地的风不大，可是越往上爬风越大。他们都穿着厚厚的防寒服，每当有大风刮来，他们要么站在原地，要么弯腰躲风，如果风实在太大，他们就会趴在雪地上，待大风过去。大风裹挟着雪粒，几米开外不见人影，队员们只能看清前后队员。雪粒打在露出的脸上，像针扎一般疼痛。

从六千五百米到七千七百九十米,他们已经走过好几趟了,可每一次都不一样,有的地方雪变厚了,有的地方出现了断裂,有的地方冰墙增高。最主要的还是变化多端的气候,风越大,氧气似乎越少,本来稀薄的氧气,像被风刮走了一般。这一次,他们成功了,他们再一次登上七千七百九十米的二号营地,并站稳脚跟。

五月二十七日,天气渐好,风速减小,小雪。

上午十一时,天气好转。八名冲顶队队员带着使命和荣光,克服重重困难,于下午两点,成功从北坡登上珠穆朗玛峰峰顶。

立于珠峰峰项,看脚下的山峦,云在群山之上,像是万山托起,耸立于万山之巅,壮观中尽显人间奇迹。看身边的山脊,褐色的山石兀立,山石上落满了白雪,像一个个披着洁白盛装的少女。向远展望,是万里云海,云海翻涌,宛如奔腾的海洋。

珠峰冲顶队队员抓住珠峰天气好转的短暂窗口期,按照小组分工,分头有序展开珠峰测绘。有的在峰顶树立起红色的铝合金测量觇标,有的用 GNSS 接收机通过北斗卫星进行高精度定位测量,有的用雪深雷达探测仪探测峰顶雪深,有的使用重力仪进行了重力测量。前六次测峰的主要设备大多由国外进口,而这一次用于珠峰测高的高精度测量仪器均由我国自主研发。重力测量则是人类首次在珠峰峰顶开展,这将有利于大地水准面优化,提高珠峰高程精度,并获取宝贵的科学数据。

红色的觇标像一面鲜红的旗帜立于世界之巅。国测一大队在珠峰周边海拔五千二百米至海拔六千米设置的六个交会点,一齐瞄准珠峰峰项上的红色觇标。仪器上的显示屏出现信号对接,测量队员开始同步开展峰顶交会测量和 GNSS 联测,以获取珠峰高程测量的一系列数据。

　　有了数据，再通过数据的汇总计算，一个珠峰的新高度将再次诞生。在人们漫长的期待中，二〇二〇年十二月八日，国家主席习近平同尼泊尔总统班达里互致信函，共同宣布珠穆朗玛峰最新"身高"为八千八百四十八点八六米。这一数字再次证明了中国科学家的科学判断，珠穆朗玛峰在逐年增长。一九七五年，国测一大队首次将觇标带上峰顶，测出的冰面高为八千八百四十八点一三米；二〇〇五年，国测一大队的测峰队员与登山队队员再次登顶，测得珠穆朗玛峰的"净高"（岩面高）为八千八百四十四点四三米。

　　珠穆朗玛峰这个位于中国和尼泊尔之间的地球之巅，以绝对的高度，巍然屹立于群山之上，头顶日月星辰的神秘，以其雄视天下的伟岸，以不容置疑的海拔，让人类为之顶礼膜拜。

（原载《人民文学》2021年第4期）

一生的长征（节选）

彭东明

人物小传

喻杰（1902—1989）：1902年3月出生于平江县嘉义乡一贫农家庭。1926年夏参加国民革命军北伐。1930年6月参加中国工农红军，同年加入中国共产党。1935年11月19日随红六军团从桑植出发长征。1936年7月初，在甘孜与红四方面军会合后，调任红四方面军供给学校校长。七七事变后，历任八路军129师385旅供给部长、西北贸易公司经理兼西北农民银行行长、陕甘宁边区工商厅厅长等，为陕甘宁边区发展、保证军队供给、支援抗日战争做了大量工作。1945年曾作为中共和边区工商界代表随周恩来同志参加国共重庆谈判。

新中国成立后，历任西北贸易部部长、西北财经委员会副主任。1954年底调任中央粮食部常务副部长。1959年下放到山东省财政厅任副厅长。1961年10月调回北京，任国家商业部副部长。后任中央监察委员会驻财政部监察组组长。曾任第三届全国人大代表，第五届全国政协常委。

1970年初，他主动提出回湖南平江丽江村落户。回到家乡后，带领当地群众同甘共苦开发山区、探索脱贫致富的道路，包括集资办电站、绿化荒山、修路架桥、发展多种经营等，为加快家乡建设做出了重要的贡献。当地百姓称他为"真正的共产党人，实在的人民公仆"。

1989年2月4日在平江逝世，终年87岁。

回　乡

一辆满身尘土的客班车，喘着粗气，缓慢地爬行在东洞庭湖边。湖草在灰蒙蒙的太阳下枯黄着，柳树早已落尽了叶子，裸露的湖滩开裂着如蜘蛛网一样的缝，湖水瘦成了一条河。这是1970年1月20日，喻杰坐在这辆客班车上，回到阔别四十多年的故乡。

1966年，喻杰受到冲击，他的中央监委驻财政部监察组组长的领导职务被解除，此后他被晾在一边，长久地无人问津。闲不住的喻杰，便向周恩来总理恳求，他想回乡务农。周总理在他的报告上做了批示，同意他回乡。

年近古稀的喻杰，带着十二岁的儿子立光，卷着铺盖，坐火车到长沙，然后转乘这趟客班车回乡。

1938年，喻杰和战友陈希在延安结婚之后，有了一个女儿、一个儿子。女儿已经长大成人，在山东济南当工人，女儿是在1959年底跟随喻杰下放到济南的，那年喻杰被划为"右倾机会主义分子"，从粮食部常务副部长的岗位上，下放到山东省财政厅担任副厅长。1961年，周恩来总理急调他回京担任商业部副部长。女儿却没再回京，她留在了济南当工人。

1968年，妻子陈希因承受不了打击服安眠药去世。现在，只有未成年的小儿子伴他回来了。

车在东洞庭湖边转过一道急弯，逆汨罗江而上，进入了平江县境内。

俗话说，世上无水不向东，而汨罗江却相反，它发源于湖南平江与江西修水相交的黄龙山，自东向西弯弯曲曲流经平江全境，最后在汨罗流入八百里洞庭。民间自古相传，只因这一江奔腾向西的反水，因此平江人性格硬，脾气犟，背上长着三根反骨……

湘军突起之时，十万平江子弟跟随曾国藩东挡西杀。打下南京后，还有五千平江子弟跟随左宗棠平定新疆，建设新疆，子孙永久居住新疆。这些平江子弟中，诞生了三百二十多名将领。武昌首义，北伐枪响之后，又有十万余众平江子弟蜂拥而至，这支浩荡的队伍中，最后走出了二百四十余位民国将领。秋收暴动、平江起义，从1926年到1936年这十年间，六十五万人口的平江，人口锐减到了四十多万人。新中国成立时，这片土地上走出了一百二十一位共和国将军和省部以上领导干部。

喻杰便是其中之一。

车从湖区进入山区后，展现在眼前的是一片青绿，车伴着汨罗江而进，江夹在两山之间宛曲地流。它们似乎从来就没有过伤痛。

喻杰一直微合着的双眼这时睁开了，他静静地望着这山，望着这水。1927年到1937年，从大革命到南方三年游击战争，这山，一遍又一遍被烧焦，这水，不是流着殷红的血水，便是流着发臭的尸水……

"爸爸，我们快到家了吧？"儿子立光用小手摸着父亲的脸，把他从凝神中唤醒。

"还早,我们这才过青冲口,还要经浯口、澄潭、石碧潭、杨树滩、麻石滩、安定桥、三眼桥,还要半天才能到加义。"

儿子有点不高兴了:"您不是说,到了平江,我们就到家了吗?"

喻杰笑了笑:"平江是个很大的地方呀!这汨罗江在平江要拐九九八十一道弯,才能流到汨罗,进入洞庭。平江有四十八寨、五十九乡、四千二百多平方公里。你好好看看这山、这水。"

小儿子便趴在车窗边,认真地望窗外的山河田土。他在北京城里长大,从来没有看见过南方这么绿的山水。

喻杰望着窗外的烟雾,不知不觉发出了一声轻微的叹息……

1925年,他参加秘密农会。1926年夏,投入到国民革命军独立二师,从这江上漂流出去,投入如火如荼的北伐战争,夺九江、攻南京、战徐州,一路所向披靡……后来,大革命失败,1928年秋天,他拖着疲倦不堪的身躯归来时,整个汨罗江被鲜血染红了。就在那个秋天,他擦干身上的血迹,来不及消散眼中的红云,又毅然投身到了平江工农游击队。在汨罗江两岸的十万大山之中风餐露宿、昼伏夜行,惩恶霸,斗豪强……直至1930年5月,他们加入中国工农红军,7月,攻打长沙,9月,他担任红三军团五军一师一团一连一排一班班长。就在这个漫山枫叶染红了江水的秋天,队伍逆汨罗江而上,开赴井冈山。这时,他由连事务长升任连指导员……

这一走,竟就整整走了四十年。归来时,已是两鬓花白。江上,有一个渔人驾着一只划子,竹竿上伏着两只鸬鹚,不时扎进江水里捕着鱼。对岸,有一群寒鸦在"哇哇"地叫,这叫声将喻杰从那如烟的往事中唤醒过来。

喻杰对小儿子说:"我们快下车了。"

立光高兴地跳了起来,他赶忙从行李架上将自己的书包取了下来。

客班车卷带着一股浓浓的尘土,在一道山坡边的土屋前停住,这里便是加义车站。喻杰牵着立光的手下了车。然后从车站里搬来一架木梯子,爬上班车顶,将一卷铺盖、一口皮箱、一台缝纫机、一捆衣衫搬了下来。客班车将喻杰父子俩丢落在这土屋前,又匆忙地卷起一股黄土走了。

喻杰对立光说:"我们在这屋檐下坐一会儿,等下,你大哥会来接我们。加义离我们丽江村,还有十多里地。"

立光问:"我大哥叫什么名字呀?"

"叫砚斌。"

"大哥比我大多少岁呢?"

"大哥比你大整整三十岁。"

立光睁大了眼睛:"大哥怎么比我大这么多呢?"他感到不解。

喻杰张了张口,却一时不知道该怎么回答。父子俩坐在屋檐下的板凳上寂寂地等着。路边有两棵苦楝树,落光了叶子,树干上积满了尘土。有几只麻雀落在树枝上,落寞地叫着。

一辆解放牌汽车在公路上呼啸而过,卷起一路泥尘……透过这尘雾,喻杰望见了四十年前那一个清冷的黎明……队伍就要开拔了,他在半夜里匆匆从连云山溜回家,告别母亲和橘香,还有五岁的儿子砚斌。这一夜,他们通宵未眠,媳妇的眼泪像断线的珠子一样滚着,儿子睡在她的身边……他不断地给媳妇擦着眼泪。

他告诉橘香:"你莫哭,你哭得这么伤心,会把孩子闹醒。"

橘香说:"我想要不哭,可就是忍不住。你这一走,何时能回来呀……"她的声音颤颤悠悠。

"一年半载,顶多三年五载。"

"你何解硬要去？我们一起在家作田种土，把娃养大。"

喻杰不再说什么。

鸡叫三遍后，喻杰要走了。他在熟睡的儿子的脸上亲了一口。娘和橘香将他送到山坳上，她们相拥着抱在一块，哭成了泪人。山坳上的风，吹动着娘那一头白发，吹动着橘香那一头青丝。

娘说："你要尽早回来，菩萨保佑你，好好去，好好回。"

橘香不再说话，她哭得浑身都在颤动。

喻杰说："你们回吧，我会尽早回来。"

娘用手在额头上搭着凉棚，不停地向前招着，意思是要他莫再回头。

在那一个清晨里，他一步三回头地走出了娘和媳妇的视线。他没有想到，三年五载他没能回得来，脚下的路是那么漫长……

队伍浩浩荡荡地从连云山开走之后，他们当天在长寿街开了火，消灭敌新十师一个团，第二天在虹桥镇与敌遭遇，歼敌三百余人，缴子弹八担、花机关五挺……三天后，他们攻克了修水县城，继而乘胜追击，拿下了万载县城……

就在打下万载的那天，喻杰的堂弟喻新根翻过连云山、黄龙山、水牯岭山……千里追赶而来。

他告诉喻杰："你们一开拔，'挨户团'就一把火从枫树坳烧进来了，大火在丽江燃了七天七夜，他们将大字写在枫树坳的大麻石上，'茅草要过烧，石头要过刀'，你娘、你媳妇，还有你儿子，都死在了他们的屠刀下。"

喻杰突然感到两眼一阵发黑。

"娘呵——"喻杰仰天一声长呼，朝着连云山的方向"扑"地跪在了地上。

新根说:"哥,你要赶紧将队伍拉回去报仇!"

喻杰说:"我们的队伍要往东走,要上井冈山去,我怎么能拉得回去?"

新根说:"这仇就不报了?"

喻杰说:"不是不报,日子没到。君子报仇,十年不晚。"

他留新根吃了一顿饱饭,打发他回乡了。他拜托他到娘和媳妇,还有儿子的坟上去上三炷香。

队伍继续向东开拔,从此生死茫茫。

二十年后,当五星红旗插上天安门城楼时,时任西北军政委员会贸易部长的喻杰,写了一封信到丽江村……

他的母亲、媳妇和儿子并没有像新根说的那样,成了"挨户团"的刀下鬼,当那一把火从枫树坳烧进来时,母亲果断地领着儿媳妇、孙子逃离丽江村,逃到了连云山上那终日云遮雾盖的深山老林里。他们在那荒山野岭里搭起了一个芦苇棚……

1949年10月,当喻杰那一封信来到丽江村时,一家三口,拿着这一封信哭成了一团,他们都以为喻杰早就死了,他们做梦也没有想到他还活着。

婆媳俩当即决定,让砚斌到西安城里去找他爹。

祖母告诉砚斌:"路在嘴巴上,你手上拿着你爹这封信,你就在西安城里找得到你爹。你都二十五岁了,不要怕。"

砚斌说:"我不怕,我爹二万五千里长征都走过去了,我走到西安城里怕么子。"

于是,砚斌背着一串麻耳子草鞋,一袋糯米粑粑,踏着腊月的霜冻上了路。他风餐露宿,走穿那一串麻耳子草鞋,吃完那一袋糯米粑粑之后,他终于在一个多月后走进了西安城。

当砚斌来到喻杰面前时,半天他才那么羞涩地叫了一声爸,二十年,他一直没有喊过这个名词。

喻杰接着砚斌,一把将他搂在怀里,他终于忍不住热泪滚滚而下,他万万没有想到,娘还在,媳妇还在,他的儿子都已经二十五岁了。

他让儿子在西安城里玩了一个星期,亲自领着儿子去吃西安最好吃的羊肉泡馍。

吃过羊肉泡馍,他便对儿子说:"你该回去了……"

"爸爸……"

这一声叫唤,像从岁月的深处飘来,喻杰慢慢睁开眼,发现砚斌带了七八条汉子扛着扁担站在他的面前。

"爸爸,我们来晚了。"

"不晚,正好我在这屋檐下打了个盹。"喻杰揉了揉眼睛,转而拉着立光的手,告诉他:"这就是你大哥。"

立光瞪着双眼,望着眼前的黑汉,却不敢叫他大哥。

砚斌向喻杰介绍:"爸,这是支书重生。"

"大伯。"重生忙上前拉着喻杰的手。

"重生哪!你都这么大了,你爹牺牲时,你才三个月。"重生是喻杰的侄子。

接着,砚斌一一向喻杰介绍这一路来接他的劳力。大家一一上前和他拉手,并亲切地称呼他达老子。

喻杰在家时叫喻达仁。平江人叫人只叫中间一个字,他是老人,所以就称他达老子。

砚斌在这屋檐下四处打量了一番,问道:"爸,您还有行李吗?"

喻杰说:"都在这里了,一个箱子,一台缝纫机,一卷铺盖,一捆衣衫，一个人挑着就行了，你喊这么多人来搞么子。"

砚斌说："您革命四十年，我还以为有蛮多东西。"

重生搬起那口箱子，说："好沉。大伯的金银细软只怕都藏在这里头。"正说着，手将箱扣碰开了，一箱子书哗啦一声全掉在了地上。

砚斌埋怨道："你何解不小心一点呀！"

喻杰说："莫怪他，硬是这箱子老旧了，箱扣不顶用了。这皮箱还是我在延安结婚时，贺龙元帅送给我的战利品。"

重生说："大伯呀，您这可是孔夫子搬家 —— 尽是书！"

砚斌说："爸呀，这马列著作，毛主席著作，我们大队部也有，您何苦还要大老远从北京搬回来呢？"

喻杰说："这每一本书上我都做了笔记，和你大队部的不一样。"

一边说，他们一边往回走。

路是弯弯曲曲的羊肠小道，一会儿贴着溪边，一会儿踏着踏水桥跨过清亮的溪水，有时没有桥，水中布着一排麻石墩子，人就从这石墩子上踏过去。这条清亮的小溪，就叫丽江，它从连云山的深处流来，夹在两山之间，一路凄婉而下。

两山上疯长的灌木丛林，有时便将小溪严实地遮盖起来，仰头根本看不见天。

喻杰说："原来这山上，生长着清一色的油茶树，丽江村年产茶油几千担，这小溪边上，隔个三里五里便是一家油榨坊。大革命时期，'挨户团'今天一把火，明天一把火，将这山上的油茶林全烧光了，这四十年的雨水，白白浇灌了这漫山遍野的荆棘丛林。"

重生说："现在一年也就产几千斤茶油。"

喻杰说："这么多年了，你们为什么不组织劳力植树造林呢！这么好的山场，让它荒着，让它生长这没得寸用的荆棘丛林。"

重生说:"大伯呀！植树造林要钱,村里没有钱。劳力是有,但都被公社统一调配,要搞农业学大寨,要开山造田。"

喻杰问道:"这些年你们造了多少田？"

"在山坡上造了二十多亩。"

"能种植水稻吗？"

"种不了,缺水。"

"种不了水稻,开山造那田干什么呢？"

"上边下了任务,不搞不行。"

喻杰悄悄地叹了一口气。

鸟在林木的深处叫着,那叫声似乎是在喊:"看——见了活鬼。"愈听,便愈像。

踏过一片荒凉的河滩,喻杰又问:"现在村里人均有多少水田？"

重生说:"七分田。"

"亩产多少斤呢？"

"塅田和山上的挂壁丘、斗笠丘、蓑衣丘、冷浸田不一样,平均亩产是七百斤左右。"

"这点粮食,能填饱肚子吗？"

"填不饱,还差一截。平时用红薯丝拌饭,到了青黄不接时,还得吃野菜。"

喻杰长长地叹了一口气:"当初我们出去,就是为了肚子,几十年过去了,还是吃不饱肚子。"

重生说:"大伯,都是我们没有把田土作物种好。"

喻杰又问:"一个劳动日的工价是多少？"

重生说:"各生产队不一样,最好的三毛七,最差的只有两毛四。"

"一个劳动力,从天亮干到天黑,两毛四也好,三毛七也好,油盐柴米日子怎么过呀!"

重生不敢再吭声。大家也都不说话。天麻麻暗时,他们走进了丽江村。

四十年来,几次回梦里回丽江。黄昏后,却看不清丽江的山河田土。但喻杰却闻见了丽江的气息,那柴草炊烟的气息,那青苔泥腥的气息,那松林和冬青草的气息……他深深地呼吸着。

踏过一座小木桥,绕过一片竹林,砚斌老远便大声地喊:"娘、奶奶,我爸回来了。"

走近了,喻杰才看清,娘和橘香早就依偎在屋门前,遥遥望着他归来。这画面,几乎和他离去时一模一样,不同的只是那时娘是一头白发,橘香是一头青丝,现在是两头白发在夜风中飘着。娘已九十六岁,橘香也已有七十了。

"娘,橘香。"

"你总算回来了。"娘的声音颤颤悠悠,她举起手,在他的脸上摸着,她似乎不敢相信,儿子真的回来了。橘香却低下了头,不看他,也不说话。她脸上的泪水,像断线的珠子一样滚落。

喻杰用手擦着她脸上的泪水,轻轻地说:"橘香,你受苦了。"

橘香便忍不住哭出了声。

喻杰愣了一会儿,搓着双手,不知如何是好。后来,他拉着立光的手说:"立光,这是你奶奶,这是你大妈妈,快喊。"

立光乖巧地喊道:"奶奶,大妈妈。"

于是,正在哭着的两个女人,忙一人拉起立光一只手。

砚斌说:"都快进屋里,外边风大。"

屋里火塘中的火彤彤地烧着,这屋还是原来的三间土屋,百年的老墙,已经裂着一道道缝,终年烧着的火塘,将土墙、楼板、檩子、檐皮全都熏得墨黑。

娘在灶弯里将灶火生起,橘香在灶台上炒菜。砚斌的媳妇和两个儿子帮着打下手,很快,一碗碗热气腾腾的菜端上了桌。大蒜炒腊肉、榨笋干、火焙鱼炒白辣椒干、酸菜蒸肉、豆角干……这些菜,都是喻杰最喜欢吃的菜。

一大家子,团团围坐在火塘边的圆桌上吃饭,这是这个家庭四十年来未有过的团聚。

娘说:"你这次回来,不再走了?"

喻杰说:"不走了,我要天天陪着娘老子。"

娘说:"我们丽江当年出去的八十七个人,就你一个人回来了,是你命大,也是菩萨保佑了你。当年,他们都说你死了,我不信。我想,你就是死了,千里万里也得托个梦给娘。"

喻杰说:"可是,当年新根追到万载来告诉我,说你们都死了,我却信了,我以为你们都不在了。"

娘说:"'挨户团'一个早晨就在丽江杀了一百二十多人。新根是被吓蒙了,看到我家没有人了,就以为是杀在门前的月光丘了,月光丘堆了一田的尸,后来没有人去收尸了,都腐烂在那里,丽江村就在那时开始发人瘟……我是在头天夜里带着橘香和砚斌逃走的,我看见枫树坳那边的火光冲天,乌鸦在屋后的樟树上'哇哇哇'地叫,我就知道不好了,要出大事了。我们背着絮被,带着锅碗,逃到连云山的深处去了……"

吃过饭,全家人依旧是团团围坐在火塘边,娘、橘香、砚斌两口子,砚斌的儿子、女儿,再加上喻杰带回来的小儿子立光,一大家人都簇拥在老太太的身边,儿子儿媳、孙子孙媳、曾孙,老太太的话便没了个完,她告诉喻杰,她带着橘香逃进连云山之后,他们在一个叫仙姑崖的地方躲藏下来，在这石崖下边搭一间芦苇棚，便可以挡风避雨。他们在那里躲了三个月，后来村里发人瘟，他们便逃到浏阳去了。一年多后才回来，他们将月光丘的茅草下那成堆的枯骨烧成灰，在那里种上了红薯和苞谷……

老太太叙着，橘香便在一边无声无息地抹泪。喻杰听着，他的表情沉重。他能想象得到，娘和橘香过得有多艰难。

砚斌可能是看出了爸脸上的沉重，他说："奶奶您莫讲了，您这陈谷子烂芝麻都讲一百遍了。"

奶奶却说："你们听厌了，你爸还没听过呀！"老太太接着又说："砚斌可受苦了，从小就跟着我们受苦，我和橘香到山坡里干活，就将他放在地沟边的阴凉下睡觉，好多回，等到我们干完活来抱他，他身上早就爬满了蚂蚁……"

砚斌说："奶奶您莫讲了。"

奶奶却又说："砚斌读三年书就回来放牛，望着别人家的孩子上学，他哭着闹着要去，可是我们再也送不起。他听话，哭一夜过去，也就不再闹，帮着我们一块干活……"

老太太那像小溪水一样的叙说，将窗外的寒夜叙得苦雾重重。不时，对门山上的树林里，有夜莺的叫声飘过来。

夜深后，都睡下了。长途奔波后的喻杰，却怎么也睡不着，火塘里的火熄灭后，房子就冷下来了，寒夜的山风从墙上那一道道裂缝里灌进来，整个屋子都凉透了。这屋，还是在喻杰的爷爷手上修筑的，一百多年了。

到横圳去

喻杰习惯早起，山林里的鸟还没叫，天还没有大亮，他便悄悄起了床。推开院门,那扇笨重的杉木门踉着门斗,发出一串苍凉的"吱呀"声,这声音,和喻杰儿时听到的一模一样。

他过了小木桥,踏着溪边小路上的露水,沿着山边往上走。这时,天边泛起了鱼肚白,连云山的山埂上,慢慢地有了一抹胭脂红。他仰望着连云山,长久地注目,在那片深山密林之中,他在那里打了三年游击,他熟悉那里的每一道山梁,每一道深涧。一团团白雾在山腰上滚动,飘散到田野的上空之后,便慢慢变成了一抹轻烟,在村舍上空游移,他深深地呼吸着田野上清润的空气,他真切地闻到了这片土地上散发出来的固有的气息,这是庄稼人迷恋的泥土气息。

这边和那边的屋场里有了人语,天已大亮。一条白狗,站在溪边一栋杉皮屋前的石级上,朝这边懒懒地叫着。他循着狗叫声从田埂上走过去。他知道,这是重生的家。重生的爹和喻杰虽是堂兄弟,但却胜似亲兄弟,他们一道跟着喻庚在村里闹农会,一道在连云山上打游击,后来,他爹的脚被百节蛇咬伤了,他跑不动了,被"挨户团"抓了,后来,他的头被割了,挂在枫树坳的树干上示众。

喻杰愈是走近那栋杉皮屋,那狗便愈叫得凶,后来,重生睡眼惺忪地从屋里出来了,他一看是喻杰,赶忙将狗赶开。"大伯,您早呀!"

喻杰笑着说:"重生呵,我是上你支书家报到了,从今天起,我就归你管了。"说着,从口袋里掏出组织上开出的党员介绍信,塞到重生手上。

重生说:"正好我们今夜要召开一个支委会,研究大队干部分工蹲点的事,您老来参加这个会,一来欢迎您回村,二来请您指导工作。"

喻杰说:"支委会我不参加,我往后参加你们的党员生活会。"

重生说:"大伯,您老回来了,就是我们村里的头,村上的大事小事,都听您的。"

喻杰说:"重生哪!话不能这么说,你是支书,你就是村上的头。至于我,顶多给你们当个参谋。"他说得极严肃。

重生说:"大伯,正好今天村里有一件大事,就要请您参谋参谋了,您看这丽江河该怎么走?"

喻杰一下子被问蒙了:"丽江河自古以来就是这样七弯八绕走的,何解还要我来参谋它该怎么走?"

重生说:"是这样,这回农业学大寨,公社做出了决定,要在今冬明春将丽江河改直。"

"好好的一条河,为何要将它改直呀!"

"改直了,原来那些弯弯绕绕的河滩河湾,就可以用来改成良田了。"

喻杰沉默了半天,嘘了一口气:"蛇有蛇道,龟有龟道,水有水道,这河哪能说改直就改直呢?河流是需要这些弯弯绕绕来缓冲的,如果改成一条直河,洪水一泻到底,就是铁打的河床也要给冲毁呀,这自然规律,哪能说改就改。"

"大伯呀!我们也向公社反映了,可是,公社革委刘主任说,芦洞公社的芦溪河也正在改,成了全县最抢眼的亮点。人家能改,我们为什么不能改?他还说,这是农业学大寨的态度问题,谁反对就斗争谁。"

喻杰气愤地说:"这是乱弹琴。"

重生说:"大伯呀!等会公社刘主任亲自带人来放线,您老莫过问,莫参谋这个事了,您现在也是泥菩萨过江,自身难保,莫把火烧到您身上来了。"在喻杰归乡的前几天,重生已接到了公社革委会刘主任的通知,上边下达的是八个字,"不冷不热,不接不送",因此,重生心里知道,大伯眼下的处境并不好。

喻杰语重心长地对重生说:"该管的事还得管。"

这时重生的媳妇素珍迎了出来:"大伯呀,您老快进屋里喝茶。"素珍拉着他的手,热情地将他迎进了屋。

这屋也像喻杰家的屋一样,有一百多年了。

喻杰说:"你这屋,四处裂缝通风呀!"

重生说:"我这屋再住十年八年没事,您那屋,有一面墙已经倾斜了,真的危险,大伯您回来了,一定要抓紧砌屋。"

喻杰说:"我知道了。"

素珍将热气腾腾的茶端了上来。喻杰一边喝茶,一边过细打量着这三间大屋,屋里摆着三张床,床上全是猪油筋一样的破絮被,三个孩子还都睡在床上。四壁空空,一张缺角露缝的桌子,一个破旧的大木柜,几把没有靠背的椅子……这些家当,总共只怕算不得一百块钱。

喻杰问重生:"你娘什么时候过世的?"

重生说:"1960年。"

喻杰的脸色突然变得那么沉重。重生爹的头挂在枫树坳示众时,他娘哭得死去活来,哭到最后,她的喉咙里便再也发不出声音。她在那颗滴血的头颅前说,她要替他把孩子养大。后来,她果真没有再嫁,她苦苦守着这个才三个月的儿子,把他抚养成人。

素珍说:"大伯,您老在我们家吃早饭,我这就去做饭。"

喻杰说:"不了,家里做好了。"说着,他便出了屋。

素珍说:"下回我们再专门请大伯来吃饭。"

从重生家里出来,太阳已经一竿子高了。小溪两边的田野上,弥漫着一重轻淡的紫雾,一缕缕炊烟,从各家的屋顶上升起,像梦一样缠绕在村庄上空。对门屋场里,有女人在喊着河滩上放牛的孩子回家吃饭。

砚斌站在小桥上张望,老远便喊:"爸,您跑到哪去了,该吃饭了。"

喻杰说："这改河的事你知道了吗？"

砚斌说："知道，全村的人都知道了，公社已经开了动员大会，今天画线，明天就动工，炸药都买回来了。"

"要炸药干什么呀？"

"这河道要改直，就要将斩蛇口、牛屎坳、龟背嘴炸开。"

"这一炸，丽江村还像丽江村么？"

砚斌说："我们都晓得搞不得，可是公社铁了心，硬要把这搞成农业学大寨的样板工程。"

喻杰不再说什么。他们回家吃过早饭，便一道到河堤上去了。这时，公社革委会的刘主任带着一帮人已经到了，大队干部也都到齐了。

公社刘主任比画着，查看着。

喻杰站在人群里听着。后来，当他们终于将改道的线路定下来，开始打石灰线时，喻杰站出来说话了："刘主任，这河道改不得。自古以来，水随势走，人有人路，水有水路。"

刘主任说："山那边的芦溪河，和我们丽江河一样，他们已经改好了，这农业学大寨的形势逼人哪！"

"这是蛮干，最后是劳民伤财。河流随弯顺势走，那是自然的缓冲，你将河改直，它一冲到底，后果不堪设想。到最后，河水还得照它自己的路走，而新改出的河道又会将田地毁坏。"

刘主任说："这是公社革委会做出的决定，我们要让高山低头，要让河流改道。这是时代的召唤。"

喻杰说："随你哪里做出的决定，随你哪里的召唤，这丽江河改不得。"

刘主任将脚一跺，"你敢破坏农业学大寨，我组织贫下中农斗争你。"

喻杰在鼻子里重重地哼了一声,他高高地举起了手上的拐杖:"你这化生子,败家子,老子今天要抽醒你一头雾水。"

刘主任被喻杰这气势吓了一跳,他赶忙往后退。

几个大队干部围上去,好不容易才将喻杰拖住了。

刘主任骂骂咧咧地走了。这丽江河改道的事,也就丢在那里了。

刘主任回到公社,立即给县革委会打电话汇报,他说这刚回乡的喻杰,破坏农业学大寨,请求上级批准召开群众大会,对他进行斗争。不搬开他这块农业学大寨的绊脚石,加义公社的农业学大寨莫想进行下去。

县革委会的回答是斗不得,因为上级下达的是"不冷不热,不接不送"的八字方针,没有说他是走资派,他毕竟是走过了二万五千里长征的老革命。

丽江大队改河一事,就这样不了了之。

从河堤上赶走公社革委会刘主任之后,喻杰回到家里,气得中饭都吃不下,他不停地骂着:"这些化生子,不搞植树造林,不抓封山育林,一门心思打歪主意,好好的山,好好的水,都要败在这些化生子手上……"

砚斌在一边劝他:"爸呀!您回来了,就是颐养天年,好好养着身子,多陪奶奶说说话,往后再莫管村里这些闲事了。"

喻杰说:"谁说这是闲事?让他们这些化生子将山炸了,将河改了,这丽江村还像一个丽江村吗?这一塅田土往后还能种作么?"

"可是,万一他们来开您的批斗会,您何苦吃这眼前亏呀!"

"让他们来批斗呀!我这一辈子,什么亏没吃过,什么风浪没见过。"

砚斌愣在那里,半天,才吞吞吐吐地说:"爸呀,您这一辈子,就是吃了脾气犟的亏，1959年，把您下放到山东……"

喻杰说："我在粮食部管粮食，我能不知道一亩田产多少斤谷子么？你是种田的，你说一亩田能产三万九千六百斤稻谷么？"

砚斌说："都知道产不了，可是都不说，就您说，还不到头来就您吃亏。"

喻杰重重地叹了一口长气，不再说什么。

砚斌过来给他捶着肩："爸呀，我是为您好，往后您少操点闲心，少怄气，把身体养好，您这一辈子，吃了那么多苦，您要活到奶奶那个年纪去。"

他微微地合着双眼，任儿子揉捏着。在过往的岁月里，他似乎从不曾享受过这样的温情。

儿子一边给他揉捏，嘴里仍滔滔不绝地说着："爸呀，您这一辈子，应了一句老话，叫'牛屎外面光，里面草茫茫'，说起来，您在外边当了那么大的官，蛮好听，实际上您没过过一天好日子，家里人也没沾您一点光。前半辈子您是枪林弹雨中爬雪山、过草地，吃树根、吃皮带，九死一生。后半辈子您一会儿下放，一会儿挨批斗。我细妈（指陈希），不是因为您，她也不得服毒寻短见。我娘和我奶奶，一辈子都在为您担惊受怕，求神拜佛……"

喻杰微合着双眼，任儿子在背后一边揉捏一边唠叨，他装作没有听见。

夜里，父子俩打着手电，一起到大队部去参加支委会。

他们走进大队部时，大伙便站起来，热烈地鼓起了掌，都说："我们欢迎达老子回乡。"

喻杰呵呵地笑着说："你们不要这么热烈鼓掌，也不要说欢迎。喻杰回乡当农民，上边有规定'不冷不热，不接不送'，你们晓得啵？"

大伙说:"达老子,您是我们丽江村的光荣。"

喻杰说:"你们莫给我戴高帽子,我今天来参加支委会,一是来报到,二是想听听大伙的意见,丽江村怎样才能让大家吃饱肚子。我们当初出去闹革命,就是没饭吃,想肉吃,没想到,几十年过去,大伙还是吃不饱肚子。"

喻杰这话一出口,大伙便叽叽喳喳议论开了。有的说,这农业学大寨,山坡上的梯田开了不少,就是收不到谷子,那田不住水。这合理密植,田里的禾密栽到了四六寸,可就是不增收,年年亩产只有六七百斤。还有的说,主要是自留地没有经营好,劳力天天集中到了大田里干活,天天都在大田里磨洋工,自留地却没有工夫去精耕细作,结果是扁担没扎,两头失塌。如果自留地里的瓜菜和杂粮种好了,也能当半年粮……

喻杰认真地听着,大伙你一言我一语热烈地议论着,最后,都说要达老子出主意,因为达老子是当过粮食部长的角色,一定会有好主意。

喻杰说:"我当粮食部副部长,也毫无办法让大家都吃饱肚子,我们只是出台了一个'粮食统购统销'的政策,让大家匀着吃,不要胀的胀死,饿的饿死,这样一匀,大家都半饥半饱过。"

"这'粮食统购统销'还是您搞出来的哟,把我们的粮食将近一半都征走了,真是害人。"

喻杰便笑:"不征走你们的一半粮,还有一些就要饿死。"

"莫扯那么远了,这还是五十年代的事。达老子您要出出主意,有什么好办法,让我们眼下能吃饱肚子。"

喻杰说:"你们刚才讲的我都细听了,这开山造田在丽江不适合,一来山上水源不足,二来丽江的山全是砂石山,不住水。到头来,山挖坏了，造成水土流失，稻谷一粒也种不出，这是不切合实际。在大田里密植也是屎主意，禾苗栽到了四六寸，这就密不透风了。庄稼也和人一样，只有通风透气，才能生生气气。"

"可是，谁要是不栽四六寸，公社刘主任就会下来批斗谁。"

喻杰说："丽江村就不栽四六寸，我们这里冷浸田多，只能栽随手禾。要斗，就让他来斗我。"

"达老子您是爬雪山过草地的老革命，谅他们也不敢斗争您。"

喻杰说："要斗我也不怕，我斗争挨得多，习惯了。"

大伙便笑，喻杰自己也笑。

接着喻杰又说："刚才大伙说到自留地没种好，我看说到点子上了，俗话说，'有菜便是半年粮'，各家各户都将自留地上的瓜菜、红薯、豌豆、麦子种好了，这要填饱半边肚子。大伙莫小看了这些杂粮，前些年，我们国家每年的油料缺口是三万五千吨，怎么办呢？我就带着油脂局的同志到下边去调研，结果发现，云南地区可以发展椰子、野生蓖麻子榨油，海南岛可以种植油棕榨油，陕甘宁地区有一种叫'木瓜'的油料，榨出来的油还蛮香，河北地区还有一种叫'文官子'的油料也很不错，结果，我们将这些杂物发展和充分利用起来，每年三万五千吨的油脂缺口就补上来了。因此，我建议丽江大队的社员，每个月放三天假去种好自留地。"

大伙禁不住一齐发出了热烈的掌声。

"达老子，有您给我们撑腰，我们的肚子不说全吃饱，但至少也要少挨几天饿。"

"可是，公社要是知道了我们放假种自留地，只怕会将丽江大队当活靶子批。"

喻杰说:"要批就来批我,这是我的主意。"接着,喻杰又将话锋一转,"可是,仅仅种好自留地,这也解决不了大问题,丽江要打翻身仗,还得做好山上的文章,丽江山多田少,以前我们这里是油海之乡、竹海之乡,沿丽江河上,十多家纸碾坊,十多家油榨坊,大革命时期一把火将山烧光之后,这四十多年,山上尽是长着没用的荆棘丛林,因此,我们必须大搞植树造林,要把油茶树栽回来,把杉木培育起来。"

重生说:"大伯呀,这植树造林公社已经做了一个规划,今冬明春,要在丽江河两岸造出一个十里林场。"

喻杰说:"全部挖转开垦也没有必要,昨天沿河上来我看到,好多地方的幼苗都长到茶杯粗了,没有三四年长不到这么大,挖了太可惜,我们在中间补植就行了。"

重生说:"我们也向公社提了这个意见,可是刘主任不同意,他说补植不好看,必须统一开垦,统一造林,这样才整齐划一,便于外边的人来参观。"

喻杰说:"你们莫听他放狗屁。"

"达老子,我们听您的。"

"达老子,有您撑腰,我们的日子就会好起来。"

喻杰说:"这河里还有文章可以做。我们丽江水多,落差大,这河上是修电站最理想的地方。"

"可是,我们现在肚子都填不饱,哪里还有钱去修电站呀!"

喻杰说:"这事急不得,一口吃不成胖子……"

这闲谈一扯,便不知不觉到了半夜。喻杰猛然醒过神,忙说:"不扯这么远的事了,言归正传,你们赶紧安排支委分工蹲点的事情吧。"

丽江村七个支委,要包办七个最差的生产队,公社有硬性规定,凡大队支委委员办的点，粮食产量必须亩产过"纲要"（八百斤），工价必须达到三毛八以上。

大伙议来议去，这工怎么也分不下去，最边远的一个生产队叫横圳生产队，谁都不愿到那里蹲点。横圳山高路远，那些田几乎全都是挂壁丘、斗笠丘、蓑衣丘。日照少、冷浸多，加上那个生产队的人又懒，好吃懒做习惯了，年年指望着上边的救济。

会议磨来磨去，不知不觉开到了鸡鸣时分。

喻杰说："砚斌呀，大家都不愿到横圳去，我看你就到横圳去。"

砚斌倒抽了一口冷气："爸呀，到横圳去开个会，都得走半天呀！"

喻杰说："我知道，那时我们打游击，躲在横圳的日子多，到横圳的路，哪里转一道弯，哪里有一个缺口，我现在一闭上眼睛还记得。"

"横圳尽是挂壁丘，冷浸水田，亩产只有三四百斤，就是累死在那里，也达不到八百斤。"

喻杰说："横圳山高路远，但也有它的优势，冷浸水田里长出的禾苗不易发虫，山上植被多，容易积肥沤粪，我是作田里手，我帮着你一块去蹲这个点。"

砚斌却低着头，半天不吭声。

喻杰说："就这么定了，大伙散会吧，都半夜过后鸡叫三遍了。"

会就这样散了，砚斌打着手电，照着父亲往回走，一路上，父子俩一句话都没有。

喻杰心里知道，儿子是在生他的气。他说："砚斌，你不要把横圳生产队的事看得那么难，我现在回家了也没什么事，帮你一块去办那个点，把横圳生产队的事办好。"

砚斌没好气地说："您又没有三头六臂。"

喻杰说："你可不能小看你爸，你爸这一辈子，什么难事没经历过！"

砚斌有些不耐烦地说:"爸呀!那时您年轻力壮,现在您老了,还一身的病,莫说让您到横圳去干活,就是跑一个来回,这十来里山都够您受。"

喻杰沉默了。他确实忘了,自己身上有病,因肠胃大出血,他在北京医院刚刚住完院,便拖着病残的身体回了老家。

寂寂地走过一程,喻杰突然说:"这里到横圳,路是远了点。砚斌哪,我们那房子墙都倾斜了,得抓紧另砌房子,我们何不把新家安到横圳去呢?"

砚斌倒抽了一口冷气:"我的个爸呀,您这不是从米箩里跳到糠箩里去吗?我们这里是塅里,田肥水旺,人平一亩多田,横圳是洞峡里,山高路陡,每人平平不到四分田,横圳可是屙屎都不生蛆的地方,十个人有九个打单身,您太不了解情况了。您不为自己想,您还得为子孙后代着想。"

喻杰说:"我不了解情况?那时我们在横圳山里蹲山打游击,哪道梁哪道坡我没钻过呀!"

砚斌不再搭理他。父子俩回到屋里,一句话都没有,各自倒床便睡。

喻杰一上床便发出呼呼的鼾声,这些天劳累奔波,他实在是累了。而砚斌却在床上翻来覆去怎么也睡不着。老头子一回来,便接二连三闹出这么多事,他担心公社会来整他,他更担心老头子将这个家迁到横圳去。

第二天,喻杰便迫不及待地拉着砚斌上横圳去。因为刚出院,他的身体还十分虚弱,才走出两里地,便气喘吁吁,满头大汗。他们在路边的石头上坐了下来,砚斌心疼地取下扎在腰上的长布手巾给他擦着满头大汗。他说:"爸呀,您还是回去歇着吧,我到横圳去开个会,把生产安排一下就行了。"

喻杰说:"我要去,一来我要去把砌新屋的地方定下来,二来要广泛动员群众上山积肥,在冬天里把粪凼沤起来。"

"爸呀!您再郑重考虑考虑,你不能把家搬到这洞峡里来,您要为子孙后代想。"砚斌在讲着这话的时候,声音都在打战。

喻杰说:"我昨夜想了一夜,今天早晨,又想了一早晨,我想好了,正是为了子孙后代好,我才下定了决心,要将这个家搬到横圳去。"

"老爷子,横圳有哪一点好,您讲给我听听。"

喻杰说:"大革命时期,横圳是我们丽江村死人死得最多的地方。我有三十多个战友就牺牲在那道山坡里。我们把新屋砌到那里去,一来我去给那些战友们做个伴,心里安然。二来让我的子孙后代时刻记得那些死去了的人,莫忘了根本,好好做人。"

砚斌不再说什么了。他知道,老头子拿定了的主意,九头牛都拉不回。他们走走停停,四五里山地,走了一个小时才到横圳。

到了横圳实地查看之后,为新屋的选址,父子俩又产生了分歧。砚斌主张将屋做在洞口上,一来做屋进材料方便,二来往后出山也少走一段山地。而喻杰却坚持要将屋做到洞底里,一来那里是一片荒山坡,不占田土,二来他的三十多个战友就牺牲在那片荒坡上。

争来争去,最后儿子还是没能拗得过老子。这年秋天,喻杰家的七间土坯屋在荒山坡上修筑起来了。喻杰带着一家老小住进了这栋新屋。

自从喻杰和儿子砚斌进驻横圳办点的那一天起,他便天天过问生产队里的事,他亲自带领大伙到山坡上去积肥,将那些陈年枯草枯叶一担担挑到冬水田里,每一丘田都沤起一个大粪凼。他胸有成竹地对大伙说:"有这么好的有机肥下稻田,不愁秋后没有好收成。"

一个冬春,他带领着全队的男女老少,将近边山上的枯草烂叶全都沤进了稻田。春耕时节,这些沤烂了的草叶,散发出了熏人的腐臭气息。这一年,横圳的稻田里长出了从未有过的收成。秋后,横圳的亩产一举突破"纲要",达到八百一十三斤。

走过的路蹲过的山

这一天,有一个跛脚老人上喻杰家来了。

他向正在阶矶上铡猪草的喻杰的孙媳妇吴菊英打听:"达老子是住这里吗?"

菊英上下打量着这位满身风尘的跛脚老人:"这是达老子的家。您老是从哪里来的?"

老人说:"我从杜庄山里来。"

杜庄离着丽江村有七十多里山路,菊英感到有点惊讶,这老人是怎么拖着一条跛腿走这么远的路来的? 菊英迟疑地问道:"您老找达老子有事吗?"

跛脚老人说:"我来看看他,都三十八年没见了。"

菊英请老人进屋,给他泡了茶,然后将爷爷叫了出来。

跛脚老人赶忙站起来说:"总支书,你还认得出我吗?"

喻杰一惊,他担任总支书一职,只有一年半时间,那是在1932年秋,他奉命率领十九人到桂东打游击开辟根据地,经过十个月的艰苦斗争,他的队伍从十九人扩大到了六百多人,并且还为井冈山筹集到了大批粮款,他由连指导员破格升为正团职,担任万县、赣江、南康游击队党总支书记。

喻杰摇着头，迟疑地问道："你是桂东游击队出来的？"

跛脚老人说："总支书，我是牛满呀！你何解不记得了？"

"啊，牛满，我还以为你早死了。"说着，喻杰扑过去，一把将他抱在了怀里。两个老人，长久地抱着，泣不成声。

1928年秋他们就认识了，他们在喻庚的领导下，神出鬼没地在湘鄂赣交界的这片山地上打游击。三年后，1930年5月初，他们的游击队并入红军队伍。

5月15日，他们攻克了平江县城，20日，又攻克了修水县城，7月22日攻打长沙……后来他们一同上了井冈山。

1932年秋，喻杰率领十九人到桂东开辟根据地，牛满便是其中之一。十个月后，当喻杰带领着六百余人马浩浩荡荡地挥师赣江时，牛满的左脚却被一颗子弹打断了，他再走不动路。

喻杰将牛满安置在老乡家里养伤。他再三叮嘱他，安安心心地把伤养好，然后再来追赶队伍。牛满便安心在老乡家里养着。三个月后，他的伤好了，但脚筋打断了，再也长不拢了。他跛着一条腿追赶队伍，苦苦追寻了三个月，而队伍却音信杳然。后来，他不得不跛着一条残腿沿途讨米要饭，半年后终于回到了杜庄。

喻杰告诉他，队伍在南康开拔后，连续经历了七十八天的远征苦战，最后终于在1934年10月24日到达黔东，与贺龙的队伍会师。会师后，这时的二、六军团已经有了一万一千余人。

1935年2月8日，反"围剿"战斗在溪口棉花山打响，战斗异常残酷，部队苦战到4月12日，他们随二、六军团向北转移。15日，冒着倾盆大雨沿澧水，经两河口、南岔，直插桃子溪，随萧克、王震率领的先头部队进到桃子溪北口……

这个时候的部队已经是残缺不全了，一个个拖得骨瘦如柴，1935

年5月初，他率领全体后勤人员在象耳桥、江垭地区广泛筹集粮款，扩充新战士，旋即返回永顺、桑植、龙山。5月上旬，红二、六军团主力进逼龙山地区，随后，包围了宣恩县城，打响了刘家湾战斗，歼灭敌四十一师全部。8月8日，二、六军团又在龙山芭蕉击溃了湘军陶广部十个团，至此，终于粉碎了这次"围剿"。9月，主力东进，但随即却遭受了更大规模的"围剿"，敌一百二十九个团的兵力汹涌而来……

1935年11月上旬，他们在桑植进行了短暂的休整。11月19日，六军团在桑植塔铺的枫树塔举行了突围誓师大会，军团长萧华向部队下达了突围命令。当晚，部队开始向湘中挺进。这时，他们根本没有意识到，这便踏上了长征路……

20日下午，先头部队在王震带领下到达澧水北岸大康的张家湾，大部队长驱直入，一边打仗，一边筹集粮款……继而，二、六军团向贵州石阡、镇远、黄平地区转移……

直至1936年2月27日，二、六军团才退出黔西、大定、毕节，进入云南，渡过金沙江。他们沿东岸北进，转入了人烟稀少的青藏高原，7月初在甘孜与红四方面军会合……

这时，他们做梦也没有想到，张国焘想吃掉红六军团。他将六军团的干部进行了大改组，他被调至红四方面军供给军校当校长。

红军三大主力会师之后，他随红四方面军一部西渡黄河，进入甘肃河西走廊地区，后来这些过河部队统编为西路军，他们在那里遭到了马步芳、马步青匪帮的反复分割包围。西路军虽然也打了一些胜仗，但终因长期征战，长途跋涉，人困马乏，又没有后勤补给，在经历了凉州、二十里铺、山丹、古浪、永昌、高台战斗之后，主力损失相当大，他带领着供给学校的师生员工，走走打打，最后几乎是弹尽粮绝……

这时,西路军首长召开了一个紧急会议,决定分成三个支队突围,然后躲进祁连山打游击。他奉命带了十八个学员组成一个游击小组从祁连山北麓突围。他们这一支队伍,多半是女同志和伤员。

乘着夜色,他们成功突围,溜进了祁连山的深处。他们在深山里坚持到了1937年初,因为没有吃的,又加上敌人经常追索搜山,他们决定,与其等死,不如溜下山,从高台过黑河,由北山向宁夏前进,然后渡过黄河回延安。

他们乘着夜色成功地下了山,钻进了山下的一片林子,然后摸索着靠近黑河,正走着,他忽然踩着一个什么东西滑了一跤,他倒在了一具被雪盖着的红军战士的尸体上。显然,这是走在前边的队伍中牺牲的同志……

他们昼伏夜行,继续往东走,忍饥挨饿,人很疲劳,骑在马上有时就突然掉了下来。这样走走停停几天之后,在一个傍晚,他们被马步芳的一连骑兵包围了,他们弹尽粮绝,饥寒交迫,怎么也突不出去了……凶残的敌人将他们身上的棉衣棉裤全部剥光,只剩下一条短裤,一件短衫,他们被押着往高台方向走。到了高台后,住了一天,逐一对他们进行审讯。他一口咬定,就是一个当兵的,什么军事机密都不知道。敌人用鞭子一遍又一遍地抽他,他还是什么也不知道。折磨三天之后,这时敌人有一批伤员下来,要他们去抬伤兵,他就强撑着身子抬着伤兵,进入了青海山地。

一天晚上,那两个押解的兵也疲乏不堪了,一坐下来就开始打瞌睡,连晚饭也没吃。他拿了一只瓦碗,盛了一些面粉,对那个看押的兵说,他到老百姓家里去煮点面糊给长官吃,没等回话,他便朝山中一户人家走去。他在山民家烧着牛粪将冰块化了水,煮了两缸面糊糊,自己一点也没吃，旋即返回送给那两个看押的士兵吃。他们的肚子正饿得发慌，见这么快就弄来了吃的，十分高兴，还问他吃过了没有，他说没有。看押的士兵说，那你也去煮点吃的吧。

他便又去煮面。这时夜已深，他根本顾不得肚子，拼命地往林子里跑，一口气跑出了十几里地，就这样跑了出来。但这并不见得脱了险，山上到处都是马家军，他只能白天隐蔽在山林里，晚上悄悄潜行。

他身无分文，只能吃野草、树皮，碰上了人家，便去乞讨。但凡是有粮的人家，都喂养着高大凶猛的狼狗，那狗大得像小牛犊一样，夜里只要有一点动静，它们便会凶猛地扑过来撕咬……

那些凶猛的狼狗，不怕用棍子打，却怕用石头砸，每次追过来，他就往地上一蹲，装作捡石头的样子，狗就赶紧逃回去，等他朝前走，它又追过来，就这样，被狗纠缠着、威逼着，每次都好难脱身。

他终于走进了一片大草原。蒙古草原上的风大得吓死人，鬼哭狼嚎一般一次次席卷过来，有过好几回，人都被卷着飘起来，差点就被卷走。有时，根本直不起腰，只能趴下身子，在水草中爬着走……那一天上午，他爬着爬着，满身子都陷在烂泥里，手脚已经被浸泡得跟死人一样浮肿发白。他还没有清醒地意识到这是怎么回事，突然，他的身子一下子就陷进了泥潭，无力自拔，身子在慢慢地慢慢地往下沉，他拼命挣扎朝上爬。可越是挣扎就越往下陷，由大腿一下子陷到了小肚子上，再往下陷就没有命了，正在这时，后面有两个突围出来的战士发现了他，但也不能接近他，要不也会一同陷进去。情急之中，战士脱下身上所有的衣裤，结成了一根绳子，用力甩过来，他接过绳子，死死抓着。那边两个人拼命地拉，用尽了所有气力，好不容易才将他拉出来……

十几天后，他们终于克服难以想象的困难，冲出绝境，走出了这片大荒原。一条大河横亘在他们的面前。他知道，这就是黄河。这时，他的双脚早已溃烂，没有鞋子穿，脚皮一层一层剥落下来，血淋淋的双脚沾满了紫色的淤泥，使人分不清到底是血还是泥。脚趾和脚板间裂出一条条深沟，一碰到地面就像针扎一样痛。后来，他不得不在地上爬着走……

十多天后，爬到镇原城头下，望着城墙上的红旗，看到自己的队伍，他的眼泪再也忍不住像水一样流。这已经是1937年的初夏，他从祁连山讨米到镇原，路上整整走了三个多月。他走进援西军司令部，刘伯承司令员抱着他，声音哽咽着说："你总算回来了……"

刘司令员叫人给他拿来一套军装，要他去洗个澡，剪个头。又吩咐炊事员赶紧去给他弄点吃的，还要医生来给他疗伤。

……

喻杰留跛脚的牛满在家里住了三天。他们白天聊，晚上聊，各自讲着分别后走过的路。

孙媳妇吴菊英在一边给他们泡茶，听得入神，有时都忘记了做饭，忘记了铡猪草。

喻杰问牛满："你从咏生山里来，应知咏生事，现在咏生的老百姓生活怎么样？"

牛满说："很苦。大革命时一把大火将油茶林烧光后，漫山遍野疯长着荆棘丛林，山上几乎没有什么收入。绝大多数人还没有解决温饱……"

牛满这一说，喻杰便一个通宵翻来覆去没有睡觉。

第二天一大早，喻杰对牛满说："我想跟你一路进咏生山里看看去，我们要去还债呀！"

牛满说："你能走这么远的山路吗？"

喻杰说:"我能,慢慢走吧!边走边歇。"

咏生,是泛指连云山下处于加义镇、长寿镇、童市镇、虹桥镇之间广袤的大山。1934年6月,红六军团十六师的师长高咏生在这片山地上遇难之后,湘鄂赣省委为了纪念这位忠诚的战士,便将这片山地划为咏生县。然而,咏生县在人们记忆的长河里也只是星光一闪,1942年"皖南事变"之后,湘鄂赣省不存在了,咏生县也同样不复存在。

但是,在喻杰和牛满的心目中,这片大山依然还是叫作"咏生"。

喻杰和牛满第一天走出了丽江村,第二天走过了谢江村,第三天走进了清河村,这便算是进入咏生了。这时的山越来越高,连绵起伏,全都罩在早春朦朦胧胧的细雨里,看不清眼前的山到底有多高。

喻杰说:"这清河的山,原来也和我们丽江的山一样,生长着清一色的油茶树。"

牛满说:"是啊,这一河水上,有过四十八家油榨坊,一十二条屠凳,年产茶油上万担。民国十七年秋,'挨户团'一把火从三峰尖烧进来,把油茶树全烧光了……"

喻杰不再说话,他神情黯然。

后面,有两个年轻人,每人挑着一担煤油,气喘吁吁地追了上来。他们认得牛满,老远便客客气气叫他牛满。

牛满称他们为老六和狗牯。

牛满问他们,这是从哪里来。

他们说,从加义镇上挑煤油来,上边照顾复兴大队每户每年一斤煤油,大队上安排了他们两个人去挑,从加义镇来回跑一趟,二百六十多里山路,得走三天。

喻杰问他们，一户一年一斤煤油，够吗？

他们说，差不多，反正只有吃夜饭时点一会儿灯，吃过饭便睡了。不过硬是少了也不要紧，还可以点松明子，点竹片。

牛满向他们介绍："这是老革命，丽江村的达老子。"

狗牯说："达老子，真是做梦也没想到今天在路上能碰到您。我们早就想到丽江来看看您老呢，可是又怕看不到。"

喻杰笑着说："看得到，我家的门好进。"

老六问喻杰："我听我爹说，您当初去参加革命，就只为没饭吃，想肉吃。后来，你们打开了虹桥镇上丁万山的粮仓，扯开肚皮胀个饱之后，您就准备回家了。指挥员对你说，你自己吃饱了还不行，山那一边的穷人还在挨饿，我们还要去解决他们的肚子问题。于是，您这才又跟着队伍走。到了山那边打完土豪、分完田地之后，您以为可以回家了，您没想到队伍还要走……后来，您就跟着队伍走过了二万五千里长征。我爹还说，因为您一直关心肚子问题，后来，毛主席就让您去管全国人民的吃饭问题。"

喻杰笑着说："是这样，也不是这样。"

路一直逆小溪水而上，时而贴着小溪边走，时而伸到山的半腰。

牛满对他们说："我们走得慢，碍你们的脚，你们打头走。"

他俩说："不碍，这路也只走得这么快。"

这路上，铺满了厚厚一层枯枝腐叶，走过去，臭浊的泥浆水呼呼地直往外冒。

爬上三峰尖，他们一个个已经是上气不接下气。

牛满对两个年轻人说："你们先走，我们要歇歇脚了。"

于是，狗牯和老六就打头走了，他们再三邀请达老子到他们家里去吃饭，去住。喻杰说要得，他在这山里转悠，走到哪里，吃到哪里，住到哪里。

山风吹过来，浓浓的雾便朝着山坡下翻滚下去。不一会儿，太阳出来了。阳光的照耀下，喻杰甚至看清了对面石壁上那条四十多年前写下的赤色标语："猛烈扩大红军"。

喻杰清楚地记着，那年红十六师在修水打散之后，退进山来的还不到三百人，这片大山收留了这支溃不成军的队伍。这山上遍地都是葛藤、三七、半边莲、大风藤、鹅不食草、七叶一枝花……喻杰现在还能在这路边认出好多种当年用过的草药，正是这些草药，将那流着脓、生着蛆的肌肤，慢慢地敷洗出了红嫩的新肉。那红薯丝拌野菜的饭，那南瓜汤，又使得一张张黄皮寡瘦的脸有了血色。

他们急需猛烈扩大队伍，他们将歌写遍了通往长寿镇、加义镇、童市镇、虹桥镇的大路口：

老子本姓天，
住在红石尖，
有人来吃粮，
八毛钱一天，
要问生活好不好，
腊肉用油煎。

老子本姓天，
住在红石尖，
穷人出点力，
富人出点钱，
要是不出钱，

鼻子请朝天……

坐在山坳上抽过一袋烟，山风吹过来，一身汗湿过的衣服一下子就冰凉了。牛满对喻杰说："不能久坐了，怕着凉，我们慢慢走。"

他们起身又走。雾又随着山风从深谷里飘游上来，且越来越稠密。深涧里，传来空空洞洞的流水声。

下完这道长坡，天就麻麻暗了。天黑尽时，喻杰走进了牛满的木屋里。

牛满告诉喻杰，1934年他讨饭回来时，这山里方圆上百里没有人烟。《平江人民革命史》一书上记载，咏生山里原有房屋284栋、2272间，人口6642人，大革命后，片瓦无存，方圆百里绝人烟……

牛满说："我在原来祖上的老屋基上又架起了这三间木屋。守着这山，种着这地，我还一年又一年开垦了几百亩油茶林……"

喻杰说："你一条半腿，还能开垦出几百亩油茶林，这不简单。"

牛满说："我只有这个能耐，别的事我做不了。"

喻杰又问他："这几十年，你何解没找个女子，生个娃？"

牛满说："我这一条半腿脚，不好去连累别人。"

喻杰叹息了一声："你以后干不动活了，就住到长寿镇光荣院去，你是失散红军，可以住进那里去。"

牛满说："我不去，哪里都不去了，那么多战友死在这山坡里，我守在这木屋里，陪着他们。"

喻杰不再说什么，牛满的想法，和他要住到横圳去的想法一样。

夜是无边无际的荒凉，山溪水清清冷冷地流，夜莺不时从林木的深处传来几声凄楚的叫声……

早晨起来，是一个大好的晴天。

三月的溪水，仍冰得人骨头发麻。他们将裤脚挽到大腿上，踩着结满青苔的卵石，一步一滑地走，涉过一道溪水，又走过一片河滩……

牛满告诉喻杰，这一截路不常有人走，十五里没有人烟。

走过四五道溪水后，牛满对喻杰说，接下来的路就不用脱鞋了，路是挨着山边走。他说再走十里地，到杜庄大队的支部书记刘保佑家里去吃中饭。

牛满说："保佑的父亲叫张四清，你还记得这个人么？"

喻杰想了一会儿，摇了摇头："不记得了。"

牛满说："1927年，他当过我们杜庄村的青年部长，放步哨、抬伤员，样样干得出色。后来，他还参加了在江西万载召开的湘鄂赣省苏维埃政府的代表大会。1934年，他任少共区委书记，那年秋天，在四马桥那一仗牺牲了。他牺牲时，张保佑还在娘肚子里没有出生。"

喻杰说："我记起来了，江西万载那个会，我也参加了。张四清，高高瘦瘦的个子。"

牛满说："他儿子保佑也像他，高高瘦瘦。去年，保佑最小的一个儿子坏了，肺炎，在家里拖了几天，人就没了。"

喻杰说："肺炎是不要紧的病，何解会死人呀？"

牛满叹了一口气："他舍不得花钱。在家里拖了好几天，后来，看到实在不行了，这才抬到镇上去，这时已经晚了。"

好久一阵，他们都沉默不语，埋头走着脚下的路。转过两道山弯之后，前边的小溪边看见了一栋杉皮屋，屋顶上冒着缕缕炊烟。

牛满遥遥地指着说："那就是保佑的家。"穿过一片柳树林子，爬上一截石板路，牛满老远便喊："保佑，来了稀客呀！"

保佑从屋里钻了出来，站在门口朝这边张望着："牛满，您老人家来了呀!"

喻杰说:"真是和他爹长得一模一样,又瘦又长。"

牛满说:"老革命达老子回来了,我陪他进山来看看。"

保佑赶忙上前握住喻杰的手:"达老子,我早就听说您老回来了,一直想来看看您,万没想到,您老却上我家的门来了。"

喻杰说:"我待在家里没事,就想出来看看。你娘身体还好吗?"

保佑说:"还好。只是我爹死后,她老哭,把一双眼睛哭瞎了。"说着,保佑便挽着喻杰进了堂屋。一进屋便大声喊:"娘,达老子看您来了,达老子是我爹当年的战友。"

他娘摸索着从里屋出来了,喻杰忙上前握住老太婆的手说:"嫂子,你受苦了。"

保佑娘的眼泪便"扑簌"地掉了下来,她泣不成声地说:"他爹都已经走了四十年。"

保佑搬了几把木凳子出来,让他们在堂屋里坐下,又去打了一盆热水,让他们擦脸。随即,保佑的媳妇又将热茶泡了上来。

保佑说:"你们先喝茶,我帮老婆做饭去了。"

他老婆将灶火烧了起来。保佑却从后门溜出去,"嗵嗵嗵"一路小跑上了后山。

保佑的老婆在灶房里"嗵嗵嗵"地剁着菜,老太婆虽然眼睛看不见,却能在灶弯里帮她烧灶火。一阵忙乱的锅响之后,便闻见了甑蒸饭的香味,油盐的气息,还有辣椒呛人的味道。后来,便好久没有动静了。

牛满到灶房看了看,保佑媳妇和老太婆一块坐在灶弯里,饭甑在灶上冒着热气。

牛满有点不解地问:"保佑呢?"

"他去去就来。"女人埋着头,在吹灶里的火,火灭了,吹起一屋子的烟。

牛满感到肚子在"咕咕"地响了,他估摸,这时只怕到下午两点钟了。

屋子里烟太多,熏得人眼睛都睁不开,牛满便陪着喻杰到屋外去走走。这时,湿雾又浓起来了,他们站在屋门口坪子上,再也望不见对面的山,四野是那么安静,唯有屋角上的竹笕从后山架着泉水流进大木桶里发出的"叮当"响。

支书保佑仍没回来。喻杰看了看手表,已经是下午两点半了。

这时灶房里一点动静都没有了。牛满走进灶房问道:"饭呢?"

女人忙从灶弯里站起来说:"快了,这饭已经熟了,就吃。"

牛满只好又出来,陪喻杰一块在火塘边坐着,闷闷地抽烟。喻杰坐在这火塘边打起了瞌睡。牛满便没再打扰他,自己也靠在椅子上将眼睛合上了。

牛满在迷迷糊糊打瞌睡时,突然听见了一串急促的脚步声"嗵嗵嗵"地从后山下来。他想应该是保佑回来了。后来便听到保佑进了灶屋,喘着粗气小声地对他媳妇说:"跑了六户人家,没有借到一点肉。"

牛满感到心里一阵发酸。他睁开眼发现喻杰也醒了。

这时保佑进屋来了,他穿着一件单衣,流着满头大汗,衣服全都汗湿了。牛满想,他为了去借肉,不知跑了多少路。

保佑说:"噢,你们都打瞌睡了,走累哒。请吃饭,把你们都饿坏了。"

女人这时已经将碗筷铺好,将饭菜都端了上来。一碗新鲜的笋子,一碗炒辣椒,一碗酸菜。

保佑说:"真对不住,一点荤菜都没有,达老子是贵客,从没到我家里来过。"他一边说着，一脸的愧疚。

喻杰说："这是好伙食呀，红薯丝拌饭，有笋有辣椒。"

他们端起碗准备吃时，喻杰发现保佑的娘和媳妇都没上桌，便说："快叫你娘和你媳妇上桌吃饭吧。"

保佑说："她们在灶房里吃。"

牛满知道，这是山里的规矩，家里来了客，女人是不能上桌吃饭的。

喻杰说："保佑呀！苏维埃政权在我们这山里都建立起五十多年了，你何解还不让女人到堂屋里上桌吃饭呀？"

牛满说："既然达老子说了，保佑你就快去叫你娘和你媳妇一块上桌来吃吧！"

保佑便进灶房去叫，她们却怎么也不出来。

吃过饭，牛满便说："该走了，下午到苦竹坳还有十七八里地。"他抬头看了看天，天空又暗了一下，下午只怕还有一场大雨要下来。

"还去苦竹坳，您只怕是发梦癫。"保佑起身夺了牛满的伞和袋子，"天要下大雨了，你们走在这溪沟里，上不得上，下不得下，会困在河滩上。我这个家哪怕就是一棵大树脚下，你们也歇一夜再走。"

牛满说："达老子想多跑几个地方看看。"

保佑说："多住这一夜，误不了事。你们好不容易来一趟，一点荤腥都没吃，真不好意思。这个地方，前不着村，后不着店，出去砍点肉，要得半天工夫。"

牛满说："下回我们再来。"

保佑说："下回何得你们来呢？"

保佑那四个孩子也一窝蜂拥上来帮忙拉拉扯扯，他们将达老子和牛满的伞抢着藏到阁楼上去了。

喻杰到外边的坪子上看了看天色:"下午只怕有一场大雨下来,俗话说,'一光一暗,大水顶坎',今天不走了,就住在保佑这家里吧。"

保佑就笑了。

于是,又回到火塘边聊天。

一场倾盆大雨很快就下来了,简直将天地都落黑了。风声、雨声、雷声、松涛声横亘在山野里,甚至使人感到有些恐惧不安。一阵工夫,小溪里的水就涨起来了。

保佑说:"幸亏你们没走,走了就困在河滩上了。进不得进,退不得退。"

牛满说:"真是天要留人。"

围坐在这火塘边,一边喝着热茶,保佑便慢慢细细讲这山里的事情给他们听。他说,这山里就是人口太少太少,大革命前复兴山里住着六千多人,四十多年后的今天,才四百多人,不及那时的零头。祖上作种过的田土,而今一垄一垄荒废在那里。这田,多是挂壁丘,坎高、水冷、阳光少,还有野猪作乱,到了秋后稻子黄时,还得睡到田边上去,怀里端个竹筒整夜"哪哪哪"敲个不停,你不敲,野猪就来了,一来一群,一阵工夫就扫个精光……

保佑还说,这山里最大的困难不是粮食少了,粮食不够,红薯、瓜菜、野菜一凑合也就差不多了,最大的困难是讨不到媳妇,村里的女孩子一成年就都往山外嫁,山外的女孩又不愿意嫁进山里来,这四百多人中,从二十大几到六七十岁的老单身有一百多……

夜里雨停了,小溪水涨起来了,后山和前山,四野全是一片流水的声音。

喻杰和牛满挤在一张床上睡。冷风从墙上的裂缝里灌进来,他们俩贴紧着睡,仍然感觉到冷。牛满告诉喻杰:"这面老墙上的裂缝,是民国十九年红十六师扎在这里时,取墙土熬了硝盐吃……"

天刚蒙蒙亮时,四野里的鸟便叫起来了,叫得那么清丽,叫得那么悠长。鸟叫声把喻杰唤醒了,他悄悄起了床,他想到山上去走走,去看看这大雨过后的山林。

他穿过堂屋,火塘里的火还在冒着余烟,他看见保佑抱着一个孩子,他老婆怀里也抱着一个孩子,他们就这样斜靠在椅子上睡得正香。原来,他们家就两个床铺,保佑的娘带着两个孩子睡了一张床,还有一张床让了喻杰和牛满睡,保佑自己和老婆便只好抱着孩子在这火塘边上打盹。喻杰出了屋,站在阶矶上长长地叹了一口气。

大雨过后的早晨,空气是那么清新,漫山的林木都挂满了水珠,一夜涨起来的小溪水,早晨又慢慢消退下去了。喻杰顺着屋后的石板路爬到了后山顶上,然后站在那里长久地张望着。后来,太阳出来了,山涧白色的雾蒸腾起来,形成了一道七彩的虹。

他从后山埂上下来时,杉皮屋子里已经茶香饭熟了。

早饭桌上,除了有新鲜春笋、酸菜和辣椒,还增加了一碗腊肉、一碗腊鱼。为了这两碗荤菜,不晓得保佑在昨夜里又跑了多少户人家才借来?然而,有了这两碗荤菜上桌,保佑的心里才安然了。

喻杰总感到心里堵得慌,他想要说点什么,但几次张口,又什么都没说。保佑一上桌就喊他们俩吃菜,并夹了两片腊肉放到喻杰碗里,又夹了两块放到牛满的碗里。喻杰将肉放回去,却又被他夹了回来……几个来回之后,喻杰和牛满便只好将这肉吃下去了。

吃过早饭就上路了。保佑将他们送过了一道弯又一道弯,再三说,下次再到我家来住,这回没有什么好招待,真的对不住……

喻杰走出十几步,又回望了他一眼,招了招手,然后便埋头赶路。

正午时分,他们到达了一个叫下马坑的三岔路口。相传,当年彭德怀骑着马进山时,在这里下马进村,后来人们便把这山坳叫作下马坑。路口上,有一个背脊弯驼的老头守候在那里。走近了一看,牛满便认出来了,他叫袁启生,于是便赶忙打招呼:"启老子,你在这里搞么子呀?"

袁启生说:"我家小六子说,你们进山了,下马坑是必经之路,我在这里守着,我要接你们到我家吃饭。"

牛满告诉喻杰:"昨天那个挑煤油进山的老六,就是他的第六个儿子。"

袁启生凑到喻杰面前,握住他的手:"达老子,你还认得我吗?"

喻杰说:"我不认得了。"

袁启生笑了笑说:"四十多年没见面,怪不得你不认得了。我就是虹桥镇丁万山家守家的那个长工呀!那年,你还在我的手上借走了丁老财五十担谷子。"

喻杰说:"我记起来了。"

那一年,喻杰在红三军团管钱粮。部队没了粮,他到虹桥镇上筹粮,只有丁万山家的仓里有粮,他在那里取走了五十担谷子。当时,他担心那逃亡的丁万山回来后找这守仓的长工算账,便留下了一张红三军团供给部的借条,好让这长工脱身。

袁启生笑着说:"我还以为你不记得我了!"

喻杰说:"记得,记得,你可是帮了我们大忙的人呀!那五十担谷,是救命的粮呵!"

袁启生说:"你记得就好。听说你回来了,进了我们这山里,我就守在路口上等,想接你到我家吃餐饭。"

"好,到你家吃饭去。"喻杰爽快地答应了。

他们随着袁启生翻过一个小山坳,穿过一片苦竹林,便到他家了。

这是一栋三间的土坯屋，盖着杉皮，墙体到处裂着缝，门窗也早已斑驳。

袁启生告诉喻杰，这屋是1933年做的，1928年这山里的屋都烧光之后，他便逃荒去了，一直逃到这山里不再发人瘟，他才回来，他又在原来的老屋基上垒起了这三间土屋。

一进这屋，牛满便大声喊道："老六呀，达老子来了，你何解不出来接呀？"

一会儿，老六蓬头垢面、睡眼惺忪从内屋到堂屋里来了。

牛满说："你这个懒鬼，太阳都到半天了。"

老六便笑，从口袋里掏出纸烟分给他们，口里说："达老子您真好，我们只是同走了一截路，您就来看我。"

喻杰说："我才不是来看你，我是来看你爹，他借过粮给我吃，救过我的命。"

这时牛满在内屋喊着："懒鬼，一屋的懒鬼，懒得屙血……"他一阵巴掌，便将老大、老二、老三、老四、老五全拍起来了。

他们一个个睡眼惺忪，打着哈欠，趿着布鞋，从屋里走出来，坐到了厅堂里。

牛满对袁启生说："你老兄命好，生了一屋子的崽，可就是太懒，一个比一个懒，懒得连地都不扫。"

这屋子，地上到处都是鸡屎，椅子上结着一层灰尘，门角里，楼脚上吊满了蜘蛛网。

这时袁启生打了一盆洗脸水过来。这是山里人家的客气，来了客，一进门便要打水洗脸擦汗。牛满推着要喻杰先洗，喻杰从盆子里拿起毛巾，这毛巾看不出原来的底色了，拧在手里，感到滑溜溜的。打开来，一股恶浊的腥臭气。喻杰洗了洗，又推给了牛满洗。

老六将灶弯里的铜壶烧开,泡了一盘茶上来。那些茶杯缺着口,少了把,没有一个是完好的,碗内严实地结着一圈圈黑垢……

袁启生已经很老了,他的耳朵不是很灵便,牙齿已经掉得只剩了两颗门牙,说话时嘴巴一瘪一瘪。

他说,我这一辈子,带大这一窝崽不容易。十三岁那年,我就到丁家做长工,一做二十八年,把背脊都做驼了……我靠一根扁担养大一窝崽。

我这屋,1928年那一场大火烧掉了,"挨户团"说我老弟不该去当"匪",就一把火将我家的屋烧了,把我娘老子也烧在里头。我老弟是跟彭德怀的队伍走的,那一天早晨,新根在对门喊:启生哪,彭德怀的队伍扎在三峰尖,要兵,你们两兄弟,随便去一个,要去得快,队伍就要开拔了。

我老弟说:"哥哥你有老婆,你莫去,我去。"他锄头一丢,早饭没吃就去了,走到对门坡上还在喊:"哥哥哇,我如果回不来,你要过继一个儿子承继我,要续起我这一炉香火……"一边喊,他便过了山坳。这一去就再也没了音信,后来才听说他死在了江西万载,解放后,给他评了烈士,如今上边年年发一百二十元抚恤金下来,我让小六子承继了他,为他续起那一炉香火。可是,这香火终究还是要断,小六子三十八了,还没讨老婆,我这几个儿子,没有一个讨到了老婆……

袁启生一边说着,一边起身从土墙的裂缝中抠出一个小竹筒,然后从竹筒里取出了一个纸卷起的筒筒,他慢慢将这发黄的纸筒打开,十分慎重地送到喻杰的面前。

他说:"达老子呀,这是你那年从我手上借走那五十担谷子的借条。"

喻杰接过一看,连忙说:"没假,这上边有红三军团供给部的大印,还有我的签名。"

袁启生说:"你们的队伍一开拔,丁万山就回来了,他用鞭子把我抽得满身是伤,他怪我没有给他看守好家。我把你写的这个条子给他看,他不看,他说:'谷是你手上借出去的,归你还。'我哪里还得起呢?后来,他便扣掉我三年的长工钱,还清了那五十担谷。"

喻杰叹了一口闷气:"是我连累你,让你受苦了。"

袁启生说:"要不是日子过不下去了,我也不得向你提起这几十年前的旧账。我的儿子要讨媳妇,我要做几间屋……"

喻杰说:"该还,而且还应该加倍还,我们欠你太久……"他说着,声音便哽咽起来。

袁启生说:"达老子,我不好意思呀,见笑了……"

喻杰说:"不,是我不好意思,欠你的账欠得太久太久。"

袁启生说:"达老子,这欠条我就还给你了。"

喻杰说:"好,我要把它放到湘鄂赣革命历史纪念馆去。这谷子,我一出山就去落实,你要还谷,还是折钱?"

袁启生说:"你折成钱给我,我要砌房子。我这里还有一块'湘鄂赣省第十三区第三村苏维埃政府'的牌子,你要不要放到湘鄂赣革命历史纪念馆去?"说着,他从门弯里将那块匾搬了出来。

喻杰擦去上边的灰尘,字迹还十分清楚:"在那白色恐怖的年月,你留着这牌子,不怕杀头呀?"

袁启生说:"我将牌子筑进了土墙里,'挨户团'就找不到了。前些年,我家那间偏屋年久失修倒掉了,这牌子就又见天日了。"

喻杰说:"难得你一片苦心,湘鄂赣省再也找不到第二块这样的牌子了,它太珍贵了。我不但要将这牌子送进湘鄂赣革命历史纪念馆,而且,我还要他们给你一点钱,你几十年保存过来不容易!"

袁启生说:"达老子,承你开金口,我当初藏它也不是想日后卖钱。你太好了,你是我的恩人——"

喻杰将他的话打断,严肃认真地说:"不,你才是我们的恩人。"他的表情是那么凝重。

老六在另一边和牛满聊着想下山去做上门女婿的事。他说他不想在这屙屎都不生蛆的地方待一辈子,这山里,就是砌了房子,也讨不到老婆,只有下山去做上门女婿……但到了山外边,又怕别人欺负他,因此,心里总是矛盾。

牛满说:"你如果硬是拿定了主意,要下山去做上门女婿,那就趁早去,到了四十几、五十几,再去做倒插门人家都不得要了。"

老六说:"要等我爹死了才能走,他不死,不得让我走。我这一辈子,只等着把他老人家送上山,就算完成任务了。不过这也不难,六兄弟埋一个爹。不像狗牯,他一个人要埋娘……"

正聊着,狗牯上老六家来了,他家就住在斜对门的屋场里,两栋屋只隔了几丘田。

狗牯一进门便说:"达老子、牛满,你们到了老六家里吃饭,也要到我家去吃餐饭。"

袁启生说:"要得,狗牯的饭菜搞得蛮好,平常村上有忧喜双事,都请他办厨。中午在我家吃,夜饭在他家吃,晚上睡我家,我家有四个铺盖。"

牛满想了想,对喻杰说:"也要得,这山里,一户人家有四副铺盖的还不多,他们几兄弟挪一下,就挪出一副铺盖给我们睡了。"

喻杰说:"要得,今夜就住袁启生家,夜里我们好好聊聊天。今天我们在村里随便走走,再去看几户人家。"

袁启生说:"这村里困难户多,后背屋场的段老三,一家六口才一副铺盖，封神洞的单身汉吴东初，一个人住在树上……"

喻杰急不可耐地说："走吧，这就去。"

牛满陪着喻杰翻过一道山坳，穿过一片竹林，便到了段老三家。

三间用芦茅盖就的土屋，立在半山腰上。屋门前的土坪子上，有四个小女孩在草地上玩耍，见人来了，便愣愣地望着，将手上的泥巴偷偷擦在裤子上。她们穿在身上的那些衣衫，没有一件不是补疤叠着补疤，有的衣服，根本看不出原来的底色了。

牛满问道："你们的爸爸在家吗？"

一个大一点的女孩怯怯地说："走了，去了山上。"

"你妈呢？"

"在家里。"

他们进了屋。牛满来到里屋，大声喊道："条梅呀，来了客，达老子来看你们。"

那个叫条梅的女人忙出来将他们迎进了屋。

条梅手忙脚乱地将两把没靠背的椅子上的灰尘打扫干净，请喻杰和牛满坐。然后便提起火塘上烧着的铜壶泡了两杯茶端上来。

后来，条梅又在大柜上格的破布下边找出一包盐果子，拿给客人吃。

牛满说："一点盐果子，你还藏这么深。"

条梅说："不藏深些，早就被那几个饿牢里放出来的鬼丫头吃光了。"

那些黄瓜干、刀豆干、紫苏干、麻梨子干，条梅用碟子装着，摆在高凳上，喻杰拿起一块苦瓜干吃着，连连说："真好吃，几十年没有吃过了。"

牛满说:"条梅心灵手巧,这村子里,她晒出来的盐果子最好吃。可是,巧媳妇难为无米之炊,她这个家,没有好东西让她去弄。"

那四个小女孩,便站在坪子上愣愣地望着他们吃。大的十一二岁,小的才三四岁,一个个面黄肌瘦。

喻杰对她们喊道:"你们几个孩子快过来,一块吃。"

条梅却在内屋喊:"你莫管她们,那都是从饿牢里放出来的,一阵子就会被她们抢光。"

喻杰却说:"你们过来,我们一块吃。"

她们慢慢过来了,怯怯地站在一边望着,并不像条梅说的那样上来一阵子抢光。

喻杰将盐果子放到她们的手板上。她们一一接了,高兴地跑到那边草地上,笑着、闹着,开心地吃着。

牛满告诉喻杰:"段老三的父亲,是在打四眼桥的那一仗牺牲的,叫段石林,武高武大的身坯,不晓得你还记不记得。"

喻杰想了一阵,茫然地摇了摇头说:"想不起来了。"

牛满说:"他爹牺牲后,他娘带着三个孩子,从二十四岁开始守寡。段老三上头有两个姐姐,都嫁到山下边去了。他娘一直跟着他过,老太太总指望着段老三能生个儿子,续起这一脉香火,可段老三却就是一个女孩又一个女孩生,一口气生下这四个女孩……前年冬天,他娘撒手去了,终没有望见他生下儿子……"

牛满正叙说着时,段老三从山上回来了,武高武大一条汉子。

牛满说:"段老三,老革命达老子看你来了。"

段老三一双手忙在裤子上搓着,然后上前紧紧握住了喻杰的手。

牛满说:"你看老三这身坯,和他爹当年一样,风都挡得一岸。"

喻杰说:"我记起来了,一看到你这个子,我就想起你爹来了,打四眼桥那一仗,他最先冲上桥头。"

段老三说:"中午在我家吃饭,我这就去杀鸡。"

牛满说:"不了,中午定在袁启生家里吃,他们已经在搞。"

"那就晚上在我家吃。"

"晚上也不行,晚上讲好了在狗牯家。"

"那就明天。"

"明天我们过苦竹坳去了。"

段老三便有些沮丧:"你们这大老远跑来,饭都不吃一餐?"

喻杰说:"下回我一定到你家吃饭。"

段老三说:"下回要等到什么时候呢?"

"等到你这女孩都长大了,生活好了,我就来了。"

"您老莫约那么远,明年后年再来吧!"

牛满说:"达老子这次回来,不走了,随时都可以来吃。"

段老三说:"下回一定要来。这回什么东西都没吃。"

牛满说:"喝了茶,还吃了你家的盐果子,达老子还说蛮好吃。"

段老三说:"只要达老子您喜欢吃,下回要我老婆多晒点,送一包给您吃。"

他们一边说着,起身告辞,热情的段老三,一直将他们送到袁启生家里。

这时,袁启生家的土屋里,已经是一片热气腾腾,油盐飘香。他们六兄弟都在忙乎,烧火的烧火,剁鸡的剁鸡,炒菜的炒菜,这个没有女人的家庭,居然也像模像样地弄出了一桌菜。

吃过中饭,牛满便和喻杰往封神洞去,因为路太远,半天跑一个来回,得急走。

过了小溪,路便往斜垄里走,这是一条茅深草乱的野鸡路,苍苍莽莽的灌木丛中有时几乎就看不见路。牛满在前边走，不时用手拨开路两边的枝蔓藤条，他们就这样在树的间隙里穿行。顺着那条长长的冲垄，沿着一脉清流往上走。

喻杰问："他怎么要住在这么偏远的冲垄里呢，出来多不方便。"

牛满说："生产队将那山坡里的一块地分给了他做自留地，跑来跑去作种不容易，后来他就搬到地头边的树上住了。"

牛满还告诉喻杰，吴东初也是烈士后代，他爹1931年牺牲。他爹牺牲后，他娘就改嫁了，他爷爷奶奶把他拉扯到十二三岁后相继过世，吴东初就成了孤儿，在村里吃百家饭长大。1950年他报名参加了志愿军，三年后，他拖着一条残腿从朝鲜回来了。刚回来的那几年，他住在生产队的保管室。后来，到那山坡里作种不方便，一到秋天，还夜夜要守野猪，怀里端个竹筒，"哪哪哪"敲，不守，种在那里的红薯、苞谷，野猪一夜就扫个精光……

前边传来了"汪汪汪"的狗叫声，牛满用手指了指山坡上一片树林子说："到了，他就住在那丛树上。"

远远地望过去，那一丛密集的树林里，冒着几丝淡淡的青烟，几棵树的半腰上，好像悬着一个喜鹊窝——这便是吴东初的家。走近了才发现这鸟窝并不小，下面用几根圆木搁着，圆木上铺了一层木板，四周也全部用木板钉上了，还留有两个小窗户，顶上用杉皮盖着。

"吴东初，来哒客嘞。"牛满站在树下喊着。

吴东初从那个小窗上将头伸出来，五十出头的人，头发胡子却全白了，脸上瘦得露出一条条青筋，人还是显得蛮精神，他热情地招呼："是跛子来了，快上来。"

牛满说："你猜猜，这是谁来看你？"

吴东初摇了摇头说："不相识。"

"老革命达老子看望你这癫子来了。"

"呵呵,达老子,您老这么远跑来,真的是受当不起!"他说着,忙从树上下来,将喻杰扶上了梯子。

这树上的窝,里边还是蛮大,架着一个铺,摆着一个桌子,还生着一个火塘。

喻杰一进门便问:"你为什么不在地上砌两间屋,却要在树上结一个窝呢?"

吴东初说:"在地上砌两间屋就不容易了,要请砖匠、木匠帮我,没有几百块钱下不来。在树上结一个窝,我自己慢慢细细搞,不花钱,再说,我一个人过日子,有这样一个窝就足够了。"

说着,他拿起那个木脸盆,伸手从小窗外将那个接水的竹筒扯进来,接了一盆清凉的泉水,端到喻杰面前,请他洗脸。

牛满说:"你一个人住在这封神洞,不怕吗?"

吴东初爽朗一笑:"这有什么怕呢?我爹就牺牲在这道坡里,如今我来给他做个伴,没事时我就和他说说话。听着这泉水声、鸟叫声、松涛声,我的心里踏实。现在要我住到外边去,我还真不习惯了。"

一边说话,吴东初倒了一杯浸泡得酽酽浓浓的药酒给他们喝,喻杰和牛满每人喝下一口,都说这酒好。

吴东初说:"这是我在山坡里种了高粱和苞谷,自己蒸的酒。"

牛满说:"你这个癫子,在这封神洞过神仙日子。"

吴东初取下挂在墙上的鸟铳,他说:"你们在这里喝酒,我去外边碰碰运气,看能不能打到野鸡或兔子什么的,晚饭好给你们下酒。"

牛满说:"你这里又没地方住,在你这吃完晚饭,黑灯瞎火怎么下山。"

吴东初说:"那就早点搞饭吃。"

喻杰说:"饭就不吃了,已经讲好了在狗牯家吃,这个不能变卦。你坐下,我们一边喝酒,一边聊天。"

吴东初便放下鸟铳,坐了下来。

他告诉喻杰,他是1950年冬天过鸭绿江去的,两年后,他们那一个排,只剩了六个半人,他便是那半个人。当时,右边这条腿炸断了,送进医院,说是要锯掉,他忍不住"哇"的一声大哭,他死活不肯锯,他说,没有腿,我还怎么回家,怎么干活……医院拿他没办法,只好保守治疗……他躺在医院里,夜夜梦见这满山满岭苍苍郁郁的灌木丛林。

后来,他终于拖着一条残腿回来了,他说,还睡在火车上,他就闻见了这山上清凉的气息,听见了这山溪水"叮叮咚咚"的响声,还有夜莺在幽谷里的啼鸣……

为了方便种这一坡地,他便搬进这树上来住。住在这里,种庄稼、守野猪方便。他还说,也有不好的地方,去年夏天,有一条百节蛇,爬进这窝里来了。去年冬天,还有一头花斑豹子在这树下闹了一夜……

喻杰静静地听他叙说。

后来他们告辞走了,再不走就得摸黑才能走出这条羊肠山道。拐弯处,喻杰又回过头来,望了望这树上的窝。

他们在天黑前走出封神洞,来到了狗牯家。狗牯这个家,比起吴东初结在树上的窝大不了多少,这是立在一棵大樟树下的一间半土坯屋。一间屋住人,半间屋做饭。

这屋里,除了一个床铺,几乎就没有别的东西了,牛满告诉喻杰,狗牯的父亲是1929年跟彭德怀的队伍走的,这一走便音信杳无。他娘带着他过日子,也没给他取什么正经名字,一直喊他狗伢子,后来生产队要给他立户名,就写了个名字叫汤狗牯。

狗牯一个人在灶台上弄菜,他娘在灶弯里烧着火。狗牯到底是在乡间办厨的角色,他弄起了一桌子的菜,鸡肉、榨笋、菌子干、豆角干、红薯粉煎鸡蛋、地木耳炒韭菜……

牛满说:"狗牯呀,你到底是乡里厨子,我们进山来,还没有吃过一餐这么好的伙食。"

狗牯说:"我只能扯三凑四弄点干菜给你们吃,我们这山里,一没地方砍肉,二没地方捞鱼。"

牛满说:"你动了鸡,还要吃什么呢?这菌子,这地木耳,都是山珍呀!"

四个人吃饭,桌子上居然摆了八道菜。

一上桌,狗牯便不停地夹着菜送到喻杰和牛满的碗里。这是山里人的客气。

喻杰又将菜夹起送到狗牯他娘的碗里。喻杰说:"嫂子你辛苦了,一个人把孩子拉扯大。"

狗牯娘说:"达老子,你可晓得他爹的下落,他爹叫汤祥保,额头上有一个黑痣。"

喻杰说:"我不认识他。"

狗牯娘说:"他就是死了,也该托个梦给我。他要是没死,也该回来看看,他走时,孩子才两岁半,如今儿子都四十五了……"说着,她的眼泪便流了下来。

火塘里的青烟在静静地冒着。

红十六师在这片山地上几进几出,开到江西,被打散之后,又退回来休整、扩红。休整好了又往井冈山开,半路上又被打回来,又是休整、扩红……这山里,一次次扩红之后,几乎是十室九空,青壮年全都跟着队伍走了。后来长久的日子,有的人家发了烈士证下来,有的人家便像水珠一样消失得无影无踪了。

吃过饭,临走时,喻杰从口袋里掏了十块钱交给狗牯,他说:"你去请个木匠,做张简易床,去买一副铺盖,莫再跟你娘挤在一张床上睡了。"

狗牯却不肯接这钱。

牛满在一边劝着:"狗牯你就接着,这是达老子的一点心意。"

狗牯便收下了。

然后,狗牯点燃一个杉皮火把,送他们两个到对门的袁启生家去。

喻杰和牛满在袁启生家的火塘边洗完脚,又有近边几户人家来串门。喻杰和他们聊着天,问山上的树木,地里的庄稼,栏里的猪,坍里的鸡,还有各个生产队的工值。喻杰一一问,他们一一答。

火塘里的火慢慢烧着,几根湿柴,一头在烧,另一头在流水,因为太湿,总是烧不旺。老六用一个竹火筒吹个不停,柴草灰从火塘里飘起来,然后落到人们的头上、身上。这火屋,始终弥漫着浓浓的烟雾,有时熏得人眼睛都睁不开。

牛满便骂:"这火塘熏死人呀!你们这一屋子的劳力,一屋子的懒鬼,何解不砍几捆柴放在阶矶上晒干了再烧?一边砍,一边烧,这哪像过日子。"

老六听牛满骂着,也不还嘴,只是憨憨地笑,然后又埋下头去吹火。

牛满又骂:"你有这个工夫吹火,何解不晓得砍几捆柴晒干。你这个样子何解讨得到老婆?"

老六还是憨笑。

后来,夜深了,大伙就散去了。

袁家六兄弟匀出了一张床铺给喻杰和牛满睡,他们自己三个人挤一张床。

这一天,喻杰和牛满走得很累,应该倒上床便睡熟。然而,一上床"小咬"便在他们的身上咬开了。牛满对喻杰说:"不晓得这是虱子、臭虫,还是跳蚤,咬死个人呀!"

喻杰说:"你莫去想了,俗话说,虱多不痒,让它咬,咬久了就没有感觉了。西路军打散后,我一路讨饭回延安那些日子,哪一天不是虱子伴着,久而久之便习惯了。"

牛满便没抓了,也不再说什么。但过了一阵子,他又忍不住上下不停地抓,后来又骂:"人穷水不穷呀……何解不洗被帐……"

而那边房里的鼾声却是此起彼伏,根本听不见这边的骂声。

天亮后,喻杰和牛满早早地起了床。

牛满问喻杰:"你昨夜睡觉了吗?我可是咬得一通宵没有合眼。"

喻杰笑了笑:"咬一咬也好,不能养得太娇贵了。"

他们到屋外的小溪边、山坡上转了一大圈回来,袁启生老人已经将灶火生起了,而那六兄弟却仍在呼呼地熟睡。牛满便一阵拳头将他们擂起来了,他一边擂一边骂:"一屋子的懒鬼,懒得屙血,养着一屋子的臭虫。"

这一屋子的懒汉,他们一个个污头垢面,趿着破布鞋,有的坐在阶矶上还在打瞌睡,有的坐在火塘边抽起了旱烟袋。老六帮着父亲做饭,灶台上很快飘出了油盐香。

吃过早饭,他们告辞上路了。

喻杰告诉袁启生,谷子一定会还,最迟在秋后。

袁启生送过了一道弯,又送一道弯。

路依旧是逆小溪而上,越往上走,山就越深,那些遮盖在小溪上的灌木丛林便越茂盛。

走了半天,喻杰突然问牛满:"你有什么好办法吗?让他们都能吃饱饭,都能讨到老婆。"

牛满说:"没有路,说什么都是空话,这山上莫讲没有栽树,就是育了林木,那树木又何得出山?"

喻杰不再说什么。

后来,他们一口气爬上了高高的杨梅坳,并且在一棵老杨梅树下找到了四十多年前蹲过的那个岩洞。他们坐在岩洞口一根接着一根抽烟。岩洞依旧,只是积了一层厚厚的鸟粪,结了一层厚厚的青苔。1928年的夏天,喻杰和牛满他们十几个人,在这里整整蹲了三个多月。

坐在这洞口,依然能望见山坡里那片茂盛的南竹。南竹林后面那栋杉皮屋还在。一片紫云英和夹竹桃撩人的绯雾里,喻杰看见了一个细眉大眼、苗苗条条的姑娘背着一只盛满猪草的竹篓,顺着坡边的南竹林往山上走。两条又粗又黑的辫子,在她的背上甩来甩去。她沿着小路爬进洞来,擦一把额头上的细汗,那胸脯在波涛汹涌地喘着粗气……他们迫不及待地掀开了竹篓上盖着的那一层猪草,将下面的红薯丝拌饭大把大把地抓着吃。就这样,她天天背着竹篓爬上山,送进岩洞里来……后来,她家里的红薯丝拌饭送光了,她就采了葛根拌禾架草做成粑粑,有时是采了嫩棕子磨成浆拌苦毛菜捏成饼,这山地上能吃的都被她采光了……

喻杰和牛满坐在岩洞口抽过三支烟之后,他们顺着她当年送饭时走过的那条茅深草乱的小路下山去了。喻杰推开了四十三年前那栋杉皮小屋的门。她坐在灶弯里抬起头,露出一口掉光了牙齿的牙床,茫然地望着他们。

她身边的女儿长得和她当年一模一样,脸上嵌着两个深深的酒窝,不同的只是比她当年显得憔悴得多。

她们手上的饭碗里，仍多半是红薯丝，少半是白米饭，桌上摆着一碗酸菜、一碗辣椒酱。

"袁桂英——"牛满颤颤地叫了她一声。

"是牛满吗？"她那落光了牙齿而干瘪下去了的嘴唇凄然笑了笑。

"我是牛满。"

"是什么风把你吹来了？"

"我今天领了一个人来看你。"牛满将喻杰推到了前面，"你看看，还认得他吗？"

她望了一阵，最后却摇了摇头。

牛满说："他是喻杰。"

她还是茫然地摇着头。

牛满说："他是喻达仁，那时他叫喻达仁，我们一块在你这屋后的岩洞里蹲了三个半月。"

"呵，我认出来了，是达仁。"她站立起来，眼里放出异样的光彩。

喻杰忙上前一把握住她的手，竟是长久地说不出一句话。

桂英说："我早就听说你回来了。你何解不在北京城里当官了？"

喻杰说："老了，告老还乡。"

桂英说："这好，回来好好陪陪你娘，陪陪你老婆，她们为你提心吊胆，遭了一世的罪。"

喻杰没有说话，只是长长地叹了一口气。

袁桂英忙去泡了茶端上来。

她那女儿，坐在饭桌边一直埋着头，似是不敢望他们。

牛满告诉喻杰："桂英这女儿在小时候病坏了，走不得路，说不出话。"

袁桂英说:"这孩子,就是在我爹出事的那一夜病坏的。你们跟着队伍走后,我爹带领着那几个伤病员,还坚持在这山里打了三年多游击,后来,叛徒胡春万把他们出卖了,那一夜,'挨户团'埋伏在苦竹坳,将我爹和孩子她爹抓了,当夜就杀在野猪峡的河滩上。我和我娘去收尸,孩子在家发烧,一天一夜高烧过来,她就不会说话了⋯⋯"叙着,她已泣不成声。

牛满告诉喻杰:"胡春万那个叛徒,为了讨好'挨户团',把他爹的衁心都给挖了,桂英给她爹装洗时,发现没有衁心,她在河滩上寻了半天,捡了一个褐红色的鹅卵石,填在她爹的胸腔里。十多年后,她给她爹改坟时,骨头全被白蚁吃了,只有那个褐红色的石头还在。后来,湖南省博物馆将那个石头收去了,现在还陈列在那里。"

喻杰问袁桂英:"你们母女,现在靠什么生活呢?"

袁桂英说:"我爹和孩子她爹,每人每年都有一百二十元抚恤金下来。大队还给我们进了五保,每年有八担谷。"

喻杰说:"这也还差一截呀!"

袁桂英说:"我自己还在地里种点红薯、苞谷、麦子、豆子,这一凑合也就差不多了。我要是死在这孩子的前头,真不晓得她怎么过,要是她死在我前头就好了⋯⋯"

喻杰将身上仅剩的二十元钱塞到了袁桂英的手上:"这点钱,你先拿去补贴一下生活。日后,我们再慢慢想办法⋯⋯"

袁桂英却不肯要,一个劲推辞着。

牛满在一旁说:"桂英呀,这是达老子的一片心意,你硬是不要,他的心里更难受。"

经牛满这么一说,袁桂英便将这钱收下了。她说:"我老是得你们的,真的不好意思。前年冬天,老傅还给我寄来一件呢子大衣。"

说着,她从柜子里翻出一件半新不旧的呢子大衣。这大衣鹅黄色的里子上,用钢笔写了"秋涛"两个字。袁桂英说:"老傅还把这么好的呢子衣寄给我,我舍不得穿。"

喻杰惊讶地问道:"这是傅秋涛上将寄给你的吗?"

牛满说:"前年冬天,从长沙、岳阳捐献了一批衣物来,每家都分了一件。"

袁桂英却坚定地说:"当然是老傅寄来的,这上边还写着他的名字。多亏他还把我放在心上。"

喻杰的嘴巴动了动,却没说什么。

他们告辞走了。喻杰告诉她,日后一定还会来看她。日子会慢慢好起来。

喻杰和牛满在这大山里整整转了半个多月才回去。

出山后,喻杰立即给平江县委写了一封信,他希望县委马上还清袁启生那一笔陈账。他说,这是共和国欠下的债,四十三年了,连本带利应该加倍偿还。

很快,平江县委还清了这笔陈账。

1971年6月,喻杰从自己的积蓄中拿出四千元钱,他建议从加义谢江修一条公路经清河、周方、桑园、杜庄……最后到达复兴山腹部。在他的带领下,许多在这片土地上战斗过的老革命以及社会各界都纷纷捐款,后来,又得到了各级政府的重视,一年又一年,公路在一截又一截往山的深处拓展,十五年后的1986年秋天,一条毛坯公路终于穿过崇山峻岭,来到了复兴山里。那一天,是县林业局的一辆解放牌卡车来试路。从清早起,沿途的婆婆便都换上了新衣,她们抱着孙崽,坐在路边等候。车子缓缓地开进来时,人们便将那早已封好的红包塞给司机,然后再点燃那一挂鞭炮。

在这山里，只有砌屋上梁的时候，才封了红包送给砖匠师傅，愿福寿无边。只有在收亲做床的时候，才封了红包送给木匠师傅，望早生贵子。而那一天，人们也像造屋做床一样，封了红包送给开车的师傅，愿这迟来的春天久长。

一个村庄，又一个村庄，就这样迎接着那辆解放牌汽车。五星红旗插上天安门城楼三十七个年头后，咏生山地上的人们终于头一回看到了汽车……

喻杰建议在原咏生县委所在地，处于加义镇、长寿镇、虹桥镇、童市镇之间这片两百多平方公里的土地上，单独建立一个行政区域，以便进行特殊的整体扶贫。这是在公元1971年的7月，喻杰便将扶贫作为一项重要工作响亮地提出来，并四处奔走呼号。

他年复一年持之以恒地给县里、省里、中央写信，找老战友、老部下、老首长奔走呼号，十四年后，国家民政部终于批准设立咏生乡。1984年4月28日，在沥沥的春雨中，咏生乡的牌子在一栋土坯屋的大门口挂了起来。从此，每年都有扶贫工作队从县里、市里、省里和中央部委下到咏生乡进行整体扶贫，这一扶便是三十六年，直至2020年，咏生乡这片广袤山地上的人们终于整体脱贫。

丽江电站

从丽江村逆河而上，便是国营芦头林场。

这一天晚上，芦头林场的余场长没事来找喻杰聊天，喻杰正在煤油灯下写信。因为灯光暗淡，他的脸几乎贴到桌面上了。

余场长说："达老子，您在北京当部长，照电灯照习惯了，现在回来照煤油灯，读书、写字不方便，我们芦头林场给您拉一条专线过来。"

喻杰的脸却沉了下来:"我一家人照上电灯了,可是丽江村其他人家呢?"

余场长说:"我们那台发电机的功率有限。"

喻杰说:"我们丽江村,在大革命期间一共死了两百多号人,那一年,和我一路跟队伍走的有八十七个人,如今就我一个人回来了。你说,就我家人照着电灯,别人家都没有,我照着这电心安吗?"

余场长坐在那里不吭声了。他本来想关心照顾一下老革命,没想到反倒讨了一顿批评。

喻杰接着又说:"我们丽江村,山高田少土地薄,是个穷地方,只有水不穷,从你芦头林场下来,这一河水多旺呀!这山势落差又大,是办小水电最好的地方。我看,要改变丽江的面貌,最好的办法就是大办小水电。"

余场长说:"达老子您真是胸怀全村,站得高,看得远。"

喻杰纠正他的话:"这不是全村的问题,如果丽江村的小水电办成功了,徐家洞、辜家洞、灶门洞、清河、杜庄、复兴……都可以办,连云山上就是水多,这山形地势都差不多。"

余场长笑着说:"达老子您这个想法好是好,可是,何年何月能实现呀!"

喻杰说:"我们马上就着手搞,我这封信就是写给省委的,呼吁关心平江老区的小水电建设。"

余场长说:"达老子,您办小水电,有用得着我的地方,您就只管吩咐。"

喻杰说:"别的没有,建电站用木材可得找你要。"

余场长胸膛一拍:"达老子您放心,您修电站要木材,要多少给多少。"

喻杰说:"你在芦头林场搞了多年,这一河水从芦头到丽江,哪里急哪里缓,哪里宽哪里窄,你是眼睛一闭心里一默神就清清楚楚,我问你,这大坝筑在哪里最好?"

余场长便闭目养神片刻。将这河水从连云山上下来,经芦头到丽江这三十多里水路寸寸节节过了一道目,然后,他十分肯定地说:"我看建在山口最好,那地方口子紧,两边都是石头山,基础牢靠,下边落差大。"

喻杰高兴地在余场长的胸膛上擂了一拳:"真是英雄所见略同,我想来想去,也是认为只有建在山口最好。"

那一夜,喻杰送走了余场长,便兴奋地自己画了一张在山口建电站的草图。

第二天,喻杰建议重生召开一个大队支委会,大家讨论一下在山口建电站的事。

因为白天大伙都要干活,这会只能晚上开,而晚上开会,喻杰从横圳走到大队部四五里山路又不方便。重生考虑来考虑去,便将这个大队支委会召到喻杰家里开。

大家挤在喻杰的睡房兼书房里开会,喻杰将在山口建电站这一想法刚一提出来,没想到头一个跳出来反对的便是儿子砚斌。

砚斌说:"爸呀,这个馊主意您就莫出了,那年您寄六千元钱回村里,号召修电站,结果那道坝冬天筑起来,春天一涨水就冲掉了,不但您那六千元打了水漂,还害得村上欠一屁股搭一巴掌的债。"

这是在1964年,喻杰给丽江大队写信:"丽江无煤缺油,可丽江河水长流不息,你们应该拦河筑坝,蓄水发电……"他将自己积蓄的六千元钱一并寄给了丽江大队。

大队接了他的信和钱,便号召全村劳力,一冬天就将拦河坝筑起来了。可是，万万没有想到，第二年春天一场山洪下来，这拦河坝就被冲了。

喻杰说："你们不能一朝被蛇咬，十年怕井绳，那年的大坝被冲，主要是仓促上马，坝址没有选好。施工也有问题。"

说着，喻杰便将他昨夜画好的那张图摊开来："你们大家看看，我想了很久，这一回，我们把大坝筑在山口，这里口子紧，基础牢，只要是合理设计，科学施工，肯定没有问题……我们丽江山高田少土地薄，只有一河好水，却又白白地流掉了，真是端着金饭碗讨米呀！"

支书重生说："大伯呀！您这主意好是好，可是这修电站的钱从哪里来呀？"

喻杰说："两条腿走路，去找政府要一点，自筹一点。"

重生说："全部找政府要还差不多，自筹没门，那年修电站欠的账，大队到现在都没有还清。"

喻杰说："我们可以向私人筹集，有余钱剩米的都可以入股，门槛不设高了，十块钱一股，一股也行，两股也行，众人拾柴火焰高，我们成立一家国家、集体、个人组成的股份制有限公司。"

重生大吃一惊，瞪圆了眼睛说："大伯呀，您这不是在搞资本主义复辟吗？这搞不得，要挨批斗的。"

大家也都你一言我一语说："我们现在喂了几只鸡鸭都不允许，您还搞股份制。"

"这股份制是资本主义的，不是社会主义的。"

儿子砚斌也说："爸呀，您现在回来了，就安安心心在家享清福，莫再惹事了。"

等到大家议论够了，喻杰才笑眯眯地说："股份制这个东西，资本主义可以搞，社会主义也可以搞，谁说只有资本主义才能搞股份制呢？

我在陕甘宁边区就开始搞股份制公司了。1942年11月，我奉命离开八路军驻西安办事处，回到延安，部队首长对我说：'急调你回来，是要你来搞活经济，我军之弹药、被服、医药、粮食等，这三四年得不到任何方面的补充，这无弹药、无粮食、无医药、无被服的军队，能坚持多久呀！'我根据毛主席、朱老总他们提出的生产自救的思路，出台了一个方案，凡有地的边区军队，做到每个战士耕种十八亩地，有三个月时间种地就行了，还有九个月可以搞训练、作战。生产发展起来后，这一年下来，我们不但解决了吃的粮、油、菜，还解决了穿的棉衣、毛衣、鞋袜等问题。第359旅后勤部长何维忠，他是我们平江老乡，他还造出了一台平江的纺纱车，我们的纺纱车比陕北的纺纱车轻，而且用料也节省得多，我就带领一批会做木匠的战士，做平江的纺纱车，车做出来后，首先给毛主席、朱老总、贺龙老总每人送了一台，他们一纺，都说平江的纺纱车好用……这一年下来，我们不但吃穿自给，还有了余粮。朱老总说：'边区遍地是黄金，我们还要把边区的土特产搞出去，要赚钱，要把更多的弹药、医药搞进来。'贺老总把我找去了，他说：'你去组建一个土产公司，主要任务是把边区的土产搞出去，把我们急需的物资搞进来。'我向贺老总说：'你要我去搞土产公司可以，但你要给我三个权力。'贺老总说：'哪三个权力？'我说：'一是自主权，二是人员选拔权，三是人员调动与奖惩权。'贺老总说：'只要你能赚到钱，什么权都给你。'我所讲的自主权，就是讲的股份制公司，我要把各个方面的钱都凑起来。不然，我拿什么做起手本呀？再说，大家都入了股，积极性就高，责任就更强，生意才做得好。就这样，我们的陕甘宁边区土特产股份有限公司成立了。我把边区各界人士都拉了进来，我们慢慢地从几十驮的运输队发展到几百上千驮的大队伍，我们将边区的土产源源不断地驮出去，又从天津、西安将急需物资源不断地驮进来。我们不但基本保障了供给,而且还用不到三年的时光,积攒下了十多万两黄金。这批黄金后来为打胡宗南的部队可是顶了大用……"

喻杰一通长谈下来,大队支委们也就打消了顾虑,都说,既然是陕甘宁边区能搞的事,我们丽江村也搞得。

支书重生说:"大家都听我大伯的指挥,他说怎么办,我们就怎么办。"

支委们异口同声说:"达老子您指向哪里,我们就打向哪里。"

村上干部的思想就这样统一起来了。

大队支委会散后,喻杰连夜给中央有关领导同志写信,提出了由国家、集体、个人合资办水电股份公司的想法。

信寄出之后,喻杰就迫不及待地将县水利局的工程技术人员请来,到山口现场勘测设计,他每天都到现场去,每一个细节都和他们反复商量。

设计图纸出来之后,喻杰便拿着这张图纸出山,他到长沙、到北京四处讨钱。每到一处,喻杰总是说:"平江县为中国革命牺牲、殉难的人达二十五万人,一个小小的丽江村就牺牲了二百三十五人,你们怎么支持都不为过……"

在喻杰的奔走呼号之下,他终于从中央、从省里要来了一百五十万块钱。可是,丽江电站通过设计预算,却需要二百三十八万元才能修得起来。

这时,王震给喻杰回了一封信,信中说:"我国的社会主义现代化建设正在蓬勃发展,但由于国家的财力、物力仍有限,所以我赞成你提出的国家、集体、个人投资办水电股份公司的想法,就是个体集资合股办我们也大力支持。办水电是这样,办其他事情也应该是这样……"

喻杰拿着王震这封信在大队支委会上做了传达。然后,将自己节衣缩食积攒下来的四千五百块钱拿了出来,第一个入股到了丽江电站。在他的带领下,本村和外村的人也都纷纷前来入股,你十元,他二十元,股本与日俱增。

大坝清基在秋后的枯水季节正式动工。他们必须赶在明年的桃花汛到来之前将大坝筑起来,不然,一切又会像上一次那样付之东流。从动工的那一天起,喻杰天天守在工地上,他和工程技术人员一道,严格把守着每一个施工环节。

在大坝修筑之前,必须要修筑一道围堰,将丽江水拦断分流,然后才能进行大坝清基。在修筑围堰的那些日子里,丽江大队动员全村所有男女劳动力,分成三班倒,不分昼夜像蚂蚁牵线一样抬着石头,用推车推着黄泥,从丽江河两岸一寸一寸往河中心修筑。随着围堰越筑越长,变窄了的丽江,水流便越来越急。喻杰不分昼夜坐守在工地上指挥,守到第五天,他晕倒在工地上,人们将他抬回了家。

他在家里睡了一觉,缓过神来之后,又拄着拐杖到工地上去了。这一回,儿子砚斌霸蛮地将他送回家了。砚斌说:"爸,您这不是来添乱吗?围堰到了最后的关键时刻,每分每秒都在抢,您万一又病倒了,我们到底是抢修围堰,还是抢救您?"

喻杰说:"我不放心,我们必须要抢在这枯水季节将大坝筑起来,不然又会像上次一样,付诸东流。"

砚斌说:"爸,您放心吧,我时时刻刻都守在这工地上。"

喻杰被儿子好说歹说劝回了家。

身为大队长的砚斌,不分昼夜守在围堰上指挥,围堰在全村男女老少的努力下,分分秒秒向着江中推进,他们奋战到第八个昼夜的凌晨三点十分，围堰终于合龙。

在大伙一片欢呼声中，大队长喻砚斌却倒在了堰坝上。人们这才猛然想起，砚斌已经有八天八夜没有上过床。

砚斌心脏病突发，没能再站起来，他就这样永远地走了。他带着两脚的泥巴走进了另一个世界……

砚斌的遗体抬回家后，元龙和金龙兄弟给父亲的身子抹洗时，喻杰走过去了，他说："我来给我的儿子好好洗一回脚，不能让他带着两脚泥巴进棺材。"

元龙说："爷爷，你去歇着吧，我们会给爸爸将脚上的泥巴洗干净。"

喻杰颤颤抖抖地说："你们让我尽一份心，我亏欠我儿子的太多太多……"说着，他的泪水终于抑制不住像断线的珠子一样掉进水盆里，"我可怜的儿子，爸爸没有给你洗过一个澡、换过一次衣……五岁让你跟着你娘和你奶奶去逃荒讨米，十二三岁就将一个家的重担压在了你的肩膀上，二十出头，这个家的重担就将你的背脊压弯了……你本来可以脱掉草鞋穿皮鞋，可是爸爸不让，爸爸让你当了一辈子泥脚杆子……我的可怜的儿子呵……"喻杰说着说着，便泣不成声，终忍不住失声痛哭。

横圳人从来没见喻杰哭过，这一回，白发人送黑发人那颤颤抖抖的凄哭，使得整个丽江苍莽的群山都罩在苦雾中。后来，一座村庄的人们都在伴着喻杰哭泣……

到黄昏时，这哭声终于撼落一场漫山遍野的大雨。

围堰筑起来之后，紧接着便开始了大坝清基。

在清基的那些日子里，喻杰强忍着失去儿子的悲痛，每一天都守在工地上，对每一个细微的处置都要亲自过目。基础一寸一寸垒起来，喻杰硬是在这河边蹲了三十多个日日夜夜，他晒黑了，他消瘦了，他甚至连说话的声音都有点沙哑。

支书重生心疼地说："大伯呀，您没有必要没日没夜守在这工地上，您一旦病倒了，这就叫帮倒忙了。"

工程技术人员也都说："这基础起来了，喻老您就放心了。往后，您隔三岔五来看看就行了。"

喻杰说："这工程质量关，由你们工程技术人员把，你们要守在这里，一天也不能离开。"

工程技术人员向他保证，一定每天都守在工地上，这样喻杰才回家。但回家待不了两天，他又要到工地上来看看。凡工地上的事，无论巨细，他都要过问。在机房设计上，工程技术人员设计了一个旋转梯，喻杰问他们，这个旋转梯很复杂，有多大的意义？工程技术人员告诉他，主要是为了美观。喻杰大手一挥，在图纸上将这旋转梯画掉，改成了木梯子。他说，为了美观，多花几千元，不值得。

在购买水泥时，每吨要收六元押金，如果水泥袋完好无损地退回，不仅退回押金，每只水泥袋还退两角钱，一吨水泥二十袋，可收回四元钱。喻杰便找了一个细心的人，专门在工地上负责回收水泥袋。在丽江电站的整个建设过程中，一共用了两千吨水泥，水泥袋一个也没有损坏，全都完好无损地回收，单这一项，便节约资金八千元。

隔三岔五，上边有人来检查，喻杰也有规定，不许下馆子，只能在工地食堂里加两个荤菜，并严禁喝酒。有重要客人来，喻杰亲自作陪，每次陪完客人，他都要规规矩矩地将餐票放在桌子上。一个七级老干部陪餐都付餐票，无论是从县里还是从省里来的客人，每次也都规规矩矩将三两粮票、一毛五分钱的伙食费交给工地食堂。

后来，有村民向喻杰反映，大队干部们夜里隔三岔五偷偷地到工地上的食堂里打牙祭，吃狗肉，喝酒。

喻杰到工地的食堂里去察看了一番，发现确实有不少的空酒瓶子摆在案板桌下。

喻杰连夜通知大队干部到他家里开会。他开门见山地说："我今天通知你们来开会，这个会议叫作'擦锈会'。群众反映，大队干部隔三岔五偷偷到工地食堂里打牙祭，吃肉喝酒。我告诉你们，这工地上的每一分钱，要么是国家的，要么是股民的，你们凭什么跑到那里去大吃大喝？我今天把你们叫来开会，一来要给你们擦擦锈，要提醒你们保持艰苦奋斗的本色，二来，你们要将大吃大喝的钱补交给公家。"

支书重生说："大伯，我们可是没有吃公家一分钱的东西。包工头刘长明有时看到我们到了吃饭时节还在工地上忙，就留我们在他的食堂里吃顿便饭。"

丽江村没有石匠，因此大坝清基之后，石方便承包给了外地的石匠，刘长明便是这支石匠队伍的包工头。

喻杰说："人家包工头凭什么今天请你们吃狗肉，明天请你们吃猪脚，他是有所图。俗话说，吃了人家的嘴软，拿了人家的手短。你们必须深刻反思这个问题，我们的干部，往往就是这样一步一步被拖下水的。"

重生说："大伯呀，我们只是吃了他几餐便饭，您莫把这事看得那么严重。"

喻杰便将脸拉下来了，他说："就是吃便饭也要交伙食费，你们这又是吃狗肉，又是喝酒，这叫吃便饭吗？今天你能吃他的饭，明天你就会拿他的红包，后天你就会被他把你套牢。你们必须在思想上牢牢拉紧这根弦。我可是要把丑话说在前面，日后要是发现哪个手脚不干净,我一个也不饶。今天把你们叫来开这个'擦锈会',算是打招呼。我不想看到,电站修起来了,有的人却进了班房。"

喻杰语重心长的一通话下来,大队支委们都做了检讨。

这个"擦锈会"开过之后,大队干部再也不到刘长明的食堂里去吃吃喝喝了。

然而,还是有群众向喻杰反映一些情况,说那个包工头依然和大队干部们打得火热,大队干部无论是谁家里有忧喜两事,刘长明都会去,而且出手蛮大方。过年时,刘长明给好几个大队干部家送了年货……

大坝终于抢在涨水季节到来之前牢牢实实地垒起来了。那些模板、支架都拆下来了。

支书重生向喻杰汇报:"这些打过支架的木头和模板有几十个立方,虽有些破损,但也还可以派上用场,大队支委中有三家想砌房子,都需要木材,是不是做个价处理给几个支委算了?因为这半年多来,大队支委一班人没日没夜滚在工地上,工钱也没照发,这些木头处理给他们,也算是一份补偿。"

喻杰听着听着脸就沉了下来,他说:"这些打过支架的木头和模板,全部交给芦头林场去处理,公开标价,谁都可以买。你几个大队干部做个贱价分了,叫老百姓怎么看。"

重生看到喻杰的脸色那么难看,也就不敢再吱声。

很快,大坝的收方出来了,他们将整个大坝分段进行收方,每段是八百二十个立方,砌高垫低,一共是四千一百个石方。

这个数字报到喻杰的案头上,他反复看来看去,眉头紧紧地拧了起来,他对重生说:"我看三千个立方都不到,你们怎么收出四千一百个立方来了?"

重生说:"这基础挖得很深,还有好长一截是埋在泥巴里,您看不到。"

喻杰说:"这基础我是寸寸节节看着打起来的,它砌了多高,我的心里比你还清楚,你不要糊弄我。"

重生说:"大伯呀,我们七个大队支委,有五个到了现场收方,这寸寸节节,砌高垫低全部过了尺量。"

喻杰凝神沉思片刻,然后重重地叹了一口气说:"数字先放在我这里,账暂时不结。"

重生不敢再吭声,他灰溜溜地走了。

重生一走,喻杰便拄着拐杖上山口电站工地上去了。他在那道刚砌起来的大坝上来来回回走着,像是在寻找什么。大坝砌得很牢,它将一季雨水牢牢挡在了群山的怀抱中。这新降的雨水映衬着漫山遍野的灌木丛林,犹如一杯酽酽的青梅酒,绿得发蓝,绿得令人心醉。

喻杰在这道大坝上走走停停,寻寻觅觅,凝神远眺,整整待了一个上午。

回到家里,喻杰对孙子元龙说:"你去告诉重生,要他通知大队支委今夜到我这里来开会。"

元龙说:"爷爷,眼下正是紧工时节,大伙都忙不赢。您又不是大队支部书记,您一天到晚没事么子支部会呀!"

喻杰厉声道:"你赶紧去,我是有要紧事才开会。"

元龙发现爷爷的脸色极难看,不敢再吭声,赶忙到重生家去了。

夜里,因为收工晚,又有三个支委离着喻杰家有十几里山路,很晚七个支委才到齐。大家挤坐在喻杰那间卧室兼书房里,都不说话,气氛显得有点沉闷。

喻杰坐在那张缺角露缝的书桌前,他脸色肃然。

喻杰开始说话了:"今夜把你们请来,还是开'擦锈会'。我今天到大坝上去反反复复丈量了。我的步子比你们的尺子准,我看,这顶多也就两千五百个石方,我不知道你们那四千一百个石方是怎么量出来的。请你们给我一一说清楚。"

大伙都不吭声,一个个埋着头抽喇叭筒烟。

喻杰说:"重生你是支部书记,你先说。"

重生说:"大伯呀,我们这七个支委,除两个有别的事情没有参加收方,其他五个都共同参加了收方,寸寸节节照量,这里边确实没有什么猫腻。以前我们是吃过他刘长明几餐便饭,喝过他几瓶酒,自从您那次开过'擦锈会'之后,我们就一没抽过他一支烟,二没喝过他一杯酒,我们都干干净净做人,老老实实做事……"

重生讲过一通之后,支部副书记刘贵友发言:"这水淹了的、泥埋了的基脚部分,现在看不到,但当时都是一一记了数的,硬挺硬,砌一个方是一个方……"

后来又有三个支委委员也都说,这数字没错,基脚下埋的石方确实有那么多……

还有两个支委委员却是自始至终一言不发,埋头抽了一晚上的烟。

喻杰说:"你们现在不要老拿基础部分来说事了。刘长明只包工没包料,这大坝总共砌了多少石料,用了多少水泥是有账可查的,你们不要以为基础部分被水淹了、被泥巴埋了就可以做一笔糊涂账。"

重生说:"大伯呀,这电站上的专账都在那里,您可以调出来查,也可以叫公社派人来查。"

喻杰沉默了许久,他的目光在每个人的脸上都扫了一遍。当扫到重生的脸上时,他赶忙将头低了下去。喻杰叹了一声闷气,然后轻声地说:"我从湘鄂赣苏区就开始管钱粮,从平江管到井冈山,又从井冈山管到长征路上,到了陕甘宁边区,还是让我管钱粮,这样一直管到西安、管到北京,我管了一辈子的钱粮,从没出过差错。凡从我手上过的银子,半斤八两清清楚楚。没想到,我如今老了,回到村里却管不好钱粮了,我在这牛脚印凼里翻了船……"

他停顿了下来,目光注视着大家,整个屋子里的空气似乎都凝固了。

接下来,喻杰的语气加重了:"现在我告诉你们,哪个屁股上不干净的,限你们三天之内到我这里来交代清楚,该退的退,该还的还,不予追究。三天之内不来交代的,我让公社派人来查,查出了谁有问题,该关的关,该抓的抓。"

这个"擦锈会"就这样散了。支委一个个面无表情、悄无声息地走出喻杰的屋子,走进了山冲茫茫的夜色里。

后来的三天里,喻杰坐在他那间书房的小窗前,一会儿看书,一会儿望着对面那条小路,他希望有人到他这里来,主动交代问题。他不愿看到,村里的电灯还没亮,有人却进了班房。

一天过去了,两天过去了,三天又过去了,支部书记喻重生没来,支部副书记刘贵友没来,还有其他几个支委委员也都没有来,对门的那条小路,终日空空荡荡。

那天夜里,喻杰再也忍不住了,他将孙子元龙叫来,对他说:"你去把你重生叔叫来,我找他有急事。"

元龙望了望外面漆黑的夜空说:"爷爷,您有什么事这么急,就不能等到明天吗?"

喻杰说:"不能等到明天,你打我的手电筒去,叫他就来。"

元龙极不情愿地打着手电去了。

一顿饭的工夫，重生随着元龙来了。

重生一进门便神色慌张地问道："大伯呀，出什么事了？"

喻杰坐在书桌前，平静地望着他，从头到脚打量了一遍。然后说："没出什么事，我想和你谈谈，这几天，你怎么没上我这里来？"

重生说："这几天，田里的工夫紧。"

喻杰直视着他："你是我的侄子，你砚斌哥不在了，你就等于是我的儿子一样。你要给我说实话，电站上的事情，你真的是手脚干净吗？"

重生说："大伯呀，您要信得过您的侄子，我真的是没沾公家一点油水。"

喻杰说："那我再问你，你砌那七大间新房，哪里来的钱？"

重生："全靠我老婆喂猪呀！她每年喂大三四头肥猪，猪潲桶都提烂了几只。"

喻杰说："你老婆吃苦耐劳，这个不假，可她一年喂大几头肥猪，也才一百多块钱一头猪呀！你这房子，虽是土坯房，但买木材、买瓦、工匠钱，还有砌屋时买肉打豆腐的开支，这些钱加起来，我算了一笔细账，少说也得四千出头，你这钱是哪里来的？"

重生哭丧着脸说："大伯哇，我这么多年省吃俭用，从牙缝里省了一些钱下来，再说这材料钱、工钱，赊的赊，欠的欠，才将这房子砌上去。"

喻杰说："可是，你砌这么七大间屋在那里，群众对你有反映呀！"

重生："只要我没有沾公家的油，随我砌几间。"

喻杰直直地望着他："你真能说得起硬话。"

重生说："我可以对天起誓。"

喻杰沉默了一会儿，然后说："那你去吧！"

重生黯然神伤地走了。

重生一走，喻杰便在煤油灯下写信，他写了很长一封信，讲了丽江电站上的许多问题，他希望加义公社派一个专门的班子下来，认真进行一次清查。

第二天清早，他便打发孙子元龙将这封信送到公社去了。

加义公社党委接到喻杰的信后，专题召开党委会，成立了一个五人组成的丽江大队财务清查小组，由公社党委副书记刘革新带队，进驻到了丽江大队。

他们找支部书记喻重生等大队支委一班人一一谈话，也在群众中进行了走访，并将修丽江电站以来的所有财务账目进行了翻查。

半个月后，组长刘革新向喻杰汇报，他说："通过这半个月的谈话、走访、检查财务账簿，喻重生等大队支委一班人主流是好的，成绩是突出的，能吃苦耐劳，勇挑重担，敢打硬仗，在经济上基本都能洁身自好，没有什么能上纲上线的问题，其中有两三个支委有点好酒贪杯、吃吃喝喝，但我们认为，对待大队干部，还是不能要求太严，要立足于教育、帮助，要爱护他们……"

喻杰静静地听刘革新一口气汇报完后，望了他一会儿，然后反问了一句："他们都没有人捞钱进自己的腰包？"

"没有。他们只是吃点喝点。"

喻杰叹了一口气，说："你去吧。"

公社清查组召开了一个支委会，会上，刘革新对丽江村的工作给予了充分肯定，但同时也指出有些同志好酒贪杯、吃吃喝喝，在群众中造成了不好的影响，希望大家今后注意。

大队支委七个人都做了自我剖析，并保证今后不再吃吃喝喝。

开完会，清查组便撤离了丽江村。

清查组一走，支书喻重生便交代大队会计，马上将拖欠刘长明的工程款付了。

会计说："这事，达老子点了头吗？"

重生没好气地说："公社清查组已经有了结论，没有问题。没问题就应该付给人家工钱，都拖欠这么久了。这还要达老子点什么头呢？"

于是，财务上立马便将刘长明的工程款一分不少地付了。

这些日子，喻杰的家里却是门庭冷落，早晚间再也没有乡邻来串门聊天了。

喻杰便问孙媳菊英："何解好几天没有人到我们家来扯谈聊天了？"

孙媳说："谁还敢来呀，人家一到我们家串门，大队干部就会以为他们是来告状。谁叫您没一点事把公社的人叫来查他们的账。"

喻杰在屋子里不安地走了几个来回，然后坐到书桌前，拿起毛笔给平江县委书记刘国权同志写了一封信，他要求县里派出一个强有力的班子，对丽江村的财务账目进行一次彻查。

吃过早饭，喻杰对孙子元龙说："你今天替我将这封信送到县委去。"

元龙狐疑地望着那封已经封好了的信，问道："您是不是又要叫县里派人来查村上的账？"

喻杰说："是的。"

元龙说："这种缺德事我不干。"

喻杰的火气一下子上来了："什么叫缺德事，国家的钱进了私人的腰包，群众意见大，这是违法乱纪的大事。"

元龙说："公社不是派人来查过，说没有问题吗？到头来问题没查出，您还得罪了一大帮人，何苦呢？"

喻杰说:"公社那帮人是敷衍了事,我看肯定有问题。"

元龙思忖了片刻,又说:"就算是查出问题来了,还不就落在我重生叔的头上,他可是您的侄子,是我的堂叔!爷爷,您不能老糊涂了,您要三思而行呀!"

喻杰气愤地打断了元龙的话:"你才糊涂,越是自家人,越要查清楚。不许你再啰唆,赶紧给我将这封信送到县委去。"

元龙见爷爷发了火,便不敢再吭声。接过这封信,立马往县里去了。

一个星期后,县里派出了一个由纪委、财政、审计、物资等部门组成的联合调查组进驻到了丽江大队。

联合调查组通过整整一个月的内查外调之后,于1982年4月29日,在喻杰家的堂屋里召开了一个丽江大队党支部会议,通报了查明的情况:

大队党支部书记喻重生收受刘长明贿赂八百元,贪污私分电站专款三千元。他还监守自盗,盗卖电站工地水泥十七吨,还和工地材料员串通,转移隐瞒水泥四十吨……

大队支委喻长根,将生产队送给芦头林场的木材款一万二千元,擅自转账给包工头刘长明,从中受贿一千元。支部副书记刘贵友,因家庭生活困难曾向刘长明借款两百元,至今未还,其实属于受贿,在喻重生等为刘长明多计工资两万余元的情况下(将二千四百六十个石方,计成四千一百个石方),刘贵友知情不报,睁一只眼闭一只眼,让其蒙混过关……

县委联合调查组将情况通报完后,坐在堂屋里的全村二十一名党员将目光全都集中到了喻杰的脸上。

喻杰重重地叹了一口气。

喻重生"扑"地跪在了喻杰的面前,泪如雨下,他哭着说:"大伯呀！我对不起您，您要救救我……"

喻长根和刘贵友也随即"扑通"跪到了喻杰的面前，他们哭着、诉着，头在地上磕着。

喻杰说话了，他的声音微微有些颤抖："你们三个，都是烈士的后代，今天我要告诉你们，在大革命时期，如果贪污了两块光洋，那是要砍头的。我至今记得，在我们的队伍就要开赴井冈山的前夜，有一个事务长，听说他的老婆带着孩子在外要饭，于是他偷偷溜了回去，他从公家的伙食费中借了两块光洋给老婆，他告诉老婆，队伍要开拔了，要走很远很远，他要她好好带着孩子。这个事务长后来被枪决了，因为他触犯了红军的纪律。我至今还记得一件事，在长征路上，我手下有一位同志，他实在是走不动了，眼看着就要落单了，他躺在草地上，远远地向我招手，我赶忙过去，将他抱在我的怀里，他指了指自己的口袋，轻微地说了一声：'党费……'脑壳便倒向一边，咽气了。

"我翻开他的口袋，里边是一块钱，这是队伍从瑞金开拔时发的津贴，每人一块大洋。在路上，很多战士都将这大洋买成东西吃了。这位战士却舍不得，一直将这块大洋带在身上……我帮他交了这一笔党费。我一辈子都不敢忘记他临终前的样子。后来，我为国家筹钱、筹粮，从我手上经过的银钱无以计数，每当我一有私心杂念的时候，我的眼前便浮现出了长征路上委托我交这最后一笔党费的同志，我便无地自容，恨不得从地缝里钻进去。那位同志的目光一直在注视着我，监督着我一路走过来……是那位同志的目光在召唤我回乡还债，可是，我的债务才刚刚开始还，却出了你们这几条蛀虫……"

喻杰说着，已是老泪横流，他挥了挥手："你们都起来吧，事到如今，我救不了你们，按照党纪国法，该怎么办就怎么办。"

支部会就这么散了。

散会后,喻长根和刘贵友四处找亲友借钱退赔,争取宽大处理。而喻重生却因数目太大,借不到钱退赔。

喻杰告诉专案组:"他喻重生借不到钱就拆他的屋退赔。"

专案组组长说:"他那屋是土坯屋,做上去要花几千元,拆下来的门窗、房梁、檐子、瓦,值不得几个钱。"

喻杰毫不犹豫地说:"能抵几个是几个。"

于是,专案组便组织劳力开始拆他的屋。屋上的瓦扒到一半,重生的老婆素珍带着两个孩子来到喻杰家里,娘儿仨"嗵嗵嗵"跪在了喻杰的面前。

素珍一边哭一边说:"大伯呀,您将这屋拆了,我们娘儿三个,挂袋的地方都没有了,我们总不能去逃荒要饭。"

喻杰说:"他这是贪了公家的钱做的屋,不拆不行。"

素珍说:"我如牛似马,起早贪黑喂猪煮茶饭,也有我的一份血汗钱在里边。"

喻杰思忖了片刻:"给你们留一间半,其他的拆掉。"

喻杰将素珍他们三个一一扶起来,替他们擦干眼泪,对素珍说:"你要好好带着两个孩子,要撑起这个家,要让孩子学好。"

素珍一边抹着眼泪,带着两个孩子走了。

当他们娘儿仨在屋门前的拐弯处消失时,喻杰的眼里也含满了泪花。

十天后,县法院在丽江大队召开了一个宣判大会,喻重生被判处有期徒刑三年。这一天,丽江大队的男女老少全都云集到了大队部前边的大坪子上。当戴着手铐的喻重生从台子上押下来,准备带上警车时,喻杰从前排站起来了,他对法警说:"你们慢点带,我还有话要跟他说。"

他把重生带进了大队部的办公室,对法警说:"你们在外边等一会儿,我要单独和他说说话。"

法警在门口候着,喻杰将门关上了。

重生说:"大伯,我对不起您,对不起父老乡亲!"

喻杰说:"迟了,你早知道这一点就好了。"他说着,从怀里掏出一瓶酒、一包花生米,"你喜欢喝酒,喝了这一杯酒再走。"

重生端起杯子,一口就将一杯酒喝下了肚,然后,涕泪俱下。

喻杰说:"是我把你送去坐牢,你怨恨我吗?"

重生哭着说:"大伯哇,我不怨您,不怨天,不怨地,只怨自己投错了胎,周岁不到,我爹就死了,我娘抱着我东躲西藏,白天钻山林,夜里躲地窖,长年有一餐没一餐过。盼星星,盼月亮,总算盼来了翻身解放。我一颗红心跟党走,当支书十五年,从没沾过公家一粒米、一根柴。可是,去年修电站,进城买水泥、买器材,我看着城里那些当官的,一个个在城外的山边上建上了小洋楼。他们的钱哪来的呀?我家住的屋,缺瓦漏缝,一到刮风下雨就担惊受怕……我爹要是在世,还不比城里那些当官的大得多,我家的日子还不比他们好得多……"

喻杰长叹了一口气:"重生呀,我和你爹是兄弟,一块去闹革命,你爹没走得过来,你大伯我走过来了,也当了官,你看见你大伯什么时候沾过公家的油呀?"

"没有,从来没有。"

"那你何解好样不学学坏样呢?"

"我是鬼迷了心窍。"

"我们当初去闹革命,就是为了穷苦人翻身坐江山,你爹为此付出了生命,丽江村有两百多号人付出了生命,如果都像你这样去搞公家的名堂,这江山不就完蛋了,你爹不就白死了……这牢你该坐,坐完了牢,你出来再重新做人。"

重生已哭得浑身都在抽搐："大伯您放心，我一定好好改造，日后重新做人。"

喻杰一边说着，从贴身的口袋里掏出五十块钱，塞到重生的口袋里："这钱你带在身上去服刑，交给看守，好言好语讲清楚，请他们代你保管，饿了买点吃的，冻了添件衣衫，要把身体保护好。俗话说得好，从前种种昨天死，往后事事今日生，从今以后，脱胎换骨重新做人。家中的老婆孩子少挂念，大事小事大伯给你照看好。"

重生哭得涕泪横流，说不出话来。

喻杰又说："素珍何解不带着孩子来送送你？"

重生说："她还不是怕在人前丢脸。"

喻杰起身，打开门，对守在外边的法警说："你们帮忙去将重生的老婆素珍找来，让她带着孩子来。"

很快，素珍带着一双儿女来了。

喻杰问她："素珍呀，你何解不晓得带着孩子来送送重生。他是犯了错误，可他终究还是你的丈夫，是孩子的父亲。"

素珍说："望着他戴着手铐站在台子上，两个孩子躲在竹林里哭。我在屋里怕出门。"

喻杰说："这有什么怕呢？事到如今，你和孩子要多给他一些爱，要让他充满重新做人的信心。"

素珍再也忍不住泪如雨下："大伯呀，从前，丽江村的女人，一个个送丈夫参军，送儿子上战场，现如今，我是送丈夫去坐牢……我怕在人前走哇……"

喻杰说："重生不争气，你也不贤良，像包工头刘长明那样的坏东西到你家来了，你就不应该好茶好饭接待。重生搞那么多钱回家造新屋，你心知肚明，他一没偷，二没抢，哪里来的钱一下子就能建起七大间新屋呢,你要不怂恿他、支持他,他能拿这不义之财建屋吗?重生有罪,你也有过。"

素珍说:"重生闯了祸,我是祸秧。明明知道他的钱来得不正路,我还支持他建房。"

喻杰说:"你如今能够认识到这一点就好了。"

素珍对重生说:"你到了牢里,要把心放宽,要保护好身体,留得青山在,不愁没柴烧,等你回来,孩子也都大了,我们的房子拆了可以重新砌……"

喻杰又倒了一杯酒给重生:"你再喝一杯,到了那边,就没有酒喝了。你是我的侄子,跟我的儿子一样,我把你送去坐牢,我岂能不伤心。可是这牢你得坐,坐完了牢,我盼着你好好地回来……"

警车一路鸣着警笛,带着喻重生离开了丽江村。

丽江电站发电了,它将整个村庄的夜空照得通亮。

电站产生效益后,股民年年有分红,但董事长喻杰却从来没有分过一分钱红,他将他应得的那一份,全部捐献给了咏生乡用于扶贫。1989年,喻杰去世前,他还再三交代,要将丽江电站的分红,永远用于咏生乡扶贫,他说那是一份永远都还不清的债……

如今,已是四十年过去了,丽江电站依然运转良好,它每年要为丽江村创下二十多万元的村级收入,它不分昼夜地在为老区人民还债……

乡村顾问

1978年2月14日,中央财政部派分管老干部工作的杨春一同志来到丽江村。

当杨春一走进土屋时,喻杰久久地握着他的手,不禁热泪盈眶,离开北京已经整整七年,他这是头一次见到部里的同志,他如同见到了久别的亲人。

喻杰说:"春一同志呀,这天寒地冻,你大老远跑来看我,真是没有这个必要!"

杨春一说:"喻老,中央决定,让您担任财政部的顾问。张部长特地安排我来,接您回北京。"

喻杰一愣,半天才说:"春一同志,我都回乡务农七年了,年已七十有五,还去当什么顾问呵!"

杨春一说:"这是中央的决定,您赶紧收拾一下行李,我们争取明后天就返回!北京那边,部里已经在木樨地林荫大道南侧22号部长住宅楼里给您安排好了一套房子。"

喻杰说:"这个事情来得太突然,我可是没有一点思想准备。"

这时孙媳菊英泡了茶端上来。

喻杰说:"快坐下喝茶,莫站着说话。"

杨春一却没有坐,他端着茶,一一环顾着喻杰的屋子。一个用木板临时搭着的书架,堆满了马、列、毛的著作,以及养牛、养猪、养鸡、养鱼、农作物病虫害防治的各样书籍。一个老旧的缺角露缝的书桌,一张简易的木板床,一口破旧的皮箱。

杨春一说:"喻老,您这行李收拾起来也快,带上要看的书和换洗衣衫就可以走人了,北京那边,房间里要用的东西都配好了,一去就可以入住。"

喻杰笑了笑:"这去还是不去,你让我好好想一想。"

杨春一有点惊讶地望着喻杰:"喻老,您是我们国家财贸战线上一面旗帜呀！从长征到陕甘宁边区，从粮食部到商业部，再到财政部，您工作经验丰富，善于创造性地开展工作。我们的国家，眼下是百废待兴，特别需要您重新出山呀！"

喻杰说："春一同志呀，你可别给我戴高帽子，这当顾问，说得好听，是去发挥余热。实质上，是去给国家增添负担。这不，要安排房子，还要安排车子。"

杨春一说："喻老，这当顾问，不是什么闲职，可是要顾要问的。"

喻杰说："当顾问，在哪里当不是当呢？既可以到北京去当，也可以在丽江村当，我看，与其到北京去当顾问，还不如在丽江村当顾问更好一些，最起码我能了解到更多的最底层的实际情况，更准确地向中央反映农村存在的问题，以便于更及时地调整我们的各项政策和措施……"

孙媳菊英进来喊吃饭。

喻杰领着杨春一来到饭厅里，八仙桌上早已摆好了热气腾腾的六道菜。

喻杰家里，经常有各种各样的客人来，喻杰亲自制定了一个接待标准：一般客人来了，下一碗面条吃（笔者1987年4月28日和平江县党史办的主任凌辉同志一道到他家采访时，所享受的待遇便是吃一碗面条，不过喻杰对我们是另有所待，外加"竹叶青"酒一杯）；重要客人到了他家，三菜一汤；只有十分重要的客人来了，才是五菜一汤。

陪同杨春一同志前来的县委书记谭世雄介绍说："六道碗摆在八仙桌上，这是喻老的最高礼数。"

喻杰说："这是我的娘家人来了，我当然要用最高规格接待呀！"说着，喻杰便夹了两块腊肉送到杨春一的碗里。

杨春一说："这腊肉巴掌大一块，您一次还夹两块，我可吃不下这么多。"

谭世雄说:"夹肉一次夹两块,这也是平江山里人的礼数。"

喻杰说:"这是我自己喂的猪,又是我自己用松针熏出来的腊肉,味道好得很,保你吃完了这两块还想吃两块。"

杨春一吃下一口,连连说:"真的是太好吃了,从没吃过这么好吃的腊肉。我可没有想到,喻老您还喂猪啊!"

喻杰笑眯眯地说:"我既然是回乡务农,就得喂猪呀!哪户农家不喂猪呢?我每年都要喂大四头肥猪,这可是不小的一笔收入。还有这鱼,也是我在门前塘里养的,这松树蘑菇,是我在屋后山上捡的……"喻杰一边说,一边将菜夹进杨春一的碗里。

杨春一一边吃,一边说:"好吃。"

吃过饭,喻杰对孙媳菊英说:"你泡一杯我自己制的烟茶给客人喝。"

菊英将烟茶泡了上来,杨春一慢慢品着,他说:"我可从来没有喝过这种味道的茶,很香,很有韵味,它和绿茶、红茶都不一样,余味很长。"

喻杰说:"只有平江山里才制作这种烟茶。这是在山上的老茶蔸上采的茶,这种茶蔸少说也有上百年,我小的时候,那些茶树就在。青叶子采下来之后,要在太阳地里杀一下青,然后用脚踩踩,将汁踩干,再放到茶焙上,用一种叫作乔力根的植物慢慢烧着把它熏干。"

杨春一说:"这个味道很好,我很喜欢喝喻老您亲自制作出来的烟茶。"

喻杰笑着说:"你喜欢喝,我就送你一斤带回北京去喝。"说着,喻杰便喊孙媳菊英,"你去给我包一斤烟茶来。"

杨春一说:"喻老,这个我可不敢当,您这礼太重了。"

喻杰说:"我这礼没有花一分钱,只是费了我的工。"

喝过茶,谭世雄说:"喻老,您这家里也没地方住,我看杨主任就随我一块回县里去住招待所。"

杨春一说:"喻老您抓紧收拾一下行李,明后天我们一道回北京吧!"

喻杰思忖了片刻说:"你先回去,你向张部长汇报,再给我十天时间,我要好好想一想,到底是回不回北京。"

杨春一说:"好吧,那我就明天先回去了。不过我还是希望您老能回北京呀!"

喻杰说:"我会认真考虑。"

杨春一告辞走了,喻杰一直将他们送到对门拐弯的地方才停步。

北京来的客人一走,上下屋场的婆婆老老们便陆陆续续都聚集到喻杰的家里来了。

对门屋场里的九大嫂问:"达老子呀,听菊英说,你又要官复原职回北京城里享清福去了。"

喻杰说:"什么官复原职,要我去当顾问,就是去白吃饭,你们莫听菊英乱讲。"

下坎屋场的蔡娭毑说:"达老子你这一走,只怕就不得再回来了,往后我们要有个三病两痛,也就没人看病了,又要跑到镇上去找医院。"村上原本有个赤脚医生叫高伢子,高伢子的医术很差,喻杰回来后,便自学中医和西医,今天给这个出单方,明天给那个开处方,经他诊好的病人,比赤脚医生高伢子诊好的病人还多。

喻杰说:"走不走,我还在考虑之中呀!"

上边屋场的得娭毑说:"达老子呀,要我说,你还是不去的为好,你那年子回来,病病歪歪的样子,脸上没有一点血色,这些年你自己喂猪养鸡，自己种菜做饭，从早忙到晚，你脸上的气色就好多了，身板骨子也结实了。你要是回到北京，往办公室一坐，血就呆了，气就滞了，这病就又要上身了。"

喻杰说："得娭毑你这话我爱听，我的心里也是这么想的，我在村里自产自足多好呀，何解要跑到北京去白吃白喝呢？"

斜对门屋里四娭毑却说："达老子呀，依我看你还是要去，你放着北京的洋楼不住，住乡里的土坯屋；你放着北京的官不做，清福不享，在乡里喂猪种地，地方人背地里会说你有福不晓得享，一身骨头生得贱。"

喻杰便笑。

一屋子的婆婆老老你一言我一言，在喻杰的书房里闹了一个下午，喻杰有时回答，有时只听，笑而不答。他乐意听这些婆婆老老们到他这来讲这讲那，有时她们不来，喻杰还会主动去串门，找她们聊这聊那。

婆婆老老们好不容易走了之后，在吃晚饭的时候，自己家里一屋人又在饭桌上争论开了。老的说："你不能再到北京去了，俗话说'七十莫留宿，八十莫留餐'，你都七十有五了，哪也不去了，好好在丽江待着。"

小的说："爷爷您去，中央要您出山，您当然要出山，我们都一路跟您到北京去……"

喻杰说："你们都莫吵了，让我好好想一想，十天以后，我说去就去，我说不去就不去。"

他们在饭桌上不再争吵了，但是，孙子、孙媳、孙女们回到各自的房间里，依然在"叽叽咕咕"着，这一夜，这个家失去了往日的宁静。喻杰披衣在门口坪子上走来走去，直到各个房子里叽叽咕咕的声音消失后，他才进屋睡觉。

第二天，县老干局的局长傅依明同志来了。傅依明是喻杰的老朋友，他为人厚道，办事细致周到，是个实在人。喻杰在北京时，傅依明每年都要来看他,每次老傅来了,喻杰总是拉着他不让走,秘书安排一个小时见面的时间,往往一聊便是两三个小时,喻杰总是想从老傅这里听到家乡话,了解家乡事,因为老傅人实在,他说的话也实在。喻杰回到丽江村后,和老傅的往来就更密了,几乎每个月都要见见面,有事没事聊聊天。傅依明比喻杰小三十岁,他们是忘年交。

傅依明来到横圳,隔着两丘田便老远喊道:"老部长呀!恭喜、贺喜呵!"

喻杰出门,站在阶矶上,望着傅依明走过来:"老傅,你恭喜什么呀?"

傅依明说:"您不是要官复原职,马上回北京当顾问吗?我赶紧过来道个贺呀!"

喻杰拉着傅依明的手进了屋,认真地说:"这个事,去还是不去,我还没有拿定主意。你来得正好,我想听听你的意见。"

傅依明说:"这当然要去,中央要您去当顾问,哪里有不去的道理呢?"

喻杰笑着说:"中央这是讲客气,我靠边站了这么多年,要给我一个名分。至于去不去,是我自己的事。就像你傅依明到别人家去做客,人家留你吃饭,这是人家的客气,至于吃不吃,这是你自己决定的事。"

傅依明说:"给您正名不假,但更为重要的还是党和国家的事业需要,国家眼下百废待兴,您是财贸战线上的好佬,特别需要您出山去当顾问呀!"

喻杰说:"你这个傅依明,还在我的面前耍起官腔来了。俗话说,'人到七十古来稀',我都七十有五了,还出什么山呀!再说这顾问,在哪里不是当,我就认为,在北京当不如在平江当,我更接地气,更能及时向中央反映基层的实际情况。"

喻杰一通讲下来，傅依明便笑而不答了。

喻杰说："你傅依明既然来了，就得有个态度，这去不去，你给我好好顾问顾问。"

傅依明说："您家里人都是个什么态度呢？"

喻杰说："老的留我，要我莫把一身老骨头丢到外面去了，小的推我，小儿子，两个孙子，两个孙女，还有曾孙……都想跟着我一路到北京去。"

傅依明说："喻老，您向来器重我，是因为喜欢听我说实话。这一回，我还是再给您讲几句实话，依我看，您还是要去，您不去，您的子孙后代都会怨您，说您不为后人着想。"

喻杰叹了一口气说："老傅你这话讲到点子上去了。不瞒你说，我是躺在太平洋上抽纸烟，想到往后几十年！俗话说'富不过三代'，为什么呢？老子英雄儿好汉，一个个好吃懒做，骄奢淫逸，这富能过三代吗？我要是进北京去当顾问，这一路子孙就都要跟着去，他们去干什么呢？要我安排工作。安排了工作之后，还想当角色，要我给这个那个老战友、老部下打招呼，要提拔、要重用。我要是不去北京，在丽江村当农民，他们就只能在家种地了。俗话说，好人难中出，他们以后要是靠自己的奋斗，能进北京城里工作，为国家做贡献，我在九泉之下也会高兴得合不上嘴呀！"

傅依明说："喻老，您真的是站得高、看得远、想得深。"

喻杰说："这么说来，你是赞成我不去北京了？"

傅依明只是笑，不说话。后来，他们便聊到别的事情上去了。喻杰问这问那，他们每次见面，总是有着聊不完的话题。

傅依明在喻杰这里吃过中饭，就回县里去了。喻杰没有明确告诉他去还是不去，但老傅心里已经有了底。

一家人在一块吃晚饭的时候，饭桌上的话题又聊到去不去北京这个话题上来了。小儿子立光说："爸呀！您昨天晚上半夜还在坪子上走来走去，只怕是为去不去北京的事拿不定主意，依我看，去还是要去，顾问的名头挂着，房子占着，至于您不想住在北京是另外一回事，想住您就住几天，不想住您就长期待在丽江。"

喻杰说："既然是长期待在丽江，又何必要在北京挂着名头，占一套房子呢？"

大孙子元龙说："爷爷，您在北京安顿下来了，我们到了北京也有个挂袋的地方呀！"

喻杰没好气地说："你们都是丽江村的农民，你们要将袋子挂到北京去干什么？"

大家看到喻杰板着一副脸皮，也就都不吭声了。

这天晚上，喻杰在油灯下给财政部张部长写了一封信。他明确表示，顾问他当，房子不要，他还是待在丽江村当农民。

这封信发出之后，这个大家庭也就恢复了往日的宁静。

后来，组织上尊重喻杰的个人意愿，同意他留在丽江村当顾问。为了照顾他出行方便，财政部给他配了一台轿车。但这轿车对于喻杰来说也没什么用，他住在横圳，离着公路还有十几里地。后来，他将这台车给了县老干局作为办公用车。

喻杰虽然没有到北京去当顾问，但实际上他当起了各级的顾问，他每年都要向中央、国务院、财政部，以及其他部委和省、市、县、乡写出几十甚至几百封信和调查报告……

改革开放之后，农民解决了吃饭问题。大摆酒席的情况就多起来了，收亲、嫁女、过生日、洗三朝、上大学、办丧事、砌房上梁……一摆就是几十上百桌酒席，特别是有一些基层干部，甚至借操办各种酒席大肆敛财。一个普通农民家庭，年头到年尾的收入，往往就被地方上下各种各样的酒席吃来吃去吃掉了，有的人家，甚至还要借钱吃酒席搞应酬。这既造成了极大的铺张浪费，又败坏了社会风气。各级地方政府要管又没有抓手，管不了。

勤俭节约的喻杰望着农村这种状况，他坐立不安，但又一筹莫展。后来，他终于将农村大操大办的种种情况写了一份调查报告，并提出了国家应该出台征收筵席税的建议。

他的这个报告寄给财政部领导之后，得到了高度重视，后来由财政部转交国家税务局，并一同提出方案，上报国务院领导。不久后，《中华人民共和国筵席税暂行条例》终于出台。

后来，喻杰又接二连三地向国务院、财政部以及其他部委呈送了《关于议价粮收购偏多和猪禽生产下降问题的调查报告》《关于当前农村存在的几个问题的调查报告》《关于扶持平江老苏区脱贫致富的调查报告》《关于改革开放利用外资的建议》……他的这些调查报告和建议，都得到了财政部、国务院领导的高度重视，为形成各个方面的政策和法规提供了宝贵的一手资料。国务院一位领导同志深有感触地说："喻杰同志反映了真实的情况，很多情况是我们在汇报中听不到的。"

国务委员、财政部长王丙乾在1985年3月20日给喻杰去信说：

喻杰同志：

二月十八日来信收阅。

您来信反映的情况很好，对我们了解农村形势，制定农村政策有很大帮助。信中提到的一些具体问题，有的现在已经解决，有的已在着手解决，如为了使农民做到心中有数，国务院已经做出决定，从1985年起粮食取消了统购，改为直接对农户按合同定购。对合同定购内的粮食，由国家按"倒三七"的比例计价收购（即统购价30%，加价70%）；合同之外的粮食，由农民自行处理，也可按优待价卖给国家。又如，由于农村形势发展很快，粮食增产，原有粮仓不能满足需要，而建库工作又没有跟上，造成了粮仓紧张的状况，为了解决这个问题，国家决定分三年拿出18.5亿元修建一部分粮仓。

您希望财政部多到农村和老革命根据地做些调查研究工作，以利于国家用于老、少、边、穷的发展资金管好、用好，这个意见是很好的，过去财政部做了一些调查，但做得还不够，今后要加强这方面的工作。

关于平江老革命根据地的问题，拟请湖南省在中央分配的指标中统盘考虑。以后，国家财政有力量增加这方面的资金时，再考虑平江地区的问题。

……

喻杰的调查报告和书信，大到国家大政方针，小到群众一村一户的生产生活琐事，他都要管。例如：丽江村邻近的高坪村山林管理混乱，乱砍滥伐现象十分严重，喻杰一连向平江县委去了两封信，他建议县里将高坪村的木材就近调归芦头林场统一收购。高坪村的山上杂木多杉木少，必须改造，他建议杉木以每立方两百元收购，杂木能出多少就出多少，因为要腾山造林，统一改造……

喻杰所在的横圳生产队，有一个懒汉叫发伢子，他好吃懒做，还经常跑到他娘家里蹭饭吃，喻杰便给村上支书喻春林写信，希望村上将发伢子划拨到沿江生产队去，因为发伢子的哥哥在那里，他哥哥管得住他……

改革开放之初，农村一时间打牌赌博、封建迷信、大操大办之风甚嚣尘上。喻杰向平江县委写信，封建迷信必须破除，大操大办必须禁止，他列举了丽江村一个叫喻石贵的村民，他那八十九岁高寿的母亲去世了。喻石贵有三个儿子，两个女儿，大儿子教书，二儿子承包了生产队一口山塘养鱼，三儿子办了一个小型养猪场，每年能出栏肥猪四五十头。大女儿嫁在县城里，细女嫁在加义镇上，开一间南杂店。喻石贵的三亲六眷以及地方长辈，都认为喻家这场丧事应该风风光光地大办一场。

于是，喻石贵就请了四个道士做了四天四夜的道场。四把唢呐从早吹到夜，到了夜里更热闹，请了戏班子唱大戏，戏散后又请了丝弦班子弹丝弦，半夜过后丝弦弹唱散后，又请唱夜歌的歌师登场，四把夜歌嘴一直唱到大天亮……四天四夜喻家灶里不断火，路上不断人。丧事期间，喻石贵五服以内本族人丁全在他家吃饭，还有喻家三亲六眷，还有地方上前往吊香的，帮忙做事的，流水席从早开到晚，每餐要开七八十桌酒席。这一场丧事办下来，开支了一万二千多元，其中光做道场一项就有四千六百元。喻石贵家由地方上一个殷实户变成了贫困户，几年都翻不了身。像这种大操大办大搞封建迷信活动的情况，各乡村比比皆是……

喻杰向县委写信提出：打牌赌博，已经逐渐在乡村成为一大公害，老年人打小麻将，输赢几毛几块几十块不等，年轻人打纸牌，有的甚至架起门板摇骰子，输赢几百上千，赌输了的要不一蹶不振，要不入室偷盗，甚至连猪牛也时有被盗……前段时间，很少有人过问这些事，最近各乡镇抓了一下，但有些做法却不当，谢江乡抓了一批赌棍，将他们一个个用棕绳五花大绑，捆在路边电线杆上示众，并将他们身上的衣服也脱光了，只剩一条短裤，在寒冬腊月里冻了半天。有两个村民到我家来反映了这一情况，当时我没有表态，怕说出去影响各地抓赌的积极性。赌要抓、要罚、要禁，但在处罚过程中要注意度，要将批评教育与处罚相结合，不能随便处以肉刑，要注意按政策办事……

喻杰给县委写信谈得最多的还是基层党的建设问题。他认为，社会风气不好的问题，主要还是党风有问题，分田到户之后，一些基层党组织软弱涣散，根本没有发挥战斗堡垒作用，遇到歪风邪气不敢碰硬。有一些村干部、乡镇干部，甚至是县里的党员干部，参与赌博，参与修庙，参与封建迷信活动。有的干部搞特殊化，严重脱离群众，有的讲吃讲喝讲排场，艰苦奋斗的作风丢失殆尽，有的跑官要官，行贿受贿，有的党员甚至还经常在群众中散布一些与理想信念相背离的言论……

喻杰一一列举：丽江村有一名党员生产队长，不但不制止封建迷信活动，反而自己还去拜师学道士，伙同他师父等人经常出没四邻八乡做道场；义口村有一个姓喻的老头做八十岁生日，他儿子在县里某局当局长，结果全局上下的干部职工都跑来吃寿酒，他借机大肆敛财；长寿区有一个副区长，在老家砌了一栋房子，做圆屋酒请了八十桌客，区上的干部，长寿区下设各乡镇的干部，甚至各村的干部都跑去送礼道贺。

加义镇的干部以前下村办点都是与农民同吃、同住、同劳动，分田到户之后，这些办点干部莫说是与农民同吃同住同劳动，就是下村都很少，偶尔下去走个过场，吃一顿饭、喝一通酒就走了，对于群众反映的问题，很少得到解决。

前几天有几个人到我这里来反映，加义镇有一名干部，业绩平平，群众反映并不好，这次要提拔一名党委委员，居然就提拔了他，究其原因，他父亲是基建包工头，上下左右一打点，就把他弄上去了。还有谢江乡一名干部，业绩并不突出，只因他的哥哥在县里某局当局长，替他四处一活动，也提拔上去当了副乡长……不看干部的业绩，凭关系、走后门，不但败坏了风气，更为重要的是贻误了事业，失去了民心。

喻杰呼吁，县委要有紧迫感，要认真研究，系统性地部署一次整党整风运动，对于那些挂羊头卖狗肉的党员，要劝其退党；对于那些行贿受贿、赌钱打牌、违法乱纪的党员，要开除出党；对于那些脱离群众、做一天和尚撞一天钟的党员，要进行严厉的批评教育；而对于那些艰苦朴素、密切联系群众、努力工作的党员，要大胆提拔重用。

……

喻杰所在的连云山区，是平江县的主要林区，如何搞好植树造林，封山育林，禁止乱砍滥伐，也是喻杰向县委写信谈得最多的一个话题。

连云山区的灶门洞、辜家洞、徐家洞、北风洞，都在大革命时期被烧得遍体鳞伤，后来几十年的阳光雨露养育起来的尽是没得什么用场的灌木丛林，喻杰呼吁，一定要挖山造林，要将这漫山遍野的荆棘丛林挖掉，然后整梯栽杉木林，一年一山有序推进，政府一时拿不出这么多钱造林，可以采取多种形式，国家、集体、农户合股造林也行，借山给农户，承包三十年、五十年造林也行，只要不让山荒废了，只要让杉树养育起来了，生态保护好了，就是一个胜利……喻杰当时提出的这些想法，后来几年在全县、全省乃至全国都得到了推广。

分田到户后农民有了余钱剩米，便急于拆掉老旧房屋盖新房。盖新房需要大量的木材，于是，到处出现了农民在夜间盗伐国营林场、集体林场杉树的情况。望着那些已经成林的杉树成片被盗伐，喻杰心痛不已，他几次给县委写信，要加大巡查力度，要对那些盗伐者进行严厉打击，该抓的抓，该关的关，该罚的罚，该判的判……

他组织丽江村的党员成立了护林组,分上半夜下半夜两班倒轮流对村林场进行守护。

护林组在第一个晚上的巡查中,便抓获了十三个盗伐者,其中有一对父子,是喻杰家的亲戚。村干部感到这事不好办了,大家都知道,这亲戚是有恩于喻杰家的,在喻杰参加革命音信全无的那二十年间,家中孤儿寡母,每年一到青黄不接的时节,多靠这家亲戚接济度日,二十年间,他们给予过喻家多少红薯丝、多少谷米,无以计数。

村支委集体向喻杰汇报来了,他们准备将这抓获的十三个盗伐者进行批判并处以罚款,但喻杰这亲戚家却不知道该怎么处理才好。

喻杰问:"我这亲戚家该罚多少钱?"

"两百。"

喻杰当即就从口袋里掏出两百元钱,说:"罚款我替他们出,我这是还旧债,大会批判要他们父子俩自己挨,活该。"

那天晚上,批判盗伐者的大会在村部举行,十三个盗伐者一一上台亮相,接受群众的批判。从那以后,丽江村的盗伐现象有了根本好转。人们私下里都说,达老子的亲戚都挨罚挨批,这山上的树木再也不能去偷了……

(原载《当代》2021年第3期)

大别山：一家人的朱鹮保卫战

连忠诚

2007年，距洋县千里之外的河南董寨国家级自然保护区，成为我国朱鹮异地保护的首选之地。为了确保朱鹮异地保护的"首战告捷"，黄治学没有丝毫犹豫，挺进大山。在陡峭和山路十八弯的河南信阳市罗山县灵山镇董寨村，他带着妻子和两个女儿开启了他乡的大山生活，他们水土不服，两个女儿因匆忙转学导致学习成绩下降，因厌学被迫中断学习。妻子因交流时语言不通，遭到当地人排斥。他遭遇过泥石流、山体滑坡、暴雨山洪冲刷等危险，以及蟒蛇、野狗、野猪袭击，蚊叮虫咬更是家常便饭。大女儿看到父亲如此扎根山区，与鸟为伴，想想父亲都无人尽孝养老送终，只好嫁给当地的村民，以求方便照顾。她与当地村民交谈，给村里的学生讲爱鸟、护鸟知识，赠朱鹮纪念章和学习用具。五岁的儿子亮亮从小就和姥爷姥姥一起生活在朱鹮的圈子里，最喜欢朗诵课文《七只朱鹮的故事》……

一 "鸟人"黄治学

初到河南省罗山县的董寨，黄治学要饲养14只朱鹮。为实现新突破，他在朱鹮繁育基地建设了大网笼，设置了池塘、沼泽、河流等自然环境，模拟朱鹮野外生存的环境。由于首次进入陕西以外的地区进行饲养繁殖，气候和环境的变化，特别是2008年初信阳遭遇了罕见的冰雪天气，给朱鹮的适应带来了相当大的困难。面对前所未有的挑战，黄治学没有丝毫退缩，他自己吃住在朱鹮繁育站，在对朱鹮进行封闭式管理，加强营养的同时，很快完成了软网的安装和朱鹮配对分笼的工作，保证了朱鹮繁殖工作的顺利开展。

为解决朱鹮野外种群分布过于狭窄等问题，国家林业局将河南定为全国首个朱鹮迁徙地保护研究基地，2007年，调拨17只朱鹮开展人工繁育研究。这17只朱鹮，有13只是从日本返回，但鲜为人知的是，还有4只是从北京动物园过来的。

"从日本回来的属于'近亲'，而北京动物园是两对。朱鹮又属于'一夫一妻'的鸟类。当时确实有点为难，但是为了繁衍的需要，不得不人为地把这两对'拆散'了。"黄治学就利用北京动物园的两只雄性朱鹮和日本返还回来的两只雌性朱鹮进行配对，成功繁育出5只幼鸟，使得董寨的朱鹮有了较好的种群后代和优良基因。他的手指经常接触泥鳅等水产品，还被稻田的淤泥真菌感染，指甲盖全部脱落，并呈现灰色。与此同时，他开始整理野外观测日记，念给妻子来记录关于朱鹮在野外的点滴生活轨迹，以便寻找规律，总结经验。

"野外放飞，是恢复朱鹮历史分布、扩大分布区，壮大朱鹮种群的必由之路。我们要实现朱鹮在大别山的成功野化放飞，建立野外种群。"过去成活率只有40%左右，随着朱鹮人工繁育工作的推进，黄治学开始尝试野外放飞。"在孵化、喂养雏鸟的同时，黄治学全身心地投入到朱鹮的野化训练中，实地观察、监测、记录每一只成鸟的训练情况，对每一只鸟都了如指掌，对野化放飞胸有成竹。"他的助手经常感慨地说。

2013年3月，34只身体健壮、亲缘关系相对较远的朱鹮，开始在大网笼中接受觅食、飞行、抵御天敌、繁殖和疫病抵御能力等野外生存能力的训练，为半年后的野外放飞做准备。当年10月10日，34只朱鹮从繁育基地大网笼里飞出，在天空中展翅翱翔。这是我国在朱鹮原产地陕西之外的首次放飞，也是迄今为止放飞数量最多的一次，标志着带有GPS定位装置和环志、拥有"身份证"的一只只朱鹮相继在大别山落户。

喂养过程中，黄治学发现一只刚出生的小朱鹮耷拉着脑袋，不吃不喝，他心急如焚，开始小心翼翼在手臂上测试鸟食和水的温度后，用吸管吸上一管水，轻轻地放在幼鸟嘴前，小鸟奇迹般地张开了嘴。他熟练地将水挤进了小鸟的嘴里，为小鸟"润肠"。紧接着，又用吸管吸进糊状鸟食。一滴、两滴、三滴……熟练而耐心地喂进幼鸟的嘴里。如此反复10多次，确认小鸟吃饱了，他才小心翼翼地把它放回笼子里，接着给另一只小鸟喂食。"刚出壳的小鸟嘴巴太小，闭合速度太快，不易喂食，必须在小鸟张嘴的瞬间，迅速把一两滴食物挤进鸟嘴。这靠的是熟练的技巧，更需要不厌其烦的耐心。"黄治学手把手地教饲养员雏鸟的喂食方法，一个个徒弟在他的手下成功"出师"。雏鸟喜欢吃什么？看不出配方的深黑色的液状混合物，是黄治学精心制作的雏鸟食物。泥鳅要用机器碎成糊状，搅拌上一定比例的面包虫、牛奶、鸡蛋，配上维生素、多酶片等，既美味又健康。而不同年龄的朱鹮，食物的配比也各不相同，这些技术含量高又烦琐的工作，黄治学至今仍需亲力亲为。制作好食物后，黄治学要把饭盒贴上不同的标签，冷冻在冰箱里。喂食前，要用勺子舀出几勺放进瓷杯，再把瓷杯放进小盆里，用开水融化、温度适宜后，才能给小鸟喂食。之后，还要清洗餐具，打扫消毒育雏室，再帮小鸟更换笼子下边的毛巾，让它舒适地休息。喂一次鸟最快要三四十分钟，甚至长达一个小时。

黄治学最见不得的是雏鸟生病。多年来，他每天不厌其烦地记录着每只鸟的体温、体重、嘴长、翅长等变化细节，研究成长规律，也渐渐掌握了其疾病特点，成为合格的"白衣天使"。哪只小鸟流鼻涕了、粪便变稀了、啄伤误伤了……他都能及时发现，对症下药。像慈母呵护婴儿一般，在黄治学的精心喂养下，小朱鹮一天一个样。40多天后，就由不足百克、光秃秃的"小肉球"，长成了近千克、体态丰盈、外形上与成鸟相似的幼鸟。黄治学就放心地把幼朱鹮托付给了它的"亲妈妈"。

2014年初，放飞的朱鹮在野外成功繁殖出一只幼鸟，随着它破壳而出，在大别山区消失了近半个世纪的朱鹮重新在此繁衍生息。为了保护这来之不易的宝贝，防止蛇、黄鼠狼等天敌上树侵犯幼鸟，黄治学给朱鹮筑巢的树干缠上塑料布，并涂抹黄油；还在朱鹮营巢的树干上安装刀片、挂伞形防蛇罩，以对付蛇和鼬科动物等天敌；还在树下挂起了巨大的保护网，防止小朱鹮从树上跌落摔伤；他们往稻田里投放泥鳅，让成年朱鹮有足够的食物喂养雏鸟。

与此同时，黄治学和另外两位同事接到了一项艰巨任务：对2013年10月10日在信阳大别山区放飞的34只朱鹮开展持续监测。初春的清晨，阳光透过淡薄的晨雾，穿过树叶间的空隙，一缕缕地洒在保护区的大地上。黄治学和助手驾车沿着崎岖的山路行驶了约一小时，来到一片四面环山、丛林环绕的开阔地。年前这里下了一场大雪，现在大部分的稻茬田里都有积水，正是朱鹮觅食的最佳时机。他们边走边用望远镜搜寻，遇到过路或在地里干活的当地人就上前询问，是否了解当地朱鹮的活动情况。尽管保护区在朱鹮放飞前后都做了大量宣传工作，但仍有许多人不知道朱鹮长什么样。黄治学给他们边描述边拿出画册，还模仿朱鹮"啊呜、啊呜"的叫声。张洼组的一位村民说："这种鸟我见过，去年来过，过了年就没看到了。"他们在附近搜寻一番，没有发现线索，只好另寻他处。一波三折寻访无果后，3月20日，他们来到彭新镇前锋村，一位大娘说："朱鹮，我认识，电视上播过，前些时间有两只朱鹮经常在这块田里打食，但最近老来的只有一只。"黄治学喜出望外——终于找到啦！根据大娘的描述，他推测这两只朱鹮可能已经配对产卵，不怎么出现的那只正在孵卵。不过仍有几分担忧：之前发生过猛禽追赶朱鹮的事，大娘说的另一只朱鹮会不会出了意外？他们决定分成两组，对附近可能有朱鹮活动的区域进行拉网式搜索。晌午时分，他们终于在一块稻茬田里发现了一只正在觅食的朱鹮，它去年冬天绚丽洁白的羽毛，如今已染上了浓浓的铅灰色。

通过高倍望远镜，黄治学很快认出这是2011年出生的雄性朱鹮，还佩戴着010号环。它正用长长弯弯的喙在水田里来回探插，每隔三五分钟便把捉到的河虾、螺蛳或水生昆虫等向上一抛，再用大喙接住吞下。偶尔也能捕到泥鳅和黄鳝，它要把头向上抬起，经过好几次吞咽才能吃下。1个多小时后，它仰起头"啊、啊！"叫了几声，飞到空中盘旋半周，朝西北方向飞去。它的速度太快，他们没能跟上。第二天，黄治学又来到这里，直到下午2点左右才在另一块田里再次看到这只朱鹮。这次黄治学和助手们商量，决定留一个人观察，另外两个人在附近各找一个制高点蹲守，希望能看到朱鹮的去处。

30分钟、60分钟……直到下午4点18分它才离开觅食地。在夕阳的映照下，朱鹮翅膀下橙红色的羽毛更加绚丽多彩。黄治学和助手们趴在草地上，生怕被它发现。它一直朝西北飞，越过另一个山头后就消失不见了。他们在附近搜寻了近两个小时，无功而返。第三天，他们很早就来了，希望能有新的收获。上午10点28分，他们意外地看到了另一只编号为017号、出生于2010年的雌性朱鹮。他们之前的担忧打消了大半，看来017号雌鸟极有可能与010号雄鸟配对并筑巢产卵了。按照朱鹮的繁殖习性，亲鸟产卵后一只负责孵化，另一只出来觅食，轮流孵卵。遗憾的是，由于这里地形复杂，重峦叠嶂，又让它溜掉了。3月23日，是追寻朱鹮的第五天，黄治学用望远镜扫视四周，在一个池塘旁的树林中隐隐约约地看到一个巢，巢中还有个红红的小脑袋在晃动。黄治学简直不敢相信自己的眼睛，他走近些又仔细观察。"巢里有朱鹮！"他激动得喊了起来，几个同事立即轮流用望远镜观察。果然是朱鹮！

黄治学和助手们在巢对面的山坡上选择了一个地势较高的隐蔽点，架起高倍单筒望远镜，穿过树林的空隙正好能看到这只正在孵卵的朱鹮。营巢树是一棵高约10米、胸径20多厘米的马尾松，长在一个池塘坝埂上，巢位于树冠中一个较大的侧枝上。营巢树附近有很多高大的松树和山栎树，巢的顶部被大树的枝叶遮盖，十分隐蔽。20多分钟后，这只卧巢的朱鹮站了起来，用它弯弯的喙拨弄着巢中如鸭蛋般大小、青褐色带有斑点的卵。"一枚、两枚，巢里已有两枚卵啦！"黄治学兴奋地边看边报数。通过腿环，辨认出巢中的这只就是前两天看到的017号朱鹮妈妈，它小心翼翼地翻卵，理巢不多时后，它重新卧了下来。随后工作人员给营巢树裹上塑料薄膜，以防蛇类等天敌上树。

黄治学将其各种行为、时间及变化记录下来。为了确认它的配偶，他们都耐心地等待另一只亲鸟回来换巢。中午12点52分,营巢树山坡后一侧山林中闪出一道橙红色身影。"那只朱鹮回来啦!"黄治学激动地低声说道,他打起胜利的手势向同事示意,大家急忙往天上看。这只姗姗来迟的朱鹮掠过山林和池塘,很快落到巢旁的一根树枝上,喙里还叼着一根巢材。黄治学调好望远镜焦距一看,正是010号朱鹮爸爸。巢里的朱鹮妈妈看见同伴回来后,第一反应是把头抬起,发出"啊"的叫声及粗哑的咕哝声。朱鹮爸爸四处观望了一下,没有发现异常,便走到了妈妈旁边,把叼来的树枝放入巢中,嗓子里发出一阵一阵咕哝咕哝的声响。随后,朱鹮妈妈站起来,它们共同把叼来的树枝放到合适的位置。接着,朱鹮妈妈慢慢走出巢,展开翼下有橙红色的双翅腾空而起。朱鹮爸爸理巢一番后卧入巢中,先摇动几下身子坐稳,然后静静地孵起卵来。

亲鸟每隔两三个小时就会换巢一次,在很多次换巢间隙,它们还要交尾亲昵一番,配合十分默契。直到夜幕降临,光线渐暗,黄治学他们才恋恋不舍地离开,第二天继续蹲守观察。四月中旬后,气温不断升高,巢区树枝的嫩芽更加葱绿茂密,把巢遮掩得严严实实。朱鹮的孵卵期大约26天。黄治学远眺鸟巢,期待小朱鹮即将破壳而出,这是人工饲养的朱鹮在野外繁殖成败的关键一步。在笼舍里长大的亲鸟,往往会着急地把尚未发育完全的小朱鹮从卵壳里剥出来,从而导致雏鸟流血死亡。

4月16日上午10时,当朱鹮爸爸站起来翻卵时,黄治学看到似乎有个小脑袋在巢里晃了几下。他担心看错,几番确认后才激动地低声告诉同事:"小朱鹮出壳啦!"同事们纷纷争着看"小宝贝"。这是朱鹮在消失近半个世纪后,野外放飞不到半年时间里,第一只在大别山出生的小朱鹮!标志着朱鹮保护事业的一大进展,对于恢复和扩大朱鹮种群，缓解其濒危状况有重要的推动作用。

朱鹮亲鸟在雏鸟出壳后能否喂进第一口食物，是决定雏鸟能否存活的关键一步。小朱鹮几次晃动着小脑袋，用喙触碰亲鸟喙边，这是在乞食，但是亲鸟好像有点紧张，几次都没能衔住雏鸟的头。刚出生的雏鸟体质柔弱，不一会儿头又落了下去。直到下午3点20分，当小朱鹮又一次把喙放入亲鸟喙边时，亲鸟低着头张开喙，把雏鸟的头和喙轻轻衔入自己口腔，抽搐了几下，终于把消化了的食物黏液反刍进了雏鸟喙里。"成功啦！"黄治学依然打了一个胜利的手势，示意工作人员要安静，不能有任何动静打扰它们。

接着是第二口、第三口……雏鸟吃饱后就趴在巢里不动了。此后，双亲每天轮换回来喂食，次数也日趋增加。4月19日，巢里出现了两只小朱鹮。亲鸟每次都是先喂完老大才喂老二，因此老二得到的食物较少。几天过去了，老大比以前长大了不少，乞食行为愈加强烈，还常常啄老二的头。弱小的老二只好低头认输。平时亲鸟最多出去两三个小时就回来换巢，可是22日下午，朱鹮爸爸出去近4个小时也没回来。朱鹮妈妈在巢中左顾右盼，雏鸟们晃动着小脑袋"叽叽叽"地叫着，朱鹮妈妈也是饥肠辘辘。最近农民开始整理农田，准备播种水稻，田间有很多人在用机械干农活，很可能干扰到了朱鹮觅食，也许这就是朱鹮爸爸迟迟未归的原因。

当天，黄治学并没有观察到朱鹮爸爸。

夜里，一场暴风雨把黄治学从梦中惊醒，他立即想道：这对年轻的朱鹮夫妇能否在恶劣天气下把宝宝照顾好呢？天刚亮，他匆匆赶到巢区。

镜头里巢中有一只亲鸟静静地卧着，不多时另一只亲鸟也回来了，老大急迫地乞食。但是几轮喂食中，都没看到老二起来争食，直到下午也没有看到它的身影。黄治学连换了几个观察位置，但都因位置太低或树叶遮挡无法看清。根据黄治学的猜测，老二由于最近食物缺乏、进食太少而日渐体弱，加上昨夜暴风雨的侵袭，很可能已经死了。几天后，在池塘旁发现了老二干瘪的尸体，黄治学告诉我们，这就是动物界的优胜劣汰。

幼鸟成长到5月初，小朱鹮胖胖的身体已长满羽毛。这是朱鹮幼鸟发育最快的阶段，每天要进食30到40次，营巢树干上和树下的地面上满是白白的粪便。中午的气温达到20摄氏度以上，蚊子和小虫不时地出现在周围，蛇也趁天黑频繁地出来活动了。为了防止蛇和其他天敌伤害朱鹮，黄治学和助手们每天中午和下午在营巢树附近各洒一遍雄黄和一些液体药品，并在营巢树及附近树木的树干上裹了两米高涂抹了油的塑料薄膜，还在巢下一米多高处安装了防止雏鸟坠亡的尼龙网。

5月中旬，小朱鹮满月了。它头上裸露部分呈橘黄色，身体和羽毛基本发育完全，可以在巢中来回走动了，食量更大了，亲鸟回巢后它便不停地扇着翅膀在亲鸟喙边啄个不停，亲鸟每次只能喂它五六口固状食物，喂完后赶紧站到离巢较远的树枝上休息，等另一只亲鸟回来换班。

5月下旬，小朱鹮已经羽翼丰满，不安现状，在巢和侧枝上不时地练习扇动翅膀，有时还会腾空。亲鸟的喂食次数也逐渐减少了：减轻体重有利于幼鸟出飞。双亲经常在巢区来回盘旋，引导和刺激小朱鹮早日出飞。

5月29日是小朱鹮出生后第43天，它展开双翅来回跳动，几次试飞后却都停了下来。缺少勇气和胆量。上午9点18分，它再次腾空而起，完成了初飞。只见它跌跌撞撞地飞出树林，翱翔在晨光中，展翅在蓝天白云间。在罗山县石山口水库河畔的湿地上，经常发现朱鹮在此觅食、栖息；朱鹮翱翔鸣叫，给董寨的清晨，增添了天籁之趣。

1964年9月10日，黄治学出生于陕西洋县谢村镇一个普通的农民家庭，兄弟姊妹四人，他排行老三。1981年根据国家有关部门要求，在洋县姚家沟成立临时朱鹮保卫站，也叫"秦岭1号朱鹮保卫站"。后来更名为陕西省朱鹮保护站、国家朱鹮保护管理局等，保护站要招收一批有志青年，参与野外巡护监测。之前只是听说在洋县发现了世界上仅存的7只世界珍稀鸟类种群，听到这个消息后，黄治学积极报了名，通过面试和培训等，顺利地成为朱鹮保护队的一名志愿者，从此开始了他的大山"鸟人"生活。和他一起的志愿者没干多久，难以承受长期的深山生活，多数都转行，下山结婚生子，或者外出务工，而他一头扎进深山里。在这个关键时候，黄治学毅然放弃了高考机会，加入了朱鹮志愿保护队伍，和一些青年响应当地政府在朱鹮分布区域的号召，积极开展禁止开矿、狩猎、砍伐林木等宣传活动，引导当地农民加强朱鹮夜宿地生态环境及天然湿地和冬水田的保护，同时严格要求当地群众在朱鹮觅食的稻田禁用农药和化肥。他连续做了8年的志愿者，受到了中科院动物研究所研究员刘荫增亲切接待与多次点名赞扬，这无疑给了黄治学有力的鼓励。

他把自己多年来的日记本展开……

"每一年的7月到11月是朱鹮游荡期，保护监测任务非常艰巨。我的主要职责是朱鹮飞到哪里，就要跟踪监测到哪里，要随时掌握朱鹮扩散活动数量及动态，严禁违反狩猎、投毒猎杀水禽等事件，切实完善朱鹮重点夜宿地和主要觅食地的管理措施，最大限度保障朱鹮的安全生存。我每天骑上自行车风里来雨里去，平均每天要跑近100公里的路程，夏阳冬雪，从未间断。我的工作很多人当时不能理解，觉得就是几只鸟何必费这么大劲？群众见到我们就说是'看鸟的'。最开始听着还是有些别扭，时间长了，反倒觉得这个称呼很贴切，我也就经常给群众讲解保护珍稀朱鹮的重要性和意义，之后群众慢慢就理解了。

"1993年4月19日，我们按照往常的程序去观察记录，中午换班吃饭的时候不幸的事发生了。当时我们主要精力是观察朱鹮的巢和雏鸟，没注意到一条蛇不知从哪里上到巢上，当时看到朱鹮亲鸟出现惊慌不安的样子，接着就发出撕心裂肺的鸣叫。我急忙跑到树下，可是怎么赶这条蛇也不走开，最后发动当地老乡拿来长梯和竹竿才把它挑走。我们急忙找了当地能上树的人，结果发现老大已奄奄一息，老二、老三也吓坏了，蜷曲着身子一动不动，之后决定把这两只小朱鹮送到县城进行救护及人工饲养。这件事想起来至今使我感到内疚和难受。

"朱鹮属于涉禽，主要食物是水田、河流、塘库等湿地环境中的泥鳅、小鱼等水生物。朱鹮繁殖期觅食范围小，随着雏鸟的发育，食量一天天增加，如发生食物缺少现象或气候干旱恶劣时，很难保证雏鸟全部成活。加之雏鸟之间常因争食相互啄斗，弱小的雏鸟往往因食物不足导致早期死亡，因此，在朱鹮繁殖巢区周围需要足够食物。遇到这种情况我们会买一些食物背运到朱鹮巢区，投放到觅食田里，弥补朱鹮繁殖地食物不足，以保证朱鹮雏鸟在亲鸟的哺育下健康茁壮成长。如出现受伤、生病或幼鸟因食物不足飞行困难，我们就要对它进行救助，用专用的朱鹮抢救箱，把朱鹮带回来进行人工饲养或救治，彻底恢复健康后，放归大自然。

"朱鹮对栖息地的环境质量要求很高，必须严格禁止农民向稻田喷洒农药化肥。为了缓解农民生产与朱鹮保护的矛盾，我不断对农民讲解朱鹮保护的重要性。同时积极争取资金为他们修复灌溉水渠、建造小型水力发电站、粮食加工设备，引导他们进行有机农产品和林下经济作物的种植，让农户在朱鹮保护中受益。几年来为朱鹮分布区的农民修建灌溉水渠3000余米，扶持和发展猪苓栽培，种植香菇、木耳、板栗嫁接共30余户，组织相关技术培训300余人次，并积极支持农村专业合作社对水稻田的有机种植和销售进行指导和打包销售，让朱鹮的保护工作深入到每一个人的心里。

"有件事我至今仍记忆犹新。2015年4月的一天，半夜起来检查孵化箱时，发现一枚未受精卵突然出现爆裂，其污染物溅到一只刚孵出的雏鸟身上。我当时感觉事情不好，并立即用消毒水清理了所有的残留物。没想过了几天，保温箱里的5只雏鸟全都出现异常，最初是泻痢，后来情况越来越严重，鸟屎出现黑色的块状。没过几天，四只小鸟相继死亡，而活着的那只也已经奄奄一息，由于无法进食，雏鸟全身的毛都脱光了，瘦得皮包骨头，好多诊断专家都说这只鸟没什么希望了。可我不死心，把仅存的那只小鸟放进一个纸箱里，给里边放上灯泡保温，并将这个特制的保温箱单独放在自己的床头，祈求有奇迹发生。当时，那只鸟每次喂食时，只能吃一两滴食物。为了能救活这只鸟，我采取少食多餐的办法，每隔20分钟就喂食一次。夜晚也不例外，多次起床喂食小鸟。没想到几天过后，小鸟食欲有所增加，粪便颜色也有所好转。

"为了尽快形成建立河南大别山野生朱鹮种群，我根据朱鹮的生存规律及条件，提出和制定了该种群释放的最佳策略方案及长期目标。训练期间采取改变其生存的各种环境及条件，使朱鹮个体能够在预期时间达到各项指标。于2013年10月、2014年8月、2015年11月、2017年10月，四次先后在大别山地区放飞朱鹮100只。2014年，野外放飞朱鹮不到半年时间发现1对朱鹮配对，在巢区坚守3个多月时间，成功出飞一只幼鸟。掌握和收集了大别山野外朱鹮种群活动规律最新资料。2015年到2018年，野外配对朱鹮不断增加，成功出飞幼鸟65只，成功出飞率达90%以上。监测期间，只要有群众打来电话或发现有生病受伤朱鹮，我就会第一时间赶到，5年里在野外救护伤病朱鹮40余次，治愈伤病朱鹮30余只。截至2018年保护区境内能监测到野外朱鹮104只。

"朱鹮能不能在大别山地区生存繁衍，观察、监测工作是关键。我和其他三位工作人员不管酷暑还是寒冬，跋山涉水寻找放飞的朱鹮。因为大别山地形复杂，沟壑众多，寻找朱鹮特别困难。所以要使当地群众认识朱鹮、了解朱鹮，这期间走村串户发放朱鹮宣传画报、宣传册8000多份，朱鹮手提袋及纪念品5000多份，制作路边宣传牌60多幅，并在3个乡镇的中小学校举办朱鹮知识讲座40多场次。"

……

2015年3集纪录片《放飞朱鹮》在CCTV-9播出，获得国际珍稀濒危物种保护学界的广泛赞誉，深得民间百姓喜爱。"我觉得离不开鸟儿了，如果远离了鸟儿，我内心的孤寂感会进一步加深。鸟类的不安，就会成为人类的巨大痛苦与隐患。"黄治学常常默默念叨着。

二 妻子周永琴

采访黄治学的妻子特别不容易，声音特别小，生怕说错什么，尽管我们面对面，但是她依然不敢抬头看人说话，她不擅言谈，都是老家的方言，50多岁头发几乎全白了，染过的头发黑得发亮，但是根部又冒出白色的头发茬子，像戴了一个假发套一样，贴头皮是白色的，露在外面的是染过的黑色，马尾辫耷拉在后颈部。

1987年冬天，23岁的周永琴通过邻居介绍认识黄治学，当年就结婚。无论是在洋县老家还是在信阳大别山，她都是从开始的反对到支持，从一座山到另外一座山的艰难守望。她把女人半边天的时光全部献给了大山，不顾亲人的反对，并动员两个女儿嫁给当地人。她是不是如丈夫黄治学所说心甘情愿来到大别山？她定居这里，究竟是爱情的力量，还是一种强烈的社会责任，让一个没有文化又如此羸弱的农村妇女有如此觉悟？坚持近30年的山区生活，默默支持丈夫的朱鹮事业，颠沛流离的漫长而孤独的岁月，这个苦命的大山女人积攒了多少生活的苦水与委屈？她忍心把自己两个女儿嫁给当地人做儿媳妇，她的心底到底饱含了多少不为人知的秘密与痛苦？

和她聊丈夫黄治学的故事，二女儿黄月圆在场，还有大女儿五岁的儿子亮亮。话还没有怎么问，她就泪如泉涌，女儿不停地给她擦拭眼泪，尽管如此，还是没有能安慰住一个五十知天命的女人。她感性、坚忍、默默支持丈夫的事业，为帮助丈夫给朱鹮找到泥鳅，自己的指甲盖也被真菌感染成了灰指甲，可是她又满怀纠结甚至满腹焦虑怨恨。我们敞开心扉聊了足足两个多小时，其实真正谈话不到一个小时，很多时候，我会停下来，因为她想哭，安安静静地听听她倒出的一肚子苦水，还有她满腹的委屈。

"我们有过三次放弃的想法，但是都没有实现，都是委曲求全。

"第一次是1993年，小女儿出生，家里穷得揭不开锅，添人需要吃饭，我完全是一个不能挣钱的劳动力。我小叔子在新疆做凉皮生意，他们忙不过来，说让我们全家去帮忙，亲人之间不会哄骗我们的。我们变卖了家里值钱的东西，就连做饭的锅都打包准备带走，计划去新疆投奔亲人。可是那一年，丈夫的朱鹮丢失找不到，我只好在家里等他回来，他又找人捎信说等把丢失的朱鹮找回家，也好给站里的人一个交代。这样一等就是半年，我小叔子在新疆只好重新找人，后来他们在新疆购房定居下来了。为此，他们兄弟俩还产生很大的误会，眼看大女儿开始上学了，我左顾右盼，心里不踏实，也不甘心，还是选择留在家里陪孩子上学。唉，苦命人就是没有胆识，或许在新疆，我们一家可以做生意挣点钱改善生活让两个孩子考大学，做父母的才觉得有面子。怨我太弱，也没有主见。没有坚持到山上把他找回来。

"第二次，是我没有办法和他一起去大别山定居，实在受尽委屈。我在罗山县灵山寺风景旅游区门口做点小生意，卖点水还有香火等，当地村民也有在这里做生意的。我的物品比他们便宜大约一半，一位游客去对面摊位时，发现没有人，扭头来我摊上购了一瓶水。谁知，对面摊主是躺在摊位里睡着了，见游客来我摊位买水，立刻火冒三丈，上前来给我的小摊用脚踢翻了，我也不示弱，明明我没有做什么亏心事，不能容下这样的侮辱，我上前也去推她的摊位。这时他们仗着是当地人，叫了一群人来打我，我没有办法，只好给黄治学打电话，他拨打了110，警察到了才制止了他们，我受尽委屈，披头散发，瘫坐在摊位前，眼泪不停地往下淌。等黄治学到了，我哭得更加厉害，我当场要求，必须回洋县老家，毕竟在老家穷点，没有人欺负我们，我就是土生土长的宝村人，有底气。丈夫见我不依不饶，帮我给摊位扶起来。我回到驻地三天三夜没有起床吃饭，第四天就打包整理自己的行李，打算离开这里。这次丈夫态度很模糊，没有上次坚决，两个孩子都劝我，我听不进去。哎，大不了不做小买卖，第二次我无奈留下了，我能怪罪谁呢？这一次，我还是一个人坐了三天三夜的火车回老家住了一个多月，可我还是担心孩子、丈夫，我想他们，不知道他们吃饭睡觉好不好。一个月后，我还是坐三天三夜的火车又来到罗山董寨。这一次,我彻底转变了态度,好像回老家的时间听不到朱鹮的鸣叫,我自己特别孤独无助。我甚至想到死,但一想到两个孩子还没成年,我又舍不得,死的心立即就收了回来,觉得自己挺没有出息的。

"第三次,就是现在,我依然想回家。我们双方老人都去世了,两个女儿也安家了,我还在这里有什么用?人老了,叶落归根,我们不能老了还赖在这里吧?毕竟岁月不饶人,现在我们天天拌嘴,就是关于老了回家的事,他说要埋葬在大山里头,天天能看见朱鹮。我说你埋这里吧,我回老家。哎,人这一辈子了,话这样说,我也不知道该怎么办,活一天算一天吧,反正我老了我回家,他埋这里和朱鹮在一起吧。你说我们两人像不像小孩子过家家?夫妻一场,这样大的事业没我的发言权。

"哎,时间长了,我也有点莫名地喜欢这鸟了,再说嫁鸡随鸡嫁狗随狗,女儿都嫁给了当地居民,我还有什么挑剔的?曾经也想回老家,把当时来的勇气掏出来,也试验过逃跑回避,可是自己一次次舍不得朱鹮。现在也特别喜欢听朱鹮的叫声,觉得好像是洋县老家的乡音。几天听不见就觉得孤独难忍,毕竟这些鸟都是和我一样从老家带过来的,都是老乡啊,甚至老乡的后代。呵呵。

"下辈子我不会再嫁给他,我特别恨他。我们结婚这么久,两个孩子都这么大了,也没有见他给我送一件有分量的礼物,出门我都感觉自卑,别的女人被老公宠得金银首饰全身都是,我倒好,连这个镯子都是假的。女人嘛,就是爱面子,我告诉娘家人说是丈夫送我的,价值好几千啊!我经常自欺欺人。

"关于我们的婚姻,记得是1987年夏天的时候,当时是邻村的亲戚给介绍的,觉得磨不开面子,没有办法才嫁给他的。因为我年纪也大了,介绍对象时就知道他是个养鸟的人,觉得他没什么出息。邻村还有几个都比他条件好的,但就是觉得他老实巴交挺可怜的,我下不了狠心,再加上亲戚一个劲地说他忠厚老实,没有歪心眼,人不错……他一直在追我,每一次上山看护朱鹮,下山时总给我从山上带来很多野菜、野板栗等,还有朱鹮的羽毛。我父母见他心眼好、脾气也好就同意了。于是当年的秋天就简单地结婚了,结婚就是去他家,没有什么正式的仪式,就是村里人聚在一起吃了顿饭。

"他脾气特别好,不管我怎么说,他都一声不吭,一句话都不反击,他对朱鹮情有独钟,经常给我讲朱鹮的故事。还傻乎乎地拉着我说:'当朱鹮飞过头顶的上空时,我想和你一起合影。'所以就觉得他有一些傻,傻得有点可爱,和正常的女人谈恋爱,怎么整天都是鸟,好像觉得他和朱鹮在谈恋爱。如果让我现在选择,我可能不会选择他,不错,他身上有一种鸟粪味。如果有下辈子,我也不会嫁给他,下辈子我要当一个正常的女人,我也想穿漂亮衣服,戴项链,烫头发,穿高跟鞋、连衣裙等,最起码我得给自己买个金戒指、买个手镯之类的吧。要么去美容院做一次护肤美容吧。当然,我肯定要去北京、上海、深圳这些大城市去逛逛吧。

"当时结婚都特别简单,谈了两个多月就稀里糊涂地嫁给他了。我结婚的时候没有多少钱,买了一个木箱子,一辆'永久'牌自行车,一台缝纫机,结婚的事就不说了吧,挺让我寒酸的,不过那个年代结婚也就这个样子。结婚不到三天,他就去大山里去看护朱鹮了,我那时候还像大姑娘一样,一个人在家独守空房,洗衣、做饭、插秧等我全都干,就根本没有一点家庭的概念。

"大半年过去了,我们还没有要孩子,双方父母都特别着急,我只好去山里边陪他。那时候,我担心村里人说闲话,怎么不会生孩子,一心想先要一个孩子。在1988年,大女儿出生了,孩子出生以后,只有我们母女俩在家里，孩子生病感冒咳嗽，都是我一个人里里外外忙活。他对我又特别好，在山里边找的野鸡子，在村民家里炖好，送回来给我们母女俩吃，就这样，孩子慢慢拖大了。当年和他一起养朱鹮的同事都纷纷离岗，下山过正常人的生活，而他还在山上守着朱鹮。我总觉得他太不正常了，别人结婚围着老婆孩子转，而他却把我们母女俩抛在一边，天天围着朱鹮转。那个时候我想着离婚，可是真的难以启齿，在我们那个村庄，离婚是一件特别不光彩的事。村里很多人都劝我说，朱鹮是国鸟，全国上下都在保护，他在为国家出力出汗，他又不是背着你去爱别人，不抽烟不喝酒，不打牌不嫖赌，性格温和，脾气好，你又为什么和他离婚？想想也是，他父母对我特别好，就这样坚持到1993年小女儿出生，我对他没有丝毫办法，我把两个孩子交给爷爷奶奶看护，自己下田干农活，就这样维持着我们分居的状态。很多人都说我成了女汉子，或许真的是吧，家里家外都我一个人承担。我还要照顾四位老人，虽然姊妹多，但是他不在家，我必须做好代劳，省得村里人说三道四，说我不孝敬老人。

"慢慢孩子大了上学了，我的负担也减轻了些，也可能是女人一过四十，压根儿都不想折腾了，就这样跟着他过吧。农忙的时候我回家插秧、种田，农闲的时候我上山陪他，慢慢地我也特别喜欢朱鹮的叫声，听到朱鹮'啊啊'的鸣叫声，我仿佛就觉得我丈夫都挺好的。一次他在巡山中，踝骨被摔骨折，医生坚持要给他做手术打上钢钉，他坚持打石膏保守治疗，我只好依着他，在山里边给他做饭伺候他，那时候我满肚子都是委屈，真想从大山上跳下去，死了得了，凭什么我一个女人嫁给你？你心不在我身上，全部都在鸟身上！正当我伤心欲绝的时候，一只只朱鹮在夕阳下展翅归来，伴着清脆的'啊啊'的鸣叫声。他说，你看朱鹮都在给你问好，我的心又没有那么疼痛了。他挂着拐杖去给朱鹮喂食，我也只好跟他去给朱鹮喂食了。村里人都说我们俩有病，有神经病，我也就认了这个神经病。

"最难过最纠结的时候是他第一次接到调令，离开家乡来到遥远的大别山区，抛弃我们母女三人，我们在家坚持一年多，孩子们特别想他，我也只好跟着两个女儿来投奔他。第一次从村里走出来，到县城见到绿皮火车，那个时候我连票都不会买，小女儿发烧不止，我又没有带药，这可怎么办？坐在对面的是去大别山信阳旅游的北京夫妻，一听说我家人是养朱鹮的，年轻的夫妻就特别热情，把最好的东西给我和女儿吃，还不停地向我询问关于朱鹮的情况。夫妻俩一个是医生，一个是护士，见孩子生病了，就把身上背的药给我们。但是孩子还是发烧咳嗽不止，他去找列车员，让列车长签字，让我们下车，给孩子输液，坐下趟车再走。我们在西安一个小县城输了两天液，我真不想活了，一个女人拖着两个孩子，稍微好一点，我就继续赶路。大女儿也不停地咳嗽，车上有很多有文化的人，知道我丈夫是常驻深山养朱鹮的人，都把好吃的给我和孩子吃。那时特别感动，不知是他们同情我，还是觉得我丈夫是养朱鹮的人觉得神秘好奇。

"那个时候我背着孩子，看着开走的列车，我突然感觉到养朱鹮人的价值，火车开了三天三夜才到了信阳的罗山县。他来火车站接我们，实话跟你说吧，我想骂他、想打他的心都有，难道你们做男人的心都这么狠的吗？我不到四十岁头发都白了，在火车上没有正常吃一顿饭，饿了，就找列车员要一些水喝。他牵着大孩子，一手抱着二女儿，我跟在他后面，蓬头垢面，皮鞋还掉了鞋带。一路上经常脱掉。几天几夜没有刷牙，嘴里说话口气都怪怪的，像要饭的似的。那时我的眼泪止不住往下淌，我坐在火车站的花坛上，眼泪不停地往下淌。后来，好像说是他们领导派人开车来接我们的，我晕车，在车上吐得一塌糊涂，晕得眼花缭乱。这里的人很好，提前把住的地方给安排好了，也算我很有面子。养鸟的人很善良也很热情，隔三岔五都邀请我们吃饭，上山游玩。最开始游玩我肯定满意，后来说要定居这里，我一下子接受不了，我想我老家，虽然穷点，亲人都在身边，这么远的地方，有什么事，找谁啊？我一直这样想，包括现在也一样。这是我第一次坐火车，第一次出远门，第一次来另外一个县城，人家都是往大城市跑，我这是不是有病？往农村山里跑，并且往大山里钻，是修行的人才往大山里去啊。我压根儿没有这种想法。

"在信阳大别山，因为饮食习惯气候不同，我的嗓子哑了一个多月才说出来话，我是个女人，没有男人能扛事，谈不上坚强。他有朱鹮作为他的生命寄托，而我俩的孩子，是我唯一的命，在大别山区，人生地不熟的地方，我开始在灵山寺风景旅游区周围支小摊，维持生计。第一次想死，是女儿转学到这里，因为语言不通和水土不服，没有办法进学校进行教育，作为我这一代人没有文化，我不想让自己的孩子也没有文化，到处乱跑，颠沛流离。二女儿也是同样的遭遇，不瞒你说，因为手里缺钱，孩子使用的本子，都是从老家千里迢迢带过来的，正面写写，反面写写，我还舍不得扔掉，最后当废品卖掉，我还经常背着孩子去山上捡收废品。

"于是我就开始种地，开发荒草地，捡矿泉水瓶子……不知道这样的日子何时是个尽头。我原来在陕西洋县的老家，过得也没有这么惨，至少我有亲人的接济帮扶，我把女人没有吃过的苦，没有受过的罪，都吃了，都受了。当听到朱鹮啊啊的叫声时，我又觉得它们是我的朋友，都是从老家过来的生存者，因此放弃了想死的念头。

"这辈子，我最对不住的就是我的两个孩子，虽然穷但是丈夫对我还是挺好的，他知道我爱吃西瓜，这里的麒麟西瓜特别沙甜，经常到大老远的集市上给我买。他也不容易，为了朱鹮这种世界珍奇的鸟，受了不少苦，你都看见了吧，他的头发都掉光了，快成秃子了。指甲盖也因为抓泥鳅而被真菌感染全部脱落，当地的村医说什么灰指甲，我的手指也是的，现在想一想我也不后悔，这一生也都过了半百了。最开始来的时候，我都没有新衣服穿，都是别人给我的，说实话，我连一个像样的首饰都没有戴过，不是我不戴，而是我压根就没有。来灵山拜佛的人，都是披金戴银，我特别羡慕他们，他们伸手在我摊上买纸香等，我不敢说老家的土话，怕人家看出我的寒酸。

"两个女儿都说我们做父母的为了朱鹮，没有好好孝敬老人，包括我的父母在内。俩孩子懂事，在当地的灵山镇，都是大小伙子比较多，女孩子比较少，周围的邻居纷纷来说媒提亲，看到大女儿和邻村的小伙子谈得比较好，我就动员他们结婚，结了婚，我很快也升级当了姥姥。二女儿也大了，见姐姐能守在父母身边，也要嫁在本地好照顾我们俩，我们家孩子都比较老实。很快二女儿成家立业，在当地安了家，这样一来，我的任务也就完成了，可我还是想回老家。我在想，如果哪天老了走不动了，我甚至想埋在老家，但是两个女儿总是心疼地告诉我，我们嫁到这里，就是想照顾你们二老的，你就好好照顾我爸吧。他养这国鸟受国家领导的重视，是一项伟大的事业。听到女儿这么懂事地宽慰我，我都有一种说不出的幸福，心里盘算着这么多年的付出也值，心里暗暗决定只要好好支持丈夫的事业，就是支持我们的小家。"

周永琴说："咱们俩聊了这么多，我也不知道有没有聊到主题上去，我认的字不多，小学没有毕业，朱鹮也给我带来很多快乐，虽然不像养猫养狗一样可以抚摸，零距离接触，但是飞翔鸣叫的朱鹮就是空中的天使。两个孩子嫁出去以后，我就干脆搬到山上守着他，早上他一大早去巡山,我就把他的干粮带上。夕阳西下,等着他和朱鹮一起归来,我现在就想听他讲他和朱鹮一天的行踪,女人好啰唆,我就是刀子嘴豆腐心。太阳快落山了,你听朱鹮的叫声此起彼伏,他也快回来了,我得去给他温温药,前一阵子他遇到山体滑坡,韧带被拉伤还一直没好。

"就聊这么多吧,我就是个苦命的女人,没有本事去享受幸福的生活,在大山看到朱鹮美丽的翅膀,我已经知足了。哦,对了,以前我刀子嘴豆腐心,现在女儿都有孩子了,升级做姥姥了,看着这些珍稀的国鸟飞来飞去,我慢慢想开了,努力做一个豆腐嘴豆腐心的人吧。估计他也受够了我的抱怨埋怨。也不知道国家领导人知道他做的事不,表扬不表扬都无所谓,关键知道就好,我们也不是来图这个的。这边的饮食习惯是大米,我们北方人都是面食,我们一家人都吃不消。另外信阳好像说是什么亚热带,我也不懂,湿气太重,我的肩周炎经常犯,有时候疼得喊妈,妈也不在世了,就喊这个心不在我身上的老公吧。

"以前孩子小的时候,我一个人照顾全家,孩子生病了,他顾不上,父母老人生病了都是我前后担当起来尽孝。他根本没有管过。"

说着说着,不善言谈的她从抽屉里掏出自己记录的朱鹮日记,原来都是丈夫边念她边记的。她跟在黄治学的身后,照顾他的衣食住行,有时候她就做起他的助手来。像她自己说的一样,"胡乱记吧,女儿出嫁了,我也很担心他巡山有困难,在陡峭的山上摔倒过多次,雨天遇到山体滑坡,韧带拉伤,险些骨折,回家休养半天,仍要骑摩托车上山,坚持每天看到朱鹮,我拿他也没有一点办法。

"哎,我现在什么事都不干了,跟他一起帮他做饭洗衣,听他说说一天关于朱鹮的事,有时候觉得丈夫的工作有意义。权当练字吧。总比在老家左邻右舍东家长李家短好,哈哈。

"我还帮助他整理过监测日记,觉得他实在不易,记着记着觉得有点意义。我也开始好像被他慢慢同化了一样,认真去学习。孵化小朱鹮,有点像我那个年代孵化小鸡的程序一样有意思。在我看来就把朱鹮当作小鸡了。"

2013.10.10 晴

今天河南董寨第一次向野外放飞朱鹮,省厅、信阳市、罗山县及新闻媒体和日本友好人士来到现场,大约四五百人,在饲养繁殖站的祝词之后,开始走向野化训练大网笼。

10:00省厅厅长、信阳市林业局局长开始拉开一面高约15米、宽20米的网。

10:20首先飞出1只朱鹮,截至11:00先后又飞出3只、2只和1只,共9只朱鹮(在人工驱赶的情况下)。飞出的朱鹮在附近的上空盘旋,飞翔自如,高度在500米左右,在网笼西方引出几只猛禽,也在空中盘旋。

13:20飞出的1只朱鹮在网笼周围飞翔,并引出笼内的1只朱鹮,共飞出10只朱鹮。

14:10出去的1只朱鹮在网笼旁的松树上停歇。

16:20在高寨与同心之间的河道树上发现035号朱鹮在休息,一直持续到16:50起飞沿河道飞翔并落入河里,一会儿又飞回原地的河道觅食。

……

"我就好好留住这些日记本,作为家风教育吧!"她小心翼翼地擦拭日记本上的灰尘,显得格外珍贵。

三 女儿黄盈与黄月圆

我是大女儿，叫黄盈，我先讲吧，我比较了解我爸，也特别理解我妈。

我特别喜欢那首关于丹顶鹤的歌曲，名字叫作《丹顶鹤的故事》："你可曾听说，有一位女孩，她曾经来过，她留下一首歌……"说着，她动情地唱了起来。

每每听到丹顶鹤这样的凄美故事，我总觉得是我们一家人和朱鹮的故事，有时候悄悄掉眼泪，那种心情没人能懂。我父亲为了保卫朱鹮，背井离乡千里迢迢来到大别山，甚至远行浙江、四川、安徽，甚至奔赴日本，抛弃我们正需要他的一家，而追随朱鹮。老家人包括亲人在内都觉得我父亲做得有点过分，现在看来，特别理解父亲。

听父亲讲，爷爷在世的时候，也有着一段关于朱鹮的往事。那时候他在山上砍柴，遇见了一只正被蛇咬住的小朱鹮，爷爷冒着危险过去把蛇打死，而后双手托起小朱鹮，生怕它死了，用随身携带的酒精给小朱鹮消毒，然后飞快地跑回家，之后便是裹着小脚的奶奶，在家像照顾儿女一样用心照顾朱鹮。后来小朱鹮奇迹般地活了下来，伤口愈合了，那时候，父亲还不足两周岁。爷爷和奶奶才恋恋不舍地把它放回大山，而朱鹮盘旋在爷爷房后的大松树上，"啊啊啊啊"地鸣叫不停，飞翔着盘旋在爷爷老屋上空，不肯也不愿意离开，"啊"……"啊"……地叫个不停，一阵鸣叫之后便飞往远方寻找食物，夕阳西下时分又飞回来。此后每年的春天，这只朱鹮都会到爷爷屋后的大树上进行筑巢繁殖。

朱鹮在父亲幼小的记忆里留下难以磨灭的印象，我和妹妹更是如此，而且刻骨铭心。在我的童年记忆里，父亲对朱鹮的好与爱，远远超过对我们姐妹的好。记得那次，父亲在山上巡山时，发现了一只小朱鹮并将其带回家进行养育，足足在我们家将它精心照料了十八天，形影不离，甚至夜晚要在父亲床头休息，等它完全康复，父亲才把小朱鹮放归大自然。

打我记事起，我就跟着父亲去了解朱鹮的性格特点。记得一只被父亲取名叫"苗苗"的小朱鹮，经常用嘴去啄生人，包括我，但是从来不去动爸爸，这令我苦苦思索，后来才知道是因为朱鹮特别害怕生人，但是只要你有足够的耐心、爱心、信心，它早晚会被你驯服或者感化，我就坚持用它最爱吃的泥鳅天天喂它，偶尔被啄一下也没有关系。后来，那只叫"苗苗"的朱鹮，彻底被我驯服了，因为我不仅经常带回去田里的泥鳅给它吃，更重要的是，我学着父亲把朱鹮放在自己的床头同眠。在父亲眼里，这只小朱鹮像我的妹妹，甚至比我妹妹还要亲，亲得让我们姊妹心生嫉妒。

我和妹妹经常和父亲一起照顾朱鹮，父亲对孵化、育雏、饲养、放牧等技术都已经很娴熟，耳濡目染，之后我和妹妹便将父亲饲养的过程用绘画的形式表达出来，因为见证了这日日夜夜烦琐流程，我理解父亲养朱鹮这个工程，可谓功在当代，利在千秋。因此我特别赞同父亲从老家洋县奔赴大别山朱鹮养殖基地，因为他跟这些朱鹮日夜相伴有了很深的感情，其实何尝是父亲一人，包括我妈妈在内的我们一家人对鸟都有很深的感情。

我之所以嫁到当地，内心纠结了很久，也鼓起巨大的勇气，我相信我的选择是正确的，看到父亲母亲背井离乡很少在爷爷奶奶身前尽孝。我义无反顾嫁到当地，也就是为了让父母吃一颗定心丸，等他们老了，走不动了，我可以在他们身旁照顾他们，没有想到妹妹的想法与我一样。

目前朱鹮在大别山区风生水起地繁殖着，我觉得这和我们家人几十年的努力是分不开的，我妈也吃过很多苦，为保护我们姐妹俩不受委屈，经常和父亲起争执。但现在，她好像也离不开朱鹮了。记得那次，一只小朱鹮意外撞了头，导致颅内出血而昏迷不醒，全家人都担心得不得了，生怕它死掉，父亲找来冰块给它敷上，我妈急忙用菜油去抹擦。那个时候我多么想去上一所兽医专业的大学，专门为这些受伤的朱鹮治病。

妹妹和我都喜欢画画，喜欢记日记，在父亲的工作本上，记载着朱鹮的饲养、繁育、救治等工作，有时候还会在上边画上朱鹮的手绘头像。我和妹妹常常许愿：因为朱鹮和我们一家人都有缘分，我希望我们一家人的努力，能换来朱鹮族群生命的延续壮大，改善日益恶化的生态环境。

我们家是农村人，世世代代住在农村里，在我的懵懂的记忆里，父亲把朱鹮当作自己的儿女，在他眼里，没有我们，尤其是我和妹妹发烧生病的时候，父亲根本不在我身边，我和妹妹只有力所能及地帮助母亲做一些简单的家务活。在朱鹮的繁殖期，正是农村收割油菜、小麦、插秧的农忙季节，我们见不到父亲，母亲一个人在地里忙着农活，回到家里还要做饭给我们吃。山里边的工具非常落后，基本上没有机械，全靠人力，我记得当时家里的唯一工具就是一辆人力手拉车。农村的稻田都是道路不通的，家里全靠我母亲一人，肩挑背扛，繁杂的农忙工作导致我母亲落下了腰疼的病根。而我爸所有的心思都在朱鹮的身上，像走火入魔了一样，偶尔回来总是叹气，说小朱鹮又生病了。我妈拿他也毫无办法。为了减轻负担，我妈经常把我送到姑姑家，那时候特别小，特别想家，想爸爸妈妈还有妹妹。我在姑姑家经常哭，哭着哭着就睡着了。

还记得1997年，春夏之交，老家阴雨绵绵持续了半个月，收割的油菜、小麦都已经发芽了，母亲只能冒雨抢回来一些放在屋檐下堆着，没有劳动力的，只能眼睁睁看着油菜、小麦烂在地里。那次我见到父亲和母亲发生了争吵，是有史以来最激烈的一次，父亲绝情地抛开我们又进了大山里去照顾朱鹮，母亲因生气离家出走，只留下我和妹妹相依为命。夜晚瓢泼大雨砸到我们家的房顶上，噼噼啪啪雨点撞击房顶的声音，大风狂刮的呼啸声响，我就担心自己家的房子会倒塌，砸死我们……后半夜雨停了，母亲回来，抱着我泪流满面，我知道母亲受尽了委屈。这也是我选择嫁给当地人做媳妇的唯一原因，我想好好照顾我的父母，不想距离他们太远，那时候父母也经常为生活琐事吵架。

我是二女儿黄月圆。我个人对父亲是由不理解到恨到慢慢理解，在大别山董寨朱鹮养殖基地这么多年，也有许多人关心我和我的家庭。当地一个开发旅游地的老板，知道我父亲抛家离口来大山里养朱鹮的事情后，经常鼓励我要努力学习支持父亲的朱鹮事业，在他的鼓励和帮助下，我也逐渐理解养朱鹮对国家的贡献，也努力说服母亲支持父亲的工作。

你问我最大的心愿是什么？虽然我在这边初中毕业没有考上高中，我就想嫁在当地，做点事养活自己，养活父母，力所能及地照顾好朱鹮。当然，我最大的心愿是给母亲买一串珍珠项链。就是感觉我母亲这辈子白做女人了，什么首饰也没有。从陕西洋县的老家，来到信阳大别山灵山镇董寨自然保护区，都是大山深处的生活，没有见过城市里的高楼大厦，母亲这辈子挺可怜的，连普通话都不会说。听姥姥讲，母亲年轻时是个特别漂亮的姑娘，一头乌黑发亮的秀发，扎了一个长长的马尾辫，皮肤细白细白。现在为了这个家操劳得头发全白了，其实她也就五十刚出头，回想我母亲这一生我就心疼，觉得我妈特别不容易，心像针扎的一样。我妈特别孝顺我爷爷奶奶和姥姥姥爷，所以我和我姐姐决定要嫁到当地，只是希望父母两人能相守到老，有生之年我们也好行行孝心，人家女儿是恨不得嫁得远远的，而我们自己却不想离开父母半步。

其实我也想给父亲买一件礼物，至于买什么，目前我也不知道。看到他的双手因抓泥鳅，而导致真菌感染，所有的指甲就慢慢脱落，就会忍不住偷偷掉眼泪。我常常天真地想，如果我父亲不摊上朱鹮这件事，他会不会过得更好些？至少来说，他的指甲盖不会这么早脱落。其实爸挺爱我的，在"六一"儿童节的时候，总会给我一些小小的礼物。那个时候，老师说我比较高也很苗条，皮肤白净，学校老师让我上台跳舞，我回家告诉我妈，我爸便马上给我买了一条项链，虽说只花了三块钱，但是特别漂亮。上初中的时候，父亲给我买了一条牛仔裤，臀部还绣了一朵玫瑰花，其实父母都是特别疼爱我的，还记得那年冬天过生日，父亲在山上找了十二颗松果，用红线穿成项链戴在我脖子上，我也特别喜欢。第二天我依然戴到学校，同学们嘲笑我很土气，我气得在放学的路上给扔掉了，其实那串松果项链特别美。

记得有一次我不小心把父亲给朱鹮调的液体饲料给打翻了，父亲狠狠给了我一巴掌，那次让我伤心欲绝，为此我妈还和我爸吵了一架："不就是一碗鸟食吗？你把女儿脸上打得都有五个手指印子了！"我妈为我和父亲火上了。为此，我一个星期没有理我爸。后来听妈妈说，那一盆液体饲料是专门为那只被蛇咬伤的朱鹮而准备的。是我爸爸跑到几十公里外兽医店买的，如果吃不上这液体饲料，朱鹮有可能会中毒死去。果不其然，家里那只朱鹮第二天头抬不起来了，嘴角吐白沫，奄奄一息，爸爸只好再次骑车带着受伤的朱鹮，飞快地奔赴几十公里外的兽医店。再后来又听说那只小鸟又奇迹般地活了，为此，我才明白父亲的苦心。我也发誓一定要谨慎点，轻手轻脚安放一切东西，不给爸爸添乱，好好照顾朱鹮。

后来父亲送了我朱鹮的泥巴玩具，我还是有点生气，拿起玩具就扔掉了。这时，我妈来开导我，渐渐地我也明白一些事理。再后来通过朱鹮，我认识了和我年龄相近的日本女孩小池真实，她孤身一人千里迢迢从日本到中国，来到大别山区朱鹮养殖基地，陪伴我们一家人很久，是她让我明白了朱鹮对世界各国的意义。她教会我绘朱鹮画，和她一起去学校、各个社区宣传朱鹮，为此我收获了同龄人的友谊以及关于朱鹮最宝贵的资料，这将是我一生中最重要的精神财富。通过日本女孩小池真实给我的讲解，我觉得父亲做的是一件具有国际意义的大事，前人栽树后人乘凉的大事。我平时也喜欢写作，所以今天就让我给父亲打打广告吧。你不要笑话我哈，我也压抑了很久，内心关于家庭的故事无人诉说，总不能我把这些话题带到婆家吧。总之，谢谢你来宣传朱鹮这样的国际益鸟，你听，你听，啊！啊！一阵一阵由远及近的朱鹮在排队返程回家休息。

真正认识朱鹮的重要性，缘于我目睹了父亲如何去爱朱鹮。打我记事起，父亲所有时间全部用在朱鹮身上，我目睹了父亲对我们母女三人的绝情、冷漠、忽视、失职，甚至不负责任，甚至猜忌父亲另有新欢，抛弃我们母女三人。于是特别恨他，很多次不愿意和他说话。记得那年春天，有一只刚刚被孵化成功的小朱鹮，不足月，身上还是毛茸茸的，因朱鹮爸爸妈妈去觅食，可恶的毒蛇通过树干嗅到气味，盘旋上树，狠狠地用它吐着芯子的嘴巴狂咬小朱鹮，小朱鹮弱弱的身体只能发出微弱的叽叽呼叫,很快便奄奄一息。天空一片阴暗,像要下大雨的样子,眼见着小朱鹮难逃厄运。

这只朱鹮是被父亲从孵化到出生,都在形影不离地关注、呵护中长大的。天很快就要下雨,母亲一个人累得腰酸背痛,只好上山求父亲腾出半天工夫,父亲不肯下山,但是母亲哭闹不止,要和父亲离婚。父亲没有办法,急忙骑着摩托车往家里赶,之后因为粗心大意小朱鹮被毒蛇咬伤,那是只刚出生没多久的小朱鹮,它的爸爸妈妈觅食还没有回家。我父亲抱着这只受了伤的小朱鹮,焦急地在树下等它的爸爸妈妈回来。一边急着找药给小朱鹮涂抹,但是血还是汩汩地向下滴。突然,空中传来朱鹮爸妈的叫声,"啊唔啊唔"一声接着一声。受伤的小朱鹮听着爸妈的呼喊,也努力使劲地抬头,并睁开眼睛看看朱鹮爸爸妈妈,两颗圆珠珠眼睛不停地转,眼睛里饱含着泪水,但是不管再怎么用力,还是没能把头抬起来,小朱鹮彻底闭上了眼睛。空中传来此起彼伏的呼喊声,哀怨、悲切,一阵接一阵,撕心裂肺,歇斯底里,疯狂起来。朱鹮爸爸妈妈知道幼儿离去特别悲痛,它们久久不愿离去,我特别担心它们会寻短见或悲伤而死。

天阴沉了下来,仿佛一场大雨要降临,我父亲已经哭成泪人,双手抚摸着已经死去的小朱鹮,整个人像泄了气的皮球。我不敢接近此时的父亲,目睹他老泪纵横的脸庞,酸楚、隐忍等无言的表情都从他无精打采的眼神里表露出来。他的心一定在滴血,小朱鹮是他的孩子,突然狂风暴雨袭击,朱鹮爸爸妈妈一阵狂乱的撕心裂肺的呼叫变成间隔很久的叹气鸣叫。它们被突发的大雨逼迫去自己窝里躲雨,再也没有那种哀叫的声音,仿佛它们已经知晓小朱鹮遇难……声音嘶哑了,嗓子喊破了,就像人一样,眼泪哭干了。

我父亲在雨中足足淋了两个多小时的雨,他把死掉的小朱鹮紧紧地捧在自己手上。终于,他抱起了小朱鹮,伫立在高高的山岗上,埋葬在一个鲜花盛开杂草丛生的地方,并要求我把那把伞遮在上边,直到雨停。受父亲的影响,我从小就特别喜欢朱鹮,尤其它们飞翔的姿态。我也经常上山和父亲一起喂养朱鹮,和它们特别有感情,不过最终因为它在外面遭遇毒蛇的攻击被咬死而离开了我,我感到自己的无能与无助。从那时起,我就想着能在鸟类生命结束时,让它们像人类一样有尊严、体面地离去,于是,我轻轻地把被蛇咬死的朱鹮抱在怀里,和父亲一起找一个丛林茂密的地方给土葬了,上面插满野花。

目睹小朱鹮意外死亡,我再也恨不起来父亲,他的心有多么善良。我也明白父亲是爱我们一家的,于是,每一年的春天清明来临,我就像祭奠亲人一样,给这只小朱鹮,绘制一幅画,放在它的坟头,以表达我对它的歉意。因此,我的画技越来越好,在日本女孩小池真实手把手的指导下,渐渐就像画活了一样。后来听爸爸说,他把自己圈养的年龄相当的小朱鹮,送了一只给失去小朱鹮的爸爸妈妈,小朱鹮的爸爸居然也认领了。父亲紧锁的眉头,终于放开了一些。这是我亲眼看到的小朱鹮的死和父亲的关系,后来听说,每次朱鹮因生病或被蛇咬,或者因优胜劣汰导致死亡,父亲都在山头的高岗上,选择一个阳光特别充足的地方给埋葬了。我曾经傻傻地问过爸爸,你曾经埋葬过多少只小朱鹮?爸爸紧锁眉头,一直沉默不语……

我常常这样告诫自己:爸爸对鸟如此热爱,怎么能不爱我们,只是这些小鸟,比我们姐妹更需要爸爸,相比一只只朱鹮的离去,我的那些矫情,和所谓的怨恨,都不应该发生在我们父女之间,我曾暗暗发誓,一定要守护好朱鹮。因此,我也经常给母亲讲,一只不会说话的小鸟,当它父母失去它的时候那种惨痛绝望,我们作为自然界的人类,如果不去拯救这些鸟,那么生态环境将要遭受严重的破坏,自然界将会惩罚我们这些贪婪的人类。那次埋葬小朱鹮后，父亲郑重地告诉我：如果有一天他死了，希望我将他也埋葬在大山里。这也是我第一次和父亲关于死亡的谈话，那天，我哭得特别伤心。我相信，我们一家人的努力，都会或多或少地换来朱鹮的重生，等我有了孩子，我也会让我的孩子做朱鹮的守护者，让这些给人类带来福音的鸟类幸福地真实地活在自然界。

有这样的一位朱鹮爸爸我觉得特别自豪，也有很多人不解，背地里嘲笑我："她爸爸是鸟人，身上都是鸟粪。"我觉得像父亲一样的爱朱鹮的人，都是了不起的人，都应该受到世人的尊重与崇敬。

四 日本女孩小池真实

在灵山镇的一座村里的小学，周五的操场围满了学生，中间是一个远道而来的日本女孩小池真实，是日本派来中国宣传朱鹮的。她在通过绘画向学生们讲解着关于朱鹮的一切活动。她抑扬顿挫、有条不紊地向我们介绍关于朱鹮的一切，她边讲解画展现场，边朗诵落泪，她把自己的画作送到大别山区各个学校宣传。

小池真实汉语特别好，她谈吐清晰地告诉我，是她听村里人说，每天早晨，朱鹮离巢出村，总要撒下三两声鸣叫。这鸟声，如同一种音乐，伴随当地人年年月月地生活。小池真实毕业于西安美院，在中日合作"人与朱鹮和谐共存的地区环境建设项目"里制作朱鹮漫画，主要负责项目宣传材料、环境教材的编写插图等。她把自己在日本的关于朱鹮的感受，统统与黄治学深度交流过，她认为中国的黄治学是保护朱鹮的功臣，牺牲一家人，成全朱鹮繁殖的梦想。

活动最后，日本女孩小池真实动情地朗诵了一首日本人哀叹朱鹮命运的小诗："笼罩朦胧晨曦的牛头林／回荡着飞翔朱鹮的合鸣声／悠闲地掠过披满朝霞的天神股河／一群明日何处去的朱鹮啊／烧炭的烟随风飘落在山岭上／朱鹮的栖身之处将不复存在／国见山旁的溪谷和原野里／朱鹮的身影将渐渐消失。"迎来了学生们的鼓掌叫好。学生们纷纷上前和日本朱鹮女孩小池真实合影留念。小池真实也通过几个月的努力，绘画了两个故事绘本，一本《朱鹮卡卡》，一个感人的故事，另外一本《看朱鹮》讲解了朱鹮的体貌生性等。这些绘画通过黄治学，全部发放到罗山中小学，由学生们珍藏、阅读。

她一周往返两次西安美院和大别山，在学校的时候，她觉得她需要看到朱鹮的样子，如果没有听见或者看见朱鹮，她会有点抑郁。更重要的，她被黄治学的精神感动，一个人的爱好可以理解，最终变成一家人的爱。他没有被城市的霓虹闪烁诱惑，而是专注朱鹮，从一座深山转战到另外一座深山，还是全家出动。这样的壮举听起来就觉得伟大，行动起来实在不易。

通过电话联系日本女孩小池真实，她介绍，中国正在日本进行"友好之轮　和美世界 —— 朱鹮文化展"，地点在大阪。那边雨过天晴，碧空如洗，前来观看的市民络绎不绝。小池真实也专门来这里观看朱鹮文化展，黄治学接到邀请函，因不舍得正在孵化的小朱鹮，婉言拒绝出国事，潜心守在小朱鹮身边。很多慕名而来的大学生只为朱鹮而来，这是中国首次在日本举办的以朱鹮为题的文化展。

日本的青年学生开心地说："今天我在这里学到了很多和朱鹮有关的知识，第一次知道了繁殖期的朱鹮，羽毛会由白色变为灰色。我对朱鹮产生了极大兴趣，如果有机会，很想到中国去看看。看看黄治学这一家了不起的人。"黄治学的事迹已经在日本轰轰烈烈地传开了，很多人表示择日前往中国大别山看望黄治学一家人。

五 灵山镇党委书记连勇

黄治学专家来我们镇的时候,我还不在灵山镇,但早就听说他的事迹,所以一直觉得称呼他专家不为过。来这里做书记第一件事,我就去拜访这位他乡客人,千里迢迢给我们家乡做贡献,尤其是他让两个女儿嫁给我们镇做亲人,我特别佩服。现在他们在这里能安心照顾朱鹮,作为书记,我感到做得不足,以后我会加大支持黄治学的工作。

来灵山镇工作的几个年头,因为朱鹮的存在,我也倍感压力,但是特别荣幸。首先,我把朱鹮纳入村民一样的管理与爱护,同时还要求村民也一样爱护朱鹮,不能有任何人、用任何理由去捕杀朱鹮,掏取朱鹮的鸟蛋。我们联合县法院制定了严格的管理规定,触犯了将要受到法律的处罚。黄治学从大老远来我们灵山做朱鹮保护,他们离家千里迢迢,我们镇村民特别尊重他,被他的光荣事迹感动。作为镇的排头兵,我特别感动,这是一个父亲内心的感受。我们研究决定全镇村民向他学习,把他所提出的问题当作大事来做。

近年来,面对蜂拥而至的游客,我们严格规定了乡规村约以及对游客的要求,通过提议把不准打鸟、植树造林等写进乡规民约的头条。在保护朱鹮的过程中,我清楚认识到保护好环境才能让朱鹮繁衍生存下去,就开始在朱鹮巢区植树造林,每一年动员村民植树上万棵,促进巢区的自然生态植被的恢复。自然环境质量的提高,让朱鹮营巢繁殖的成功率大大提高。在朱鹮繁殖期,我们发动群众实行一系列的人工辅助保护措施,如人工投食、伤病幼鸟的救护等,以促进朱鹮野外繁殖的顺利进行。

最后，连勇郑重地说，朱鹮和黄治学一家人都是我们的荣誉村民，也是我们的保护对象。

六　董寨村村民陈贞

陈贞，董寨村村民，她说朱鹮给村庄带来巨大变化，一定心怀感恩。

我早就听说黄治学的两个女儿嫁给我们娘家村，我们村特别穷，路也不通，都是留守老人、儿童、妇女以及一些弱势群体，年轻人都在大城市务工。每年回娘家采茶叶，我总是来朱鹮养殖基地看看他们一家人，渐渐地，我发现我家房前的松树上有朱鹮做窝了。每每听到"啊、啊！"的鸣叫声，我总是按捺不住激动的心情，跑出来寻找它们的身影。于是我号召全村人把狗拴起来，把自己养的小猫关起来，把牲口牵回家，晾晒衣服也不在门前院坝里，以免惊吓了朱鹮。后来，朱鹮做起巢窝了。

我们村的姑娘都觉得娘家很穷，父母都恨不得女儿嫁得远远的，那几年找对象的时候，我特别纠结，是在老家找对象还是在郑州找？老家村里因为穷，很多女孩子都嫁到外地了。这不，我从村庄嫁出来到郑州，而黄治学把自己两个貌美如花的女儿都嫁给我们村，特别为他的伟大感到骄傲。黄治学和妻子周永琴也被我们村里的人亲切地称为"鸟爸鸟妈"。

在大城市做茶叶生意，我常常给顾客讲述关于朱鹮的故事，春天来临时，很多茶友和我一起来到我的村庄采摘茶叶，并观赏朱鹮，也有很多朋友加入黄治学的朱鹮保护协会，支持黄治学一家人。因为世代都种植茶叶，这样一来可好，有朱鹮作为依托，我们的茶叶特别受欢迎，每年清明前后，一大批茶叶采摘商前往我们村，一边观看朱鹮，一边从不砍价地选择我们村里的茶叶——毕竟因为朱鹮的存在，乡规村约中规定不能打农药、下化肥，所有的茶叶都是原生态的产品。当下，城里人讲究生活质量，对朱鹮又比较了解，他们认为朱鹮是"神鸟"。为此，我们都要好好爱护朱鹮，保护村庄，让朱鹮成为我们村里的"空中居民"。

我特别感谢洋县来的黄治学一家人，爱护朱鹮，好好保护这远道来的贵人，是我们义不容辞的责任。同时，也一定向黄治学一家人学习。很多时候，在城市做茶叶买卖，并不能挣钱，反而，客户被我讲的故事感动，他们都想去看看朱鹮，看看这位长年住深山老林里的"鸟人"。于是，很多茶友都相约来老家采茶，顺带探访这位朱鹮"鸟人"。我曾经和老公约定，不是为了生存，谁愿意来大城市，每天都是尘土飞扬，噪声污染，拥挤不堪，等在城市挣了钱了，回老家和黄治学一家人一起保卫朱鹮。

七 县鸟协会会长罗青松与"酵素达人"黄光玲

罗青松是一名人民教师，他经常带领志愿者前往朱鹮养殖基地进行巡逻保护义务宣传，全天候投入到朱鹮、鹭鸶等宣传保护工作，帮助朱鹮培育一个良好的与鹭鸶共存的生活环境。在大别山有一片神奇的湿地，每年三月下旬，有朱鹮、白鹭、近万只鹭鸶等珍贵鸟类，从遥远的南方分批飞到这里繁衍生息。八月下旬，鹭鸶们又分群分批飞到南方过冬。

罗山小有名气的罗山县环保局局长黄光玲，辞去局长职务，长年驻扎朱鹮保护区进行生态帮扶，将"垃圾变环保酵素，让环保酵素保护我们的地球"为主题的环保酵素制作与应用技术无偿传授给附近村民。环保酵素是利用废弃的水果皮、蔬菜等餐厨垃圾,混合红糖与清水,经过三个月以上的发酵变成用途广泛的环保酵素。不仅能减少垃圾量,还有家居清洁、消炎杀菌、净化空气、净化污水、有机肥料等多种功效。这样的环境保证了朱鹮生存环境的稳定性,衔接朱鹮的食物链,在稻田里可见泥鳅等小鱼。黄光玲也被称为"酵素达人"。

罗青松和黄光玲以本土居民的身份常常和黄治学一起研讨朱鹮的保护,并帮助黄治学渡过生活工作上遇到的困难。"朱鹮和黄治学永远是我们的亲人和朋友。"他们异口同声,坚决而有力。

如今,朱鹮在中国的保护与繁衍已获得空前成功,总数量已达4000多只,活动范围已达1.3万平方公里……原国务委员兼国家科委主任宋健在视察朱鹮保护工作时指出:"朱鹮保护非常成功,为国家、科学界争了光。"世界鸟类保护联盟专家组主席柯德尔在洋县考察时说:"中国在朱鹮方面做得非常优秀,我想到的你们都已经做到了,真了不起!"1999年国际朱鹮保护研讨会国际专家高度评价:"中国朱鹮保护,在世界濒危物种保护领域是一个成功的范例。"黄治学一家人30年的朱鹮保卫战已经显示出功在当代、利在千秋的中国精神。

临行,黄治学紧握我的双手,他坚定并铿锵有力地说:"我们努力让城市的上空能有朱鹮的鸟鸣声!"这是一个多么奢侈的愿望,需要我们全人类共同去努力。最后,我还想把这首小诗总结一下,不知道是谁的著作,就是觉得刻画了朱鹮的当下生存状态,写出了人类与朱鹮生存的尴尬与现状,道出了我们与鹮共舞的渴望与期待。但愿这首《最后的朱鹮》能给我们深沉的警示。

水泽稻田越来越遥远,

天旷云低,四野静寂,

只有过往的风,

絮絮诉说楼群的成长。

霓虹闪烁,餐桌满面油光,

道路已经逼仄,

优雅的舞台被猎枪占领,

高贵被两排牙齿咬碎,

振翅高飞,

飞不过精心编织的网。

蓝天,成为眼中最后一道明丽,

让白的白成一道光,刺痛那些空洞的眼睛,

红的红成一摊血,染出展览馆的一幅画。

可爱的小女孩,轻轻念着:

最后的朱鹮。

(原载《北京文学》2021年第5期)

永远的袁隆平

陈启文

那注定是一个镂骨铭心的日子。2021年5月22日，小满刚过，一场风雨接着一场风雨，还有从云南、青海、新疆接连传来的三次地震的消息，在阴云密布中，让这一天变得格外阴沉和压抑。而小满，实在不是什么灾难的预兆，而是一个吉祥的农时，"物至于此，小得盈满"，春粒渐满，夏果新熟，此时正值夏熟作物籽粒饱满但尚未成熟的季节，正需要雨水的浇灌，这一场场雨水都是及时雨，"小满大满江河满"。这风调雨顺的年景，让我期待着又一个丰收季的来临。然而，这天上午十点多，一个噩耗突如其来，袁隆平先生逝世了！

我浑身一震，又一阵恍惚，恍如突遭一个炸雷。或许真有天人感应，此刻，窗外正电闪雷鸣，我浑身静穆地站在闪电炫目的光芒中，许久，许久，一动也不动，心里却在一阵一阵地震颤。还没等我从震惊中回过神来，随后又有一个逆转的消息传来，据袁隆平院士的秘书杨耀松说，老人家没有逝世，只是身体状况不太好。这让我下意识地将手捂住了心口，仰望着上苍，默默祈祷老爷子转危为安。我也知道，一个历尽坎坷的老人，生命力是极其顽强的，那么多磨难他都一次次挺过来了，这次他老人家也一定能挺过来。他还有一个大梦没有实现。然而，刚刚吃过午饭，消息又一次逆转，这一次是中央电视台播出的"本台刚刚收到的消息"："'共和国勋章'获得者、中国工程院院士、国家杂交水稻工程技术研究中心主任、湖南省政协原副主席袁隆平，因多器官功能衰竭，于2021年5月22日13时07分在长沙逝世，享年九十一岁。"

我一直定定地注视着渐渐转黑的屏幕，也确认了一个不幸的事实。而在经历了一波三折、跌宕起伏后，我的心情也由突如其来的震惊而化作难以名状的沉痛。追溯我与袁隆平先生的一段忘年交，是我此生最幸运也最难以割舍的一段缘分，这缘分往小里说就是"一饭之恩"，往大里说则是中国粮食，中国饭碗。作为一个曾经饥饿的农家之子，这也是我从人性本能上一直关注的问题。早在1977年春天，我就见到了到我家乡来推广杂交水稻的袁隆平先生，那时他还不到五十岁，我还是一个十五岁的少年。而我对他的深入了解，则是从2016年开始，这些年来，我一直在稻田里追踪他老人家的身影。尽管袁老一直不服老，在年过八旬后笑称自己是"80后"，在年逾九旬后又笑称自己是"90后"，而岁月不饶人，他那健朗的身子骨也日复一日地苍老了，那健朗的脚步也走得有些踉跄了。但他是一个忘了自己年岁的人，依然以年轻的、面向未来的心态，为自己和团队确定了一个又一个的新目标，每一个目标都是世界上无人登临的高峰。

从经典的三系法到中国独创的两系法，再到超级稻，袁隆平率科研团队攻克了一个一个的制高点。根据1996年农业部制订的中国超级稻育种计划，第一期目标亩产700公斤、第二期目标亩产800公斤、第三期目标亩产900公斤、第四期目标亩产1000公斤，这些目标三十多年来都已实现了。到2016年，中国超级稻已突破了每公顷产量十六吨大关（单季亩产超过1000公斤），这已是高居世界第一的超高产了。从2017年开始，袁隆平又率团队向每公顷产量十七吨的超级稻新纪录发起冲击，并选择自己选育的"超优千号"（又名"湘两优900"）作为主打品种，在河北省邯郸市永年区百亩片试种。这一带西依太行山脉，东接华北平原，历来以种植旱作物为主，而且属轻度盐碱土地，并不适合种水稻。而袁老在科学思路上一直充满了逆向思维，越是不适合的地方，越是能试验超级稻的普适性，一旦成功，就能扩大超级稻的推广范围。为此，袁隆平团队从2012年开始便与河北硅谷化工有限公司开展技术合作，建立了院士工作站，并在永年县创建百亩高产稻田，被列入全国第六期超级杂交稻"百千万"高产攻关示范工程示范点之一。袁老多次来到这里，他依然像一位老农一样，顶着火辣辣的太阳，脸上淌着汗水，脚下蹚着泥水，把脚深深扎在稻田里。这汗水和心血没有白流，而一粒粒种子总是能创造出一个个奇迹。2017年10月15日，又一茬稻子到了收获季节。看着那沉甸甸的稻穗，数着一颗颗饱满的谷粒，那些有经验的种稻人都有十足的把握，袁老在年初定下的新目标，这次一定能够实现。诚然，这样的估算是不能作数的，还得由专家通过严格的程序现场测产。这天上午，从华中农业大学、中国农业科技创业创新联盟、河北省农林科学院等单位抽选出来的测产专家来到永年，他们随机抽取了三块地进行人工收割、机器脱粒、实打实收，而结果一出来，就是一个震惊世界的结果，平均亩产1149.02公斤（每公顷17.2吨），这一产量又一次创造了世界水稻单产的最高纪录，稻田里响起一片热烈的欢呼声和掌声。

对这样一个结果，袁老却只是眯着眼微微一笑，随即又瞄向了更高的目标，向每公顷十八吨的目标冲刺。对此，他是有底气的，他的底气就来自于正在研发的第三代杂交水稻，这是利用普通隐性核雄性不育系为母本，以常规品种、品系为父本配制而成的新型杂交水稻，其不育系不仅兼有三系法不育系育性稳定和两系法不育系配组自由的优点，同时又克服了三系不育系配组受局限和两系不育系繁殖、制种存在风险的缺点，是水稻杂种优势利用的理想途径。若是每公顷十八吨的目标得以实现，接下来，就向每公顷十九吨的目标迈进，他还确定了自己有生之年的目标——每公顷产二十吨（即亩产1333公斤），这堪称是世界水稻单产的珠穆朗玛峰。

这位老人，真像那个牛头人身的神农啊，为了耕耘，为了播种，他把一个硕大的脑袋深深埋向大地，那绷紧的脊梁一直没有放松过。到了2019年秋天，这位鲐背之年的老人，依然在稻田里忙碌着。此时，时令已过秋分，长沙的天气还异常酷热。老人一低头，便淌出一长串热汗，那弓着的背脊冒出白腾腾的热气。人非草木，而稻子也懂世态炎凉、人间冷暖，那黄灿灿的稻穗那么热烈地簇拥着一位老农，在一双老眼的注视下愈发显得金黄了。袁老伸出双手抚摸着还沾着露水的稻穗，而那稻穗一经触动，便散发出一阵一阵的稻香。老人深深地嗅着，凝神看着，那眼神就像看见了茁壮成长的儿女，兴奋得两眼焕光两颊发红。到了10月中旬，这一茬稻子就该收割了，这稻子壮实得连风也吹不动，看上去那么深沉，每一把稻穗里仿佛都藏着什么机密。

若是平时，袁老都要在稻田里待上半天，而这天上午，他在稻田里只待了半个钟头，就一身汗、两脚泥地回到了家里，他把那双沾满了泥水的长筒胶靴和被汗水浸透了的衬衫脱掉了，换上了一身藏青色的西服和雪白的衬衫，还打起了一条绛红色的领带。一位老农的形象忽然为之一变，一下令人刮目相看了。袁老还很少穿上这样的正装,而一旦穿上正装,肯定就是有什么大事,或是要出席一个重要的节日。看他那神情,还真像是一个庆祝节日的孩子一样快乐。这时候,很多亲友和弟子们都来到了他家里,一个个围着他左看右看,他的弟子们还故意问他:"袁老师,你今天帅不帅?"这老顽童一脸天真又特别认真地去照了照镜子,然后飙出了一句中国式英语:"ugly handsome!"

袁老时常飙英语,这句英语的意思是,这个人长得丑丑的又有点矛盾的帅气,——丑帅!

哈,这个老天真把大伙儿一下逗乐了。

袁老在大伙儿的欢声笑语中出门了,他要乘坐高铁奔赴北京,参加国家勋章和国家荣誉称号颁授仪式。从长沙到北京要坐六个多小时的高铁,哪怕青壮年也难耐长途奔波的劳顿,而这位九十高龄的老人,一路上却精神矍铄,谈笑风生。他每天都在稻田里忙碌,这一趟北京之旅,对于他还真是一次难得的放松和休息。

第二天早上,袁老像往日一样准时醒来,他的体内早已形成了按生命内在节律运转的生物钟。每天晚上睡觉的时候他都在想:"我的超级稻长得怎么样?"而每天早上起来,无论天晴下雨,他都要去自己的试验田。这天早上,就在他条件反射般要下田时,他一摸脑袋,猛地一下清醒了,这儿不是马坡岭,而是首都北京呢,他要去的不是稻田而是人民大会堂。袁老用过早餐,穿戴整齐,便接到了出发的通知。这是一次庄严的出发,袁隆平和国家勋章、国家荣誉称号获得者乘坐礼宾车,从他们下榻的宾馆出发,在国宾护卫队的护卫下前往人民大会堂。当礼宾车抵达人民大会堂东门外,一轮红日照亮了人民英雄纪念碑和人民大会堂东门上方高悬的国徽,高擎红旗的礼兵分列道路两侧,肩枪礼兵在台阶上庄严伫立,青少年手捧鲜花向袁隆平等共和国功臣热情欢呼致敬。

这是一个向英雄致敬的日子，一个民族只有崇尚英雄才会产生英雄，只有争做英雄才能英雄辈出。历史将铭记这一天：2019年9月29日。随着进行曲欢快有力的节奏，中共中央总书记、国家主席习近平同国家勋章和国家荣誉称号获得者一同步入人民大会堂金色大厅。上午十时，中华人民共和国国家勋章和国家荣誉称号颁授仪式正式开始。这是新中国成立70年来，以共和国的名义首次颁发"共和国勋章"和国家荣誉称号，隆重表彰为新中国建设和发展做出杰出贡献的功勋模范人物，弘扬民族精神和时代精神。这也是国家态度的体现、国家精神的彰显、国家意志的表达。中共中央政治局常委王沪宁宣读中华人民共和国主席令，根据第十三届全国人民代表大会常务委员会的决定，授予于敏、申纪兰、孙家栋、李延年、张富清、袁隆平、黄旭华、屠呦呦八人"共和国勋章"。这是共和国的最高勋章，以红色、金色为主色调，章体采用国徽、五角星、黄河、长江、山峰、牡丹等元素，章链采用中国结、如意、兰花等元素，整体使用冷压成型、花丝镶嵌、珐琅等工艺制作，象征勋章获得者为共和国建设和发展做出的巨大贡献，礼赞国家最高荣誉，祝福祖国繁荣昌盛，寓意全国各族人民团结一心共筑中华民族伟大复兴的中国梦。

当袁隆平院士一步一步地走向颁奖台时，在这个庄严的行进过程中，前方的屏幕上打出了袁隆平的巨幅头像，他那"刚果布式"的黝黑面孔被放大了，成了一个照亮全场的特写镜头。此时，不说在颁奖现场，就是观看现场直播的亿万观众，也下意识地鼓起了掌，那掌声如暴风雨般地风靡大江南北。习近平总书记向袁隆平院士颁授勋章时，不少观看直播的观众发现了一个细节，总书记和袁老在握手时说起了"悄悄话"。这两人到底说了什么呢？袁老后来给大家"揭秘"了。总书记最关心的就是国家粮食安全的问题，几乎每次见到他都要问起超级稻的进展。袁老对总书记透露，他现在主要有两个任务：第一是超级稻的高产、更高产、超高产。他说："我们现在向每亩1200公斤冲刺，我们希望今年就能实现，向新中国成立70周年献礼！"而这一季超级稻"长势非常好，如果没有特大的自然灾害，有百分之九十以上的可能性能实现"；第二是海水稻 —— 耐盐碱水稻的育种和种植，全国有十几亿亩盐碱地是不毛之地，其中有将近两亿亩可以种水稻。袁隆平院士团队从2012年开始耐盐碱水稻育种和种植试验，计划在十年之内发展耐盐碱水稻一亿亩，每亩按最低产量300公斤计算，就可以产300亿公斤的粮食，多养活一亿人口。目前，袁隆平海水稻研究团队已经在广东、山东、辽宁、江苏、内蒙古、新疆、湖南等全国多地开展合作研究，利用海水稻杂交育种的优势，第一批希望亩产达620公斤。袁老充满自信地说："我们很有信心完成这个任务！"

对于获颁"共和国勋章"，袁老既充满了尊重也心怀豁达，他说，在他得到的这么多奖章里，这个勋章确实很"重"，这是国家最高荣誉奖，"对我来说，这是一种鼓励，也是一种鞭策，但我不能躺在功勋簿上睡大觉，只要脑瓜子还没有糊涂，就还可以干！只要没有痴呆，就还可以继续动脑筋、搞研究！"

颁奖后，国家勋章和国家荣誉称号获得者还要参加国庆观礼，而袁老却归心似箭，眼下，正是超级稻成熟的节骨眼上，他得马上赶回去，"我回去的第一天就要去下田！"他还邀请大家去他的稻田里参观，而只要提起超级杂交稻，这位老天真就禁不住"王婆卖瓜"了："我的超级稻好看得不得了，就像水稻中的仪仗队！"

在颁奖会后的第二天，袁老就匆匆赶回了湖南。这年，袁隆平团队在湖南衡南县清竹村等地试种第三代杂交水稻，10月22日，经专家现场测产，第三代杂交晚稻新组合表现优势强，亩产突破一千公斤。尽管这次测产验收没能刷新此前的高产纪录，但这却是我国第三代杂交水稻首次专家测产验收，对于评估第三代杂交水稻产量具有重要意义，而其增产的潜力很大，后劲十足，专家建议国家及相关单位给予大力支持，加快推动产业化进程。

对这个结果，袁老还兴奋地飙出了一句英文："我觉得 excited, more than excited！"

那意思是，"我感到兴奋，非常兴奋！"

2020年，袁隆平已是一个虚岁九十一岁的老人了，他说："我还想再活十年，十年后，第三代杂交水稻一定能夺得每公顷二十吨的高产纪录，海水稻肯定能推广到一亿亩，中国人一定能把饭碗牢牢地端在自己手里！"肯定！他一向是不说满话的，但这次他说的是肯定。我注意到，他说这话时，眼里闪烁出一种奇异的甚至是神奇的亮光。我也深信，随着他向水稻王国的极限、向人生与生命的极限发起挑战，一个人和一粒种子的故事还将续写，那不是传奇，更不是神话。事实上，他早已不是在向世界挑战，而是一直在向自己挑战。

这年12月，袁老一如既往，又将奔赴海南三亚南繁基地开展科研。多少年来，他就像一只追赶太阳的候鸟，每年都会在天涯海角的稻田里忙活三四个月。而现在，家人和同事都很担忧他的身体状况，但他老人家的脚步就像他永不止步的梦想，这是谁也挡不住的。刚到三亚，袁老不顾旅途疲劳，就主持召开了第三代杂交水稻双季亩产三千斤攻关目标项目启动会。袁老从来不说一句空话，一开口就是一句话："我们在这个会议上把任务落实下来。"

袁老很干脆，他带出来的团队也很干脆，大伙儿的回答只有一个字："好！"

一句话，一个字，而责任则要落实到每一个人、每一片地、每一个细节、每一粒种子。第二天一早，大伙儿就踏着晨曦和露水下田了。而在以前，袁老身体状况好的时候，也和大伙儿一样天天下田，去查看每亩穗数、谷粒大小、是否有空壳。这次到三亚，大伙儿看老爷子腿脚不便，都拦着不让他下田，他就在住所拿着高倍放大镜，一边观察第三代杂交水稻种子，一边做详细记录，再和从田里归来的助手们交流。据身边的工作人员回忆，他老人家待在家里，比下田还操劳啊，每天吃饭、散步，一直到临睡时，都在思考如何进一步挖掘第三代杂交水稻的增产潜力，怎么才能改良米质。有一次，他担心一个科研活动组织得不好，没来得及通知秘书，就叫上司机赶了过去，这可把大伙儿急坏了，若是老爷子一下摔倒了怎么得了！

然而，大伙儿最担心的事情还是发生了，今年3月10日，袁老在南繁育种基地摔了一跤，被紧急送往当地医院。经二十多天的治疗，一直不见好转，又于4月7日转到长沙中南大学湘雅医院。老爷子躺在病榻上，思维一直很清晰，用他自己的话说，脑子还没"糊"。他精神也不错，还时常和病床边的护士们开玩笑："我老啦，一大把年纪啦，不中用了，你们不要为了我不吃饭啊，饭不能不吃啊！"那些小护士也跟这个老顽童开玩笑："您还是'90后'啊，归来仍是少年，少年，加油！"老爷子也呵呵笑着打了一个"V"形手势，和护士们一起喊："少年，加油！"

在袁隆平先生的一生中，很少进医院，这还是他第一次长时间住院。他最关心的不是自己的身体，而是稻田里的禾苗。每天，他都要询问医务人员，"外面天晴还是下雨？今天多少度？"有一次，护士告诉他是28℃，他一下急眼了，"这对第三季杂交稻成熟有影响！"老爷子急，医务人员也急，他们担心急切和焦虑会影响袁老的病情，"他自己身体那么不好了，还在时时刻刻关心他的稻子长得好不好"，可眼下，对于他老人家，最要紧的就是安心养病，这样一位风烛残年的老人，一着急就危险啊。

到了5月22日上午，袁老的生命体征又一次出现危急情况。经全力抢救，一度出现转机，但到了中午时分，袁老又一次进入了昏迷状态。为了唤醒老人，家人在床边唱着他喜欢的《红莓花儿开》："田野小河边，红莓花儿开，有一位少年，真使我心爱，可是我不能对他表白，满怀的心腹话儿，没法讲出来……"这是袁老从大学时代就情有独钟的一首俄罗斯经典名曲，他唱了一辈子，而家人期盼他能在这深情的歌声中睁开紧闭的双眼，但最终还是没能迎来奇迹。13时07分，这是一个生命的至暗时刻，那跳动得越来越微弱的心电图变成了一条直线。这个笑称自己是"90后"的老人，就这样平静地走了。有人说，他老人家在这个时候离去，是等着我们吃完中饭后，他才放心地走的啊！

当载着袁老的灵车从湘雅医院出发，缓缓驶向长沙郊外的明阳山殡仪馆，一路上风雨凄迷、愁云惨淡，从四面八方如潮水般赶来的人们，一路追随相送，他们还来不及佩戴白花、挂上黑纱，但那一张张悲戚的脸上泪雨交织，就像在送别自己生命中最亲的亲人，多少人痛哭失声，多少人在痛心疾首地悲呼："袁爷爷，一路走好！"不知是谁，带头唱起了李叔同的《送别》："长亭外，古道边，芳草碧连天。晚风拂柳笛声残，夕阳山外山。天之涯，地之角，知交半零落。一壶浊酒尽余欢，今宵别梦寒……"

灵车沿着东风路一直缓慢而肃穆地行驶着，过往车辆也放慢了速度，向一位拯救了亿万苍生的农业科学家鸣笛致敬。灵车首先来到了马坡岭，这里是袁隆平先生耕耘了大半辈子的试验田，此时，他老人家培育的第三代杂交水稻又到了扬花灌浆的季节。随后，灵车便驶入了湖南省杂交水稻研究中心，这是袁隆平院士长期工作和生活的地方，他走了，永远地离开了这里，但我深信，他的灵魂还会时常回到这里，来看看他在弥留之际依然念念不忘的稻禾……

袁老的灵车驶向哪里，送别的人们就会追随到哪里。5月24日，袁隆平先生的遗体告别仪式在明阳山殡仪馆铭德厅举行，这是最后的告别，也是永远的告别。这一天，长沙气温23℃，这是适宜杂交水稻生长的温度。大厅门口，挂着一副挽联："功著神州音容宛在，名垂青史恩泽长存。"袁老躺在鲜花翠柏中，穿着红蓝格子衬衫和深蓝色西装，这是他生前最喜欢的衣服，一面崭新的国旗覆盖着他的胸口。天花板上的灯光洒落在他身上，老爷子就像睡着了一样平静而安详。在经历了一生漫长的奔波与劳累之后，他老人家终于可以长眠了。

爱是一生的承诺。袁老的夫人邓则也是八十多岁的老人了，这一生厮守、相濡以沫的夫妻，携手走过了五十多年的岁月。此时，她老人家一袭黑衣，坐在轮椅上，右手紧紧握住左手，左手上戴着一枚戒指。那是在日子好过之后，袁老特意给妻子买的，又亲手给她戴上的。两口子结婚时一无所有，这也是丈夫对妻子的一个迟到的补偿，而邓则对这枚戒指特别珍惜。当孩子们推着轮椅，来到遗体正前方，邓则老人突然从轮椅上挣扎着站起身，一下跪在地上，她的肩头抽搐着，那是痛彻肺腑的悲泣。

而此时，在铭德厅外，明阳山早已被人潮、哭声和泪水淹没了。

周秀英是一位经历过饥荒、靠种植杂交水稻吃饱了肚子的农民，如今已是一位年过古稀、满头银发的老奶奶，一大早，她就带着儿孙赶来为袁老送别。老人家哭得站都站不稳了，话也说不清楚了。她儿子搀扶着母亲，抹着眼泪说："怎么能不哭啊，袁老是我们的救命恩人啊！"

胡胜涛是一位在南方打拼的小伙子，他虽说没有饥饿的经历，但杂交水稻大大提高了产量，当一家人不为吃饭而犯愁时，他才有时间外出打拼。这天早上七点，他坐高铁从广州赶来，只为在袁老的灵前深鞠一躬，下午就要返回广州。而这十个小时的辗转奔波，由于人太多了，他只在袁老的灵前待了不到一分钟，但他觉得能为袁老送别，这一辈子也值得。

多少人就是怀着这种真挚而纯朴的心情，来悼念和送别袁老。上百台出租车自发成"雷锋车队"，的哥们身穿蓝色衬衣，举着悼念横幅，免费接送从外地赶来的悼念者。很多鲜花店都为悼念者免费提供菊花，还有许多商家和义工免费提供口罩，谁都想为送别袁老尽一份心。在风雨中，还有人给袁老的照片撑伞，他老人家这辈子经历了太多的风雨，而这是他在人间走过的最后一程，再也不能让他淋着了。

袁老逝世，举国同悲。中共中央总书记、国家主席习近平委托湖南省委书记许达哲专程看望了袁隆平同志的家属，许达哲转达了习总书记对袁隆平同志的深切悼念和对其家属的亲切问候。习总书记高度肯定袁隆平同志为我国粮食安全、农业科技创新、世界粮食发展做出的重大贡献，并要求广大党员、干部和科技工作者向袁隆平同志学习。

袁隆平一生致力于杂交水稻技术的研究、应用与推广，他不畏艰辛、执着追求、大胆创新，勇攀杂交水稻科学技术高峰，建立和完善了一整套杂交水稻理论和应用技术体系，创建了一门系统的新兴学科——杂交水稻学，发明"三系法"籼型杂交水稻，成功研究出"两系法"杂交水稻，创建了超级杂交稻技术体系。确保中国人的饭碗牢牢端在自己手中，是袁隆平为国家担负的责任。他对杂交水稻和它背后维系的国家粮食安全怀有的赤诚初心，从过去到现在，始终未变。袁隆平为我国粮食安全、农业科学发展和世界粮食供给做出杰出贡献，也让我国的杂交水稻技术一直在世界上处于领先地位。发展杂交水稻，造福世界人民，是袁隆平毕生的追求。他积极推动杂交水稻走出国门，致力于将杂交水稻技术传授并应用到世界几十个国家，帮助提高水稻单产，缓解粮食短缺问题，为人类战胜饥饿做出了中国贡献，先后获得国家技术发明特等奖、国家最高科学技术奖、国家科学技术进步奖特等奖、"改革先锋"、"共和国勋章"等多项国内荣誉和联合国教科文组织科学奖、世界粮食奖等国际大奖。

袁隆平不只是中国的袁隆平，也是世界的袁隆平。连日来，联合国官方微博、粮农组织总干事、世界粮食奖基金会主席等相继发文缅怀"杂交水稻之父"袁隆平，他的逝世是中国和世界的巨大损失。中国杂交水稻技术的输出与对外开放几乎同步。1979年，中方首次对外提供了杂交水稻种子。四十年后，中国杂交水稻已在亚洲、非洲、美洲的数十个国家和地区推广种植，在使用同样的插秧、施肥和灌溉技术下，杂交水稻品种的单产量通常比非杂交品种要高出百分之二十到三十。随着袁隆平及其不断壮大的水稻专家团队将杂交品种引进到亚洲和非洲各地，他们也向农民传授了一系列先进的水稻种植技术，让产量进一步提高，为解决世界饥饿和贫困问题做出了巨大贡献。而在他逝世后，从中国到美国，从亚洲到非洲，从哥本哈根到乌斯怀亚（阿根廷最南端城市），只要是长水稻的地方，无不沉痛悼念这位中国最伟大的农民！

我一直在琢磨，那一直支撑着他的动力到底是什么？有人说他用一粒种子改变了世界，却也不然，他从未想过要去改变世界，而是为了拯救生命，那生生不息的生命，就是他的原动力，只因拥有永不枯竭的原动力，才会有永不枯竭的原创力。但他却从未给出这样明确的答案，更没有那些早已写在教科书上的标准答案。你若问他，他便笑道："这还真是很难说，我自己都不晓得，应该说是为了实现自己的梦想和抱负，可能也和我的性格有关吧，我就是这样的人，就是要挑战自己，想能有更多的突破，永远不会停下前进的脚步……"

我知道，世上从来没有永生之人，科学探索也永远没有极限，从不承认终极真理，但有永恒的追求。诚如那位曾与袁隆平进行过一次"佛学和科学的对话"的妙华法师所谓，生命其实就是一个道器，"生命的宽度在于你感受过多少，生命的厚度在于你奉献多少，生命的长度在于你经历了多久。"

迄今还没有谁像袁隆平这样，通过一粒种子把数以亿计的苍生从饥饿中拯救出来，他所创造的财富和价值是无与伦比、难以估量的。而从袁隆平的人生世界、科学世界和精神世界看，他的境界，已经超越了杂交水稻这一狭义的农业科研领域，在很多人的心目中，他是追求科学、追求真理的象征，更是一位广义的民族英雄。对于今天以及未来的世界和人类，他的名字将和他所做的一切，必将成为人类最永恒的价值之一。

（原载《人民日报》海外版2021年5月29日第7版）

靠 山（节选）

铁 流

至暗时刻

1

还是在1933年2月，刚到济南出任山东省临时省委书记不足半年的任作民，按照事先计划，在一个寒冷的夜晚，去给入党积极分子讲课。任作民身着长衫，一副教书先生的模样，他乘着夜色，穿过几条小巷，来到了一座平房前，根据约定的暗号，他敲了几下门，里面一时没有应答，任作民突感气氛不对，转身拔腿就跑，门一下子开了，早已埋伏在屋里的几个国民党特务蜂拥而至，把任作民按倒在地。任作民道："你们堂堂几个大汉，还用得着这样伺候我吗？"特务听了，都松开了手，任作民站起身，拍打了一下身上的尘土，整理了一下衣服，看看那几个人，不禁哑然笑了，随口说道："刚出牢门口，又落豺狼手！"

任作民出生在湖南湘阴，他的父亲任绍霖是同盟会员，早年在日本留学期间就追随孙中山，后被中山先生派到山东，任省民军司令部秘书长。受父亲影响，任作民也很早就走上了革命的道路。1922年1月，在刘少奇、罗亦农介绍下，任作民加入了中国共产党，他入团入党时间，几乎与他的堂弟任弼时相差无几，两兄弟还曾双双留学苏联。大革命失败后，任作民被派往河南任中共河南省委宣传部部长。1928年春天，国民党特务突然包围了省委书记周以粟的家，正在周家里商谈工作的任作民也一同被捕，在监狱里任作民受尽了折磨，可他咬紧牙关，一直没有暴露身份，受刑一年后被释放出狱，没想到几年后，他在山东再次被打入了监狱。

　　在狱中，任作民带领狱友进行了几次绝食，也随时设法打听着外边的消息，很快又有一些党员被送进监狱，包括省委临时负责人张北华。这天上午放风的时间又到了，大家都拥到了并不宽敞的院子里。任作民在太阳底下正享受着这短暂而又难得的时光时，有人在背后扯了一下他的衣襟，他转身一看，不禁大吃一惊，站在自己面前的竟是张北华，张北华悄悄告诉他说："宋鸣时叛变了，全省几百个党员没能躲过这次搜查。"任作民抬头望了望天空，一声长叹："没想到他的骨头这么软，这么不经打。"张北华道："也许还没动刑他就跪下了。"任作民道："党在山东的火种，是王尽美和邓恩铭同志培育起来的，我们一定不能让叛徒破坏了。"

　　早在1921年初，王尽美就和邓恩铭在济南成立了共产党早期组织，同年7月，王尽美和邓恩铭双双作为一大代表，远赴上海出席了中共第一次全国代表大会。王尽美原名叫王瑞俊，回到山东后，为了表明为共产主义奋斗的决心，便改名为王尽美，他对挚友邓恩铭道："为了咱们共同的事业，我必将尽善尽美。"说完，借着微弱的灯光，挥毫写下了一首诗:"贫富阶级见疆场,尽善尽美唯解放。潍水泥沙统入海,乔有麓下看沧桑。"

英雄多舛,不久王尽美就身染肺结核,且越来越严重。1925年7月,在家乡莒县(现诸城)大北杏村养病的王尽美,身体每况愈下,咯血加重。莒县地下党组织马上把王尽美送到了青岛医院,到了8月,他一度昏迷。18日这一天上午,王尽美醒来,一缕阳光透过窗子照在他蜡黄的脸上,王母见儿子睁开了眼睛,愁眉终于展开了,"快,喝点水。"王尽美摇摇头,对着母亲张张嘴,可一点声音都没有,王母急忙把耳朵贴在他的耳边,王尽美气若游丝,声音微弱,他断断续续地道:"娘,你去告诉陈文其同志,让他把负责同志找来,我有话要说。"王母抹着眼泪,点点头,颠着小脚急急走了。陈文其刚刚入党不久,常来照顾王尽美。下午,他和青岛支部负责人王复元等人匆匆赶到了病房。王尽美见大家来了,一丝微笑凝固在嘴角边,他有气无力地说道:"我不行了,走前……走前想和同志们说几句话。"大家面含悲戚点了点头,拿出纸笔。王尽美用尽全身的力气道:"我想不到自己会死在病床上,作为战士,本是应该死在战场上的。"他合上眼睛平静了一会儿,对陈文其道:"文其同志,你记录一下。我希望全体同志要好好工作,为无产阶级及全人类的解放和共产主义的彻底实现而奋斗到底。"说完,王尽美气喘不已,额头上也布满了细密的汗珠,他咳嗽几声,一口鲜血吐在了胸前。陈文其把王尽美的话记录在纸,王尽美示意他拿过来,随后,他咬破手指,把带血的手指摁到了纸上。大家看了,无不落泪。王复元道:"尽美同志,组织上决定把你送到北平治疗,你可一定坚持下去呀。"王尽美摇摇头:"咱们经费这样困难,不要再为我破费了。"

到了傍晚,王复元对陈文其说:"你留下来,有什么事马上通知我。"说完，转身和其他人离开了病房。等大家走了，王尽美就像孩子一样，一直攥着母亲的手没有松开。凌晨，他的眼睛竟然慢慢亮了起来，脸上也泛起了一丝血色。他两眼热切地看着母亲，一字一句地说："娘，儿子不孝了，这些年，没能在家中好好地伺候您一天。"说完，王尽美眼里涌出了泪水。王母抚摸着儿子的脸，摇摇头道："儿呀，你干的都是大事，娘不怪你！只盼着你好起来，到时候能陪娘好好说说话俺就很满足了。"王母还没说完，就一下子哽住了。灯影里，王尽美看着母亲的满头白发，伸出手，想摸摸，王母急忙把头低下来，可他的手还没触到母亲的发丝，就一下子闭上了眼睛。王母泪如雨下，抓过儿子的手一下子放在了自己满头的白发上。王尽美直到去世一只手还紧紧攥着母亲的手，陈文其用了很大的力气才分开。王母枯坐在一旁，一遍遍抚摸着儿子的脸，自言自语道："儿子啊，你才27岁呀，怎么说走就走了呢？小时候，你站在家门口，一个算命的先生见了你，说这孩子天庭饱满，大耳朵，是个富贵命，以后能长寿，俺还给了他一把花生呢，算命先生这是胡说八道呀！"

据青岛大学附属医院院志载："1925年8月19日，中共共产党的创始人之一，党的第一次全国代表大会代表王尽美因患肺结核，病情恶化，医治无效，在本院三等病房不幸逝世。"现在青岛大学附属医院的前身就是当年王尽美住院的青岛医院。1925年前后，即墨县时年17岁的李健人曾追随王尽美、邓恩铭等人进行革命活动。晚年时对过去还记忆犹新，他后来回忆说：

……

1923年底，孙中山在广州发表文告，要从帝国主义手中收回海关关税。《胶澳日报》刊载了这条消息。我看了以后，感到很对，就写了一篇拥护这项主张的文章投到《胶澳日报》，被发表了。就是这个偶然机会，我结识了邓恩铭。邓恩铭当时在该报担任副刊编辑，他在发表我的文章后面登了一个启事，约我去谈话。邓恩铭见到我时，说我的文章写得好，写得对，希望我常去谈谈，并说以后找我。

1924年春，在职业学校担任书记（文书）工作的孙秀峰来找我，叫我到他的宿舍去。在那里我见到了邓恩铭，还有我的同班同学梁德元。邓恩铭给我《向导》《中国青年》等一些书看，还给我一本社会主义青年团的章程。约一个星期后，我们又见面，邓恩铭问我赞不赞成，我说赞成。从此，孙秀峰便经常召集我、梁德元、付若杞（我的同班同学）到他那里开会，布置任务，叫我们在学校里推销《向导》。

……

我是由邓恩铭、延伯真介绍加入中国共产党的。在这以后又加入了国民党。我记得大约在1924年九、十月间，在海水浴场附近胶济铁路高级职员宿舍的院子里，国民党召开了一次会议，这次会议好像是成立国民党市党部。参加会议的国民党方面有刘次萧、蔡自声、孟鸣言等，我们方面有王尽美、邓恩铭、延伯真、孙秀峰、王象午、梁德元、付若杞和我，还有胶澳中学、铁路学校的一些学生，大约有二三十人。当时，天还比较热，我们围着几个圆桌坐着，喝着汽水，吃一些茶点、瓜子一类的东西。会上，王尽美讲了话，并向孟鸣言等人介绍说："林礼周、付若杞、梁子修等都是国民党员。"我就是这样加入了国民党，自己没有履行手续，以后也没有和国民党方面的人接触。

会后不久，邓恩铭带我去济南，走得很急，我都来不及向学校请假。在济南南关国民党办的一所小学里，见到了王尽美、尹宽、王辩、王复元和王平一。这时尹宽刚调到济南不久，担任宣传工作，负责编一个刊物，王尽美病在床上，他半开玩笑地对我说："你像一个大姑娘，不像布尔什维克。"还说，"你入党了，成了党员，除了团的工作，今后还要关心党的工作。"

自从公立职业学校团小组成立后，组织分配我们的主要任务是发现、培养进步学生，扩大团的组织，我当时是学生自治会的体育部长，经常以这个合法身份到国民党办的胶澳中学和私立青岛中学活动，联络了一些进步学生。同时延伯真还介绍我到西镇小学附近接近学生贺启元，不久，我便介绍他入了团。以后，贺启元又发展了几个团员，在西镇小学成立了团小组，由贺启元任组长。

1925年初，王尽美到青岛宣传国民会议促成会时，在邓恩铭的家里，他对我说："青岛学生应该有个组织。"并叫我拉起这个组织来。我起草了宣言和章程，王尽美做了修改，还送给国民党市党部的鲁佛民、孟鸣言、刘次萧看了。于是我便在公立职业学校、私立胶澳中学和青岛中学等校中联络进步同学，成立了青岛新学生社，社员约有二三十人。后来还发展到私立青岛大学，彭明晶、李士毅等也参加了。

……

1925年5月29日，反动军阀出兵镇压了四方纱厂工人的罢工运动，次日，上海又发生了五卅惨案。青岛党团组织立即着手发动青沪惨案后援运动。当时分工由我做学生工作，组织发动学生到市内、商店、机关和码头募捐，并将募集的捐款、物资送到四方。在那里我见到的人有李慰农、孙秀峰、王象午、卜韶庭、傅书堂、孙义昌等。

此后,我被学校开除了。当时在党的领导下,以国民党的名义发起成立了"各界联合会",我以新学生社代表的身份参加了该会。开会时,我们几个人提出:"不仅要反对英帝国主义,青岛是日本帝国主义霸占的地方,也要反对日本帝国主义。"但商会会长等亲日派不同意反日,说:"日本是友邦,和上海惨案没有关系。"我站起来发言,说得很尖锐,得到了四方工会代表、胶澳中学代表的支持。会后,亲日派就对职业学校施加压力,说我是赤化分子。6月在放暑假之前,职业学校自治会开会,高级班学生李萼主持会议,他说:"学生会的人为什么不代表学生会,而以新学生社的名义去参加后援会,林礼周是赤化分子,大家要群起而攻之。"我在会上坚持自己的主张。会后,李校长找我谈话,要我离开学校回家,答应毕业考试在家里答题,可以照发毕业证书。也就在这个时候,家里来人强迫我回家结婚。我就这样离开了青岛。

1925年8月间,我回到青岛,得知王尽美病重,已住进青岛医院。我去探望时,王复元、陈文其、王平一也在场。不久王尽美就逝世了,我的心情极度悲痛。

老人的这份记忆的原件,现珍藏于中共青岛市委党史研究院。

王尽美是遗腹子,家境贫寒,父辈都是佃农。王尽美的父亲尚在幼时,爷爷就去世了,接连的不幸落在了奶奶身上,她满含希望养大的儿子,竟在新婚不到四个月也去世了。王尽美出生时,奶奶抱在怀中反复端详,喜不自禁,说:"看这孩子的模样,往后就是王家的希望,长大后一定让他识文断字。"王母记住了婆婆这句话,可到了王尽美读书的年龄,家中却无力供他。村里地主见他伶俐,就让他来家中给儿子伴读。王尽美模样可爱，少年聪慧，私塾先生很是欢喜，伸手摸摸他的脑袋，沉吟片刻，给王尽美取了个名字叫王瑞俊，他笑笑道："瑞是祥瑞之意，俊乃是俊才！"

1925年8月的一天，一辆拉着灵柩的骡车迎着夕阳的余晖向莒县大北杏村走来。那些日子，王尽美的妻子常带着两个幼子站在村口张望，她幻想着有一天婆婆和丈夫出现在不远处，正朝着她和孩子们招手呢。王尽美的妻子低头想着什么，小儿子来信（乳名）突然喊道："马车！马车！"王尽美的妻子抬头看看，感到心一阵嗵嗵地跳，她牵着两个儿子的手迎了上去，骡子车近了，婆婆看到他们，带着哭音道："来信他娘，来信他爹没啦……没啦！"王尽美的妻子一下子就看到了骡车上的棺材，又听婆婆这样说，两眼一黑，哭倒在地上。

王尽美有两个儿子，大的7岁，小的仅3岁，兄弟二人跪在棺材前磕了几个头，在一片哭声中，众乡邻一齐动手，把棺材抬到了地里，葬了王尽美。王尽美的妻子终日以泪洗面，王母大声道："来信他娘，人已经死了，活着的人还得活，光顾着掉泪咋能行？"说着她指指眼前的孩子，说："把他们拉扯成人，才对得起来信他爹！"儿媳一脸愁容，摇摇头道："娘，家里如今就剩下咱三个女人，以后拿什么过日子呀？"婆婆咬咬牙说："怕什么？咱们娘仨合起来难道还顶不过一个大老爷们？活人不能让尿憋死！让你奶奶在家看孩子做饭，咱娘俩把外面还有地里的活都扛起来！"王尽美奶奶撩起衣襟擦擦眼角的泪道："俺只要还有一口气，就能和你娘俩把这个家顶起来！"自此以后，王家三代寡妇有主里有主外的，分工有序，共同支撑着这个风雨中飘摇的家，谁承想，屋漏偏遇连阴雨，王母的婆婆没能熬过艰辛和劳累，很快离世。儿媳悲伤过度，几年后也郁郁而死。没了相助，王母佝偻着腰，独自挑起了这个家。后来，在共产党员王翔千、臧克家及姑祖母的资助下，王尽美的两个儿子都顺利地完成了学业。

1935年的清明，王母把孙子带到了王尽美的墓前，春日里的风吹着老人一头白发，她站在儿子的坟前，还未说话，泪水就落了下来。老人带着颤音说："儿呀，娘又来看你了，今年不同了，你的两个儿子都走你的路了。"两个风华青年抹抹眼泪，给坟头添上新土，在地上重重磕了三个头。王母伸出一双干枯的手，摸着两个孙子的头道："只要不给你们的爹丢脸，奶奶干什么都值得。"王母声音不大，可在孙子听来，如雷贯耳。

不久，王尽美的长子王乃征和次子王乃恩都入了党，在战争年代都有不俗的表现。

1949年10月的一天，几个人穿过玉米地向北杏村走来。深秋的田野，丰收在望，一些农家，已经开始收玉米棒子了。那位走在前面身着中山服的人，是山东团省委的张建华。他们到了村里，在村干部的陪同下，转过一个胡同，向王尽美家走来。

还是这不久之前的全国政协第一届会议上，毛泽东接见了山东的代表。毛泽东先谈到了山东的早期党组织，他问山东省政协主席马保三："你知道王尽美同志吧？"马保三点点头。毛泽东吸了口烟，好像在回忆着什么，随后他道："当年开一大会的时候，我们都叫他王大耳朵，王尽美是一个很好的同志，很有才华，山东的早期党组织建设，王尽美功不可没呀！现在我们胜利了，更不要忘记了像王尽美这样的同志，还有那个少数民族代表邓恩铭，当时出席一大的时候，还是一个在校的学生，也不幸牺牲了，都是英年早逝呀！你们要注意多收集他们的遗物，让更多的后人记住他。"马保三道："请主席放心，我们一定要把王尽美和邓恩铭同志的遗物搜集好。"毛泽东点点头，又问："王尽美还有什么亲人吗？"马保三回答："他的母亲还健在，另外还有两个儿子都参加了革命。"毛泽东动情地说:"她培养了一个好儿子呀!一定要照顾好老人,让她安度晚年。"

马保三就是当年给王换于夜送重要名单的人,也是王换于久等的人。马保三回到山东后,立刻把毛泽东的要求向山东省委做了汇报,省委把这一任务交给了团省委的张建华。王母听了张建华的来意,连声问:"毛主席还记着他? 毛主席这么忙还记着一个死了的人?"张建华用力点了点头。王母泪流满面,一下子哭出了声,嘴里说道:"俺得告诉俺儿一声,俺得去告诉俺儿一声。"王母平静下来,她颤巍巍地站起身,自语道:"俺一直藏在那里,走,咱们去找找。"老人说完,带着张建华他们来到了那栋破旧的祖屋,她弯腰拿起脚下的一把铲子,铲掉了糊在墙面上的泥巴,一个几指宽的墙缝露出来,王母伸手从里面摸出一个小布件,慢慢打开,里面包着王尽美的一张遗照,短发、大耳、宽额,还有一双明亮的眼睛。王母带着哭音道:"这就是俺那个可怜的儿呀,很多年没看他了!"说着,眼泪簌簌掉下来,有几滴落在了照片上。

这是王尽美留在世间的唯一照片,后来山东方面把照片翻拍后连同有关材料送到了中南海,住在丰泽园菊香书屋的毛泽东,细细端详着这张照片,脱口道:"没错,没错! 就是他,是王大耳朵!"说完这话,毛泽东起身走到窗前,看着外面茂盛的树木,很久没有说话。过了一会儿,他对站在身旁的秘书田家英说:"今天的和平是多少人用生命换来的呀!"

2

在1925年的上半年,邓恩铭和王尽美就组织了两次大罢工,一是青岛胶济铁路工人大罢工,再就是青岛纱厂工人大罢工。王尽美住院后，邓恩铭到青岛医院和王尽美匆匆见了一面，当日就离开青岛赴济南担任中共山东地方执行委员会书记了。邓恩铭没能见王尽美最后一面，闻听王尽美离世的消息，邓恩铭泪流满面，在大明湖畔几乎枯坐了一夜。邓恩铭到济南没多久，山东省执行委员会就在这一年的初冬遭到了破坏，他也不幸被捕。入狱不久，就得了肺结核，后以保外就医的名义，被党组织营救出狱。身体刚见好转的邓恩铭，又被党组织任命为青岛市委书记，在1926年夏季，他来到青岛，着手恢复这里已经瘫痪了的党组织。

1927年5月，中国共产党在武汉召开了第五次全国代表大会，会议结束的第二天，再次当选为党的总书记的陈独秀，把山东省委组织部部长王复元叫到了住处，陈独秀打开柜子，接着拿出几摞用纸包裹的银元放到了王复元的面前，陈独秀道："复元同志，这是你们山东党组织活动经费，一共1000元，你点点数目，带回去吧。"王复元笑了笑："不用点了，错不了。"说着就把钱装到了自己的背褡里。王复元坐在他面前，想听他还说些什么，可陈独秀很久都没有开口，管自抽着烟，眉宇间透着失落。王复元知道，在中共五大上，陈独秀受到了代表们的批评，可能正为此闷闷不乐。王复元见天气阴暗下来，急忙说："独秀同志，看样要下大雨了，如果您没有什么指示的话我就先走了！"陈独秀站起身来，看看窗外，从桌子下拿出一把雨伞，说："带上吧，我们的经费紧张，节约着用。"王复元接过雨伞，匆匆离去。

陈独秀对党的经费，非常看重，每次发放经费时，他常说："不当家不知柴米油盐贵，你们一定要节约着用！"在这之前，中国共产党的经费都由苏联提供，在中共三大上，陈独秀就党费问题还专门做过说明："党的经费，几乎完全是我们从共产国际得到的，党员缴纳的党费很少，今年我们从共产国际得到的约有一万五千，其中有一千六百用在这次代表大会上。"因为经费的问题，陈独秀在共产国际代表马林面前不知费了多少口舌。

到武汉出席这次会议的邓恩铭并没有和王复元一起返回山东，而是和毛泽东一同去了武昌农民运动讲习所。还是在前几日，毛泽东就和邓恩铭相约，让他到讲习所给学员们讲一课。当天晚上，讲习所就已经坐满了学员。毛泽东先讲开场白，他笑吟吟地说："邓恩铭同志是我在中共一大上认识的，他和外号叫王大耳朵的王尽美同志，很早就在山东创立了党的早期组织，是一位有经验的工人运动的组织者和领导者，我特地把他邀请到咱们讲习所传经送宝，让他讲一下山东的工人运动。"在热烈的掌声中，邓恩铭羞涩地笑了笑，开口讲了起来，他说："山东的革命运动，是用牺牲换来的，从没有和反动势力妥协过，我们的王尽美同志，战斗到了最后一刻。"邓恩铭接着提起了王尽美最后的遗言，毛泽东听了，带头鼓起掌来。

1927年的中共五大，是在蒋介石大肆屠杀中国共产党人的情况下召开的，各地都笼罩在白色恐怖下。从1927年3月到1928年上半年，就有31万共产党人和革命群众被杀害。远在武昌的邓恩铭归心似箭，在讲习所讲完课的第二天，他就踏上了归程。这天晚上，王复元来到了邓恩铭的住处，两人握了握手，都坐了下来。王复元欲言又止，最后终于开口道："恩铭同志，我犯了一个不可饶恕的错误，请组织上处分我。"邓恩铭看了他一眼："复元同志，有什么事不要放在心里，犯了错误就应该马上向党组织坦白。"王复元深深叹了口气："这也怪我，大意了！"说完，他话锋一转："恩铭同志，在回来的路上，我把中央给的1000元活动经费丢了。"邓恩铭一下站起身，拍着桌子生气地道："复元同志，你怎么这样不小心？你可知道，这么一大笔经费对我们来说意味着什么？"王复元见邓恩铭动了肝火，连忙站起来认错。邓恩铭严厉地说:"王复元同志,最近有些同志就向我反映过你的问题,希望你有则改之无则加勉!"王复元点点头,连连称是。

几天以后,王复元向邓恩铭递上了自己的检讨书。可在昨天晚上,他一边写着检讨,还把那1000银元摆在床头看着,被同住一屋的地下党员魏强推门进来时差一点发现,匆忙中一块银元落在了脚下。王复元有些慌乱,最后尴尬地说:"不小心从口袋里掉出来了。"魏强扫了一眼,发现桌子上摆着一沓纸,上面写着"检讨书"三个大字。在邓恩铭的印象中,这个比自己小一岁的王复元聪明好学,干事勤快麻利。还是前些年的时候,王复元在省立第一中学当电工,邓恩铭恰恰是在校学生。有一次,邓恩铭正给进步学生讲旧中国的出路在哪里,电灯突然熄灭了,邓恩铭很着急,这时一位年轻人从座位上站起来说:"应该是灯泡坏了,等一下。"说完就急急走了,一会工夫他拿来一个灯泡,很麻利地换上了,屋里又亮了起来。邓恩铭很高兴,握了握他的手,这位年轻人道:"我叫王复元,是这里的电工,你讲得很好,我很乐意听!"

邓恩铭从此记住了他,后来一些革命活动王复元都积极参加。王复元读过几年书,也聪明好学,平时他常来教室里听课,写得一手好字。在报社当校对时,还写了一些文章发表在报上。邓恩铭见了,很是高兴,特地把他推荐给了王尽美。王复元加入中国共产党后,王尽美见他有主见,能独当一面,就把他派到了张店火车站从事地下工作。王复元能说会道,很会发动群众,时间不长,他在张店火车站就发展了多名党员。

1924年的一个春日,王尽美拖着病体来到了张店火车站,他若无其事地四处看了看,随后向不远处的天主教堂走去,到了教堂前,他并没有进去,只是若无其事地打量了几眼这座哥特式的建筑,就信步走进了一条胡同。在一处旧房内,王尽美见到了王复元,王复元看了一眼面色苍白的王尽美,高兴地说:"这里的工人革命积极性很高,就像烈火遇上干柴一样。"说着,给王尽美倒了一杯水放到他面前。王尽美坐在凳子上,听王复元这样说,疲惫的脸上露出了欣慰的笑容,他喝了口水,说:"复元同志,你的工作很有成效!"王复元把发展党员的情况说了一遍,王尽美道:"张店火车站是交通要道,又是联结淄川、金岭两大矿区的交通枢纽,党的作用可以通过这里辐射到矿区和铁路沿线,那将是一股多大的工人力量呀。"王尽美说到激动处,话语一下子加快了,最后发出一阵剧烈的咳嗽,他急忙拿出手绢捂住嘴。王复元说:"你该好好休息一阵了。"说着又转身给王尽美倒水,王尽美趁机拿开手绢,见上面沾着鲜血,他擦擦嘴角,把手绢急忙装进口袋里。王尽美又喝了几口水,平静地说:"没事,还是老毛病,睡几觉就好了。"王复元点点头,急切地说:"是不是应该在张店车站建立党小组了?现在这里已经有我、李青山、邹光中等十几名党员了。"王尽美道:"完全可以,就由你任党小组长。"王复元听了,不禁喜笑颜开。王尽美对这位当年和自己创办《济南劳动周刊》的年轻人,又多了几分器重。翌年,张店火车站成立了党的支部,王复元出任党支部书记。1925年8月,站在王尽美病房里的王复元,已经是中共青岛市委书记了。

邓恩铭从王复元的检讨书里看到更多的是狡辩,拉黄包车的魏强把那天晚上王复元的反常表现也告诉了邓恩铭,邓恩铭对他说:"你要多留意此人。"王复元受到批评,心里有些不愤,这天傍晚,他的胞兄王用章来到了他的住处,王复元炒了几个菜,几杯酒下肚,王复元拍着桌子说:"邓恩铭算什么东西,我在一中的时候,他还就是个学生,还在我面前装腔作势。"王用章是地下交通员,时任中共山东省地方委员会候补委员，他斜了弟弟一眼道："你要小心点，别让他抓到了你的尾巴，这个小个子南方佬可不好对付！"王复元冷笑几声，端起酒杯一饮而尽。

深夜，酩酊大醉的王复元正打着呼噜，突然喊道："老子就是拿走了这1000元，能把我怎么样？"这话恰被刚刚在外面拉黄包车回来的魏强听到了耳里。不久，王复元见邓恩铭不再追究，胆子愈发大了。1928年1月初，王复元冒着细雨，跑到了山东省委秘密印刷点——石印局，一下子从这里拿走了2000大洋。石印局是省委印刷所，除了日常业务外，还担负着出版山东党组织《红星》内刊等。到了中旬，王复元答应把印刷所的钱补上，《红星》临近出刊，负责人王强急了，这天下午，他把情况报给了邓恩铭，邓恩铭火了："他有什么权利从你这里拿钱？"王强道："王部长说要到上海中共中央汇报工作，急需钱，先让我给他用着，回头他再补上。"话还没说完，王复元乐呵呵地走了进来，他见气氛不对，急忙收住了笑容。邓恩铭板起面孔，严厉地问他："到上海需要这么多钱吗？再说现在去上海的行程已经取消了，你马上把钱还给印刷所！"王复元为难地说："我看好了一处房子，就先用这钱把它买下来了，以后我会尽快还给组织的。"邓恩铭气愤至极，竟一时没有说出话来。

当天晚上，邓恩铭就召开了党的会议，他把王复元的所作所为刚说完，大家就开始七嘴八舌批评他，王复元见势不妙，低头一声不吭。邓恩铭说："在座的每一位同志都知道，还是在1926年，我们的党就向全体党员发出了《坚决清洗贪污腐化分子》文件，我们的党是坚决不允许蛀虫存在的。"邓恩铭说着，从桌子上拿起一份文件，下面我给大家把重要的部分念一遍，邓恩铭看了王复元一眼，高声念道："最显著的事实，就是贪污行为，往往在经济问题上发生吞款、揩油的情形。

如有此类行为者，务须不留情地清理出党，不可令留存党中，使党腐化，且败坏党在群众中的威望。尤其在比较接近政权的地方或政治、军事工作较发展的地方，更易有此现象。"

省委常委、省委工人部部长傅书堂挽了挽衣袖，拍着桌子粗声粗气地吼道："马上开除出党，不能让他坏了咱们的风气！"省委常委刘子久气愤地说："我们的革命队伍中不能有这样的害群之马。"邓恩铭放下文件，正了正架在鼻梁上的平光眼镜，环视了大家一眼，最后高声道："我提议撤销王复元中共山东省委组织部部长职务，同时将他开除出党，同意的请举手！"王复元大吃一惊，不禁浑身打了个激灵，他抬起了一直低垂的头，睁大眼睛看着大家，黑瘦的脸上布满了愤怒。所有的人都举起了手。王复元再次低下头去，他双手抱着脑袋，十指插进凌乱的头发里反复搓揉着。

邓恩铭刚要开口讲话，王复元腾地站了起来，他狠狠看了大家一眼，大声道："我早就看透了，跟着共产党干是没有出息的，此处不留爷，自有留爷处。"说着伸出指头点了点邓恩铭，咬牙切齿地说："你好好等着吧！"说完扬长而去。

王复元成了中共反贪史上第一个被开除党籍的人。

王复元被开除党籍的第二天上午，正在大街上拉黄包车的魏强突然看到一个熟悉的身影，他急忙停下身来，魏强看清了，那人是王复元，他走进了国民党济南党部。魏强知道此事非同小可，拉起黄包车跑去。到了夜晚，他才找到了邓恩铭，听了魏强的话，邓恩铭道："他这是去找宋耀华去了。你马上通知其他同志，让他们注意防范！再就是你不要拉黄包车了，王复元认识你，你在大街上跑太显眼，随时都有危险，同时你在暗处随时观察王复元的动向。我判断，他很有可能要叛变！"

此时，王复元已经和国民党济南党部一个叫宋耀华的大特务坐在了一起。王复元站在宋耀华面前，喋喋不休地说完自己的遭遇后，突然又道："我要和共产党划清界限，从今以后为您效劳。"宋耀华在宽大的办公桌前来回踱着步，从他一对圆圆的镜片中，透出了一丝狡黠的目光。他不时摸一摸光滑的下巴，偶尔停下来问几句话，并不急于表态，只是配合着王复元演说般的话语点几下头，唔唔几声，或者打几个真真假假的手势。最后他走到窗前，右手扶着金丝眼镜腿，朝着窗外嘿嘿笑了几声，终于开口道："感谢你和我说了这么多话，你可是共产党的重要分子呀，前程光明似锦，怎么说反目就反目了？"

王复元见宋耀华虚虚实实、不冷不热的样子，有些恼火。他下了楼，直奔哥哥的住处。作为地下交通员的王用章，开了间酱油铺子做掩护，见弟弟来了，他看了一眼伙计，就推门进了里间。王复元道："这宋耀华真不是东西，我本想投奔到他的门下，没承想，他转身给了我一个冷屁股。妈的，等我把邓恩铭这些重要人物名单拍在他桌上的时候，看他还能再拿腔捏调阴声阳气的。""你疯了？"王用章一巴掌打在王复元的脸上，王复元怔住了："你打我干什么？"王用章怒道："平日里你脑子灵活，怎么现在成了一盆糨糊了？邓恩铭刚处理了你，你就跑到宋耀华那里给人磕头，他能信你吗？再说我还在共产党这边，你就去搂宋耀华的大腿，你哥怎么办？你倒是痛快了，你哥还不像个风箱一样里外受气了？"王复元瞪着眼一时没说出话来。王用章拿出香烟，递给王复元一支，自己点上了一支，他猛地吸了口，最后仰脖子，缓缓吐出了几个烟圈来。王复元吸了几口闷烟说："你就没有想过要退出共产党？蒋介石对共产党可是恨之入骨呀！从去年到现在，杀了多少人？血流成河呀！吸到鼻子里的空气都带着血腥味。你还能撑多久？我看你这是屎壳郎垫床底，硬撑！"王用章点了点头："我确实也不是铁打的，有时候躺在床上想想也吓得睡不着觉呀，可干了这些年说反水就反水？共产党也不是吃素的呀！将来要是共产党得了天下，你我还怎么活？怎么对得起老祖宗？还不让后人戳破了脊梁骨？！"

王复元一时没有吭声，不置可否地嗯嗯几声。

3

作为中共一大代表的邓恩铭，在山东影响很大，是国民党逮捕名单上的重要分子。1927年9月，中共中央已经考虑到了邓恩铭的安全，山东省委其他负责人也强烈要求把邓恩铭调离山东。中共中央曾打算让刘少奇到山东担任省委书记，可是，刘少奇当时身患疾病，最后也没能成行。为了减小目标，尽力保护邓恩铭，根据中央指示，中共山东省委在坊子于1928年2月召集会议，选举卢福坦为新一届省委书记，常委卢福坦、王云生、刘子久。邓恩铭再次担任青岛市委书记。

就如邓恩铭判断的一样，果不其然，在1928年的11月，王复元、王用章兄弟二人，在一个阴沉沉的冬日，和宋耀华坐到了一起。等他们走出酒店，迎着天空飘下的雪花，三个人借着酒劲，开心地大笑起来。

宋耀华凭着如簧的巧舌，说动了王用章，他们还有一个计划，准备明天和盘托出。

1928年11月12日，也就是三人酒馆密谋的第二天，王复元和宋耀华联合发表了"反共宣言"。这时，山东地区很多共产党员对王复元的公开叛变还蒙在鼓里。

也就是在这一天，王用章把自己的名字改成了王天生，他对弟弟王复元说："我是上天生的，从今以后就要活出一个新样子来了！"

1929年初的夜晚，济南的天气还异常寒冷，寒风呼啸着，偶尔有几片雪花，零零落落从空中飘下来。夜晚的街头显得格外冷清，不时有三三两两的行人，在暗淡的街灯下，匆匆走过。

还是在前一年的四、五月间，各路军阀又发动了混战，山东的张宗昌哪里抵挡得住蒋介石和冯玉祥的各路大军？日本政府见蒋、冯部队进了济南，不禁垂涎三尺，借口保护侨民，随之把天津、济南驻军一部调往泉城，蒋介石不敢与日军对抗，只得命令北伐军撤离济南，日军更是肆无忌惮，在济南城横冲直撞，无恶不作，一时间，人心惶惶，都唯恐灾难降在自己头上。商埠纬中路这一带，原本都是密集的商店，生意兴隆，可这一阵，一到夜色降临，大部分商户就歇业关门了。余修急匆匆地走在路上，他脖子上搭了一条围巾，不时被风撩起来。对这个刚刚参加革命，一腔热血的年轻人来说，这样的夜晚算不得什么。余修现在中共山东省委秘书处从事文秘工作，还是在几年前，年仅15岁的余修不仅是胶澳中学团支部书记，还兼着共青团青岛地委委员，后来胶澳中学的校长得知余修经常参加革命活动后，担心有朝一日会殃及学校，就让他退学了。

余修的父亲鲁佛民是大律师，和长子鲁伯峻都是中国共产党的早期党员。有很长一段时间，山东省委机关就设在鲁佛民的府上。余修被退学后，组织上考虑他回济南更合适，就把他调到了省委，余修到济南后，除了秘书处的文秘杂务，还担负着团省委宣传部一些工作。商埠纬中路因为商铺林立，平日里人多嘈杂，余修觉得住在此处更好隐身，就在胡同里租了一间房子作为住处和联络点。

胡同里因为没有路灯，显得比街道黑暗了许多，有些人家的窗户里，还闪着一缕亮光。余修快步走到自己的住处，打开门进了屋子，他张口呵了呵冰凉的双手，划一根火柴点上煤油灯，灯光渐渐明亮起来，充满寒气的屋子好像有了一丝温暖。

余修喜欢文学，平日里也写一些小文，他的公开身份是《济南日报》的副刊编辑。在寒气逼人的夜晚，这位17岁的年轻人打开一本俄国小说，很快就沉浸在人物的命运中。突然，一阵急促的敲门声响了起来，余修问了一声谁，外面的人说："是我。"余修听外面的声音很熟悉，但不是平日里那个戴着眼镜的团省委书记顾作霖，就急忙拉开了门，原来是邓恩铭。他点点头，一步迈进了屋里。

"邓书记，你怎么来了？"余修很高兴。邓恩铭笑了笑，拍了拍余修的肩膀，两人并排坐在了床沿上。邓恩铭道："王复元叛变了，你知道吗？"余修大吃一惊，一下子站了起来："我还不知道呢，他怎么能叛变呢？他这一叛变，我们的损失就大了！"余修说着，脸上有些慌乱，他突然想起了什么，急忙说："邓书记，你不是在淄博吗？怎么回来了？王复元对您太了解了，您不应该回来呀！这样太危险了！"邓恩铭示意余修坐下来，余修喘着粗气又坐了邓恩铭身边，邓恩铭轻轻拍拍余修的肩："老弟，不要紧张。这个时候我是不能藏起来的，现在济南还在日军手里，王复元他们还不敢明目张胆抓人，趁这时候我得先尽快通知其他同志转移，王复元认识你，对你的情况和现在活动都非常熟悉，你也得马上转移，到青岛吧，把王复元叛变的消息告诉青岛同志，王复元从大革命失败后，就情绪一度低落，还贪污公款，这样的人不仅早晚要离开革命的队伍，还会坚决与我们为敌的！"邓恩铭说着站起身来。余修大脑一片空白，显得有些不知所措，邓恩铭看着余修的眼睛："你还年轻，这样的事将来也许会经常发生的，你先收拾一下，把房子退了，要尽快启程。身上有钱吗？"余修摇摇头，邓恩铭镇静的目光让他放松下来，脑子也清醒了许多，他说："明天我再想办法。"邓恩铭从口袋里掏出一张10元的交通银行的票子，塞到余修手里："这是路费。"说完，又拍了拍他的肩，转身拉开门走了。

邓恩铭的身影很快就消失在黑夜中，一阵大风穿过了胡同。

余修没有想到，自己与邓恩铭这一别竟是永别。

余修第二天夜晚就搭上了开往青岛的火车。他后来写下了一段文字，记录了自己在1929年初离开济南赶赴青岛时的情景：

> 就在我离开济南这天的黄昏时分，特意邀请了几个当时我认为信得过的所谓好朋友，找了一家小饭馆吃饭，饭后他们六七人一同到济南车站来为我送行。我若无其事似的和他们呼兄唤弟非常亲热地交谈着，一同走到车站候车室的门外，找一个避风处躲在朋友围起的半圆中，自己面向候车室，注目透过玻璃门窗，仔细察看候车室里的动静。我装出一副惜别的凄怆样，说自己不忍心和大家骤然分手，在室外多交谈一会儿，并说我有位密友，叫S女士的约好开车前来相晤，不妨在此稍等，我还假意托付大家，我离济后对S女士多多照应。他们都信以为真。……我像是在等候着什么，表情尽量镇定，但内心里觉得十分尴尬。

> 其时，我已经发现候车室通向月台出口处，有一个检票员的身后，站着一个细高个的中年人，那不就是叛徒王复元吗？他黑瘦的脸膛，我是十分熟悉的；他正贼眉鼠眼，目光注视着每一个从他面前走出来的旅客。这不明明白白地告诉我，他是在搜捕现在要出走的革命同志吗？……我不时两眼盯着王复元的举动，度时如年似的时间一分钟一分钟地度过。说也奇怪，就在临开车十分钟工夫，不知何故，王复元忽然不见了，当时，我没有丝毫的迟疑……拉下帽檐，硬着头皮，快步走过检票口。

从余修的叙述中，让人们感觉到了这位还缺乏经验的年轻人，在突然而降的危险面前，心灵上产生的波动。尽管他刻意营造的这种"掩护"，明显带有一种年少的"天真"，但最后他还是顺利地躲过了这一劫。

邓恩铭没有想到，他眼中的这位小老弟，在1956年8月，出任了山东省副省长。

1929年1月19日，也就是腊八节的第二天下午，邓恩铭急匆匆地在济南六大马路上走着，虽然立春已在眼前了，可寒冷还没有一点要退却的意思，阴沉的天气，好像给济南这座暗藏着杀机的城市，更增加了几分寒气。再过些日子就是春节了，要是在往年，街上的商铺早就热闹起来，心急的市民也已经开始置办年货了，可是现在，随着春节的临近，商铺门前还是冷冷清清的，门前的幌子在寒风中单调地飘动着。

邓恩铭不时在商铺门前驻足一会儿，好像要买什么一样，漫不经心地四处看着，随后再往前走去。这段时间，他被省委派往淄博矿区负责本地区党的工作，王复元叛变后，邓恩铭考虑到济南很多党员和干部他都熟悉，必须第一时间通知他们转移，就匆匆赶回了济南。就像邓恩铭说的一样，王复元确实不敢公开四处抓人，他每次行动，除了"捕共队"的人，总要带上一两个日伪警察当幌子，借口日伪警察公干，做自己的事。就在邓恩铭通知余修转移的第三天上午，王复元带着几个日伪警察和"捕共队"的特务，包围了余修的住处，一把冰凉的"铁将军"挂在门上，他命人破门而入，却一无所获。

为了邓恩铭的安全，省委书记卢福坦让他马上离开济南，邓恩铭嘴上应着，可他并没有转移，还是穿梭在济南的大街小巷。有些党员，都是邓恩铭单线联系的，他知道，多通知一位党员，党就少受到一分损失。

这天中午偏后,省委一位叫杨一辰的干部告诉邓恩铭,说外地有几个党员下午四时要到省委宣传部开会。邓恩铭一听就火了:"都火烧眉毛了,还要召集会议?"杨一辰道:"听说前些日子就通知下去了,现在告诉他们也来不及了。"邓恩铭抬腕看看手表,抬脚就走。杨一辰急了,一把拉住邓恩铭:"邓书记,您现在的处境是最危险的,您不能去!这样,我本来还要去通知其他同志的,我先去拦住他们。"邓恩铭道:"不要争了,我作为一个领导,不能把危险留给你们。"说完推开杨一辰的胳膊,大步走出了房间。

邓恩铭在他们约定的开会时间提前来到了省委宣传部一座平房前,他打开门走了进去,埋伏在周围的王复元,见是邓恩铭,不禁大喜,他一挥手,带着特务们冲了进去。

邓恩铭被押出房门的时候,他看看围观的人群,故意停下了脚步,他大声喊道:"王复元,你这个叛徒,我邓恩铭没想到你的脊梁骨会这样软,将来有一天你会受到人民的审判的!"

王复元并不在意邓恩铭的态度,他脸上挂着笑,一副心满意足的样子。

人群里,几个到省委宣传部开会的党员看到了这一幕,他们知道有情况,就悄无声息地离开了。

这一天,还有山东省委秘书长何自声、团省委书记宋耀亭等十余人被捕。当时和邓恩铭匆匆分手的杨一辰,被叛徒王天生带领的另一路人马抓住。

1929年的1月,济南警察局拘留所的警察,陡然增加了许多,往来的警车也比以前密集了,不时有一些犯人从警车上被押下来。邓恩铭刚被关进冰冷的囚室不久,又一辆警车响着警笛开进了院子,邓恩铭急忙走到窗前,透过铁窗,看到那些从车上走下来的人,大都是些熟悉的面孔，看着，看着，他的眼睛突然睁大了，那不是杨一辰吗？本来邓恩铭没让他去省委宣传部冒这个险的，可没想到他最后也未能幸免。

那一年的冬天好像格外漫长，交春过后，寒风还吹了好一些日子。可进入了四月，不知不觉中，天气就变得越来越暖了，路边的杨柳也都冒出了新芽，冬天总算是已经过去了，人们都舒了一口气。对拘留所的囚犯来说，这温暖的春天也多多少少让寒气逼人的囚室温暖了一些。今天，他们正三三两两地站在院子里，沐浴在和煦的春风里，还有这难得的阳光。对他们来说，大自然的一切，好像都已经久违了。他们仰望着蓝天，慢慢享受着这难得的片刻。

邓恩铭向四周看了看，最后和杨一辰假装漫不经心地走到了墙角边。邓恩铭道："前几天，我们在监狱里已经成立了党组织，准备组织一次越狱！"杨一辰听了很高兴："太好了，我们那个囚室里面，关了十几个土匪呢，个个都是好汉，但头脑都很简单，我给他们讲了不少革命道理，大家都很尊重我，将来可以把他们发动起来。"邓恩铭点点头："这样很好，但一定要可靠！"杨一辰说："我会和他们继续交心的。"

当天晚上，杨一辰又和同监李殿臣说了很长时间的话，李殿臣道："老弟，你说话句句在理，俺听你的，有什么就吩咐吧。"杨一辰道："咱们等下去只能是死，还不如想个越狱的法子，放风的时候，我和几个狱友商量了一下，他们都赞成我的意见，你呢？想不想一起干？"李殿臣听了，不禁大喜，他晃着两条粗壮的胳膊说："娘的，我早就想出去抻抻筋骨了，关在这笼子里多憋屈。我这帮兄弟都不是吃素的，到时候我带着他们打头阵！"

哪知李殿臣早就按捺不住提前行动了，4月19日晚，一个正在说笑的土匪突然倒地不起，接着嘴歪眼斜，口吐白沫，身体剧烈抽搐起来。这土匪长得五大三粗，外号叫骆驼，其他土匪见了，都一齐喊："不好了，骆驼羊角风犯了，骆驼羊角风犯了！"李殿臣上来就掐骆驼的人中，骆驼愈发折腾得厉害，一边的杨一辰看出了端倪，急忙把李殿臣拽到一边："还没做好准备，你怎么就提前行动了？"李殿臣道："你们老是不见动静，我早就等不及了。"正说着，两个狱警哗的一声打开铁门，骂骂咧咧地走了进来，李殿臣见了一声喊："动手！"话音未落，几个壮汉饿虎扑食一般，把两个狱警按倒在了地上。事发突然，杨一辰知道不能再等了。因为前几天他就察觉到，随着越狱的临近，有的同志显得很不正常。这时，杨一辰看了共产党员李宗鲁、朱霄一眼，遂也跟着动手了。

几个人抬起骆驼冲出了囚室，嘴里一路嚷着："有人犯羊角风了，马上抢救呀！"第一道门的狱警早有人被买通了，到了第二道门，一个守警凑上前来察看情况，见骆驼牙关紧咬，双眼紧闭，说要报告上司，这时骆驼突然伸双手揪住了他的脖子，接着用力一扭，这个守警哎呀一声倒在了地上。杨一辰和另外几个人，把另一个狱警打倒在地上。

一群人最终冲出了拘留所，消失在夜色里。寂静的马路上，很快就响起了警笛声和密集的枪声。

最终，中共党员除了杨一辰脱险外，李宗鲁、朱霄等人又被从外面押了回来。

李殿臣等土匪大半成功越狱。抗战时期，李殿臣参加了革命，不久后牺牲在杀敌的战场上。

监狱经历了这次变故，监狱长刘强明一下子提高了警惕，连续数日，一切都风平浪静。刘强明注意力几乎都在邓恩铭身上，邓恩铭旧疾又犯，身体日渐羸弱，走路都一摇三晃的，刘强明看他这样子，悬在半空的心渐渐落了下来。

在邓恩铭被捕的数月里，中共山东省党组织经受了暴风骤雨。仅省委书记就多次更换。邓恩铭被捕不久，中央立即把王复元、王天生熟悉的重要领导干部调离了山东，其中就有省委书记卢福坦，还有重要成员刘俊才、丁君羊。关键时刻，山东省委工人部部长傅书堂代理了书记。

卢福坦后来在1931年1月7日中共六届四中全会上当选为中央政治局候补常委，两年后叛变投敌。

不足两个月，傅书堂身份又暴露了，被派往苏联学习，原中共青岛特支书记武胡景赶到济南主持省委工作，为了让中央了解山东局势，与武胡景一同来省委工作的青岛市委书记王进仁，很快启程到中央驻地上海去了。王复元、王天生的破坏性越来越大，也就是拘留所发生第一次越狱的那天晚上，王复元和王天生逮捕了临时主持省委工作的武胡景和秘书长蓝志正，几天以后，团省委书记宋占一、宣传部部长刘一梦等人也被特务陆续送进了监狱，中共福建省委书记刘谦初受命到了济南，担任中共山东省委书记。

邓恩铭亲眼看到越来越多的同志被关进监狱，不禁心急如焚。在囚室里，他对武胡景说："看目前的形势，我们必须要尽快组织第二次越狱。"武胡景瘦瘦的脸上伤痕累累的，他摸摸肿胀的脸颊说："夜长梦多，是应该尽快组织。"邓恩铭道："我们先成立一个领导小组，我初步考虑了一下，有你我，还有王永庆、何自声、纪子瑞这几位同志，你觉得如何？"武胡景说同意。何自声说："这次一定要万无一失，否则，不会再有更多的机会了。"

每个囚室都行动起来，开始准备了棍棒和硬器，外面的党组织还派人以探监为由，送来了钳子、铁锤等工具。放风的时候，武胡景见大树旁有一堆石灰，就装了两口袋带回了囚室。这个时期，监狱还允许犯人与家人有书信来往，武胡景积攒了不少信封，带人把石灰一一装进了信封里，又写上地址、姓名放于信插中，狱友见了，会心一笑，都把写有自己名字的信件带回囚室里。领导小组根据每位同志的身体强弱做了搭配，还把大家疏散后的路费都考虑到了。何自声见经费紧张，就托狱警卖掉了自己的金兜链，最后得钱100元，全部分给了大家。不久，又有人手绘了越狱线路图。

这天大家正在放风，王永庆从一个与他关系不错的狱警那里得知，日军在济南制造了惨案后，国内各界人士口诛笔伐，英、美、法等国对日本独占山东早就急红了眼，这次借势群起而攻之，迫于压力，日本和国民政府双方签订了《解决济案大纲》。日军撤出济南，让蒋介石大喜过望，他的手很快就伸到了山东。狱警对王永庆道："国民党很快就要接收这里的监狱了，他们要先拿政治犯开刀。"说着指了指何自声的背影说："这个人听说是你们上头派来的，还要单独押到南京审判呢。"放风的时候，王永庆马上把这一消息告诉了邓恩铭，邓恩铭对大家道："看来咱们得提前行动了，要不他们就该动手了。"何自声急忙说："如果时机不成熟就继续等，不能因为我把时间提前了。"武胡景说："等下去还是这样子，不如提前了。"

1929年7月的21日，是星期日，这天大部分狱警都休息了。晚饭刚过，一些狱警就聚在一起猜拳行令，有的开始打牌赌博。一切还都像往日一样，囚犯也自由了许多，囚室里偶尔传出一阵阵嬉笑声，甚至还夹杂着一两句骂人的话。每晚都会有两个狱警对各个囚室例行巡视,离熄灯哨吹响还有一会儿时间,走廊里就传来了开门声,两个狱警一前一后来到囚室,一间、两间,当他们就要到第三间的时候,走廊里响起了三下有节奏的敲门声,越狱的同志都明白,行动即将开始了。第四间囚室关着重要的犯人,两个狱警打着哈哈走了进来,嘴里说着客气话,正寒暄着,邓恩铭使了个眼色,早已准备好的王永庆和几个壮汉,打着哈哈走上前来,接着迅速出手,扬起手里的短棍把两个狱警打晕在地上。早有一人拾起地上的钥匙串去开其他囚室的门了。

王永庆身强力壮,他把棍子插在腰间的布带子上,架起邓恩铭就走。第二队是敢死队,夺下第一道门后,第二道门的狱警已经有了准备,他们大声嚷嚷着,刚把枪端起来,对面就抛来了一阵沙土和石灰,狱警猝不及防,一下子被眯住了双眼,接着又落下一顿棍棒,都被打得人仰马翻。

十八位中共党员刚冲出监狱大门,就分散开来,向远处跑去。监狱里顿时哨声大作,紧接着一队警察蜂拥而出,犹如一张大网,向四面撒去。邓恩铭身体虚弱,再加上刚又扭伤了右脚,虽有王永庆搀扶,可没跑多远,就已经大汗淋漓,气喘吁吁,再也迈不开步子了。远处传来一阵脚步声,接着就有人喊:"看到你们了,再跑就开枪了!"邓恩铭喘着粗气说:"永庆同志,其他同志都已经跑远了,你不要管我,要不咱们一个也逃不掉。"王永庆道:"我不能扔下你不管。"说着就蹲下身来:"快,我背上你!"邓恩铭不肯,王永庆把邓恩铭一把搂在背上,起身就跑。枪声响了起来,邓恩铭回头一看,在暗淡的街灯下,有几个警察紧跟在后面,边追边放着枪,子弹在身边乱飞。王永庆脚步越来越慢,邓恩铭着急地说:"快放下我,快放下我!"王永庆已经顾不上回话,喘着粗气,还是一个劲地往前跑。邓恩铭用尽全身力气,从王永庆的背上挣脱下来,他从口袋里掏出自己的路费,一把塞给王永庆:"把这拿上,我用不着了,你快跑!"王永庆急得声音都变了:"邓书记,我们死也要死在一起。"邓恩铭大声道:"王永庆同志,我们越狱是为了什么?还不是为了保存我们共产党的火种吗?你马上离开!"邓恩铭用力把王永庆推开,自己转身迎面走了过去。

王永庆看着邓恩铭瘸着腿走向警察,泪水一下子涌了出来。警察并没有因为逮住了邓恩铭而作罢,另外几个人对王永庆还是紧咬不放,王永庆跑着,见有一条小巷闪在眼前,转身拐了进去。不远处正亮着一盏马灯,近了才知是一个西瓜摊,有几个赤膊的汉子正在挑瓜,王永庆急忙蹲在摊前,正好卖瓜的老汉旁边有顶草帽,王永庆道:"这帽子好,我试试。"伸手就把帽子戴在了自己的头上,警察围上来,他们看了眼瓜摊,大声问道:"老头子,刚才有个人跑进了胡同,哪里去了?"老汉心里已经明白了几分,用手指了指:"往前跑了!"警察听了,又一路追了下去。王永庆摘下草帽,给老汉鞠了一躬:"大爷,谢谢您老了。"老汉拿起草帽又给王永庆戴在头上,轻声说:"快走吧,一路小心些!"

据史料记载,王永庆脱险后离开了山东,后担任中共大连市委书记,他在大连期间不仅发展了多名党员,还多次领导了工人大罢工。后竟被错误地划为"右倾分子"。虽然最后被开除了党籍,撤销了他的省委候补委员职务,可革命热情丝毫没减。1933年因汉奸出卖被捕,最后被敌人杀害。

十八位越狱者,最后只有武胡景、何自声、李宗鲁、蓝志正等八人脱险,而邓恩铭、纪子瑞、张福林、王凤岐等十人,其中包括第一次越狱没有成功的朱霄,陆续又被军警从外面带回了监狱,一个个都被打得皮开肉绽,第二天早上,监狱长刘强明就命人把这十人绑在了监狱院子里的木桩上，说是要暴晒三日，不给水喝不给饭吃。济南的七月，已是酷热难当，强烈的阳光照在他们身上就像被架在火上炙烤一样。邓恩铭咯血越来越严重，到了第二天上午，他就晕了过去。邓恩铭是要犯，刘强明知道他万一有个三长两短，上头肯定会怪罪他的，只得让人把邓恩铭从木桩子上解开，架回了囚室。

这些日子，纪子瑞一直照料着病重的邓恩铭，从昨日开始，邓恩铭就高烧不退，奄奄一息，纪子瑞见了，心急如焚，他扬起浓眉，对着门外的狱警破口大骂。狱警对纪子瑞有些打怵，堆着笑脸，说马上就报告上司。一会儿工夫，给送来了几片药。纪子瑞是山东胶南里岔人，早年在青岛四方机车车辆厂做木工。他疾恶如仇，好打抱不平，在工人中很有号召力，后来被邓恩铭发展为中共党员。纪子瑞比邓恩铭年长几岁，平日里都是像兄长一样关心着邓恩铭。

纪子瑞守着邓恩铭几乎一夜未眠，每隔一会儿就往邓恩铭嘴里滴几滴水。晚上下了一夜的大雨，到天亮时终于停了下来，慢慢云开雾散，一缕阳光透过窗户照进囚室，洒在邓恩铭惨白的脸上，纪子瑞伸手摸了摸邓恩铭的额头，已经退烧了，纪子瑞不禁一阵欣喜。邓恩铭微微睁开眼睛，刚要说什么，就发出一阵剧烈的咳嗽，一口鲜血从嘴里涌了出来。

行　动

1

1929年2月的上海，尽管已经是初春，虽然空气里还夹杂着一丝寒气。但马路两旁粗壮的榕树，在和煦的春风里，显得富有生机。路上很热闹，人力车夫为了生计，在一刻不停地奔跑着。王进仁是在夜幕降临时找到中共中央住处的,这位土生土长的崂山人,少小就在四方机厂学徒,出徒不久去了沧口钟渊纱厂(现青岛国棉六厂前身)打工。王进仁心灵手巧,很快就成了车间的技术能手,工厂主很看重他,给他涨了薪水,后来工厂主发现王进仁不仅参加了罢工,竟然还是工人的主心骨,担心他有朝一日会招来麻烦,就开除了他。

王进仁在去上海的途中,一路辗转,身上早已经分文全无,到了上海,为了填饱肚子,同时也是打探消息,他去了码头扛大包。有一天染病高烧,他咬咬牙还是又坚持上了码头,一件大包刚扛到半路,突然一阵头晕目眩,最后从高处跌了下来,一下子摔断了右腿。

从此以后,大上海弄堂里的人们,经常看到一个瘸着腿的青年人,身着破衣烂衫,在沿街乞讨,额头上凌乱的长发,几乎遮住了他的双眼。谁能想到,眼前这位面庞消瘦一脸污垢的乞丐,竟是中共山东省委临时负责人王进仁。他一边乞讨打零工,一边寻找党组织,晚上就露宿街头。

某一夜晚,当中共中央负责人周恩来向王进仁伸出双手的时候,王进仁又把刚刚伸出的手下意识地缩了回来,是啊,他的手太脏了,就像刚刚摸过灶膛一样。周恩来微笑着又上前一步,一把拉起王进仁的手紧紧握着说:"进仁同志,你一边讨饭,一边找我们,可真是不容易呀!"王进仁瘦长脸,本来就身体单薄,连日的艰辛奔波,让他的面庞瘦得更是如刀削一般,他望着周恩来亲切的笑容,像个受了委屈的孩子一样,泪水一下子涌了出来。

听完王进仁关于山东党组织的汇报,周恩来浓眉紧蹙,一时没有讲话,当听到王复元叛变革命的消息后,周恩来腾地站了起来,他大声说:"王复元兄弟二人的叛变,确实给我党带来很大损失,尤其是王复元,还是党内的腐败分子,为了党的纯洁性,我们更不能容忍,必须马上除掉这两个叛徒,否则,你们山东的党组织还会遭受更大的破坏,也不利于今后开展工作!"王进仁道:"这样最好了,请中央派人帮助我们。"周恩来点点头。

1927年大革命失败后,中共中央机关由武汉迁至上海,为了应付突发事件,保证党中央的安全,1927年11月,中共中央成立了中央特别行动科,简称中央特科,由周恩来直接领导指挥。1928年6月18日,中国共产党在苏联莫斯科近郊兹维尼果罗德镇"银色别墅"召开了第六次全国代表大会,会上,向忠发当选了中央政治局主席兼中央政治局常委会主席,周恩来当选为中央政治局委员、常委、常委会秘书长。7月11日,会议结束后,周恩来就动身返程,回到上海不久,他就马上着手成立了中共中央特别任务委员会(简称特委),原有的特别行动科归属特委,特委由向忠发、周恩来、顾顺章组成。特科主要任务是锄奸、搜集情报和派人潜入敌营等,下设总务、情报、行动、通讯四科,简称一科、二科、三科、四科。总务科就像今天一个单位的办公室一样,负责联络、后勤等事务,二科是情报科,由化名王庸的陈赓担任,陈赓的祖父陈翼琼是曾国藩麾下的名将,功夫了得,陈赓深得祖父家传,1925年东征陈炯明时,他当过蒋介石的侍卫。三科专门锄奸,被称为"红队"和"打狗队",科长就是后来变节投敌的顾顺章。周恩来当年曾以"伍豪"为笔名发表文章,在隐蔽战线的战斗中,他都以"伍豪"名义。这次,把暗杀王复元的行动命名为"伍豪之剑"。

为了除掉王复元,周恩来做了周密布置,他对陈赓和顾顺章说:"你们两个科务必配合好,确保万无一失。"顾顺章有点自负地笑笑,说:"一定手到擒来!"陈赓有些不屑地看了顾顺章一眼。周恩来很快就发出了锄奸命令,"伍豪之剑"高悬在了叛徒王复元、王天生的头上。

春节过后不久的青岛，年味还没有减多少，正月十五的红灯笼，悬挂在了家家户户的门上，紧接着，正月十六的庙会也开始了。崂山太清宫的下院海云庵，正面为大殿，东西两端配殿呼应，钟楼、鼓楼与那株粗壮的银杏树相映相衬，使这座建于明朝的古建筑更显得厚重肃穆。海云庵落成之初，开始还大都是附近的村民、渔民前来进香祈福，后也有了远方来客，而且人数每年剧增，久而久之，便有了远近闻名的海云庵庙会。

早饭过后，庙会就形成了阵势，海云庵被人潮慢慢包裹了。戏台子早在几天前就扎好了，这边唱的是即墨的柳腔，那边台上是高密的茂腔。民间杂耍你来我往，让各有喜好的庙客眼花缭乱。很多人都边走边看，还边啃着一串串用料不同的冰糖葫芦，冰糖葫芦是每年庙会的主要内容，有的在地摊上卖，还有的扛着冰糖葫芦，走着叫卖，那木棍顶端绑着一捆齐整的麦秸，上面插满了一串串摇摇摆摆的冰糖葫芦，小贩一路走，一路喊："冰糖葫芦了，冰糖葫芦了！"随着一声声有韵味的叫卖声，那棍子上方的冰糖葫芦也牵走了大人小孩的目光。红心萝卜也是每年庙会上的一道景观，皮有白的、绿的、紫红的、粉红的，切开了，都透着鲜鲜的红。

在茂腔戏台前的人群中，有几位汉子，一边吃着红心萝卜，一边在看着戏，偶尔还不自觉地四处打量几眼周围的面孔。其中一个身着长衫的人，身材健硕，头顶短发，一张轮廓分明的方脸膛，两条长眉，眼睛虽然不大，可炯炯有神。他就是中央特科三科的队员张英。

张英原名马宗显，1902年生于潍县。少时有一次跟着父亲从一家武馆前走过，刚好武馆师傅在门前喝茶，他看了张英一眼，就脱口说道："这小子真是块天生练武的料。"说着，他走上前来，也不管对方有什么反应，上来就押了押他的胳膊，又摸摸他的脚踝，最后说："小子，来我武馆吧，要不就可惜你这身板了。"张英正不知所措，他的父亲马上道："小子，还不快给这师傅跪下！"张英听了，就稀里糊涂地跪倒在地上。师傅这一句话，张英自此走上了习武之路，练就了一身好功夫。1923年寒冬，张英告别父老，成了西北军的一名新兵。训练不久，恰逢冯玉祥到此，那天天气昏黄，尘土飞扬，冯玉祥眯着眼睛对传令兵道："去，把里面那个最直溜的兵给我叫来。"传令兵顺着冯玉祥手指的方向看去，见新兵队伍里有的弓着腰，有的驼着背，都松松垮垮的模样，唯有一个兵，就像一棵挺拔的青松立在那里一动不动。传令兵跑到队伍前，把那个兵拽了过来。听说眼前的人是个大官，这兵更是抖起了十分的精神。冯玉祥围着他转了一圈，抬头问道："叫什么名字？哪里人？"张英胸脯一挺，大声道："报告长官，俺叫马宗显，是山东人！请长官训示！"冯玉祥一下子笑了："训示？好，太好了！"冯玉祥拍拍马宗显的肩膀："我看你这眉宇间有一股英气，还不如换一个名字，就叫张英吧！如何？！"马宗显愣住了："报告长官，男子汉大丈夫，行不更名，坐不改姓。"那传令兵急了，一脚就向马宗显踹去，马宗显稍一扭身，顺势飞起右脚，眨眼工夫，那传令兵就飞了出去，倒在了几丈开外。

冯玉祥一下子怔住了，随后仰天大笑，笑毕道："小子，还有两下子呀，你跟我走吧！"冯玉祥说完，扭头就走，刚走几步，又转过身来说："记住，以后别老是俺俺俺的，要说我。"马宗显说声是，不好意思地笑了。就这样，刚当兵没几日的张英，成了冯玉祥的贴身警卫。冯玉祥也是有意培养马宗显，不久就任命他为中尉排长下放到部队带兵，两年过后，他又派马宗显到苏联基辅红军军官学校骑兵班学习。临行前，冯玉祥说："好好学，别给老子丢脸，将来我就把骑兵队交给你了，这可是重任！"冯玉祥没有想到，马宗显到苏联不久，就加入了中国共产党。学成归来后,马宗显并没有回到西北军,而是直奔上海而去。周恩来见他武艺超群,又智勇双全,就让他去了中央特科三科。就这样,马宗显成了一名专门锄奸的红队队员,同时还负责周恩来的安全。为了开展工作,顾顺章让他起个化名,马宗显想起过去冯玉祥给自己起的名字,遂用"张英",周恩来知道后,说这名字对你来说名副其实。在中共山东省委临时负责人王进仁与周恩来会面的第二天,周恩来就把锄奸任务交给了张英。没出几日,张英和王进仁以及他的助手王昭功就乘船来到了青岛。

这天晚上,三人就和青岛市委书记王景瑞见面了,简单寒暄过后,王景瑞说:"张英同志,目前青岛还在北洋政府手里,王复元的手一时还没有伸过来,估计这里马上就是国民党的了,到时候他很快就来了,咱们先做好准备,等他一到,咱们就关门打狗!"张英道:"他一时不过来,咱们就多一份损失,我们还是赶到济南吧,来一个上门打狗!"王景瑞道:"马上就逢海云庵庙会了,王复元很喜欢高密茂腔,听说他还要带着一个女人来听戏呢。"张英道:"这是一个好机会!"张英说着看了一眼王景瑞,又接着说:"我们出发前,为了路上安全,都没有带家伙过来,得想办法搞几支。另外,我们还都不认识王复元呀!"张英话音未落,站在王景瑞身后的一位长相俊朗的年轻人马上道:"我认识他!"王景瑞点点头:"对,王复元是他的入党介绍人。"

这位年轻人叫徐子兴,即墨大吕哥庄人,生于1899年1月,是中共青岛市支部委员。他浓眉大眼,双目中透着一股灵气。张英不禁多打量了他几眼。王景瑞说:"让他配合你们行动。"张英一把握住了徐子兴的手说:"子兴同志,这太好了!"王进仁说:"我们要尽快行动!"

张英、徐子兴他们在海云庵庙会上转了几天,可是一直没有发现王复元,王昭功对张英说:"我先回济南摸摸他的行踪吧,狗是改不了吃屎的,他肯定要出来活动。"张英同意王昭功的想法,说:"对,这样也为咱们下一步的行动计划有个准备。你一定要小心,王复元对咱们的一举一动太了解了。"

其实,王昭功是中共山东省委的保卫干部。他1903年出生在潍县(今潍坊市奎文区)茂子庄村,后来考上了济南省立甲种商业学校,读书期间就经常参加共产党组织的秘密活动,毕业后回到家乡开展革命工作。王昭功敢打敢冲,有一股子虎劲,在当地百姓中很有声望。大革命失败后,中共潍县地委执委建立了革命武装,王昭功成了赤卫队的大队长,他带人砸过税局子,在一个月黑风高之夜又把地主王全干打死在床上,还顺手拿走了他压在枕头底下的手枪。王全干是国民党的铁杆,他的死很快震惊了整个潍县。后来,中共山东省委选拔保卫干部,刘子久点了王昭功的名,于是他就去了济南。王昭功前脚刚走不久,国民党的潍县县长就派人抓走了他的父亲和两个弟弟,最后王昭功的父亲被枪杀在狱中。王昭功得到消息的时候,正在上海接受中央特科三科的锄奸训练,听到这一噩耗,对着家乡方向磕了三个响头,直磕得鲜血淋淋。随后不久,他就随张英回到山东执行锄奸任务。

2

傅书堂是在一个春寒料峭的夜晚离开高密的。那天晚上,站在院子里的傅书堂,抬头看看夜空中的那轮明月,对妻子李淑秀道:"月亮越来越圆了。"说完他沉默了一阵,又声音低沉地说:"我这一去,至少得有个几年。"李淑秀听了,心好像被丈夫的话狠狠拽了一把,她看着夜空,月光落在她脸上,她又低头看看襁褓里的婴儿:"孩子他爹,你就放心走吧,这家交给我。"说着她声音有些变了,一下子把脸贴在了襁褓上。

院子里一下子静了下来，傅书堂看看父母，扑通跪在了二老脚下，他磕了几个响头，站起身来，对弟弟妹妹们说："照顾好咱爹咱娘！你们要好好跟着共产党走下去，再苦再难也要永不变心！"

在高密北关一带，甚至更大的范围内，打铁锔盆的傅家是有些名声的，外人都叫傅家为"傅锔炉子"，谁家有打铁锔盆的事项了，都会说："去傅锔炉子吧！""傅锔炉子"成了傅家的代名词。傅书堂并没有打算继承祖辈传下来的衣钵，父亲傅炳勋对此耿耿于怀。1919年春天，14岁的傅书堂高小刚毕业没几日，就在父亲的呵斥声中跑到了高密火车站找活干了，工头看他还小，就把他派到了车头房，车头房聚了一帮像他一般大小的孩子，还有摞得一人高的盆子，他们这些人是专司擦车的。每到了擦车的时间，孩子们就人手一盆一布，盆里还盛着水，接着一窝蜂似的拥上去，等散去后，车皮就擦得锃亮了。傅书堂力气大，勤快聪明，还关心小伙伴，不久就成了领头的。他和邓恩铭一见如故，不久邓恩铭就介绍他加入了共产党。1925年春天，胶济铁路工人全线大罢工不久，又发生了青岛日商纱厂大罢工，领导人就是邓恩铭、李慰农和傅书堂等人。罢工受到镇压后，5月1日，傅书堂到广州参加中国共产党举行的首次全国劳动代表大会时，向时任中华全国总工会副委员长的刘少奇报告了青岛的工运情况，刘少奇听了很高兴，对他说："你们的经验很好，将来你们还要发动更多的工人加入到我们的队伍中来。这次我跟你到青岛去，看看你们那里的形势。"傅书堂听了非常高兴。

大会一结束，刘少奇就与傅书堂到了青岛。富有斗争经验的刘少奇很快就察觉到了笼罩在青岛上空的火药味，但也为这里工人斗争的热情而振奋。时隔不久，军警砸碎了挂在各工会门前的牌子，在刘少奇的领导下，青岛纱厂工人遂举行第二次罢工。傅书堂率领四方机厂

1700多名工友发起了游行，队伍举着牌子喊着口号，如长龙般一路到了中山路大窑沟，胶澳（青岛）警察厅长陈韬带一干人马拦住了游行队伍，陈韬举着枪吼道："谁要是冲过去，我就让谁丢了吃饭的家伙（脑袋）。"面对黑洞洞的枪口，工人放慢了脚步，傅书堂高大威猛，外号叫傅大杠子，他不信邪，几步就走到了陈韬的面前，瞪着眼站在那里犹如铁塔一般。傅书堂挥手高声喊道："你们和日本人一个鼻孔喘气，和日本人穿着一条裤子，还有那北洋政府，都一块来欺负中国人！我们工人拼死拼活地干，到头来养家糊口都很难，我们都强烈要求涨工资，这有错吗？我们工人是人，不是牲口！"大家都跟着喊起来："工人是人，不是牲口！工人是人，不是牲口，承认工会！给我们涨工资！打倒军阀，打倒帝国主义！"陈韬吼道："傅书堂，我告诉你，张宗昌张督办说了，出头的橡子先烂，出头鸟就要先打！"陈韬话音刚落，有个警察冲上前来抡起警棍劈头盖脸砸在了傅书堂的头上，傅书堂顿时血流如注，其他几个警察架起傅书堂就往警车里拉，工人纠察队队长纪子瑞见势不妙，喊了声"警察打人了"，带着人拥了上来，双方你来我往，最后工友又把傅书堂给抢了回来。是军阀张宗昌勾结日本人镇压了这次工运，酿成了史上有名的"青岛惨案"。被王尽美称为"工人运动好苗子"的傅书堂，一时无处藏身，只得在一天夜里潜回家乡高密，后来跟着父亲以打铁为掩护，继续从事革命活动，不久就成立了高密县党组织，傅书堂担任党支部书记。

傅书堂走后没几天，一位叫丁惟尊的年轻人来到了傅家。丁惟尊是日照县（今日照市）人，早年跑到青岛求学，在青岛职业中学毕业后不久，就被高密火车站录用了，成了一名铁路工人，那时候，共产党在高密火车站比较活跃，常带着工人搞一些运动。这年丁惟尊刚刚20

岁,自己一人独身在外,形影相吊,倍感孤单,他也加入到了运动中,每天下来,感到很充实,慢慢就对革命有了热情,王复元来高密时,见丁惟尊聪明精干,又有一股子革命劲头,就介绍他加入了中国共产党。傅书堂在高密开展活动时,丁惟尊也很积极,是傅书堂家里的常客。每次见了李淑秀,他的嘴都很甜,一口一个大嫂地叫着。李淑秀见丁惟尊上门,很高兴,急忙倒了碗热水,端到他面前,问道:"俺孩他爹咋样了?"丁惟尊高兴地说:"嫂子,你放心吧,他已经安全离开了!"李淑秀长长舒了口气:"这些日,俺的心都一直悬在半空里,这下可好了。"丁惟尊道:"是组织专门让我来告诉你的,另外,还交给你一项任务,要把这两支手枪送到青岛去。"丁惟尊说着,从后面腰里摸出两支匣子枪来。李淑秀点点头,把枪放在了被子下。丁惟尊沉默了片刻,搓了搓手,低声问:"大嫂,玉真不在家吧?"李淑秀看着丁惟尊,突然意识到了什么,笑着说:"她还没下工呢。"丁惟尊端起水喝了几口,不好意思地笑了。

3

傅书堂妻子和弟弟妹妹都是在傅书堂的影响下支持革命的,大妹傅桂兰,二妹傅玉真,三妹傅秀云,还有弟弟,都是傅书堂的好帮手。特别是傅玉真,胆大心细,行事果断。傅书堂的父亲傅炳勋虽大字不识几个,但在子女念书上却从不含糊,他对子女们说:"你们只要脑子开窍,我砸锅卖铁也供你们读书,可你们要是像咱家猪圈里追不肥的猪,那我也没办法了。"玉真上完小学后,本想继续读下去,可傅炳勋再也无力供养,玉真见无所不能的父亲也没了主意,不禁伤心大哭,最后只得辍学。穷人家没有闲人,玉真为了给家里分担困难,13岁就到网子作坊里打工,有时体力不支,手脚慢了就被工头揪住辫子摔到门外。有一次,刚从青岛回到家中的傅书堂见妹妹鼻青脸肿回来,不禁大怒,赶到作坊把那个瘦脸工头结结实实地揍了一顿。玉真第二天一大早再去上工的时候,才知自己已经被开除了,她一下子哭倒在地上。

傅书堂回到家乡不久,傅家就成了高密党组织的活动中心。玉真除了站岗放哨,夜里还跟着哥哥一起刻蜡版印刷宣传单,半夜里又和姐姐桂兰一起去贴传单。高密大集人气很旺,十里八乡的人都来。每到大集的前一晚,玉真就把埋在后院里的传单取出来,用两个包袱包了,姐妹二人一人挎一个包袱披着夜色赶到集市上,分头把传单贴到树上、墙上,还有每一个角角落落里。第二天,满集市的人就看到写有各种内容的宣传单了。有一天,傅书堂带回来一本《共产党宣言》,他对玉真道:"小妹,这本书是教给人革命道理的,前些年王尽美来青岛的时候,就专门讲起过它。可这书太少了,咱们印一些。"玉真接过书端详着,思忖片刻道:"这书有点大,放在身上不好藏,咱们把它印成巴掌大小,口袋袖子里都能装,多好!"傅书堂摸摸玉真的头,哈哈笑道:"真是个鬼丫头。"当时,山东《共产党宣言》的油印版,就出自他们兄妹之手,刘少奇来青岛的时候,傅书堂还专门送给他一本。不久,青岛的共产党员,每人都拿到了《共产党宣言》的油印袖珍本。

1927年,十六岁的傅玉真已经出落成了亭亭玉立的姑娘,一笑一颦,浑身上下散发着青春的气息。丁惟尊每次到傅书堂家,都会多看玉真几眼。玉真也感觉到了这个年轻人火辣辣的目光,她的心里荡漾着一阵阵甜蜜。

就在这一年,傅书堂当上了中共山东省委常委,还兼任着工人部部长,为了协助傅书堂,李淑秀和傅玉真也一同到了济南。傅书堂在普利门外大窑后专门租了一处房子，门口右首挂一牌子，上书"张公馆"。这时候，傅书堂已经化名张山峰，当了车队队长。傅玉真见了，就和他开玩笑："哥，你不是常说行不更名坐不改姓吗？要是让咱爹知道了，他不打你才怪？"傅书堂哈哈一笑道："为革命死了都无所谓，还怕改姓？爹不会生气的！"在这期间，玉真负责送情报，李淑秀专门保管文件、枪支。每次有情报传来，玉真拿了个棉花棒蘸了药水一抹，空白的纸上就显出一行行文字来。

姑嫂锄奸

1

1929年的3月，惊蛰过后没几天，民间俗称的二月二龙抬头就到了。这天早上，李淑秀和玉真就迎着温暖的朝阳登上了开往青岛的火车。小脚的李淑秀怀抱孩子，同样是小脚的玉真提着点心盒子。火车开动了，先是慢吞吞的，出站后打着响，跑得越来越快。玉真探出头看了看，火车像条长龙一样行驶在原野上，窗外的树木一晃而过。田野上的麦苗也已经返青了，春天的脚步也像眼前的火车一样，在人们不经意间加快了步子。这是姑嫂二人第一次坐火车，惊奇中又感到新鲜，她们一路说说笑笑，偶尔玉真那双美丽的眼睛还向身旁和过道瞟几眼。

路途并不遥远，目的地在人们的春困中到了，都是约定的车次和时间，当傅玉真和李淑秀走出车站的时候，徐子兴就笑吟吟地迎了上来，嘴里喊道："弟妹、玉真！"大家握了握手，徐子兴若无其事地接过了玉真手里的点心盒子。玉真低声问："大哥，咱们去什么地方？"徐子兴指了指不远处的几辆人力车说："车都等着咱们了，坐车过去。"

人力车拉上三人，一前一后飞奔而去，行至四川路一小院，车子停下来，徐子兴先下了车，伸手把钱递给车夫，又向为首的那个车夫使了一下眼色，就带着姑嫂二人走到一处房子前，他打开门，大家走了进去。徐子兴道："这是刘子久同志让我给你们租的房子，生活用品都准备好了，从今以后你们就住在这里吧，特务已经盯上了你们的家。"玉真点点头，打开点心盒子，两把匣子枪露了出来。

夜晚，月明星稀，处在城市边缘的四川路，寂静一片，远处偶尔传来几声零散的鞭炮声，这可能是那些调皮的孩子过年攒下来的鞭炮，如今又拿出来放了。这时，几个男子来到了四川路玉真的住处，前边的人轻轻敲了三下门，声音一长两短，门开了，大家闪身而进。

来人是中共青岛市委书记王景瑞，还有张英，大家还没说几句话，门又响起了，玉真急忙打开门，徐子兴和一个年轻人跨了进来，玉真觉得他有些面熟，正看着，这位年轻人笑着说："老乡，怎么忘了？中午的时候你可是坐过我的车呀！""是你呀！"玉真扑哧笑了。徐子兴也笑笑，说："他叫田泗，是高密人，还是你的老乡呢！"玉真点点头，急忙给大家倒水。徐子兴坐下后就对王景瑞道："刚刚得到的消息，王昭功被特务抓住了，还有一位是省里的同志，最近王复元很猖狂。"张英闻言，从凳子上一下子站了起来："没想到王昭功同志这么快就被他抓住了，看来王复元真不是吃干饭的呀，他一时不来，我们就上门去找他，必须尽快除掉这个大叛徒！"

王景瑞听了徐子兴的话，抽了口烟，看着张英道："看来你得尽快赶到济南去了，王复元这对兄弟一日不除，我们随时都有损失。"说完，王景瑞转身对淑秀、玉真说："现在那边查得很紧，只有夫妻才能租房住上客栈，为了能够顺利除掉叛徒，得找一位女同志和张英扮成夫妻一起去完成这个任务。"王景瑞说着,目光落在了玉真的脸上。玉真看看王景瑞,脸一红,道:"王书记,要是你们觉得我合适,我就去,绝不含糊!"王景瑞摇摇头:"本来是有这个打算的,可你站在张英面前更像个小妹妹。"说着,他看了张英一眼。张英点点头:"是这样!"玉真一听急了:"那可怎么办?"李淑秀突然道:"对了,俺们家的桂兰合适,让桂兰去吧,她个头高,身子也比玉真粗,肯定和张同志般配!"玉真拍拍手,连声说道:"对,对,她还行,我怎么一时没想到呢,明天我就回去把她叫过来。"

王景瑞看了张英一眼,笑笑,说:"这样就太好了!"

张英对玉真说:"那就辛苦你跑一趟了,你姐姐会同意吗?"玉真道:"她肯定同意,我们虽然不是党员,可也是革命的积极分子呢!"

玉真回到高密叫姐姐傅桂兰的时候,并没有告诉她给张英当妻子的事,玉真知道,姐姐面皮薄,害羞,有时候被男人看一眼,脸就能红上半天,要是知道让她去干这事,也许说什么都不会跟着她走了。

在这天晚上,当这个叫傅桂兰的姑娘被几个男人上下打量的时候,竟然窘得一时不知该怎么办才好了,她先是两手交织在一起搓揉着,后又把背上那条黑油油的大辫子拽到胸前扯来扯去的。王景瑞见她这样,笑笑说:"桂兰同志,你不要紧张,也不要害羞,玉真都和你说了吧?"桂兰一时没明白王景瑞说的是什么,就摇摇头。玉真扑哧一声笑了,说:"让你给张英同志当老婆呢。"桂兰脸色一下子变了,瞪着玉真道:"在人家面前,你这是胡说什么呢?"王景瑞见是这种情形,知道桂兰还不知就里,就对她说:"桂兰同志,张英同志是中央派来执行锄奸任务的,王复元叛变后,出卖了我们很多的同志,这里面就包括你的哥哥,如果不把他尽快除掉,会有更多的同志受到伤害。"说到这里王景瑞停顿了一下,又接着道,"刚才玉真同志说得不准确,可不是让你去当张英的妻子,是假扮他的妻子,当然了,要一定装得像,越像越有利于完成任务。你还有你的嫂子、妹妹虽然都不是党员,可这些年一直都在帮着我们做事,我代表党组织感谢你们!"

桂兰看了张英一眼,欲言又止,脸一下子变得绯红了,她低着头一时没说话,玉真急了,说:"姐,平日里干革命你可是很积极的,怎么这回就不干脆了?可真有你的,是让你去当假老婆,又不是真的!"桂兰照着玉真的胳膊拧了一把,疼得玉真直吸气。

张英见状说:"我看也不要难为桂兰同志了,我们再想想别的办法。"

桂兰听了,一下子抬起头,含着眼泪说:"我去!"

2

1929年4月的一天,张英和化名单娟的桂兰到了济南,人力车拉着这对年轻人一路向前赶着。春风已经吹绿了马路两边的杨柳,张英身着长衫,戴着礼帽,桂兰搭在背上的那条粗黑的辫子不见了,脑后绾了一个大大的发髻,一看就是个刚刚出阁不久的新媳妇。人力车拐进一条街后,跑了没多远,就在悦来客栈停下了,二人下了车,走进客栈里。孤男寡女独处一室,桂兰既紧张又害羞,一时不知该怎么办才好,张英显得也有些局促,但很快就平静了一下,他倒了一杯水放在桂兰手上,轻轻说:"桂兰,你不要紧张,你就是我的妹妹。"桂兰看看张英,眼前这个粗壮的男人朴实亲切,眉眼中还带着笑,就像自己的哥哥傅书堂一样。在张英转身忙着开箱子的时候,这个还待字闺中的少女不禁偷偷打量了他几眼。

清晨，窗外的鸟叫声越来越多，也越来越响亮，桂兰一觉醒来，发现躺在地板上的张英已经不在房里了。这个时候，张英已经早早地来到了济南剪子巷铁匠铺，正和一位粗壮的汉子说着话，那汉子叫赵大锤，是张英村里的，赤着个上身，脖子上还挂着件厚厚的围裙。他一边抽着张英给他的烟，一边伸出铁钳从炉火夹出一截烧红的铁块放在铁砧上，旁边的徒弟扬起大锤就砸了起来，那声音在寂静的早上格外刺耳。

赵大锤敲着小锤，就像是给徒弟伴奏一样，手在忙活，可嘴也没闲着，他说："兄弟，听说我来济南没几年你就当兵走了，算算时间也不短了，你爹你娘肯定也天天念叨你呢，弟媳一个人在家操持着日子不会容易的，这兵就不当了？回家看看了没？过了这些年，我老家也没什么人了，也就没再回去，多年没见老家的人了。"张英沉默了片刻说："铁打的营盘流水的兵，不当了，我这刚从外边回到咱山东，还没回去呢，有时候想一想，真对不起他们。"赵大锤放下锤子，又说："该回去看看了，这日子一晃就过去了，可别留下遗憾。"张英说了声是，又递给赵大锤一支烟，赵大锤用火钳点了，美美吸了一口说："我在济南待了好多年了，也多多少少认识几个人，有啥让大哥帮忙的，你就开口！"张英笑笑说："大哥，这些年我在外面漂泊够了，还是觉得咱们山东好，以后就在济南落脚了，你弟媳也从老家来了，我琢磨着得抓紧寻条生计了，现在还没地方住，就打算租个房子，可到处盘查得紧，没有担保的不行。"赵大锤向掌心吐了口唾沫，又抡起了锤子，嘴里说："这国民党不是善茬，弟妹要是不来，你住不下，房子也没敢租给你的，就是这样，还得有个坐地户担保呢。兄弟，你别为难，大哥给你当这个保，这点事我要是办不了，就白在济南城混了这些年了。"说完，他扯起围裙擦了把汗，徒弟则夹起那截被锤打过的铁块伸进水桶里，只听"刺"的一声，一股白烟蹿了上来。

赵大锤给张英写好了保书后，张英就离开了剪子巷，接着又去了几个地方，下午才回到了悦来客栈，他敲了敲门，门开了，他刚走进去，一张大网就把他突然罩住了，接着上来几个大汉把他扑倒在地上。张英面对猝不及防的袭击，一时有些蒙了，他挣扎着抬起头，周围站着数个便衣和军警，桂兰也被绑了，嘴里塞着枕巾，双眼含着泪，脸都憋红了。张英立刻明白了什么，只是他想不到自己这么快就被捕了，这是才到济南的第二天呀！领头的特务松了一口气，笑着说："王队长说你是一个会飞檐走壁的人物，没想到一张渔网就把你擒了！为了拿你，费了我们多少心机呀！"

张英自然不知道，就在昨天下午，王复元就带着"捕共队"的队员直奔纬七纬八路间的八卦楼省委秘书处去了，省委秘书张子英正在急急忙忙地焚烧文件，门被撞开了，特务一头闯了进来，他们见地板上正燃烧着一堆纸，立刻明白了什么，急忙冲上前去三脚两脚就把火踩灭了，特务伸手拿来一根棍子在火堆里翻腾了几下，从里面找到了一张纸条，上面是张英来济南的时间和悦来酒店的房间号。特务在房间里又翻腾了一阵，见再没有什么有价值的东西，就押着张子英走了。王复元看到这张纸条时，不禁仰头大笑，得意扬扬。

看来，张英就是被王复元按图索骥找到的。

张英和傅桂兰被五花大绑地押出了悦来客栈，周围是很多看热闹的人。桂兰的发髻在挣扎时散了，长发披在了肩上，被迎面而来的春风缭乱了。警车把他们一路送到了济南三元宫看守所，国民党济南党部主任黄僖棠闻风赶来，马上提审了张英，张英被上了手铐脚镣，站在那里冷眼看着，一言不发。

黄僖棠笑了笑，让身旁的女秘书给张英端来了一杯茶水，张英也不客气，接过来一饮而尽。黄僖棠慢悠悠地说："你是周恩来身边的人，我们不会为难你的，只要一五一十地好好交代，今晚你就自由了，往后就留在我们济南党部，要什么有什么，绝对不会亏待你的。"张英大笑，大声说："你真是狗眼看人低呀！我马宗显是个一口唾沫砸一个坑的汉子，岂能受你蛊惑！"黄僖棠阴下脸来，跷起着二郎腿说："马老弟，你还年轻，来日方长，千万不要感情用事！"

黄僖棠命人把张英又关进了牢里，接着又来到了另一间屋子，一个看守正朝桂兰吼着："还不快招，是不是又想吃鞭子了？"黄僖棠看了一眼桂兰，马上道："胡闹，这么漂亮的一个女人你们也下得去手？"警察局长郭大鹏走到黄僖棠身边，悄声对他说，刚刚才抽了几鞭子，就疼得不行了，估计再来几下就招了。黄僖棠听了，喜上眉梢，慢悠悠地走到桂兰身边说："这就对了，一个女人家怎么能跟着共产党起哄呢？"说着他和善地问桂兰："你叫什么名字呀？"桂兰道："单娟！"黄僖棠又问："这个共党分子是你什么人？"单娟说："他是俺男人！"黄僖棠干笑几声说："你没有说实话，还有，只要你交代出共产党的重要分子，马上就放了你，我也看出来了，你只是受共产党一时蛊惑听从他们摆布的，对你们这样的人，特别又是女人，本党是区别对待的。"单娟带着哭音说："他就是俺男人，他不是共产党，俺也不知道你说的重要分子是什么。"黄僖棠生气了，说了声嘴还很硬呀，接着用力一挥手，一旁的看守心领神会，他把鞭子伸进水桶里泡了又泡，接着又抽出来在空中甩了几下，一声声噼里啪啦的闷响从桂兰头顶上滚过，鞭子上的水被抖落下来，纷纷落到桂兰的头上、脸上和身上，桂兰捂着脸，惊恐地大叫着，一股液体从桂兰的裤腿里流了出来，黄僖棠看在眼里，喜在心里，他皮笑肉不笑地说："小姑娘，看你细皮嫩肉的，怎经得起这蘸了盐水的鞭子抽呀，早交代了早免于皮肉之苦呀，否则连命都没有了。"旁边的一个叫宋子文的看守，一直冷脸看着桂兰。桂兰低下头沉默一会儿，又抬起头来说："俺都说了，他就是俺的男人，他不是共产党，俺也不是，其余的俺什么都不知道。"黄僖棠眼一瞪，大着嗓门说了声打，那看守早就按捺不住了，一鞭就抽在了桂兰的背上，桂兰发出一声尖厉的惨叫。一下、两下，鞭子像密集的雨点一样落在桂兰的身上，一会儿工夫，桂兰已是皮开肉绽，鲜血染红了她的衣裳，她慢慢晕了过去。宋子文揉了揉眼睛，转过身去。

一盆凉水又浇醒了桂兰。

黄僖棠又让她说，桂兰一声不吭，她头垂在胸前，头发散乱在脸上。"给我继续打！"黄僖棠狠狠说完这话，先抬脚走了。宋子文看了一眼黄僖棠的背影，低声对郭局长说："我看这女人胆子很小，刚才尿都吓出来了，这么打都不开口，看来她确实什么都不知道，要不早就招了！"郭局长抬眼看看桂兰，点点头道："我看也是，共产党是拿着这个女人打掩护罢了。"说完他摆摆手，又吩咐道："先关起来再说！"

三元宫看守所终于在夜色中慢慢平静了下来，张英坐起身来，摸着伤痕累累的胳膊，抬头看着窗外，外面月色皎洁明亮。看守来给他送饭了，张英复又躺在地上，故意发出一声声痛苦的呻吟，看守把碗放在牢门前，看了张英一眼说："起来吃饭，你要是早招了，还能受这份罪？！"张英不说话，还是大声"哎呀"着。到了半夜，张英说肚子疼，喊着要出去大便，看守走过来哼了几下鼻子，眼也不睁地说："你他妈的怎么这么多事？！"张英道："管天管地，你小子还管人拉屎放屁了？你再不开门我就把屎拉到里面了！"说着，就要去解裤腰带。

狱警听了，睡意全无，几步就赶到了门前，说："娘的，你真是个活宝，快去快回！"

门开了，张英扶着墙壁一步步向外挪着，嘴里说道："兄弟，我被你们打得走不动了，你就不能扶我一把吗？"看守眼一瞪："啥？你怎么不说让我找顶轿子抬着你去呢？"张英叹口气："再慢了就拉到裤子里去了。"说着，步子就快了。张英走进院子，回头看看，那看守正站在远处抽烟，嘴里还哼着小曲。

张英虽受了一些刑，可凭着他深厚的内功，并没有伤着筋骨。他到了墙角，没有解腰带就蹲在了地上，接着伸手从鞋底摸出一根铁丝，几下就捅开了脚镣，转眼间又打开了手铐。他深吸了一口气，一个旱地拔葱，飞身跃上了院墙，眨眼工夫就落到了墙外。

等张英跑出了很远，三元宫庙内才传出一阵尖厉的哨声。

他仰首看看天空，月明星稀，他松了一口气，又大步向前赶去。

据当年参加审讯张英和傅桂兰的地下党宋子文回忆："张英是条响当当的硬汉子，怎么打也宁死不开口。我好像记得光用杠子就压了他三次，还灌了不少辣椒水。他是个练家子，要不后来就枪毙他了。尤其让我敬佩的是那个叫单娟的同志，开始她很害怕，都吓哭了，疼得也不停地叫，我担心她撑不住会招的，可没想到她还是经受住了考验。后来听说她叫傅桂兰，傅书堂的妹妹，还不是一名党员。"

张英当夜就赶到了赵家铁匠铺，赵大锤见他衣服破了，上面还有血迹，不禁吃了一惊，急急地问他："兄弟，你这是咋了？"张英说："大哥，我落难了，今晚得在你这地方住一夜，明天我就离开。"赵大锤道："看你这一身伤，怎么会是这个样子？"张英说："和一帮人谈生意没谈拢，就动手了，没关系，都是些皮肉伤。"赵大锤道："我这里还有点治皮外伤的药，先抹上点，明天咱们再想办法。"第二天上午，赵大锤找来了郎中，给张英处理了一下伤口，重的地方又给他做了包扎。等郎中走后，张英道："大哥，我得尽快离开济南，来日咱们再见。"赵大锤赶忙让老伴给张英找了身衣服换上，又塞给他几张票子，送张英走了。

3

1929年4月末，刚刚返回青岛没几天的张英，在李村路得胜里见到了王景瑞，张英面色苍白，还没说几句话，就从凳子上歪倒在地下。王景瑞急忙把他扶到床上，问："张英同志，你这是怎么了？除掉王复元了吗？"张英叹口气道："说来惭愧呀，我和桂兰刚到济南的第二天就被捕了，最后我从他们的看守所里逃了出来，也不知桂兰现在怎么样了。因为我的大意，没能除掉王复元，还连累了桂兰同志，请组织上处分我吧。"王景瑞说："张英同志，你先不要自责，我看你身体很虚弱，得先抓紧找个地方给你养伤，听子兴同志说，你逃出来后，济南、青岛两地的特务和军警都在搜查你，医院是不能去的了。"

王景瑞沉思片刻道："另外，不知桂兰姑娘能不能过了这一关呀？你被打得这样，她恐怕也轻不了呀！"王景瑞皱起了眉头，看了一眼张英说："我们不能不做最坏的打算，万一傅桂兰顶不住，我们还会有损失的。这样，先把她的嫂子和妹妹转移了，其他同志也都要注意些。"

两人正说着话，外面传来了敲门声，响了三下，接着又是猫叫声，一长两短。王景瑞一下子站起来，高兴地说："是王科仁同志来了！"王景瑞说着，急忙打开屋门，两位老朋友的手紧紧握在了一起。

王科仁是青岛浮山后村人，与王进仁是同村，王进仁还是王科仁的入党介绍人，后来王科仁被调到中共山东省委担任交通员。看来他有急事，跑得满头大汗的，还没坐下他就急急忙忙地说："景瑞同志，我是来传达省委指示的。"他咕咚咕咚喝了几口水，又对王景瑞道："组织决定让你到淄博工作，要尽快动身，你走后，先由曹克明代理书记。再就是根据情报，王复元近期就要来青岛了。"王景瑞说："科仁同志，我会尽快赶到淄博的。国民党马上就接管青岛了，这个叛徒无缝不钻，他也该来了。"躺在床上的张英高兴地道："兔子敲门，送肉来了，太好了！"王景瑞说："你先抓紧把身体养好了再说。"说到这里，他扭头对王科仁道："张英同志受伤了，我们正打算给他找个地方养伤。"王科仁笑了："他受伤的事省委也知道了，我这次过来，也是说这事的。我有个姐夫，在金指一郎家做饭，把你送到他家养伤如何？这日本人也喜欢中国武术，他肯定会同意的！"张英有些疑惑："金指一郎？"王景瑞道："他是邮政局局长，这太好了，藏在他家也安全！"王科仁道："省委书记刘谦初同志让我给张英同志当助手，争取早点除掉这个叛徒！"说到这里，王科仁面色沉重下来："听打入敌人内部的同志说，傅桂兰同志最后还是撑住了，什么都没有说，最后竟被警察局的局长送到了他的老家诸城，说是给他的瘸腿儿子当媳妇，这小子太缺德了！"张英听了连声说："我对不起她！对不起她！"说完一阵哽咽。房里静了，大家再没有说一句话，只是都感有一股说不出的难受滋味涌上心头。

  王景瑞到淄博还没几个月，就遭到国民党特务的逮捕，之后在济南被关押了五年，后因病重被家人保释出狱。这时他已经与党组织失去了联系，身体刚见好后，他就拖着病体四处寻找党组织，他对家人说："傅桂兰不是党员都能挺住，何况我还是个男子汉大丈夫呢！要是我叛变了，找个地方躲起来了，将来傅桂兰知道后会怎么想？！"

王景瑞不知，就在他1933年初寻找到党组织并恢复了党籍的时候，那个远在诸城的女子傅桂兰，已经化作了田野上的一座芳冢。

新中国成立后，已经担任轻工业部办公厅副主任的王景瑞，对家乡党史办的来人说："我这一辈子最对不起的就是傅桂兰同志，她太可惜了！"说完这话，王景瑞已是泪流满面。

金指一郎就住在青岛八大关一处独门小院里，这天中午，身着日本和服的金指一郎对张英的到来有些疑惑，他觉得眼前这位英气逼人的年轻人背景应该不简单，一时有些犹豫，王科仁的姐夫曲学尧见状急忙指着旁边的王科仁说："局长，这位兄弟是我小舅子介绍来的，自己人，错不了。另外，他也是个练家子，你不是让我找一个这样的人吗？我正四处打听着，人就上门了，这就是来得早不如来得巧。前些日子他跑生意受了点伤，等他养好伤你们切磋一下。"金指一郎闻听，很高兴。一边说着幸会，右手突然伸了过来，张英明白他的用意，胳膊一挡，用指头弹了一下他的手腕，金指一郎疼得嘴角都歪了，张英又顺势握住他的手道："还请局长多多关照。"金指一郎这一探，知道张英的功夫绝不是皮毛，立刻眉开眼笑，说："您就安心住下来吧，以后咱们好好切磋一番。"就这样，张英留在了这位日本人家中。王科仁也时常相伴左右，跟着张英学到了一些功夫，手里的双枪也能百发百中。张英对他说："你很有悟性，锄奸的时候能派上用场了。"王科仁听了，双手一抱道："谢谢师傅！"两人相视一眼，哈哈大笑起来。

绵绵的细雨已经连续下了三天，这个季节本来就潮湿。青岛，现在变得就像刚从大海里捞出来的一样，到处都湿漉漉的，那些用石板铺就的旧街道，泛着青色，好似长出了青苔一样，王景瑞就是踩着这样滑溜溜街道走上大马路的，随后他很快离开了雨中的青岛，向着他新的工作岗位而去了。王景瑞刚走没几日，王复元就带着随从来到了青岛。作为原中共山东省委组织部部长的王复元，自然知道，青岛一直是共产党活动频繁的地方，只是，在这座各种力量交织的殖民城市，他的手迟迟没敢伸过来，国民党从日本人手里接管青岛那天，王复元心花怒放，他对哥哥王天生说："大哥，我做梦就等着这一天了，从今以后，青岛也是咱们的天下了，咱们随时能去，也随时能走，让青岛的共党分子尝尝咱们兄弟二人的厉害吧。"

王复元还没出站口，右手就贴在腰间，他知道，对这座复杂的城市，自己还不能掉以轻心，共产党随时随地都会要自己命的。他瞪着那双小眼睛，正四面看着，突然发现了人群中的徐子兴，王复元从腰里拔出手枪，对几个随从说："盯着前边那个小子！"话音未落，令王复元没有想到的是，徐子兴竟然冲着他一笑，径直走了过来。王复元大惊，枪口一下子对准了他。徐子兴道："王部长，我是徐子兴呀，你不认识我了？"王复元看了他一眼道："不要再叫我部长，你可是共党的重要分子呀，怎么？自投罗网来了？"徐子兴握着王复元的手说："我称呼您部长，是没忘了您对我的栽培呀。老话说得好，识时务者为俊杰，以后我还是跟着您干。今天，我就是专门来接您的。"王复元听了，枪口一下子顶在徐子兴的胸口上，他警觉地说："你是给我来灌迷魂汤的吧？共产党这两下子我还能不知道？"徐子兴亲热地道："王部长，您可是我的入党介绍人呀，现在这种局势，我能不给自己找条好路吗？什么时候我都跟定您！"王复元笑了，他收起手枪说："共产党现在就是秋天的蚂蚱，蹦跶不了几天了，你这是聪明之举，跟着我绝对没错。"

丁惟尊的到来让玉真感到一阵喜悦,她已经很久没有看到丁惟尊了。在这个春日的夜晚,丁惟尊的突然出现,让这位早就对他心生好感的年轻姑娘心里,漾起了一阵阵甜蜜。丁惟尊放下手中的水果,迎着玉真的目光,热辣辣地看着她。玉真莞尔一笑,双颊泛起了淡淡的红晕。

傅玉堂走后没有多少日子,丁惟尊也离开了高密,到了青岛铁路局印刷厂当了一名排字工人。来厂里没多久,他就从王景瑞那里知道了傅玉真的住处。这天一下班,他就赶了过来。在这个美好的夜晚,一对情投意合的年轻人,在李淑秀的撮合下,订下了终身。

丁惟尊非常高兴,很快在青岛云南路汇兴西里找到了一处房子,房子一门两间,一间作为新房,另一间李淑秀居住。不久,丁惟尊就和傅玉真举行了简单的婚礼。

王复元初到青岛,徐子兴就投在了他的门下,这让王复元高兴万分,他突然想到,丁惟尊也是自己介绍入党的,为何不把丁惟尊拉到身边来呢?在一个阴沉的黄昏,他让手下把丁惟尊请到了中山路的一家酒馆。丁惟尊见到王复元时,一阵心惊肉跳。王复元笑笑,给他倒上了一杯酒,说:"小丁呀,我们应该很久没见面了吧?当年我是很看重你的,来,喝了!"丁惟尊端着酒杯急忙站起身来,恭恭敬敬地说:"部长,是有些日子没见面了,感谢你当年对我的提携,我敬你。"说着碰了一下王复元的酒杯,一饮而尽。

王复元放下酒杯,招招手让他坐下,手下给王复元斟了酒,又给丁惟尊倒上，王复元推心置腹地说："现在国共形势一目了然，天下是国民党的了，1927年，老蒋一下子就砍掉了多少共产党的脑袋呀，那真是血流成河，你我能在这里喝着小酒，那是上天给咱们的福分呀，如今军阀算是都完了，老蒋的江山越来越牢固，共产党也只能在背后里搞些小活动，喊喊口号，说不定哪天就被赶尽杀绝了。"说到这里，王复元看看窗外，故作神秘地道："知道吧？徐子兴也跟着我干了，他是聪明人，能看出个眉眼高低来，现在这情况，要是还一门心思地跟着共产党干，那就是死脑筋了！"说完，王复元点了点头，身旁的随从把一个钱袋子放在了丁惟尊面前。王复元道："这是100块大洋，以后随时都会有的。"丁惟尊听说徐子兴叛变了，不禁吃了一惊，王复元看在眼里，他又端起酒杯直视着丁惟尊说："小丁，我听说你找了傅大杠子的妹妹做老婆，那娘们我见过，俊着呢！有这样的好媳妇，再有个好日子，你就全了，来，祝贺你。"说着用力碰了一下丁惟尊手中的杯。丁惟尊见状，急忙说："我一切都听大哥的！明天我就宣布和共产党脱离关系，从今以后就跟着大哥奔前程了！"王复元摇了摇头："不行，你还得耐心地留在他们身边，随时向我提供他们的情报。"丁惟尊把酒干了，头就像鸡啄米一样点着，说："我听您的吩咐，听您的吩咐！"

1929年7月15日，调到山东没几个月的中共山东省委书记刘谦初被捕，山东省委再次遭到破坏，由于济南形势严峻，为了避其锋芒，共青团山东省委和青岛市委紧急商定，在青岛市组成了临时山东省委，成员有曹克明、党维蓉、徐宝铎。

这天夜里，省委交通员王科仁参加了在青岛的中共山东临时省委第一次会议。曹克明问王科仁："张英同志的身体怎么样了？王复元已经在青岛了，咱们要想办法尽快铲除掉他。"王科仁说："他的身体已经恢复得很好了，昨天我们还商量了一下行动方案，就等着下手的机会了！"曹克明道："抓紧想办法弄清王复元的行踪，这次不能让他活着离开青岛了。"王科仁说："这小子猴精，外出都前呼后拥，一直还没找着机会！"

4

丁惟尊回到家里后，把徐子兴骂了一顿，说他叛变了革命，不得好死。玉真也很愤怒："真没想到徐子兴这个样子，听我哥哥说，徐子兴干革命很积极。他在邮政局上班，一个月就能拿几十块钱，日子应该过得不错，可家里还经常揭不开锅，原来是把一部分钱都交给组织当活动经费了。有一次，家里断顿了，他把一件平时不舍得穿的衣服送到当铺换了点钱，最后才有了米下锅。他做事也很勇敢，怎么骨头就一下子变得这么软了？！"丁惟尊叹了口气："刀架在脖子上，有几个不眨眼的？"玉真瞪了他一眼："你可千万别学他这样子，往后不知会有多少人戳他脊梁骨呢！"丁惟尊连忙说："你小看我了，我可是个响当当的男子汉，要不你怎么会看上我！"玉真柔情地看了丁惟尊一眼，脸上泛出了幸福的笑容。

傅玉真没有想到，自己深爱着的丈夫，一边花言巧语，信誓旦旦，可背后把自己知道的党组织秘密，都源源不断地提供给了王复元。1929年的盛夏，蝉鸣如潮，正在路边行走的中共青岛市委军事特派员田泗，突然被两个路人拦住了去路，为首的竟是自己的同学李庆霖。田泗狠狠瞪了他一眼，冷冷一笑，说："李庆霖，你这个叛徒，你今天终于盯住我了！"面对田泗愤怒的目光，李庆霖有些慌张，他说："连徐子兴都投靠他们了，咱们还硬撑啥？"

这一幕，恰恰让人群中的李淑秀看在了眼里。

田泗本来也是配合张英锄奸的，早上丁惟尊谎称让他到四川路五号同一个人接头，最后中了李庆霖和特务于兰亭的埋伏。二人把田泗押到青岛市警察局，局长朱斌训大喜，田泗指着李庆霖和于兰亭道："局长大人，这俩人立功邀赏想疯了，我不叫田泗，也不认识他们，我姓张，叫张丰收。"李庆霖气得直瞪眼，嘴里说道："局长，我们是同学，扒了他的皮我也认识他。"说着他踹了一脚田泗，指着他道："你连我都不认识了，真会装！你是不见棺材不落泪，你等着吧！"说着他凑到朱斌训面前耳语了几句，快步走了出去。

田泗没有想到，李庆霖最后竟把丁惟尊带来了，朱斌训道："丁惟尊，这人你认识吗？"丁惟尊笑笑："他？就是把他化成灰我也能认出来。朱局长，他叫田泗，参加过什么广州起义，在黄埔军校读过书，是共产党的铁杆分子！他左腿有块伤疤，是他参加起义时被枪打的！"朱斌训听了一挥手，一旁的警察上来就脱去了田泗的裤子，果然有处伤疤。朱斌训见了，放声大笑，对丁惟尊说："你也算是立了一功。"正当丁惟尊扬扬得意时，田泗一口浓痰吐在了他的脸上："你这个叛徒，真没想到让你给算计了，你不会有好下场的！"

丁惟尊回到家时，已是深夜，见玉真和李淑秀坐在那里等自己，姑嫂二人看到他，都板着脸，丁惟尊有些愕然，随后生气地说道："田泗这小子也叛变了，你们可能没想到，是直接到警察局自首的。"玉真白了一眼丁惟尊说："你早上刚去找过他，怎么这么快就叛变了？"李淑秀说："他自首？好像是被特务抓走的吧？"丁惟尊见面前这两个女人话里带刺，不禁脱口说道："你们是在怀疑我吧？"玉真说："没做亏心事，不怕鬼敲门！"说着两眼紧紧盯着丁惟尊，丁惟尊笑笑道："我是没做亏心事，怕什么？"说完，一下子躺在了床上。

在丁惟尊回来之前，玉真姑嫂议论着，二人回忆起这段时间以来丁惟尊的一些举止，都觉得有些不正常。田泗明明是在大街上被捕的，丁惟尊为什么睁着眼说瞎话呢？玉真听着丈夫的一阵阵呼噜声，辗转难以入眠，难道他对共产党有二心了？是他听别人说的，还是有意在撒谎？聪明的玉真越想越不安。想起丈夫平日里对自己的好，玉真心里一阵绞痛。

1929年8月初的一天的傍晚，青岛市委书记党维蓉来到大康纱厂找到了傅玉真。王景瑞调离青岛后，由曹克明代理市委书记，不久中共中央就派了党维蓉来青岛担任市委书记。党维蓉是陕西人，身材高大，时年才21岁。他见玉真从厂子里走出来，这位陕西汉朝她挥了挥手，几步就走到了马路旁的一棵大树下，玉真紧跟着也赶了过来。党维蓉看看玉真，欲言又止，最后还是很快就开口了："玉真同志，据我们的同志讲，丁惟尊叛变了，你得有个思想准备。"连日的猜测最后竟是真的，她只觉得一阵头晕目眩。玉真低下头咬着嘴唇一时没有说话，最后她带着哭音说："党书记，这是真的吗？"党维蓉点点头。"是真的！"党维蓉本来还要说什么，可他见玉真眼里裹着泪珠，就沉默了。玉真道："党书记，有啥事您就说吧，我是坚决不会和这个叛徒站在一起的。"党维蓉道："玉真同志，我们已经对丁惟尊做出决定了。"玉真睁着一双泪眼看着他，党维蓉说不下去了，他的陕西口音竟一时变得越来越浓，甚至有点拿腔捏调了。党维蓉平静了一会儿，终于说道："我们决定马上除掉丁惟尊这个叛徒，希望你和你的嫂子配合好，我知道这样做对你来说太残酷了。可我们党是绝对不允许一个党员背叛人民，并与人民为敌的！"玉真听了，如五雷轰顶，两腿一软倒了下去，党维蓉见了，急忙扶住她。玉真放声大哭,她突然意识到了什么,一下子收住了哭声,抬头看看周围,捂住嘴哽咽起来,两个肩头也在剧烈地抽搐着。

党维蓉眼里也闪着泪光,他咳嗽了几声说:"最近,丁惟尊出卖了我们很多同志,有些同志已经牺牲了。他一日不除,就会后患无穷。过几天张英同志会来联系你的,你一定要配合好。另外,一定要保密,有什么事我会和你单线联系的。"玉真平静了下来,她擦了擦眼泪,说:"党书记,放心吧,丁惟尊叛变了革命,就不是我的丈夫了,就算是我爹我娘,我也听从组织决定,坚决把这个叛徒消灭掉。"党维蓉点点头,说:"你这样说我就放心了,你和你嫂子一定注意安全,要保护好自己。要是哪天我有事了,跟你接头的人会说,明天出海吗?你说,海上风大,不出了。"党维蓉说完,抬头看了看周围,快步离去了。

大雨终于从阴沉的天空落了下来,密集的雷声好像就响在头顶上。站在树下的玉真,浑身上下很快就被浇透了,她仰着头,目光呆滞,任由雨水和泪水在脸上流淌着。连玉真自己都不知道是怎么走回家的,看到她这个样子,嫂子李淑秀不禁大吃一惊,刚要开口问她,玉真却扑通一声倒在了地上,李淑秀急忙把她扶上床,又给她换上衣服。

躺在床上的玉真醒了过来,她怔怔地看着李淑秀,大声哭道:"嫂子,丁惟尊这个狗东西果真叛变了!"说着一下子扑进了李淑秀怀里。李淑秀轻轻地拍着玉真的后背,难过地说:"我就知道会有这一天,没想到还真是来了,这个狗东西,可把俺玉真害苦了。"玉真哽咽着说:"组织上要我和张英杀了他,一日夫妻百日恩,何况他对我这么好,嫂子,你说我怎么下得去这个手呀!"

姑嫂二人相拥大哭。

丁惟尊回家了，见傅玉真躺在床上，就从口袋里掏出了一个发卡，温情地说："老婆，你看我给你带回了一个什么？你肯定会喜欢的！"玉真一时无语，可心里恨恨的，她想起了党维蓉临走时嘱咐自己的话："在丁惟尊面前一定要装出无事的样子，不要打草惊蛇。"玉真转过身来，强颜欢笑地看着丁惟尊，问他："你能给我买什么好东西？"丁惟尊晃了晃手道："你看，发卡，我看着很漂亮，就给你买回来了。你脸色怎么这样难看？怎么了？病了？"丁惟尊说着，伸手试试玉真的额头，又给玉真倒了一杯水。接着又说："好像有点低烧，喝了这杯水，再睡一觉就好了。"李淑秀敲了敲门走进来，手里端着一碗姜汤，她说："喝了这碗姜汤，出出汗就好了。"说完，她看了丁惟尊一眼，扭头走了。丁惟尊道："还是嫂子细心呀。"玉真喝了姜汤，转过身去，泪水夺眶而出，她想对丁惟尊破口大骂一番，可又忍住了，嘴唇被牙齿咬出了一个个深印。

玉真第二天上班走的时候，站在门口犹豫了一下，回头对李淑秀道："嫂子，这几天让他吃得好一些。"玉真说不下去了，站在那里一时不动。"好……好……"李淑秀带着哭音答应着。一连几日，玉真的心都交织在理不清的矛盾中，她盼着张英的到来，可又希望他来得晚一些。每一个夜晚，对玉真来说都是痛苦而又漫长的。她曾经一次又一次地憧憬着未来，想着在不久以后的日子，很快就会有宝宝的，一个、两个甚至是多个，每想到将来一个个美好的日子，玉真对丈夫就充满了浓浓的爱意，可如今，她面对着丈夫睡梦中的那张原本可爱的脸，感到既憎恶又气愤，可她还是忍不住地看了一遍又一遍。

从《中共青岛地方史》中知道："丁惟尊是在1929年8月10日夜被

处死的。"

这天中午,玉真正在车间里来回忙碌着,一个姐妹过来告诉她,有人找你。本来一句很平常的话,可在玉真听来不啻一声炸雷,她知道是什么人,也知道对方是为什么事而来。顿时觉得脑子里一片空白,又感到很茫然。后来玉真回忆:"我知道这一天肯定会来的,当时,我只觉得自己的两腿都不听使唤了,很久才走出车间,又一步步挪到大门口的。"

来人果然就是党维蓉提到的张英,他低声对玉真说:"见到你我就想起你的姐姐,我没有保护好她。"玉真听了一阵难过,她轻轻说道:"张大哥,这不能怨你,现在也不知道她怎么样了。"张英说:"她很勇敢,没有出卖我们的同志,可是……"玉真看了张英一眼,急忙问:"她怎么了?"张英难过地说:"她被那个警察局长送回老家给他儿子做媳妇了。"玉真泪水奔涌而出,捂着脸哭了起来。张英轻轻拍了拍玉真抽动的肩膀,说:"玉真妹妹,不要难过了,我们还要谈正事呢。"玉真听了,慢慢停止了哭泣,抬头看着张英。一连串的打击,对这个年轻的女孩来说,确实有些残酷了,先是亲爱的姐姐桂兰,如今不知身在何处,又会受到什么样的摧残和折磨,紧接着又是亲爱的丈夫叛变革命,而且即将要受到应有的惩罚。张英说:"玉真同志,关于除掉丁惟尊的事党书记已经告诉我了,组织上决定,今天晚上就动手,你一定要沉住气,想方设法稳住他。"玉真不置可否地点了点头,她有些麻木了。张英见她这样,有些着急了:"玉真同志,你这个样子可不行,你想一想桂兰的遭遇,再想一想那些被出卖的同志……"玉真听了张英的话,好像一下子醒了过来,她说:"你放心吧,我一定配合你们除掉丁惟尊。是在家里动手吗?"张英道:"把他引到外面去,在家里动手会连累你们的。"张英说完，很快就走远了。玉真在烈日下站了很久，两眼茫然。

玉真的双腿就像灌了铅一样沉重，她流着泪，一步步终于走回了家。这时嫂子正要炒菜，她走过去说："嫂子，让我来吧，今晚我亲手给他炒几个菜。"李淑秀见状，问："玉真，看你失魂落魄的样子，咋了？"玉真伤心欲绝地说："组织上说了，今晚就要送他走。"李淑秀伸手给玉真理了理散乱的头发，说："妹子，早晚都会来的，别难过了。"一会儿，丁惟尊回来了，见桌子上摆了几个菜，就说："这不过节不过年的，怎么搞了这么多菜？"玉真笑了笑说："你这些日子很累的，好好养养身子吧。"说完，玉真还给他倒了一杯酒。丁惟尊见了，很高兴，用筷子夹了口菜放到嘴里，又喝了口酒，吧嗒着嘴很享受的样子，张英来的时候，丁惟尊躺在床上已经昏昏欲睡。玉真强忍住泪水，对张英道："你们说话吧，组织上的事我不能听，我到嫂子的房间去了。"

张英走到床前，对丁惟尊说："惟尊同志，中央派人来了，要找你了解一些情况呢，专门让我来通知你，咱们走吧。"丁惟尊坐了起来，端详了张英几眼，复又躺下，嘴里说道："我又不是什么负责人，找我能了解什么？"张英说："你有文化，对问题看得也透，自然就想到你了。"张英笑笑又说："很快就结束了，耽误不了你睡觉的。"丁惟尊推托道："我头有些疼，让别的同志去吧。"玉真知道丁惟尊会找理由不去的，她从嫂子房间走了过来，故作轻松地对丁惟尊说："快去吧，中央同志召集的会你怎么能不参加呢？"丁惟尊听妻子这么说，就坐了起来："对，我忍着疼也得去，不然咱对不起组织。"

丁惟尊跟着张英走出了家门，消失在夜幕中，虽然脚步声远了，可玉真还站在门前倾听着，最后她转过身扑在床上放声大哭。李淑秀顾不上玉真，她敲开邻居孙玉亭的门，对他说："玉亭大哥，要是有人问起来丁惟尊的事，你就说他一夜都没回来，可千万记住了。"孙玉亭也是工运积极分子，平日里对姑嫂二人照顾很多，他听了这话，怔了一下，用力点点头说："我明白了！"

夜幕越来越浓，街道上空无一人。两人行至滋阳路口，更是漆黑一片，丁惟尊有些不安地问："张英同志，怎么到这里来了？黑咕隆咚的！"张英道："就在前边的房子里，另外，明天市委要组织游行，到时候你也要参加。"丁惟尊听了这话，放心了，继续跟着张英往前走。进了小巷不远，张英突然道："丁惟尊，你这个叛徒，你的末日到了，我代表人民处死你。"说完，枪口一下子对准了丁惟尊的胸口，还没等丁惟尊反应过来，张英就扣动了扳机，一声枪响，丁惟尊倒在了地上。张英蹲下身来，把手指贴到丁惟尊的鼻下一会儿，随即起身离去。

第二天清晨，一帮警察就赶到了傅玉真的住处，领头的叫金旺，开口道："丁惟尊被共产党杀了！"说着两眼盯着玉真和李淑秀，玉真听了，心里顿时五味杂陈，不禁放声大哭。邻居们一个个都围了上来，有的说："两口子平日里恩恩爱爱的，这下可苦了玉真了，多好的丫头呀。"孙玉亭对一个警察瓮声瓮气地道："这两口子关系好着呢，恩恩爱爱的。"金旺横挑鼻子竖挑眼的，嘴里嚷嚷着，最后玉真和李淑秀还是被带到了警察局，无论警察局长朱斌训怎么问，姑嫂二人只是哭。朱斌训火了，一把拽住玉真的头发："你家都是什么人去过？"玉真哭着说："就是王复元去过一次，其他的再没人来了。"朱斌训又问："你知不知道丁惟尊是共产党员？"玉真摇摇头："我一个妇道人家，从来不敢问男人的事，他有事也不告诉我。"说完又哭。李淑秀道："俺孩子还在邻居家里呢，快放俺回家吧！"

警车把姑嫂二人送到家中，王复元也在车上，进了家门，王复元对着丁惟尊的照片鞠了三个躬，嘴里说道："你们看到了吧，共产党就是这样六亲不认的，连自己人都杀，咱们得替他报仇呀。我和你哥哥傅大杠子是好朋友，我还是丁惟尊的入党介绍人，你们落难了，我不能坐视不管，从今以后，你们两个的开销都由国民党济南党部负责了，玉真，你以后就到党部上班吧！"玉真摇摇头："丁家怎么能让一个寡妇抛头露面呢？我的命可真苦呀。"说完，玉真啜泣起来。王复元又转头对李淑秀说："傅大杠子去了苏联就连一点音讯都没有了吗？快写信让他回来吧，苏联那边的共产党也都不是什么好东西，可别把小命再丢到国外了，他要是有什么消息，你们就马上告诉我，我会善待他的。"李淑秀道："他这一走就没影了，等他来信后俺就去信让他回来。"

狡猾的王复元暗地里让工厂开除了玉真，以逼她去济南国民党济南党部。这样，一家三口很快就断了顿儿，组织上派王臣亭给送来了钱。王臣亭说："这点钱太少，是买不了多少粮食的，我们再想办法。市委的领导说了，绝不能饿着你们。"玉真和李淑秀很感动，可又坚决拒绝了，玉真道："这里三天两头都有特务，千万不要往火坑里跳了。"王臣亭没再说什么，急忙走了。玉真和淑秀商量，为了不给组织添麻烦和连累其他人，她们决定离开这里。

丁惟尊被除掉后，王复元行动更加谨慎，每次露面，都有两个随从紧跟左右，来去神秘。张英和锄奸队员王科仁、牟鸿礼都没见过王复元，必须尽快搞到他的肖像。这天中午，打入敌人内部的地下党员，在邮政局几个工人的帮助下，终于找到了王复元的照片。这位地下党员就是青岛市委委员徐子兴，他立刻派人把王复元的照片送到了青岛市委。

张英看了一下照片，说："虽说有点模糊，但王复元的大体模样咱们都清楚了，一有消息，马上行动。"说话间，玉真匆匆来了，她对张英道："王复元明天下午还要到我家。"张英听了，一拍桌子："太好了，想办法拖住他。"

王复元一直对傅书堂"念念不忘"，他知道这是一条大鱼，他曾对徐子兴说，一旦把傅书堂争取过来，或者是抓住他，咱们的前途会更加光明。这天中午，王复元果然来到了玉真家里，除了两个随从，还有几个军警。张英、王科仁、牟鸿礼坐在马路边的茶馆里正悠闲地喝着茶，一边等待时机。玉真给嫂子使了个眼色，说到对面的茶馆里打些水过来给客人喝。她提着水壶来到茶馆，若无其事地走到张英身边，低声说："刚才你们看到了吧？那个穿白绸子衣服的就是王复元。"张英喝了口水，思索片刻道："今天很难动手，我们先撤了！"

可是，当张英再次寻找机会时，王复元已经返回了济南。王复元叛变后，讲派头也摆阔气，他走之前，特地在青岛中山路110号新盛泰皮鞋店登记定做了一双皮鞋，又在四方路实业所量身定做了一套西装。回到济南后，他对此还念念不忘，情妇也整日闹着要到青岛看风景，可王复元顾忌到青岛暗藏的"杀机"，又不敢轻举妄动。恰恰这时徐子兴来济南邮政局办事，夜里请王复元吃饭，几杯酒下肚后，徐子兴道："王队长，从今往后青岛就是您的天下了。"王复元翻翻眼："怎么说？"徐子兴并不急着回答，又端起酒杯来。王复元说："你别拐弯抹角的，说吧。"徐子兴笑笑道："青岛的共产党起内讧了，张英被杀了。"王复元一下子来了精神："啥？娘的，这太好了！"说完，王复元又看看徐子兴："不可能吧？怎么会出这事？"徐子兴道："听说共产党中央派来的人和当地的不和，张英也是那边来的，所以他们就动手了，中央来的人也脚底下抹油，溜了！现在他们群龙无首，个个泥菩萨过河，谁也顾不上谁了。"王复元听了，不禁大喜："这太好了，我还正想去呢。"

徐子兴回到青岛后，马上报告了青岛市委。

王复元听了徐子兴的话，果然动了心思。他要带着情妇到青岛走一走，还要把定做的皮鞋和西装取出来。只是，他来青岛的时间、车次几个心腹都不知道。

张英派锄奸队员分头守在火车站、四方路实业所，几个拉黄包车的地下党员等候在旁，一有风吹草动拉上队员就能出发。张英率王科仁、牟鸿礼在皮鞋店一隅蹲守。

1929年8月16日，王复元带着情妇和两个随从在青岛火车站出站口现身了，一个队员负责跟踪，另两个队员坐上黄包车分头向皮鞋店和实业所赶去。

王复元出了站口，四下看了看，接着说道："咱们先到四方路实业所一趟，把西装取了。"说着就和情妇上了一辆黄包车，两个随从每人一辆黄包车，一个在前开路，一个殿后。王复元看看马路两旁，都有军警来回走动着，心里一下子踏实了许多，他伸手就把黄包车的帘子拉上了。

当随从拿着西服安然走出实业所的时候，王复元露出笑容，他迫不及待把西装穿在了身上，接着又上了黄包车，在去皮鞋店的路上，他没有再把黄包车的帘子拉上。在他看来，青岛的共产党确实像徐子兴所说的一样，已经奄奄一息了。

上世纪20年代的青岛中山路，商业气息就已经很浓厚了。在这条并不宽阔的马路两旁，是鳞次栉比的店铺，每天都有很多的人进进出出，各类商贩的叫卖声此起彼伏。1922年12月10日，时任鲁案善后督办的王正廷在青岛总督府大楼，代表中国终于从日本人手里接下了青岛的主权，这座由小渔村成长起来的殖民城市回归不久，中山路就易名为山东路了。到了1929年5月22日，为了纪念革命先驱孙中山先生，又改为中山路，直到今天。

王复元赶到中山路，直奔新盛泰。王复元和情妇都下了车，一路繁华的街景，让王复元情妇高兴得手舞足蹈。一直跟踪的锄奸队员只听王复元说道："走，先去把皮鞋取了，这次也给你定做几双，让你穿上好好地美一美。"

青岛有不少的老字号，除了中山路的新盛泰皮鞋店、盛锡福帽子店、亨得利表店，还有北京路的谦祥益服装店。在青岛人眼中，如果一个人头顶盛锡福帽子，脚上再蹬着新盛泰皮鞋，身着谦祥益的衣服，手腕上戴着亨得利手表，那就是很有身份的人了。王复元今天再穿上皮鞋后，就是这样响当当的人上人了。

王复元春风得意地走进新盛泰店里，看到店老板和一个顾客正说着话，还有两个客人正在为挑选什么样子的鞋子争论着。见王复元来了，店老板忙说："王队长，您先到会客室稍等一下，皮鞋已经做好了，一会儿就拿给您。"王复元呵呵几声，指着情妇说："老板，等会儿也给她定做几双。"店老板连声说好，一会儿就办。王复元很高兴，转身就向会客室走去。王复元没有想到，正在热烈讨论鞋子的客人，就是张英和王科仁。这时，牟鸿礼已经把在了门前。王复元进了会客室还没坐下，身后陡然响起一声喊："王复元！你的死期到了！"王复元浑身打了个激灵，还没等他转过身来，王科仁抬手就给了他三枪，王复元应声倒地。张英双枪左右开弓，两个随从也被击毙。王科仁担心王复元未死，又上前确认，随即和张英快步离去。枪声过后，新盛泰店前，聚集的人越来越多，警哨一阵阵响个不停。

丁惟尊刚死不长时间，中共地下党又很快除掉了叛徒王复元，这令国民党济南党部、青岛党部的特务们大为震惊。连续几日，国民党青岛市的市长吴思豫家都不敢回了，带着老婆孩子躲在了军舰上，警察局一干人都受到了处罚。

翌日，全国发行量最大的上海《申报》在显要位置发表了消息：自首共党王复元十六日下午六点二十五分在中山路被人暗杀，中三枪，当场殒命，凶手逃逸，云云。

之后张英又赴济南，打算伺机除掉王复元的哥哥王天生，但王天生工于心计，与弟弟王复元行事迥异。自从他叛变后，大都躲在幕后，行踪飘忽不定，尤其是王复元命丧青岛后，他更是谨小慎微。张英多番寻找，竟都没有他的下落。直到1957年，王天生才被群众揪出，由于连惊带吓，当年就病死在了济南的监狱中。

1929年的初冬，寻找王天生未果的张英回到上海复命。周恩来很高兴，对他说："你的任务完成得很出色。另外，你不要回特科了，组织上对你另有安排。"不久，张英被派往鄂豫皖革命根据地，出任红三十二师师长，化名刘英。

张英离开家乡时，名字是马宗显，后来化名张英。牺牲前，又更名为刘英。正是因为这样，他的去向曾一度成谜，连他的结发妻子马张氏都不知丈夫是生还是死。1960年，潍坊有关部门征集革命史料，潍北是当年革命斗争火热的地方，征集办主任陈慕虹专门到了潍北双杨店镇寻找线索。在接下来召集的老党员会上，说起往事，老党员们都如数家珍。一位老党员道："往北不远的马家村，就出了个厉害人物，这个人叫马宗显，听说当年他在青岛还杀过大叛徒王复元。"作为党史工作者，陈慕虹自然知道王复元，可不了解王复元后来是怎么死的。他一下子来了兴致，竖起耳朵刚要准备听一听原委，可老党员说他就知道这些。陈慕虹记住了马宗显这个名字，回去后多方查找打听，史上确有中共特科红队人员到青岛锄奸一事，此人叫张英非马宗显。一晃到了1961年夏天，陈慕虹骑车去了马家村，进了小巷，找到了马宗显家，可院门紧闭，邻居说："娘俩一大早就去地里干活了，也该回来了。"正说着，邻居突然向远处一指："这不，那娘俩来了。"陈慕虹打眼看去，老人佝偻着腰，满头的白发，旁边那个病恹恹的汉子想必就是她的儿子马玉泉了。听说县里来了人，张氏慌得不行，忙往家中让，落座后，陈慕虹就开口提了马宗显，张氏听了，撩起衣襟抹开了眼泪，她哽咽着说："他是1920年走的，俺至今都记得清清的，现在一想起来就在眼前。那年冬天，俺和他结婚没几天，他就说要去当兵，这话说完没两天，他就没影了。孩子他爹是个牛脾气，说啥就是啥的。他走时俺也还没怀上孩子，婆婆急得直瞪眼，说俺是不下蛋的鸡，俺有什么办法？幸亏他走后没几年回来过一次，这才怀上这个儿。"张氏看看马玉泉，呜呜大哭："俺对不起这个儿，他有病，家里又穷，到现在也没给他说上个媳妇。俺盼着他爹回来，盼了几十年呀！至今俺也不知他干的到底是共产党还是国民党的差事，俺也不敢去问政府。要是他干了不好的事,俺去说那不就是苍蝇豁了鼻子没脸了呀,就这样一年又一年过来了。"陈慕虹道:"大娘,据我们初步了解,马宗显参加的应该是共产党。"张氏听了,高兴地说:"这就好,这就好!"陈慕虹问:"大娘,他还有别的名字吗?"张氏道:"俺记得他那次回来时说改了个名字叫张英,俺公公听了脱了鞋子就打他,说他出去几年怎么就把祖宗给忘了。"

陈慕虹离开马家后,一连几天,心里都很沉重。为了帮助这对不幸的母子,陈慕虹多方奔走,最后给马玉泉找了一份工作。陈慕虹一直没有停止寻找马宗显,可马宗显青岛锄奸后又到哪里去了呢?二十年后,陈慕虹才知马宗显当年辞别山东去了鄂豫皖革命根据地,当了红军师长,可是,费尽周折查找红军团以上的干部,竟然都没有马宗显或张英的名字。

原来,1932年初,在一场恶战接近尾声的时候,骑在马上的张英被流弹击中了头部,由于大脑神经中枢受损,他很久不能说话。同年10月,组织上把张英送到了上海治疗,他痊愈后返回武汉时被捕,很快就被国民党枪杀。那年他才30岁。

1980年10月,中央军委接到潍坊党史办求助信函,时隔不久,潍坊党史办就收到了"军办信发字(80)第320号"信函,回文简要介绍了马宗显的一生并给予了很高的评价。从中知道,马宗显、张英、刘英都为同一个人。后来家乡专门立碑纪念,徐向前元帅特地为自己这位爱将题写了碑文:"赤胆忠心,刘英烈士千古。"

陈慕虹端详着军委的回信,禁不住老泪纵横,最后长舒了一口气说:"虽然我们寻找了二十年,可为了刘英烈士,值得!"陈慕虹突然想起了什么,又急忙说:"马上给他家里报喜!"可当陈慕虹他们来到马家村时,才知张氏母子早已去世了,陈慕虹闻听泪如雨下,他对同事道:"你马上去买些纸钱。"同事一时不解,问:"做什么?"陈慕虹道:"到坟头烧些纸钱把喜事告诉他们娘俩,要不他们合不上眼睛的!"

张氏和儿子的坟头相拥着,就犹如他们在世时相依为命一样。

一缕青烟在旷野中升了起来,九月的天空一片湛蓝。

5

锄奸队的王昭功被关进监狱不久,徐子兴就借口来看他,王昭功很生气,往他脸上啐了一口痰。徐子兴擦擦脸,说道:"王昭功,你这是不想活了吗?"说着,一下子握住了王昭功的手,很快塞到他手里一个东西。然后狠狠瞪了王昭功一眼,气咻咻地走了。王昭功找了个角落,打开徐子兴手里的纸团,上面写道:"省委同意第二次越狱。"王昭功这才知道,徐子兴还是自己人。

在邓恩铭等人组织的第二次越狱中,王昭功本来是有希望脱险的。那天夜晚,正在疾跑的王昭功,突然看到邓恩铭向几个军警走去,他几步就赶了上来,还没等他开口,枪声响了,王昭功受伤倒在了地上。

狱中的共产党再次越狱,激怒了国民党济南党部的头头。1929年8月4日,一批共产党员在济南南圩门外被杀,其中就有王昭功。这一年,他26岁。

拉黄包车的地下党田泗是在叛徒王复元、丁惟尊被除掉一个月后被枪杀的。自从王复元死后,国民党青岛市市长吴思豫和那些被处理的警察、特务,对青岛共产党组织更是恨之入骨。吴思豫对警察局局长说:"凡是共党分子,能杀则杀,绝不手软。这是杀鸡给猴看,以儆效尤。"为了震慑共产党和老百姓，杀田泗的时候，是大张旗鼓的。警察一边敲着锣，一边大声喊："当局要处决共党分子田泗了！"那锣声在大街小巷响着，起起伏伏地持续了很长时间，有个警察把手里的锣都敲破了。据当时在场的老百姓说田泗死得很惨，胸口被子弹打成了筛子眼，最后还把头割下来示众。

傅玉真姑嫂二人转移后，辗转多地，不久就与党组织失去了联系，只得和嫂子冒险回到家乡。1932年的秋天，玉真决意要寻找姐姐桂兰，她来到诸城数日，终于在一个秋风瑟瑟的下午找到了郭局长的老家，一个年轻的丫鬟开了门问："你找谁呀？"玉真道："我找傅桂兰，她是我姐姐。"丫鬟闻听，很是惊讶，重复了声："傅桂兰？"她突然意识到了什么，一下子捂住了自己的嘴，眼泪紧跟着流了下来。她向后看了看，说："你先等一会儿。"说着转身回去了，不长时间丫鬟又匆匆走出门来，把玉真拉到旁边，从怀里摸出一个手巾，打开后是一缕头发。丫鬟哭道："少奶奶已经死了！"玉真听了，一屁股坐在了地上，号啕大哭。

丫鬟蹲下身子安慰道："姐姐，你声音小点，别让他们听到。你姐姐自从结婚后，整天愁眉苦脸的，从没见过一次笑模样。"傅玉真不会知道，姐姐桂兰到了郭家后，不让出门，不让回老家，还经常受那个瘸子丈夫的打骂，最后愁肠百结，郁郁而死。临闭眼前，桂兰让贴身丫鬟剪了一缕头发，嘱咐她一定交给前来寻亲的娘家人。玉真哭着，把头发装进自己口袋里："人埋在哪里？"丫鬟摇摇头："他们半夜里偷偷埋了，谁也不知在什么地方。"玉真再也控制不住自己，腾地站起身来，大声喊道："他们郭家太欺负人了！"说着一路冲进了郭家的院子里，跟他们理论，郭瘸子听说是傅桂兰的妹妹，先是一愣，最后吼道:"这臭娘们自从来到我家,没给我一天好脸色看,她死了是她命薄,命贱!"玉真听了,气愤交加,她扬起手要打郭瘸子,郭瘸子一声喊,几个壮丁架起玉真,把她摔在了门外,玉真被跌得鼻青脸肿的。随后门咣当一声关了。

玉真买了厚厚一摞烧纸,夜里到郭家门前烧了,嘴里念叨着:"姐啊,我苦命的姐呀,妹妹也不知道你的坟头在哪里,你要是有灵,就自己来拿纸钱用吧。"玉真说不下去了,泪水扑簌簌地落在燃烧的纸里。秋风越来越大,把夹杂着火星的灰烬慢慢吹散了,又卷到了空中。

玉真跪在地上,磕了三个响头,接着站起身来,很快消失在夜色里。

傅玉真这次诸城之行,意外地与原中共高密县委监察委员马馥塘相遇了。马馥塘是傅书堂的朋友,过去常到傅家开会,国民党开始大肆搜捕共产党时,马馥塘被调往诸城邮政局工作。生活总会有着这样或那样的巧合,就像是专门设定的一样。在傅玉真准备返回高密当天,突然看到了正在小道上匆匆行走的马馥塘,她连忙喊了几声,马馥塘停下脚步,见是玉真,先是惊讶,后是喜悦。一对年轻人他乡相遇,心意相投,不久就走到了一起。后来,玉真跟随丈夫参加了山东人民抗日游击队第四支队。新中国成立后,玉真到了水电水利部工作,1997年10月17日离世,享年86岁。

6

李淑秀无论如何都没有想到,自己的丈夫,被同志们称为傅大杠子的傅书堂,一走竟有数年的时间。其实,傅书堂也没有想到。傅书堂最初的每一封来信,都是高密邮政局的地下党张玉堂送到傅家的,渐渐地邮政局引起了特务的注意，后来的信件就被国民党高密县党部截获了，傅家由此劫难不断。特务知道傅家上下都支持共产党后，竟把傅书堂年迈的双亲抓进了监狱。当时玉真、淑秀还躲避在他乡，几个特务听说傅书堂的三妹傅秀云正上学，又赶到学堂带走了她，还是少年的秀云在监狱里受了不少皮肉之苦，连惊带吓，时间不长就精神失常了。

傅书堂的父亲傅炳勋出狱后，偷偷托人给儿子写了一封信，让他从今以后再也不要给家里写信了。也许因为此，或是其他原因，从此傅书堂再无音讯。每当月亮升空的时候，淑秀都对孩子念叨："你爹当年就是在这样的月亮底下走的。"说完这话，淑秀就会盯着月亮看半天。年年如此，在她的絮叨中，孩子也渐渐长大了。淑秀还不知道，这时候，远在苏联的傅书堂蒙冤被关进了监狱，1943年才被释放，后来苏方安排一个叫列别杰娃的护士与傅书堂结了婚。1955年，离开家乡26年之久的傅书堂带着"战斗民族"的妻子回到了高密，傅书堂以为淑秀早已不在人世，两人相见唏嘘不已。傅书堂走时只有24岁，归来已经年过半百，皱纹都爬满了面庞。

淑秀一直记着丈夫那句话，跟着共产党走没错。她参加了锄奸，送过情报，后来还掩护了众多抗日壮士。1940年寒冬，她带着儿子去送情报，儿子一脚踩空，摔死在山沟里，从此她孤身一人。婆婆不忍心，对她说："老大家，那个东西走了这些年，死不见尸活不见人，你快找个人嫁了吧，别等他了。"淑秀眼泪汪汪地说："我活是傅家的人，死是傅家的鬼。"一年又一年，淑秀都无怨无悔地侍奉公婆，不离不弃，那头原本乌黑的头发，也慢慢熬成了银丝。

当傅书堂顶着白发走进家门的时候，傅母抱住他一下子哭出了声，哭着哭着，她发现儿子后面竟还站着一个高鼻梁满头金发的女人，老人吓了一跳，问："老大，你这是从哪里领来的？咱这地场儿可没长得这样的。"列别杰娃张开双臂抱住傅母，喊了声"妈"，竟然还叫了一声"娘"。傅母一下子明白了，她把淑秀叫到面前，又一下一下地捶打着儿子的后背，哭道："你看看你这媳妇，头发差点都白了，你咋就这么狠心？你咋就这么狠心？"列别杰娃看看淑秀，一脸的沧桑，她好像麻木了，还低头忙碌着，无一句怨言。列别杰娃不禁心生感动，她对傅书堂说："傅，她是最值得你爱的女人，你应该和她生活下去，要不你对不起她。"

列别杰娃很快就离开了中国。

临别，她拥抱了淑秀，很久都没有放开。

血 祭

1

老辈的济南人，多少年后，还在口口相传发生在1931年4月5日的那件事。每每有人说起来，都会提到一句话：那场面，太惨了！他们说的那件事，是山东国民党政府对共产党人的又一次杀戮。

邓恩铭第二次被捕后，就再没有第一次那样幸运了。他被上了脚镣手铐，每隔几日，都会被严刑拷问一次。他的堂弟媳滕尧珍每次去探监，都见邓恩铭脸上有皮鞭抽打的伤痕，有时旧伤未愈，又添新伤。1930年的秋天未过，滕尧珍就把亲手给邓恩铭缝的棉衣送到了监狱，可当她寒冬来到监狱时，看到邓恩铭还是穿着那身破烂不堪的单衣，滕尧珍一下子急了："大哥，你为什么不换上那件新棉衣？"邓恩铭晃了晃手上的铁铐子笑着说："尧珍，是它不让我穿呀！试了几次都不行，你看滑稽吧？是国民党太滑稽了！"说完哈哈笑了。尧珍听了，想跟着堂兄笑，可嘴角动了一下，怎么也没有笑出来。她鼻子一酸，强忍住就要夺眶而出的泪水。后来滕尧珍回忆：

"看到这种情况，我的心其实比针刺还难受。回来后，我又给他赶缝了一套棉衣。这次特地把裤脚衣袖都裁破了，钉上了按扣，这样他穿起来就方便了。"

滕尧珍一直觉得1931年4月4日那天夜里很奇怪，她一晚上都没有睡意，天还不亮就起身给邓恩铭炒了几个南方口味的小菜，再用盒子装了急急往监狱赶，可她前脚刚迈进监狱的大门，一个狱警老远就朝她喊："你这会儿还来干什么？"滕尧珍道："今天是清明节呀，我给大哥送些吃的。"那狱警挥挥手："你还送啥？犯人邓恩铭已经不在人世了。"滕尧珍急忙说："你胡说什么？前些日子我还给他送棉衣了呢。"狱警不耐烦了，道："什么前些日子？就是昨晚上把他送走的，还有一帮共党分子。"滕尧珍愣住了，喊了声大哥，泪如雨下，盒子也掉在了地上。滕尧珍把几盘菜摆在马路上，放上筷子，又拿出酒杯酒壶，倒上满满一杯酒说："大哥，弟妹特地给你炒了几个咱们老家的菜，你要是在天有灵，就吃一点，喝一点，一路走好啊，大哥！"滕尧珍说完，扬手把酒洒在了路边。

回来的路上，尧珍突然想到，清明本是祭奠亲人的日子啊。

那一夜，被国民党山东省政府主席韩复榘下令枪杀的除了中共一大代表、前中共山东省委书记邓恩铭外，还有省委书记刘谦初，临时省委书记吴丽实，省委常委党维蓉、雷晋笙、刘晓浦，省委妇女书记郭隆真，省委秘书于清书，共青团省委书记宋占一，共青团省委常委刘一梦等22名中共重要人物。

邓恩铭上路的前夜，留下了一首诗："卅一年华转瞬间，壮志未酬奈何天。不惜唯我身先死，后继频频慰九泉。"后来有一位地下党，把邓恩铭留下的诗辗转送到了滕尧珍手里。

刘谦初也给爱妻张文秋留下了一封遗书："望你不要为我悲伤，希你紧记住我的话，无论在任何条件下，都要好好爱护母亲！孝敬母亲！听母亲的话！"1930年6月，张文秋抱着刚刚出生没几个月的女儿去监狱给丈夫报喜，刘谦初摸着孩子粉嘟嘟的小脸，真是又惊又喜，一下子笑出眼泪。张文秋还是第一次看到丈夫落泪，她急忙说："给孩子起个名吧。"刘谦初沉吟片刻，道："就叫思齐吧，我们都是从湖北来到山东的，山东也称齐鲁，让我们的女儿将来永远记住这里。"

后来张文秋把丈夫留给自己的那封遗书拿给女儿看，张文秋流着泪道："你爸爸在信里连写了三个母亲，母亲指的是党啊！"后来长大成人的刘思齐成了毛泽东的儿媳。

刘谦初是山东平度人，原名刘德元，1897年出生。刘谦初的父亲刘禄是当地贤达，很有脸面，儿子虽然刚刚出生，可他就寄予了厚望，特地给儿子起了个"光"的乳名。刘谦初少年聪明，在私塾读书时能举一反三，老先生很喜欢他，多年后，25岁的刘谦初考进了燕京大学，后来参加了北伐，加入了共产党。

这群革命者是在济南市的纬八路侯家大院被处决的，也是在这一天的清晨，一位叫刘坤的六十多岁老汉背着粪篓从这里经过，看到成群结队的野狗进进出出的，他也跟着赶了过去，没走几步，他就"嗷"的一声停下了，连连退后了几步，在刘坤的眼前，横卧着一具具尸体，一洼一洼的血在寒风中都已经凝固了，而那群野狗正扑在他们身上啃咬着。

新中国成立后，指挥这次行刑的张大春被公安人员抓获，他交代了一些细节。1931年4月4日深夜，严格来说已经是凌晨三点钟左右，刑车把邓恩铭、刘谦初他们拉到侯家大院后，军警又把他们一个个赶下车来，四处一片漆黑、寂静，刑车上的一对大灯开着，两束刺眼的光束射在邓恩铭、刘谦初他们身上。这时，女共产党员郭隆真突然喊开了口号："打倒国民党，打倒蒋介石！"声音尖厉，尤为响亮。邓恩铭、刘谦初等人，白天受过酷刑，嘴都肿胀得厉害，再也发不出声来，张大春见郭隆真这样，火了，对旁边的人道："先把这娘们拉回刑车上去！"接着他一挥手，一阵枪声响过后，张大春跟着验尸官一一查看了尸体，只有中共山东省委秘书长刘晓浦还有一口气，他爬到离自己几步远的刘一梦身边，艰难地伸出手，给刘一梦整了整衣服，又摸着他的脸说道："增容呀，是叔叔把你带出来革命的，相信你不会怪叔叔，因为你也是一个坚强的革命者，咱们叔侄二人到那边再见面了。"验尸官看看张大春，张大春没有说话，对着刘晓浦脑袋补了一枪。

刘晓浦、刘一梦是亲叔侄，出生在沂水县九区（今为蒙阴县）垛庄村，刘家是垛庄远近闻名的大户，叔侄二人，都贵为"燕翼堂"少主。燕翼堂为何物，乃是古建筑的堂号，垛庄的燕翼堂和安徽黄山市徽州区的燕翼堂最为有名。一家起于清代，一家起于明朝。山东的刘姓燕翼堂，由清代乾隆皇帝御赐。当年刘家土地就有数千亩，在全国很多地方都设有商号，号下油坊、酱园、布庄不计其数。到了20世纪30年代，刘家即便实力大不如从前了，可还有雇工、家丁若干。刘晓浦和侄子刘一梦被捕不久，他的哥哥刘云浦背着重金赶到了济南，探监那天，刘云浦先看了侄子，又见了弟弟，他对弟弟道："这次花多少钱也要把你和增容赎出来！"刘晓浦摇摇头说："二哥，这不是绑票，这是蒋介石在疯狂地镇压我们共产党人，可不是用钱就能赎出来的，不要再往里搭钱了，在反动派眼里，我和增容都是重犯。"刘云浦急忙说："弟弟，他们告诉我，只要你们自首就自由了，二哥再给他们送上钱，就平安无事了。"刘晓浦说："二哥，你糊涂呀，反动派想让我们叔侄二人叛变，这是永远办不到的，你回去吧，我死后，一家老小就拜托二哥照顾了，你告诉他们，我是被反动派杀害的，让他们长大了一定跟着共产党革命！"刘云浦叫了声四弟说："你可真犟呀！"说完掩面而泣，随后他扑通跪在了地上，给弟弟磕了三个头，带着哭音道："二哥在这里就算是送你了。"接着站起身来，抹着眼泪走了。刘晓浦不知，二哥刘云浦和家丁来济南时，还专门带来了两架骡车，两口棺材。

4月6日夜，刘晓浦、刘一梦牺牲第二天，刘云浦花重金买回弟弟、侄子尸体离开了济南，数日后才回到垛庄，十里八乡的人听说后，都带着纸钱赶来吊唁和帮忙，刘云浦双手作揖，含泪高声说道："谢谢十里八乡的父老乡亲们了！今天我刘云浦留下话，共产党不取得胜利，我们刘家绝不出殡！"众人闻听，无不落泪，一一下跪磕头行礼，后来刘云浦把弟侄遗体浮厝于刘家燕翼堂家庙中。

当时，刘晓浦28岁，刘一梦则26岁。"燕翼堂前燕，归来血沾衣。"刘一梦还是个作家，他在自己一篇反映农民暴动的小说《雪朝》末尾写到了这样一群被枪杀的革命者："霎时，他们都睡在雪地下了，腿还颤动着，像要挣扎的样子。朝阳射在他们的身上，洁白的雪地沾浸上了他们头部流出来的鲜血。他们还直睁起眼睛向着太阳的冷凄的红光……"

人生总是这样富有戏剧性，在他写了这篇作品不久，他就和一群革命者慷慨赴死了。

远在平度的刘禄听到儿子牺牲的消息后，口吐鲜血卧床不起，是乡亲们用骡车把刘谦初的尸体拉回了乡里。

中共济南特支书记胡允恭后来回忆：

4月6日傍晚，我们自东而西按时前去，缓步向纬八路刑场走去。凭借着夕阳的残光，我们清楚地看到21位战友的遗体（省妇委书记郭隆真因高呼口号，在狱内被杀害）纵横倒卧在草地上，流出的鲜血已成赭色。他们的面部表情有的怒睁双目，有的口大张开。由此可以想见，他们在临刑时是何等的愤怒、壮烈，肯定是在高呼口号中倒下的！目睹战友的遗容，我们每个人的心中都燃烧起一团熊熊烈火。可是，大家都按照预先的约定，把怒火强压在心头，谁也不吭一声。但是离开刑场不远，姚第鸿就按捺不住，悲愤地哭出声来。我怕有密探跟踪，暗中捏了他一下，即指挥大家散去。现在回忆起来，这种场面，不是身临其境，是难以体会到当时的情感的。

2

1931年9月的一个夜晚，中共青岛市委书记汤维亭来到了徐子兴的家。自1923年8月邓恩铭任中共青岛市委书记到1931年9月，已经有21任书记，10人先后牺牲，汤维亭是刚刚上任的，连他一时也说不清自己是第几任了。绝大多数书记的任期都是以月来计算的，有的甚至不足一个月就被捕了。1931年的2月，颜世彬受命任山东省委常委兼青岛市委书记，3月末的一个上午就被捕。山东省委马上决定由王公博等三人临时主持青岛市委工作,可下午三人就同时被捕了,从4月到9月初,青岛市委书记一直是空缺的。

徐子兴的妻子李毅看了一眼来人,问:"你找谁?"汤维亭道:"大嫂,我是代表组织专门过来看望你们的。"李毅一脸悲戚:"他已经不在了。死了。"她自言自语着:"都说他是叛徒,说他干尽了坏事,他不是这样的人,我自己的男人我知道,也最清楚。"汤维亭道:"大嫂,对徐子兴的事,我们是知道的。"汤维亭说着,从自己口袋里摸出一个信封,从中抽出一张纸递给李毅。李毅看到,纸上写着这样几句话:同志们,为了尽快除掉叛徒,青岛市委决定特派徐子兴同志打入敌人内部。我本人并以青岛市委负责人的名义给予证明。下面落款时间是1929年3月25日。证明人是王景瑞。

李毅一字一字看完,已是泪流满面,她开口道:"徐子兴啊,你该受了多大委屈呀!"说完,抱住身旁的一对儿女,放声大哭。

让李毅没有想到的是,自己作为徐子兴的妻子,到这时才知道真相,她悲喜交加,张了张口,却什么也没有说出来。李毅在徐子兴的影响下,虽然不是党员,可也积极支持革命,经常同那些革命者的妻子一道,参加各种游行。

徐子兴加入王复元的"捕共队"后,众人唾弃,李毅和孩子走在院子里,身后都有邻居指指点点的,不知吃了多少白眼,受到了多少辱骂。不仅门上时常被人抹上粪便,还经常有一摊摊的尿。有天早上李毅打开门,眼前竟摆着一个花圈。徐子兴每次回到家中,李毅和孩子也都冷眼相望。只有在深夜,徐子兴才能俯身亲一亲睡梦中的孩子。

对坚强的共产党员徐子兴来说,1931年的春天是残酷的。他自从

1929年初打入国民党内部，到1931年4月被捕，向中共党组织提供了多份重要情报，很多党员由此逃过了厄运。久而久之，徐子兴的行踪也引起了王复元的哥哥王天生的怀疑，可王天生一直不动声色，只是站在暗处悄然观察着徐子兴。1931年4月，中共中央派交通员郭强来山东传达有关指示，郭强乘船来到了青岛，他刚下船就和前来迎接的徐子兴对上了暗号，两人一前一后走着，郭强被几个特务拦住了去路，郭强被捕了，徐子兴却安然无事，他快步走着，很快就消失在人群中。后来他跟人说起此事，才知道并不是自己多么幸运，是王天生欲擒故纵，放长线钓大鱼。然而，徐子兴有勇有谋，特务跟踪了几日，都一无所获，王天生觉得这样下去，不仅两手空空，最后恐怕连徐子兴也"石沉大海"了，他下令收网，徐子兴很快就被送进了监狱，王天生知道，徐子兴这样的人，不是上大刑就会轻易招供的，为了逼迫徐子兴就范，他又让人把李毅和孩子抓来，李毅一见丈夫，泪就下来了，她捶打着丈夫的后背："你呀，你呀，你怎么这样糊涂！你不跟着共产党干了，又投靠了这帮子人，现在他们也翻脸了，你里里外外不是人呀！"徐子兴听了，说："我没有做对不起祖宗的事！"王天生让李毅交代徐子兴的事，李毅道："自从我嫁到徐家那天起，婆婆就不让我问男人的事，管男人的事，他做了什么我都不知道！"说完，李毅就哭倒在地上，孩子也跟着哇哇大哭。

　　王天生拷打徐子兴，让他交代中共青岛市委书记的下落，徐子兴道："我早就投靠你了，在共产党眼里，我早就是叛徒了，说不定哪一天，我的下场也和你的弟弟一样，他们的秘密我怎么能知道呢？"王天生吼道："你是假投靠，想在我面前使障眼法，你还嫩了些。"徐子兴冷冷一笑说："信不信由你。"无论王天生怎么动刑，怎么拷问，徐子兴就一句话："莫名其妙。"王天生无奈，只好押着徐子兴回到了济南。

1931年8月的一天,李毅抱着幼子来济南监狱探监,隔着铁门格子,她伸手摸了摸丈夫消瘦的面庞,泪水无法止住。徐子兴抬头道:"不管外面的人说我什么,我是对得起自己良心的。我生是党的人,死是党的鬼!"徐子兴看着孩子,摸了又摸,抬起头时,泪水落在地上,他沉默一会儿说道:"将来你要告诉孩子,他们的爸爸没有给祖宗丢脸!还有,你再找个人家。"李毅摇摇头说:"孩子他爹呀,现在还说这话有什么用呀。"

两人一时无语,最后李毅放下孩子,突然跪在了地上,她给徐子兴磕了三个头,一岁多的孩子见了,也学着妈妈的样子跪在那里磕了个头。狱警吼着说到时间了,李毅抱起孩子没走几步,又一下子回过头来,大声喊道:"徐子兴,我生是你老徐家的人,死是你老徐家的鬼!等你上路那天,我和孩子来送你!"

李毅后来一直记得很清楚,她和孩子离开济南那天是8月19日。清晨突然而降的暴雨,像无数条鞭子一样抽打着刚驶出车站的火车,李毅看看车窗,雨水像帘子一样挂在了窗上,挡住了视线。她又看看怀里的孩子,忽然觉得想哭,她一下子捂住了自己的嘴。

李毅不知道的是,就在这个清晨,她的丈夫和21个党内同志,被押送到了济南千佛山下,他们一下刑车,就被如注的大雨浇透了全身,徐子兴开口唱起了《国际歌》,众人也跟着一齐唱起来,歌声和雨声交织在一起,愈来愈响亮。

一阵枪声过后,他们晃动了一下身子,随后纷纷倒在了地上,鲜血喷涌而出,很快就被雨水吞噬了。

徐庄之约

1

当身体瘦弱的任国桢1930年3月的某一天站在青岛街头上的时候，他不禁长舒了一口气，从出发那天起，一路辗转，已经大半个月过去了，他知道，接下来还有更严峻的考验摆在自己面前。还是前一年的8月21日，一大代表陈潭秋奉中央之命主持改组了中共山东临时省委，任命王进仁、曹克明、党维蓉为临时省委常委，王进仁担任书记兼组织部部长，任命党维蓉为宣传部部长兼青岛市委书记，曹克明是巡视员。可是两个月的时间还没到，党维蓉等人就被捕了，青岛一直是斗争的前沿，不能一日无书记，王进仁提议临时省委任命锄奸队员牟鸿礼担任青岛市委书记。时隔不久，中央给山东派来了吴丽实，12月10日这天，在济南又重新组建了山东临时省委，吴丽实担任书记，时间到了1930年2月8日，曹克明变节，出卖了临时省委，吴丽实等8人不幸被特务抓住，侥幸脱险的王进仁在山东已经很难落脚，被调往了天津。中共中央随后又派来了任国桢和汤汝贤。

任国桢知识分子出身，先前在他的家乡任中共满洲省委候补常委。他是在上海中央干部训练班学习时被派往山东的。这位四十多岁的东北汉子，个头有些瘦小。此时，他提着简单的行李，行走在海边，风不是很大，空气里还夹杂着淡淡的海腥味，嗅着这种陌生的味道，曾经在哈尔滨《东方早报》当过编辑的任国桢，突然觉得这座城市对自己来说既陌生又遥远。

年轻的青岛市委书记牟鸿礼很快就和任国桢接上了头。牟鸿礼住在一间很狭窄的小平房里,除了一张单人床,几乎连个放板凳的地方都没有,两人盘腿坐在硬板床上,任国桢以大哥的口吻说:"小兄弟,你可真能凑合呀。"牟鸿礼不好意思地笑了笑说:"在码头上扛一天大包,身体早就散架子了,回来就像一头死猪一样,往床上一躺也就什么不知道了。"任国桢听了,有些心酸,继而哈哈大笑起来。这一夜,他在这张小床上,几乎是和牟鸿礼摽成摽睡的。

任国桢急需租间房子,一是立足,二是将来可以作为省委机关。他和牟鸿礼在街头分手后,就走街串巷看了几户房子,但每个人的口径几乎都是一样的,没有眷属不租。任国桢苦笑不已,晚上对牟鸿礼说:"眷属,眷属,你嫂子还在大东北拖着个大肚子呢。"任国桢看着窗外渐渐暗淡下来的天说:"时间不等人啊!"牟鸿礼那张娃娃脸上也充满了焦虑,他低头想了想,突然说:"要不先给你找一位女同志吧,你们假扮夫妻,这样问题不就解决了嘛。"任国桢一怔:"这怎么能行?"随后又说:"情况紧急,只能这样了。"

没有几日,一个叫孙肇修的女共产党员来到了任国桢的身边。这位后来化名陈少敏的年轻女性,当时已经28岁,同那个年代众多女性一样,很早就加入了共产党。孙肇修的父亲早年参加过辛亥革命,由于作战勇猛,破格当上了连长。辛亥革命失败后,他回到家乡寿光种地。孙父读过一些书,耕种之余还教了些学生,肇修就随父读书识字。后来遇上灾荒,父亲、哥哥相继死去,孙肇修虽是女儿身,但行事果敢,风风火火,她知道待在家中只能饿死,就决定去青岛寻找活路,这年她才十三岁,身无分文,一路乞讨,硬是步行了二百多公里到了青岛。孙肇修发动妇女很有一套,曾是邓恩铭的得力助手,多次参与领导工人罢工，虽年龄不大，可老成持重，周围的人无论年龄大小，都亲热地叫她陈大姐。

任国桢握着孙肇修的手道："肇修同志，难为你了！"孙肇修很豪爽，她大声笑了笑说："为了革命，命都可以不要，这点事情算什么？"有了孙肇修的配合，任国桢在青岛陵阳路顺利租到了房子。任国桢以假夫妻开展工作的同时，也多次写信给远在东北的妻子，可是，家中音讯全无。任国桢身体不好，每次犯病，孙肇修都问寒问暖，悉心照料。慢慢地，他们的心靠在了一起，这对假夫妻很快成了一对革命伉俪。1930年3月12日，中共山东临时省委在青岛陵阳路成立。任国桢任书记，汤汝贤和牟鸿礼为委员。

1929年下半年，中共中央陆续接到了来自共产国际的四封信，要求中共领导的革命要大刀阔斧迅速行动起来，不能缩手缩脚。1930年1月11日，在中共中央政治局会议上，通过了接受共产国际指示的决议。几个月以后，周恩来远赴苏联，向莫斯科的共产国际汇报中国革命的问题。中央政治局常委兼宣传部部长李立三，在日益高涨的革命热情鼓舞下，起草了《新的革命高潮与一省或几省首先胜利》，中央政治局很快通过了这个激进冒险的决议。

远在山东的中共山东临时省委也被这种热情撞击着。这天夜晚，任国桢得知，由于人力车行大幅度涨租，众多车夫已经和他们剑拔弩张，1000多个车夫即将到市政府请愿。任国桢听到消息，觉得机会来了，这是一股不可忽视的力量。他对孙肇修说："为了发动这股力量，我也去当一当车夫。"孙肇修急忙说："你这身体能行？"任国桢道:"不行也得行,不和这些兄弟们打成一片,不把他们当成自己人,群众决不会跟你走的。"第二天上午,任国桢一番乔装打扮后,就去车行租了辆人力车。第一次拉车,再加上他身体不好,刚开始跑起来歪歪扭扭的,差一点撞到一棵梧桐树上,一些车夫见了就笑:"你这样拉车,两条腿跑细了也挣不出吃的来,根本就不是拉车的料。"一个叫瘦猴的车夫就教他,任国桢聪明,很快就掌握了要领,可跑了一上午,只学会了拉车,没学会拉人。中午任国桢扒拉了几口饭,又跑到车站码头蹲活,其他车夫都眼尖耳敏,能说会道,老远看到客来,几步迎上前去道:"先生,您看好了,我人高马大,腿快脚稳,路上再多沟坎,我拉起车来保险没颠簸,您只管舒舒服服睡一觉,睁开眼来就到了!"任国桢初来乍到,不会揽活,且客人又见他长得干瘦,两条腿细得像麻秆,没有一个愿意上他车的。一天下来,竟没拉上一个客。

孙肇修晚上下工回来,见丈夫早就躺在了床上,知道他这一天累得不轻。刚要开口说话,任国桢先开了腔:"跑了一天,就遛腿了,连根毛也没拉着。"孙肇修说:"这样下去不行,要是特务见你这样空着车跑来跑去,时间久了还能不引起他们的怀疑?"任国桢说:"也是,路上确实有些人在注意我了。"他看看妻子,笑了笑又道:"你明天先坐坐我的车,打个掩护。"孙肇修听了,扑哧一声笑了:"亏你想得出来啊!"任国桢道:"结婚的时候你连个花轿都没坐上,这下算是补上了,一举两得。明天你也要打扮一下,得像个坐黄包车的模样。"

第二天上午,这位中共山东省委书记,就用黄包车拉着妻子上路了。七月的青岛,湿热难当,孙肇修见丈夫不一会儿就跑出了大汗,累得气喘吁吁的,连说:"停车,停车。"任国桢急忙道:"记住你的身份,你是坐车的,要坐得像模像样!"任国桢身体一直虚弱,在刺目的烈日下，腰更佝偻了，嘴里大口喘着粗气。坐在车上的孙肇修，看到丈夫后背弯成了弓状，汗水也湿透了衣服，泪水不禁一次又一次地涌出了眼眶。

一路上，很多车夫都热情地向任国桢打着招呼，瘦猴还嘱咐他悠着点。孙肇修知道，丈夫已经融入这个奔走的群体里了。

7月21日，在中共山东省委和青岛市委组织下，1000多个人力车夫举行了罢工，大街小巷再无一辆人力车。任国桢混杂在车夫中，一起大声喊着口号。此时，马路上已经没有一辆人力车。瘦猴跑过来跟任国桢说："大哥，有的车行已经同意咱们的要求了，你可真行。"任国桢道："这可不是我一个人的力量，只要大家团结起来拧成一股绳，他们就会害怕的。"

罢工第二天，一些车夫被抓进了监狱，孙肇修还有徐子兴的妻子李毅等人，又发动了众多的车夫家属起来抗议。孙肇修后来回忆：

> 1930年，董汝勤、李文美（即李逸秋，又名李毅）和我组织人力车夫家属去请愿。对此事，省市委均无指示。我们晚上开会研究，白天由李文美通过院内住户串联，在德平路以南一个一个地发动家属，组织请愿。这次斗争，发动家属请愿是起了作用的。请愿时，伪市长的代表（可能是秘书长）出来讲话。他讲的大意是：为照顾你们的生活，被捕的人很快就放出去。最后他答应，在人放出来以前，一天一户发4角钱。一位七八十岁的老太婆，经动员参加斗争后，说："还得联合起来。一天还给我们发4角钱呢。"对这次家属请愿警察局没有镇压。对家属请愿一事，省委当时有过报告，那是任国桢写的，任国桢还分析了斗争胜利的几个原因：

"一是捕去的人力车夫还得管饭，二是家属请愿，每户每日还得发四角钱（发了一周左右），再就是租车的人多，其中老人力车夫力量不小，车行得依靠他们租赁人力车。"

这天下午，任国桢拉起人力车又跑上大街查看情况，刚转过一个弯，忽听有人在喊："黄包车，黄包车！"任国桢循着声音抬头看去，见马路旁的一棵树下站着一个人，正向他连连招着手，是徐子兴。任国桢赶了过去，拉起徐子兴就跑。徐子兴道："你得和少敏同志马上转移，张国亭叛变了，晚上他就带着'捕共队'的人到你家去。"说话工夫，到了一座楼前，徐子兴下了车，匆匆走了。

任国桢撩起搭在脖子上的毛巾擦了几把汗，四处看了看，拉起黄包车就往家中跑去，他必须在最短的时间里把窗台上那盆花搬下来，这是向其他同志发出的危险信号。任国桢再走出家门的时候，街上的军警陡然增多了，他还要通知几个同志，同时，他还担心着妻子，万一她一时大意进了家门怎么办？任国桢很快就到了徐子兴家，可徐子兴已经跟着"捕共队"走了。

任国桢没有想到，他刚离开家时间不长，王天生的"捕共队"在张国亭的带领下就提前到了他的家，特务敲敲门没见动静，就在一边埋伏起来。

陈少敏快到家的时候，夜色已经罩住了这座城市，走着走着，一个人拦住了去路："陈大脚，你不要回家了，有特务在你家楼下！"陈少敏见是邻居张二英，一下子停下了脚步，她急忙问："我家老任呢？"张二英说："回了趟家就走了。还有几个邻居在别的路口拦着你呢，快走吧！"陈少敏心里一热，挥挥手转身快步走了。

1930年11月，中共山东省委再次遭到破坏，任国桢和陈少敏成了国民党的眼中钉，中共中央把他们调往北平。1931年11月的一天，陈少敏正兴致勃勃地在给出生没几个月的女儿缝衣服，一位同志来告诉她，任国桢被捕牺牲了。陈少敏闻听，手中的剪刀一下子掉在了地上。

后来陈少敏把孩子托付给母亲抚养，只身又投入了革命，毛泽东赞她是"白区的红心女战士，无产阶级的贤妻良母"。在战场上她也表现不凡，是抗日战争和解放战争中的一位响当当的女将。1937年春，陈少敏被组织派到延安中央党校学习。与同班同学涂正坤相爱结为夫妻。涂正坤曾担任过湘鄂赣省委书记，长征中结发妻子朱引梅所在部队被包围，自此再无音讯。相同的命运，惺惺相惜，让这对饱受磨难的人走到了一起。可谁都没有想到，新婚没几日，涂正坤突然收到了朱引梅的来信，说她命大，虽然被打了一枪，但没有伤着要害，最后被一场大雨浇醒，从死人堆里爬了出来，很快就要赶到延安与他团聚了。涂正坤看了信又惊又喜，可一下子又坠入了两难的境地。他把信拿给陈少敏看，陈少敏沉默良久，最后快言快语地说道："老涂呀，你别犯愁，朱引梅还活着，这是天大的好事，虽说咱们结婚了，可她和你结婚在先，我和你结婚在后，咱俩就此分手吧，要不我对不起引梅同志。"涂正坤叹着气，手足无措地一遍遍摸着脑门。陈少敏朗朗笑道："看你这样子，怎么一下子变成娘们了？过去我娘说我，你这孩子不光是脚大，心也很大。放心吧，是我乐意的，我是在党的怀抱里长大的，死都不怕，这点压力算什么？"涂正坤听了，释然了许多。陈少敏又笑笑，卷起了自己的被子。涂正坤心里五味杂陈，把陈少敏送到了集体宿舍，很多人都不知就里，一路上指指点点的。有人问："涂正坤，刚结婚还没热乎够怎么就分居了？"涂正坤一声不吭。陈少敏则昂首挺胸，笑着和同学们打招呼，嘴里回道："革命不能光卿卿我我！"嘴里虽然这样说，可站在窑洞里，透过窗户看到涂正坤远去的背影时，她再也控制不住自己，泪水一下子涌了出来。

朱引梅来到延安后，听说了涂正坤和陈少敏的事，深受感动，专门到陈少敏面前表达了谢意。谁知两年后，涂正坤在一次战斗中不幸牺牲，年仅42岁，撇下了朱引梅孤儿寡母。

而陈少敏从此再也没有谈婚论嫁，一直孑然一身。新中国成立后，这位受人尊敬的女性，担任了中华全国总工会副主席、中共中央第八届中央委员会委员。

2

"左"倾冒险主义，不仅给红军带来损失，也让全国各地的党组织受到重挫。1933年1月，在上海的临时中央机关不得不远迁苏区，为了继续领导白区的斗争，中共中央又很快成立了中共上海执行局。1933年2月，中共山东团特委书记陈衡舟投敌，山东临时省委书记任作民、组织部部长王仲和等29人被捕。时隔不久，先前入狱的青岛市委书记李春亭、李伟任等9名干部被韩复榘处决。因为中央迟迟没有指示，1933年3月，原省委秘书长张恩堂（张北华）在济南紧急成立了山东临时省委，书记张恩堂，宋鸣时任组织部部长。让张恩堂等人猝不及防的是，刚刚担任组织部部长不足5个月的宋鸣时，拿着一份重要名单，走进了国民党山东省政府，韩复榘喜出望外，连声对宋鸣时说道："你立了大功，你立了大功，这下山东的共产党该绝迹了！"

宋鸣时叛变的当天夜晚，不仅临时省委书记张恩堂等人被捕，就连上海中央局派来的蔡泽民也未能幸免。没出几日，又有二十余人被捕。其中还有与蔡泽民一同来山东的刘泽如、宋澄。可以这样说，宋鸣时叛变是自叛徒王复元以来最为严重的一次。由于省委交通员马振声和朱光先被捕入狱，省委遭破坏的消息就没有及时送出去，各地党组织都蒙在鼓里，狡猾的宋鸣时为了逮捕更多的共产党，还以组织部部长的名义到各地频频视察，后面的"捕共队"则张网以待，他在下面每召集一次会议，到会的党员都无一逃脱。从史料中得知，短短时间就有三百多人被关进监狱。全省各地县一级的党组织，只剩下青岛临时市委和莱芜、莱阳等几处。

当时，山东省委宣传部设在省委印刷部，宋鸣时并不知道印刷部的地址，费了一番周折也没抓住宣传部的部长曹仲三，就在宋鸣时耿耿于怀的时候，曹仲三终于联系上了中央驻北方代表，可到了10月，曹仲三还是没能躲过这一劫，他被捕后，山东党组织与中央失去联系达两年之久，就连党中央在遵义会议上确立了毛泽东的领导地位他们都不得而知。

这期间，中共济南市委书记赵健民、莱芜县委书记刘仲莹等人在各地坚持斗争的同时，一直想方设法寻找上级党组织。1934年春天，刘仲莹先行去了上海，因为一时没借到钱，就变卖了田产做了盘缠。由于线索全无，他在大上海跑了几个月也没有找到中央局，最后刘仲莹一路乞讨回到了山东，他刚在济南落脚没几天，就被抓进了大牢。无论怎么上刑，刘仲莹都一问三不知，再加上他身份还没暴露，很快被保释出来。刚从外地回来的宋鸣时听到这一消息，捶胸顿足："你们这是放走了一条大鱼呀!"

宋鸣时立即兵分数支,由变节分子带路,多方寻找刘仲莹的下落。刘仲莹四处躲避,最后隐藏在了莱芜云台山一处狼毛子洞,他每日多是野菜充饥,到了初冬,叶落草枯,这位23岁的年轻人瘦得已是皮包骨头,连日的高烧让他时醒时昏,幸亏一个叫刘汉成的老汉进山砍柴时发现了他,隔几日都会给他送些吃的来,后来这位老人再没出现。这天,刘仲莹拖着病体没爬几步,就晕了过去,蒙眬中他听到有人在喊,声音很小,若有若无,好像是从遥远的地方传过来的,后来声音越来越大,刘仲莹慢慢睁开了眼睛,他影影绰绰地看到,一个姑娘蹲在自己的身边。姑娘见他醒了,一下子露出了笑容:"我怎么叫,你就是没有啥反应,你的嘴干得怎么这样厉害? 快喝点水吧。"说着,姑娘从筐子里拿出一个皮囊子,让刘仲莹喝了几口水。刘仲莹喘了几口粗气问:"你是谁? 怎么到这里来了?"姑娘道:"我叫春芳,刘汉成是我爹,他不在了。"叫春芳的姑娘说着,一下子落下泪来,停了一会儿她又道:"我爹临死前说了你的事,他说你是好人,让我给你来送饭。刚说完你在这山上,还没说在哪个地方,就头一歪咽气了。我找了你好几天,才找到这山洞里来了。"刘仲莹听了,心如刀割,他抹抹眼睛说:"前些日子要是没有刘大爷照料,我早就死了。他身体很好,怎么说走就走了?"春芳刚要说什么,又停住了,她从筐子里拿出一块红薯,递给刘仲莹:"快吃吧,你肯定饿了。"春芳没有告诉他,老人是夜里从山上回家的路上跌进深沟里摔死的,就是那天他给刘仲莹送吃的回来的路上。

刘仲莹在和特务捉迷藏的时候,赵健民等人还辗转在北平、上海等地,一直没有停下寻找上级党组织的脚步。他们没有想到的是,上海的中央局也曾多次派人赶到济南和山东各地联络，可山东的党组织好像一下子踪影全无了。1935年9月的一天，济南乡师一位名叫郭崇豪的党员告诉赵健民，说濮县的党组织还在活动。赵健民听了很高兴，有斗争的地方，就会有党的领导。赵健民高兴得几乎一夜未眠，第二天一早，他就骑上一辆破旧的自行车向濮县出发了。

濮县地处鲁西，距济南数百里。严格地说，当时鲁西地区的濮县、范县、阳谷、莘县、朝城等地，还属于冀鲁豫边区特委领导，直鲁豫特委书记黎玉常到这一带巡视，后来，河北省委还派他专门到濮县一个叫徐庄的村子蹲点。在山东革命处于低潮时，这个鲁西偏远的小村庄却点燃了革命的火炬。1934年秋天，从师范学校刚毕业不久的徐庄青年徐宾加入了共产党，短短一个冬天，有着火一样热情的徐宾很快就发展了8位党员。

不久28岁的山西汉子黎玉踏着厚厚的积雪来到徐庄，很快就被这些刚刚宣誓入党不久的汉子的赤诚之心感染了。年关虽然就在眼前，可徐庄的百姓却还都在为饥寒揪心，黎玉趁热打铁，亲率几十人夜袭了小芦庄的一个大户地主，收获粮食数石。没出几日，木靳庄大地主赵振刚也遭到同样的袭击。第二天官府通报说："赵家一夜粮食被盗100石，长短枪各一支，手榴弹一箱。"这一连串的好消息，对赵健民他们来说，能不是一个极大的鼓舞吗？闻讯赶到徐庄的赵健民，一把握住徐宾的手，许久没有放下，他连声说："可找到你们了。"临走时，他又反复嘱咐徐宾："黎玉同志再来的时候，你一定要告诉他，我过些日子还会再来的，我们都盼着和他见一面。"

赵健民、鹿省三在1935年一个初冬的日子找到刘仲莹的时候，他已经像个披头散发的野人一样了，他们都冲上前来，紧紧地抱在一起。

这三个顶天立地的汉子,声音都哽咽着,竟好久没说出一句囫囵话来。

在中共山东省委的历史上,因为省委屡遭破坏,曾两次紧急组成了中共山东省工作委员会,用以临时领导全省各地的党组织。1933年11月,第一次组建的山东省工作委员会还不足一个月,工委就被破坏,中央派来任工委书记的张德一和秘书长张仲翔被捕。1935年的年底,随着赵健民三人的相聚,中断了两年多的中共山东省工作委员会才得以恢复。刘仲莹任工委书记,赵健民任组织部部长,鹿省三任宣传部部长,黄仲华任农民部部长。

赵健民第一次离开徐庄不久,黎玉又来到了这里,听了徐宾的话,黎玉心里既沉重又不安,他站在村口,望着茫茫的远方,自言自语道:"同志们该是多么着急呀,找家的滋味太难受了!"自此,黎玉决定在徐庄住下来,等着赵健民的到来,每天他都走到村口眺望,想象着赵健民骑着自行车由远而近,正向他一路驶来。

3

在1935年冰封的黄河大堤上,往来人还是不少。赵健民骑着自行车早已经走出了黄河大堤。这辆从别人那里借来的自行车,已经破旧不堪,骑上没蹬几步就吱吱呀呀地叫个不停。上次远行徐庄,一路就修了好几回,这次可是一路冰天雪地,出发前,赵健民特地到车行让师傅做了修理,走时又带上了几件工具。骑行了一百多里后,眼前的小路早已被大雪覆盖了,茫茫雪原上空无一人,赵健民只得把自行车扛在肩上行进,雪没膝深,没走多远,赵健民已经累得直不起腰来,嘴里呼出的白气越来越浓,他干脆卧在了雪地里,抬头看看,雪还是无边无际。刚才还热腾腾的身体，很快凉了下来，他站起身，又扛起了自行车，本来驮人的工具，现在竟成了累赘。赵健民深一脚浅一脚走着，雪地里留下一串杂乱窝子。

赵健民扛着自行车站在徐庄村口的时候，徐庄已经和太阳的余晖融为一体了。这位从1934年下半年就开始寻找上级党组织的汉子，行程数万里，到这一天总算是画上了一个圆满的句号。赵健民跟着值守在村口的一位党员刚走进院子，就迫不及待地大声喊起了黎玉，黎玉正坐在屋里和一些人说话，听到喊声，几步就迎了出来，他连声道："我就是，我就是！"赵健民像一个终于找到了家的孩子，一把握住黎玉的手："黎玉同志，我是赵健民呀，可找到你了。"说完嘴一咧，再也说不出一句话来，只是一头扑向黎玉，放声大哭。

赵健民的鞋子和长衫都已经湿透了，硬邦邦的，徐宾急忙给他找来衣服。赵健民喝了几口热水，问："有吃的吗？我已经大半天没吃东西了。"旁边那个党员说："刚才在村口，他就饿得站不稳了。"还没说完，徐辰的妻子已经端上了一碗热腾腾的面条。炉火把每一张兴奋的脸膛都映得红红的，黎玉说："现在的形势非常严峻，从1930年10月开始，蒋介石就向我们中央根据地发动了进攻，还多次'围剿'我们工农红军。目前，党的中心任务是开展抗日民族统一战线，不久以前，还发表了《八一宣言》……"赵健民听了，有一种恍若隔世的感觉。

黎玉和赵健民会面后，很快就回到了冀鲁豫边区特委驻地河北省磁县，把山东的情况报告给了中共北方局书记高文华。高文华高兴地说："山东的党组织终于回到党的怀抱了！"不久，高文华又向黎玉做了传达："中央已经派刘少奇同志来天津主持北方局工作了，中央对山东的情况很重视，要求尽快恢复山东省委。经过研究，决定派你到山东担任省委书记，时间很急，你争取最近几天就赶过去……"

1936年4月的冀鲁边平原上，油菜花开，麦苗返青，树木也都被春风吹醒了，枝条上泛出了一抹抹淡绿。肩负使命的黎玉一大早就骑着自行车从磁县出发了，徐庄是黎玉到山东的必经之地，过去他每次去徐庄，都会走这条田间小道。千里走单骑，且一路都是盛开的油菜花，黎玉禁不住诗兴大发，随口吟道："鸟鸣杨柳青，遍地黄花香，蝴蝶在引路，助我到徐庄。"由河北磁县到濮县，有三百多里路。黎玉一路穿过成安、清丰、内黄、大名，抬头一看，眼前的徐庄已经在夕阳的余晖里了。黎玉夜宿徐庄，天刚亮就登上了黄河大堤，一路向东而来。在这里，黎玉遇上了几个黑衣人盘查，好在有惊无险，他在路边给自行车打足了气，看看天色，又骑上车子继续行驶。

此时此刻，济南全福庄小学的教员姚仲明，还像往日一样，翘首等待着上级党组织派来的人。

历史记住了这个日子，1936年5月1日，中共山东省委在济南成立，黎玉担任书记，赵健民担任组织部部长兼济南市委书记，林浩任宣传部部长。当三双大手握在一起的时候，赵健民心潮起伏。外面树绿叶翠，一窗的春意。

在刚成立的山东省委第一次会议上，黎玉道："目前，国民党的力量都在城市，我们在这里无疑是夹缝求生，也很难立足。毛泽东提出的农村包围城市是很有道理的，我们要避其锋芒，到偏远的农村去！"黎玉看看大家，又道："从今以后，我的公开身份是黄包车车夫，一是为了掩护，二是我得挣些银子吃饭穿衣呀！"说完，他放声大笑。

从此，奔跑在济南大街小巷的人力车夫中，经常有着黎玉的身影，他一边拉着车，一边和车上的人聊着天，还不时用搭在脖子上的毛巾，擦擦脸上的汗。

远在延安的毛泽东听说后笑言："黎玉是个黄包车书记。"

（节选自《靠山》，人民文学出版社2021年6月出版）

红船启航（节选）

丁晓平

1. 1921年7月23日，中共一大在上海开幕

1921年6月，上海接连来了两位外国人。

这两个人，一个从南方的海上来，一个从北方的陆地来；一个是荷兰人，一个是俄罗斯人；一个叫马林，一个叫尼克尔斯基。他们虽然不是同时出发，却几乎同时到达，而且他们的目的地相同，尽管使命略有不同，但主要目的也只有一个——那就是接受共产国际的指派来到上海，帮助中国共产党人正式建立共产党全国组织。

那个时候的上海，被称作"冒险家的乐园"，人口达到200万，其中有15万是外国人，他们来自56个国家，所以来了两个外国人一点儿也不新鲜。作为中国最早开埠的城市，上海是中国新知识、新思想、新学最主要的策源地，也是新闻出版和传媒资讯最为发达开放的城市，好像一个万花筒。随着上海近代城市化的进程，尤其是从1845年英国

人在外滩建立租界开始，到1863年公共租界（英美租界合并）和法租界的总面积高达48000亩。

租界，这是一个特殊的地名，从民族情感上来说，它好像中国历史上的一块"溃疡"，是落后挨打的印记。但也不可否认，在那个混乱、黑暗、屈辱的年代，租界不仅在地理上而且在政治上造成一种缝隙，从晚清到民国，各种党派政团竞相以上海为活动中心或重要基地。号称"十里洋场"的租界，为革命家的革命事业提供了某种庇护，成为"安全岛"。

1914年，法租界继续扩张，在获得上海县城以西的大片土地以后，启动了大规模的新区筑路计划。从1915年至1920年，法租界东西向的辣斐德路（Route Lafayette，今复兴中路）、望志路（Rue Wantz，今兴业路）、西门路（Route Siemen，今自忠路西段）和天文台路（Rue de la Observatoire，今合肥路）；南北向的贝勒路（Rue Amiral Bayle，今黄陂南路）、白莱尼蒙马浪路（Rue Brenier de Montmorand，今马当路）、菜市路（Rue de Marché，今顺昌路）和平济利路（Rue Bluntschli，今济南路），或新筑，或延伸，与之前已经建成的吕班路（Avenue Dubail，今重庆南路）一同构成了一个新街区的框架。这个新街区，当时又称作"西门区"（Quartier de Siemen）。中共建党和共产党员早期的活动也都在这一区域内。

革命者为什么多选择在法租界生活和工作呢？

一是因为这里地理区位合适，规划有序，道路宽阔，环境幽雅，交通便利，房租低廉；二是因为当时的上海分为华界、公共租界、法租界，"一市三治"却地域相通，租界在政治、法律和新闻出版上不受中国当权者的约束和制裁，进退自如；三是因为这里是穷人、自由职业者、收入低下者聚集地区，三教九流，鱼龙混杂，人口成分复杂，流动量大；四是因为这里相对于公共租界来说，法国巡捕的力量比较弱，尤其是新区；五是因为这里的房屋多为石库门建筑，里弄支弄相互连接，四通八达，利于隐蔽。时任荷属印度高级法院总检察长于伦贝克说："上海这座城市是东亚少有的可容政治上不良分子十分顺利地找到栖身之地的几大城市之一。而在邻国，诸如荷属印度、英属殖民地、日本、菲律宾和澳大利亚等地，这一类人则几乎找不到立足之地。"那个时候，中国革命的先行者孙中山等也曾把秘密据点设在法租界西门区的石库门里。陈独秀居住的环龙路老渔阳里2号、李汉俊居住的三益里和树德里、李达居住的辅德里，以及俞秀松等人居住的新渔阳里等，都在这个西门区范围内。

现在，马林也走进了法租界，走进了石库门。

马林本名亨德立克斯·约瑟夫·弗朗西斯克斯·马里·斯内夫利特，荷兰人。1920年8月，时任共产国际民族和殖民地委员会委员的马林，被指派为共产国际驻远东代表，并于1921年3月动身来华。出身贫苦工人家庭的马林，年轻时投入了工人运动，在荷属殖民地印度尼西亚，他积极参加了印尼人民反对殖民主义的斗争和印尼共产党的创立。1920年，在莫斯科召开的共产国际第二次代表大会上，列宁亲自指派他来中国开展革命活动。

经过三个月的辗转，马林乘坐意大利劳尔·特里斯提诺公司的"阿切拉"号轮船，于1921年6月3日抵达上海，下榻在南京路东方大旅社32号房间。6日，他化名安德莱森，到荷兰上海领事馆办理手续，拜会了荷兰驻沪总领事丹尼尔斯，表示自己要在上海生活一段时间，以等待妻子的到来。随后，他便以日本杂志《东方经济学家》记者身份开展活动。6月14日，他从旅馆搬出，到上海麦根路32G号（今淮安路32号）鲁伯尔先生家居住。到9月底，又搬到汇山路6号俄国人里亚赞诺夫家里居住。当时，上海的朋友们都称他为"倪恭卿"，他还有一个中文名叫孙铎。

到上海后，马林第一时间与一个名叫弗兰姆堡的俄国人取得联系。弗兰姆堡是俄共（布）西伯利亚地区委员会东方民族部的干部，1921年1月来华工作，由赤色工会国际联合会驻赤塔远东书记处派遣，主要任务是联络和指导中国的工人运动。经过弗兰姆堡的介绍，马林认识了与他前后脚抵达上海的尼克尔斯基。

尼克尔斯基本名弗拉基米尔·涅伊曼·阿勃拉莫维奇，1889年出生，1919年至1920年在远东人民共和国人民革命军服役，1921年加入俄共（布），参加了共产国际机关行政工作，受共产国际远东书记处的派遣来到上海，接替维经斯基在中国的工作。共产国际远东书记处是1921年2月底刚刚建立的，它的领导人B.舒米亚茨基本来还是派维经斯基来中国，但途中"遇到了麻烦"（被逮捕），后又改派尼克尔斯基来中国。到上海后，他出席了旅华朝鲜马克思主义者在上海召开的代表大会。同时，他也受托履行赤色工会国际联合会（赤塔分会）驻中国代表的职责。在与共产国际远东书记处通信中，他一般化名"瓦西里"或"瓦利里耶夫"。

马林曾在给共产国际执行局的报告中叙述了他与尼克尔斯基的交往和工作。他说："据莫斯科给我的通知，1920年8月到1921年11月间，已在伊尔库茨克建立远东书记处。这个书记处负责在日本、朝鲜和中国进行宣传工作。维经斯基曾在上海工作过。1921年6月书记处又派出尼克尔斯基接替其工作。当我同期到达那里时，便立即取得了同该同志的联系。在那里他同我一直共同工作到1921年12月初，几乎每天我们都要会面。"

实际上，马林作为共产国际执行委员会名义上的成员之一，被指派来中国做驻远东的代表,并不是特意来参加中共一大的。筹备召开中共一大的工作,具体是由共产国际远东书记处负责的。为了方便参与对中共一大的指导,当马林到达中国后,共产国际执委会就指定他为远东书记处的成员,而远东书记处的代表是尼克尔斯基。所以,马林在向共产国际执委会的报告中写道:"我和尼克尔斯基同志在上海期间,我做的仅仅是帮助他完成书记处交办的任务,为避免发生组织上的混乱,我从不独自工作。"关键是,尼克尔斯基不仅是情报工作人员,而且负责向共产国际驻华工作人员及当时在华工作的其他苏俄共产党人提供经费。只是其为人处世比较稳重低调,不像马林那么强势张扬。

因为陈独秀去了广州,马林和尼克尔斯基只好与当时主持上海党组织工作的李达、李汉俊等建立联系。后来,李达回忆说:"六月初旬,马林(荷兰人)和尼可洛夫(俄罗斯人)由第三国际派到上海来,和我们接谈了以后,他们建议我们应当及早召开全国代表大会,宣告党的成立。"

在这种情况下,李达分别与广州的陈独秀和北京的李大钊商议,确定在上海召开中国共产党全国代表大会。随后,李达和李汉俊分别写信给北京、长沙、武汉、广州、济南以及旅日、旅法的组织和党员,通知他们每个地区派出2名代表到上海出席党的全国代表大会。考虑到各地代表到上海路途遥远,马林和尼克尔斯基给中共发起组支援了活动经费,寄给每位代表100元路费。

当然,最重要的是,一定要把陈独秀从广州请回来主持会议。为此,马林要李达也给陈独秀所在的广州支部寄去了200元路费。但陈独秀没有答应,原因是他在广州兼任大学预科校长,正在争取一笔款项修建校舍,如果在这个时候离开,这笔钱就泡汤了。于是,在谭植棠家开会研究参会代表名单时,陈独秀就提名陈公博和包惠僧出席会议。

现在，有一个问题出现了，本应该是武汉党组织成员的包惠僧，怎么跑到广州去了呢？也正因此，中共党史界多年来存在一个争议——包惠僧到底是不是中共一大的正式代表？

包惠僧是湖北黄冈人，出生于1894年，又名包晦生、包一环、鲍一德。在湖北省立第一师范毕业后以新闻记者为职，因陈独秀去武汉讲演时在文华书院接受其采访而结识。1920年9月，包惠僧由刘伯垂介绍入党，随后担任支部书记。1921年1月，包惠僧带领几名青年团员抵达上海，准备去苏俄留学，住在法租界霞飞路新渔阳里6号。事不凑巧，因去海参崴的海路中断，加上党的经费短缺，包惠僧一行只好滞留上海，暂时与杨明斋一起负责党中央新成立的教育委员会的工作，主要负责选派学生赴莫斯科留学、办俄文补习班。

5月1日，新渔阳里6号遭到法国巡捕房搜查，杨明斋等住在那里的学生都不得不搬走了。这时，李汉俊有些"打饥荒"，不知道怎么办才好，慌张中决定暂时停止机关活动。上海党的工作也出现了严重经济困难，李达、李汉俊就决定派包惠僧去广州，与陈独秀商谈党务工作办法。包惠僧回忆说："李汉俊召开一次党员会议，他说：'背水阵的仗还可以打一下，空城计的仗是很危险的。目前我们在这里的人很少，又没有一个钱，实在不好办。'他主张把工作部暂时结束一下，把临时中央迁到广州，或是由陈独秀回来重新部署工作。当时，谁也拿不出好主意来，李汉俊就以他自己的意见写了封信给陈独秀。陈独秀复信不同意临时中央迁广州，但是他短时期内也不能回上海。他既不同意停止工作，也没有指示今后的方针。李汉俊发急了，要我到广州去一趟，把上海的情况告诉他，还是要他拿出办法来。我去莫斯科的计划不能实现，留在上海工作又很少，就决定去广州。大约5月中旬我到了广州，住在大新公司旁边的昌兴街《新青年》杂志发行部，同陈独秀会商了几次。他知道了上海方面的情况后，仍拿不出办法来，就留我在广州。上海的工作停顿了一两个月。"

到了广州，包惠僧第二天就在看云楼见到了陈独秀，尽管经常保持通信，但久别重逢，两人非常高兴。

包惠僧告诉陈独秀："汉俊让你回上海，或者把党的机关搬到广州来。"

陈独秀一听，眉头紧锁，表情凝重地说："我们的党不能搬到广州来。这里的环境很复杂，一般封建学阀和一些自命为无政府主义的青年，对我们造谣污蔑，怎么能搬到这里来？再说，广州在地理位置上不适中，环境也不好，还是上海居中，四方八面联系方便，将来我总是要回上海的。"

包惠僧说："他们专门派我来找你，就是想接你回去呢。"

"我想争取把广东大学预科办起来，正在筹建校舍和筹措经费，我走了，恐怕就搞不成了，那就等于白在这里待了几个月，所以我不能离开。"陈独秀不紧不慢地说，"你将来还是回武汉工作，莫斯科迟点去也可以。目前人少工作多，广州现在就人手缺乏，你既然来了，就莫着急，也先别回去，在广州多住些日子，目前可以给《群报》写点文章。"

这样，包惠僧就在广州住了下来，由《新青年》杂志社发行人苏新甫介绍到报馆做剪报工作，月薪30元，还可以给报社写写稿子。没事的时候，包惠僧常常来看云楼与陈独秀谈话谈心。包惠僧回忆说："我与陈独秀的关系就是在这段时间建立起来的。这两个月我们几乎天天见面，他比我大15岁，我很尊重他，我们都喜欢彼此的性格。我是读书人，他好比书箱子，在学问上我受他不少影响，他俨然是我的老师，每次谈话都如同他给我上课,我总是很认真的思考他的话。陈独秀不讲假话,为人正直,喜怒形于色,爱说笑话,很诙谐,可是发起脾气来也不得了。他认为可以信任的人什么都好办,如果不信任就不理你,不怕得罪人,办事不迁就。他说他来广州是陈炯明请他来的,他办了许多学校,办了宣传员养成所。"

在包惠僧的记忆中,陈独秀"住在离江边不远的看云楼。他不经常去教育委员会上班,也不常出去,经常在家里接待客人、写东西,有客人时居多"。关于党怎么搞法,陈独秀当时也有自己的考虑。

陈独秀对包惠僧说:"我们应该一面工作,一面搞革命,我们党现在还没有什么工作,要钱也没用,革命要靠自己的力量尽力而为,我们不能要第三国际的钱。"

陈独秀为什么这么说呢?因为当时陈独秀正在与广州的无政府主义者作斗争,区声白、朱谦之经常在报上写文章骂陈独秀"崇拜卢布",是"卢布主义"。所以,陈独秀坚决主张不要别人的钱,他说拿人家钱就要跟人家走,我们一定要独立自主地干,不能受制于人。

关于中共发起组的工作,陈独秀说:"国际代表走了,上海难道就没有事情可做了?李汉俊急什么,中国的无产阶级革命还早得很,可能要一百年上下,中国要实现共产主义也遥远得很。李汉俊可以先在他哥哥家里住,我们现在组织了党,不要急,我们要学习、要进步,不能一步登天,要尊重客观事实。汉俊待在上海和各方面联系,工作能做的做一点,不能做的等等再说。维经斯基迟早还是会来的。"

陈独秀还告诉包惠僧:"作为共产党员首先要信仰马克思主义,其次是发动工人、组织工人、武装工人,推翻资产阶级政权,消灭剥削制度,建立无产阶级专政。"陈独秀主张各种思想争鸣,自由发展,信仰自由,让各种思想都暴露出来,由人民群众评论谁是谁非。我们尽管信仰马克思主义,别人信仰无政府主义也不要紧,且指出不要攻击别人,反对谩骂。

一个多月后的一天,陈独秀派人通知包惠僧去谭植棠家召开支部会议。这时,广州支部的党员有陈独秀、谭平山、谭植棠、陈公博、包惠僧等七人,书记是谭平山,开会的形式也很简单,每周开一次会,一般都由陈独秀主持。这天,陈独秀先是问了问大家工作的情况,特别是《广东群报》的情形。当时,他们正在与无政府主义者展开斗争,打笔墨官司。陈独秀说:"区声白是个小鬼,朱谦之是个疯子,我们让他们去造谣言,我们不理他们了。"大家都点头赞成。

接着,陈独秀从口袋里掏出一封信来,说:"上海来了一封信,是张国焘和李汉俊联名写的,据说第三国际和赤色职工国际派来了代表,他们建议我们应该在上海举行一次全国代表会议。他们同意这个意见,并请各支部各选出出席代表二人,特别提醒要我回上海去主持这次会议。"

大家都认真倾听着,等待着陈独秀的意见。陈独秀看了看大家,说:"为了筹备大学预科工作,我暂时不能离开。出席会议代表的事情,我想派陈公博、包惠僧两位同志去。公博是办报的,了解情况比较全面,开完了会快点回来,报纸工作让植棠临时代理一下。惠僧开完了会,就回武汉工作。现在是工作多人少,都很忙,离不开,各方面也都要照顾到。大家有什么意见没有?"

在座的人都是陈独秀的学生,听了他的意见后大家就没有什么好讲的了,同意他的意见。因陈公博要带新婚妻子赴上海旅游,包惠僧就没有与他一起起程,于7月15日动身,乘坐邮轮大约在7月20日抵达上海。

实际上,同为广州党组织(时称支部)代表的陈公博,比包惠僧离开广州的时间还要早一天。陈公博是7月14日偕新婚妻子李励庄从广州出发，乘法国邮轮"包岛斯"号经由香港转赴上海，于7月22日抵达上海。

对于这段历史，陈公博在1944年所著《寒风集》的《我与中国共产党》一文中有过记叙："上海利用着暑假，要举行第一次代表大会，广东遂举了我出席。"实际上他在参加中共一大回广州之后，在1921年8月就曾写了一篇题为《十日旅行中的春申浦》的文章。文章开头写道："暑假期前我感了点暑，心里很想转地疗养，去年我在上海结合了一个学社，也想趁这个时期结束我未完的手续，而且我去年结婚正在戎马倥偬之时，没有度蜜月的机会，正想在暑假期中补度蜜月。因这三层原因，我于是在7月14日起程赴沪。"这篇文章首先是在他自己主编的《广东群报》上以连载形式发表的，后来《新青年》在第九卷第三号上又全文转载。为安全起见，陈公博使用了隐语，文中的"学社"即指共产党，"未完的手续"就是指参加一大完成共产党全国组织正式成立的议程。陈公博7月22日到上海，也的确只住了十天，7月31日晚偕妻子去了杭州，没有参加后来的嘉兴南湖会议，故文章标题为"十日旅行"。

现在又有一个问题出现了，身在北京的张国焘怎么和上海的李汉俊一起，联名写信给广州的陈独秀呢？

北京党组织（时称支部）接到李达的来信后，立即在西城暑期补习学校开会，讨论了出席全国代表大会的人选问题。那个时候，共产党还处于秘密状态，初创时期也没有统一的规章和严格的组织制度，各地代表的确定和产生方式也不一样，不可能有严格的组织选举程序。在接到上海党组织（时称党部）的通知后，有的召开了支部党员会议选举产生了代表，但多数支部并没有选举。有的地区采取的是个别协商

的办法产生代表,有的是以发起人为当然代表秘密前往,有的则由党组织的负责人指定代表出席。刘仁静回忆说:

> 1921年暑假,我们几个北大学生,在西城租了一所房子,办补习学校,为报考大学的青年学生补课。张国焘教数学、物理,邓中夏教国文,我教英文。正在这时,我们接到上海的来信(可能是李达写的),说最近要在上海召开中国共产党第一次全国代表大会,要我们推选出两个人去参加。我们几个人——张国焘、我、罗章龙、李梅羹、邓中夏就开会研究,会议是谁主持的我已记不清楚。李大钊、陈德荣没有参加这次会议。会前是否征求过李大钊先生的意见我不知道,李先生很和气,就是征求他的意见他也不会反对。在会上,有的人叫邓中夏去上海开会,邓中夏说他不能去,罗章龙也说不能去,于是就决定由我和张国焘去出席一大。

对李大钊为什么没有参加会议的问题,刘仁静回忆说:"李大钊先生当时没有参加'一大',我不知道是什么原因。我估计一方面是他工作忙,走不脱;另一方面,当时我们北京小组开会研究谁去上海出席'一大'时,也没有推选到他。"对此,张国焘回忆说:"北京支部应派两个代表出席大会。各地同志都盼望李大钊先生能亲自出席;但他因为正值北大学年终结期间,校务纷繁,不能抽身前往。结果便由我和刘仁静代表北京支部出席大会。"年仅19岁的刘仁静,也因此成为中共一大最年轻的代表。

李大钊确实太忙了。担任北京大学教授兼图书馆主任的他,正忙于领导以北京大学为主的北京八所学校教员开展的索薪斗争。当时,北洋政府拖欠教职员薪金已经一年了，有的教职员困难得连稀粥都喝不上。索薪斗争从1921年3月开始，一直坚持到7月底。北京八所高校教职员专门成立了教职员代表联席会议，每校派三人参加，李大钊担任了联席会议新闻股干事，编辑《半周刊》，后来又任会议代理主席（主席为马叙伦）。6月3日，各校师生千余人到国务院请愿，李大钊参加了这次请愿活动，遭到军警殴打。"北大校长蒋梦麟受伤不能行动，法专校长王家驹、北大教授马叙伦、沈士远头破额裂，血流遍体，生命危在旦夕。李大钊昏迷倒地，不省人事。"至7月17日，经过五个月的斗争，最终北洋政府不得不做出让步，答应了联席会议提出的解决教育经费及发放欠薪的要求。7月28日，八校辞职教员发表复职宣言。由此可见，李大钊的确没有时间参会。

"南陈北李"都没有出席中共一大，不免给历史留下了一些遗憾。

刘仁静和李大钊、邓中夏都是少年中国学会会员，恰逢学会1921年年会将于7月1日至4日在南京召开。刘仁静就与邓中夏、黄日葵同行，在6月下旬动身，于7月2日抵达南京，参加了少年中国学会南京年会。在《南京大会记略》中，有如下记载："本会今年南京大会，会期从7月1日起，至4日止，开会时间计三天半，到会者有王克仁、邰爽勉、杨效春、方东美、陈启天、恽代英、杨贡仁、蒋锡昌、李儒勉、陈愚生、高尚德、赵叔愚、沈君怡、刘衡如、陈仲瑜、沈泽民、张闻天、左舜生、阮真、刘仁静、邓仲懈、穆济波、黄日葵23人。又，第一日各问题，因关系重大，北京会员黄日葵、邓仲懈、刘仁静是日未能赶到，在7月1日的鸡鸣寺会议上，由高尚德动议，与第二日互换，结果一致通过。"而李大钊和邓中夏在7月底和8月初还应邀前往重庆讲学。

7月2日，刘仁静在南京年会的第二次会议上做了两次发言。会议结束后，他在南京稍作停留，然后以"留沪习德文"的名义打掩护离开南京，7月7日前后抵达上海，出席中共一大。少年中国学会的《会员消息》记载说："高君宇、刘仁静均因赴南京大会南来，并游历沪杭一带，现高君已返北京大学，刘君拟留沪习德文云。"

北京党组织的另一名代表张国焘，在获得代表资格后，在6月底动身南下，是第一个赶到上海的外地中共一大代表。到上海后，张国焘都干什么了呢？

张国焘后来在回忆录中自称："我因须参加大会筹备工作，是代表最先到达上海的一个（大约在五月中旬）。"此处时间应该是农历五月中旬。因为马林是6月3日抵达上海的。

上海，对张国焘来说是再熟悉不过了，1919年和1920年，他都来过。1920年他在上海期间就居住在老渔阳里2号陈独秀家一层的厢房中。所以一到上海，张国焘先去老渔阳里2号找李达。因为李达代理上海党组织的书记工作，通知也是李达寄出的。

张国焘回忆说："下车后我就去看李达。他告诉我许多有关上海方面的情形，指出上海支部的工作没有以往那么紧张，有些事都陷于停滞状态；这是因为李汉俊和其他的同志多忙于教书和写作，不能像陈独秀先生在这里时那样全神贯注的工作。他又提到新近来了两位共产国际的代表，一位名叫尼克尔斯基，是助手的地位，不大说话，像是一个老实人；另外一位负主要责任的名叫马林，这个洋鬼子很骄傲，很难说话，作风与维经斯基迥然不同。他与李汉俊及李达第一次见面就谈得不大投机，他已知道我要来上海，急于要和我晤谈。李达很注重我们与共产国际的关系，自己则不愿和他们打交道，故希望我能与马林谈得来。"

的确，马林为人处世的风格与低调谦逊的维经斯基迥然不同，姿态和语气中少了平等和尊重。

接着，张国焘又去拜访李汉俊。李汉俊此时住在法租界树德里106号、108号，他是随兄长李书城一家在1920年秋天从白尔路三益里搬到这里的，这里的租金相对来说更便宜，每月只要16元，相当于当时一个工人的月薪。

在张国焘眼中，李汉俊和李达一样，也是一位学者型的人物，"他不轻易附和人家，爱坦率表示自己的不同见解，但态度雍容，喜怒不形于色"。

李汉俊对张国焘的先期到达，表示热诚欢迎，并告诉了上海方面的情形及其困难。在谈到会议如何召开时，李汉俊说："大会开会地点等技术上的问题容易解决，至于议程和议案等问题不妨等各代表到齐之后再行商定，目前最重要的是建立与共产国际的关系。"

交谈中，李汉俊和李达都向张国焘诉说了在与马林打交道的过程中出现的困难。原来，马林在和李达、李汉俊晤面时，以共产国际名义向他们要工作报告。李汉俊拒绝了马林的要求，理由是组织还在萌芽时期，没有什么可以报告的。

马林又向李汉俊提出新的要求："把你们的工作计划和预算给我看看，共产国际将予以经济上的支持。"

中国文人向来有"廉者不受嗟来之食"的传统，李汉俊觉得马林这个洋人的话过于唐突，直率地回绝道："中国共产党还没有正式成立，是否加入共产国际也还没有决定；即使中共成立之后而加入共产国际，它将来与共产国际所派的代表间的关系究竟如何，也还待研究；现在根本说不上工作报告计划和预算什么的。"最后，李汉俊告诉马林："共产国际如果支持我们，我们愿意接受；但须由我们按工作实际情形去自由支配。"

在李汉俊看来，中国共产主义运动应由中国共产党自己负责，共产国际只能站在协助的地位。我们站在国际主义的立场，可以接受他的理论指导，并采取一致的行动；至于经费方面，只能在我们感到不足时才接受补助，我们并不期望用共产国际的津贴来发展工作。再说共产国际派来中国的代表只能是我们的顾问，决不应自居于领导的地位。

马林与李达、李汉俊第一次接触就碰了"钉子"，双方互不妥协，僵持不下。于是，他急盼早日见到陈独秀，也希望尽快出现一个调停人，以期解决当前的尴尬，获得谅解。显然，张国焘的提前到来，恰逢其时。

的确，马林这个体格健壮、一眼看上去像个普鲁士军人的荷兰人，说起话来往往表现出雄辩家的架势，声色俱厉，目光逼人，还有一股倔强的劲儿，好像要与反对者决斗似的。他的工作方式和做人的姿态，与此前维经斯基平易近人的方式迥然不同。马林的这种性格，自然与李汉俊、李达格格不入。

张国焘回忆说："两天以后，张太雷陪同我去访看马林。他寄居在爱文义路一个德国人的家里，我们就在他的家里开始了第一次的晤谈。"张国焘的记忆是错误的，因为张太雷早已在这年2月份去了苏联，并不在中国。从6月14日起，马林搬出了大东旅社，住进麦根路32G号鲁伯尔家，前后住了三个月。

让张国焘感到欣喜的是，马林在和他的谈话中，既没有提起和李汉俊、李达等相处的不愉快的经过，也没有说到工作报告、经费预算之类的事情，态度显然是有些修正了。张国焘详细谈了北方工作开展的情形，马林对北方的工人运动甚感兴趣。两人还谈到了大会的筹备问题，彼此意见的交换相当融洽，谈话的氛围也轻松愉快。从此，张国焘就被视为完成了与马林改善关系的任务，也被推为与马林继续接触的代表。

正是在这样的情况下，张国焘自称其由与会代表变成了大会的筹备者之一。因此，包惠僧回忆中谈及陈独秀在广州召集党员会议确定代表时，提及上海的来信是由张国焘和李汉俊联名写的。而本来由李达和李汉俊派去请陈独秀回上海主持党务工作的包惠僧，也没有想到自己竟然成为陈独秀指定的代表，回到上海参加了中共一大。所以，后来李达、刘仁静说他是"串门"参加会议，董必武、陈潭秋说他是广州代表，而张国焘、周佛海却说他是武汉代表。

在董必武的记忆中，中共召开一大"当时没有筹备会"。武汉代表是董必武和陈潭秋，他们抵达上海的时间也应该是在7月20日前后。1936年，为纪念中国共产党诞生15周年，陈潭秋曾在莫斯科出版的《共产国际》俄文版第七卷第四、五期合刊上发表了《回忆党的一大》，一开始就提到到达上海的时间是"1921年的夏天"，"在7月的下半月"。

接到李达的来信后，长沙代表毛泽东、何叔衡是在1921年6月29日晚上秘密乘船出发的。谢觉哉在这一天的日记中写道："午后6时，叔衡往上海，偕行者润之，赴全国〇〇〇〇〇之招。"为了保密起见，谢觉哉画了五个〇代表"共产主义者"。1952年，他在回忆此事时说："一个夜晚，黑云蔽天作欲雨状，忽闻毛泽东同志和何叔衡同志即要动身赴上海，我颇感他俩的行动'突然'，他俩又拒绝我们送上轮船。后来知道，这就是他俩去参加中国共产党第一次全国代表大会——伟大的中国共产党诞生的大会。"毛泽东、何叔衡抵达上海的时间应该在7月5日前后，与刘仁静抵达的时间相近。

济南的代表王尽美、邓恩铭在6月底就已抵达上海。张国焘经过济南时曾停留过一天,约王尽美、邓恩铭在大明湖的游船上畅谈过。张国焘离开不久,王尽美和邓恩铭也就很快启程。

直到7月下旬,随着来自日本的代表周佛海最后一个抵达上海,会议代表才全部到齐。当时,日本留学生中的中共党员只有在东京的施存统和在鹿儿岛第七高等学校读书的周佛海。因为施存统去日本时间不久,学业也比较繁忙,就推荐很久没有回家的周佛海趁暑假回国出席会议。

现在,外地的代表都到齐了,上海党组织的两位代表就是李达和李汉俊了。他们也是大会的主要联络者、组织者,担负着会议的筹备和会务工作。

一切都是在秘密的状态下进行的。

"1921年7月的下半月,在上海法租界蒲柏路的女子学校,突然来了九个客人。他们都下榻于这学校的楼上。在学校的楼下,除掉厨子和校役以外,谁也没有,因为学生和教员都放了假。一个认识的校役则被请为大家每日做饭。另外,他的任务,是注意不放一个生人进来。假使不是认识的人向厨子解释,那他会根本不知他们是谁,因为他不懂他们的土话,他们讲的都不是上海话。有的讲湖南话,有的讲湖北话,而有些则讲北京话。"这是陈潭秋1936年在莫斯科写的《回忆党的一大》的第一段话。

首先,我们来看看陈潭秋所说的"法租界蒲柏路的女子学校",它到底是一个什么学校。

法租界蒲柏路(BoppeRueAuguste),最初名叫龙江路,1921年改此名,现在叫太仓路(顺昌路以西段)。而这所女子学校名叫博文女校,1914年由钟镜芙、黄绍兰等发起创办,校址在贝勒路礼和里。

1916年，黄兴的夫人徐宗汉、章太炎的夫人汤国梨和邵力子、邹鲁、张继等组成校董会。章太炎题写了校名、校训，他唯一的女弟子黄绍兰出任校长。1920年，因经费支绌而停办。1921年春天，经著名实业家、教育家张謇之兄张詧资助，黄绍兰复办博文女校，初借蒲石路（今长乐路）民宅为校舍，后因学生激增，迁到蒲柏路127号这幢三楼三底的楼房。

博文女校怎么就成了中共一大代表的"招待所"呢？

这就不能不感谢李达的夫人王会悟了。1919年9月，经沈雁冰的介绍，王会悟到上海后，在徐宗汉主持的中华女界联合会从事文秘工作。而中华女界联合会的会址就设在博文女校，徐宗汉兼任女校董事长，王会悟也在这里上班。博文女校校长黄绍兰是北京大学文学系教授黄侃（季刚）的夫人，是湖北黄冈人，不仅与李汉俊有着同乡之谊，而且李汉俊的嫂子——李书城的续弦薛文淑又是博文女校的学生。现在，正值暑期放假时间，当王会悟提出以"北京大学暑期旅行团"名义，向校长黄绍兰租借几间屋子的时候，黄绍兰二话没说就答应了，租借了女校二楼的三间校舍。就这样，外地代表来沪的住宿和开会地点问题就轻而易举地解决了。为了改善住宿条件，王会悟还从街上买来芦席铺在楼板上作为床铺。她还特意聘请了一个认识的校役作为厨师，并负责安全保卫工作。可见，作为社会主义青年团团员的王会悟，以中共一大代表李达家属的身份，不经意间成了中共一大的会务工作人员。不仅成为中国共产党成立的见证人，也成为中共一大唯一的女性参与者。

王会悟回忆："党的一大将要召开时，我爱人李达把为大会安排会址和为外地代表安排住处的任务交给了我。我当时参加了上海女界联合会，担任《妇女声》的编辑，与黄兴夫人徐宗汉、博文女校校长黄绍兰等熟识。我想到博文女校已放暑假，有空教室，便找到黄绍兰校长，说要借教室开个'学术讨论会'，她答应了。我买了苇席子，铺在楼上的教室里。毛泽东、何叔衡、陈潭秋、邓恩铭、王尽美等代表到沪后，就住在博文女校。"

其次，我们来看看陈潭秋所说的"突然来到的九个客人"都是谁。

陈潭秋在文章中说："他们讲的都不是上海话。有的讲湖南话，有的讲湖北话，而有些则讲北京话。"因为广州代表陈公博是偕妻子一起来上海的，他夫妇二人就住在上海南京路英华街大东旅社，因此突然来到博文女校下榻的九个客人应该是——"讲湖南话"的毛泽东、何叔衡、周佛海，"讲湖北话"的董必武、陈潭秋、包惠僧，"讲北京话"的刘仁静，以及来自济南的王尽美、邓恩铭。恰好是九个人。张国焘住在陈独秀寓所老渔阳里2号，李达也住在这里。李汉俊则依然住在他哥哥在望志路的寓所。

迄今为止，人们可以看到的最早记载中共一大会议经过的文献，是一份译自俄文、标题为"中国共产党第一次代表大会"的史料。这份史料的写作时间标注为"1921年下半年"。文章开篇就说："中国的共产主义组织是从去年年中成立的。起初，在上海该组织一共只有5个人。领导人是很受欢迎的《新青年》的主编陈同志。这个组织逐渐扩大了自己的活动范围，现在共有6个小组，有53个党员。代表大会预定6月20日召开，可是来自北京、汉口、广州、长沙、济南和日本的各地代表，直到7月23日才全部到达上海，于是代表大会开幕了。"

13位代表齐聚上海滩，从五湖四海走到了一起。他们当中，既有同学，也有同事；既有故交，也有新朋；有的是久别重逢，有的还是初次见面。他们在等待开会的日子里，都做了什么说了什么呢？彼此间又是如何相处，留下了什么印象呢？

100年过去了，我们现在可以从张国焘的回忆中寻找到一些蛛丝马迹，看看一大代表们的青春风采和时代印迹。张国焘说：19岁的刘仁静"那时是一位埋头于书本的青年，读过有关共产国际的文件。他主张这次大会应确立无产阶级专政的基本信念，逢人便滔滔不绝地说教"。23岁的王尽美和20岁的邓恩铭"视我为他们的先进者和老朋友，向我提出许多问题，不厌求详地要我讲解"，"仍本着学习的精神贪婪地阅读有关书刊，有时且向到会的代表们请教"。35岁的董必武"为人淳朴，蓄着八字式的胡子，活像一个老学究，在谈吐中才表现出一些革命家的倔强风格"。25岁的陈潭秋"老是一本正经，教员风味十足"。包惠僧"是一个初出茅庐的新闻记者，爱任性谈笑"。"他们都不多谈理论，对实际问题的探讨则表现得更为起劲"。45岁的何叔衡"是一位读线装书的年长朋友，常常张开大嘴，说话表情都很吃力，对马克思主义懂得最少，但显出一股诚实和热情的劲儿"。

对于周佛海和陈公博两位，张国焘的记述是这样的：24岁的周佛海"是一位很活跃的青年，那种湖南土气似乎早已消失殆尽，看来风流潇洒，倒像是一个老上海。他对日本的社会主义运动谈得头头是道，对大会的筹备工作也是积极参加"。而29岁的陈公博"带着他的漂亮妻子住在大东旅社，终日忙于料理私事，对于大会的一切似乎不甚关心。在一般代表心目中，认为他像是广州政府的一位漂亮的青年政客，而与我们所谈论的，也多是关于广州政局的实况"。

张国焘是在中共一大召开50年后的1971年回忆追述这些往事的。他说："毛泽东也脱不了湖南的土气，是一位较活跃的白面书生，穿着一件布长衫。他的常识相当丰富，但对于马克思主义的了解并不比王尽美、邓恩铭等高明多少。他在大会前和大会中，都没有提出过具体的主张；可是他健谈好辩，在与人闲谈的时候常爱设计陷阱，如果对方不留神而堕入其中,发生了自我矛盾的窘迫,他便得意地笑了起来。"这一年,毛泽东28岁。对于毛泽东,张国焘话里话外有些尖酸味儿,抛开个人情感的因素,青年毛泽东的个性、智慧、幽默和情趣也跃然纸上。

作为湖南同乡,毛泽东上一年来上海时就在陈独秀家中认识李达了。李达回忆说:"毛泽东同志在代表住所的一个房子里,经常走走想想,搔首寻思,他苦心思索到这样的地步,同志们经过窗前向他打交道的时候,他都不曾看到,有些同志不能体谅,反而说他是个'书呆子''神经质',殊不知他是正在计划着回到长沙后如何推动工作,要想推动中国革命事业发展的办法。"

1921年7月23日,这是一个载入史册的日子——中国共产党第一次全国代表大会开幕了。

没有鲜花,没有麦克风,也没有标语,更没有端茶倒水的服务员,以及抱着照相机、摄像机的新闻记者,甚至也没有主席台。大家就围坐在一间教室里,似乎也缺少某种仪式感。在历史的现场,他们或许已经意识到自己正在创造历史,但他们或许不会想到他们创造的历史。

因为李达、李汉俊与马林在沟通上出现了问题,处于不愉快的僵持状态中,张国焘"反客为主",成为中共一大会议的主持人。

7月23日上午,大会召开了预备会议。

在预备会议上,张国焘被推选为大会主席,负责主持大会。毛泽东、周佛海担任书记员,做会议记录。马林和尼克尔斯基出席了这天上午的预备会议,并作了讲话。

马林作了《第三国际的历史使命与中国共产党》的主题报告,介绍了国际形势和共产国际的情况及使命,指出本次大会的主要任务是要完成"中国共产党——第三国际东方支部,正式宣告成立"。而"中国共产党的成立,具有重大的世界意义,第三国际增加了一个东方支部,俄共(布)增加了一个东方战友"。在讲话中,他还回顾了自己在爪哇的革命活动,鉴于中国共产党的成员目前大多数是知识分子,他希望中国同志要特别注意开展工人运动,建立工会组织,吸收工人中的先进分子入党。马林精力充沛,声音洪亮,富有口才,侃侃而谈,充分显示出他宣传鼓动的本领。最后,他还建议大会成立一个起草纲领、党章和工作计划的委员会。

接着,尼克尔斯基致辞。比起马林,他的话简短些,音调也低缓些。他在向中共一大表示祝贺之后,介绍了共产国际在伊尔库茨克成立远东书记处的情况,建议把会议进程及时报告共产国际远东书记处。同时,他还介绍了刚刚成立的赤色职工国际的情况,提醒中共要重视工人运动。

会议由李汉俊和刘仁静担任翻译工作,马林和尼克尔斯基说一句,他们俩就轮流翻译一句,所以会议耗时比较长。

在《中国共产党第一次代表大会》中有这样的记载:"主席张同志在第一次会议上说明了这次代表大会的意义,大会必须制定纲领和实际工作计划。议定了议事日程。"张国焘回忆:"议事日程共有四项:一、党纲与政纲;二、党章;三、中心工作与工作方针;四、选举。"

张国焘回忆:"党纲与政纲是难于拟订的,但我们觉得非有这一文件不可。我们同意现在不必有一个详细的党章,只要有一个简明的党章要点就够用了。我被推举为这两个文件的起草人,汇集陈独秀先生和各代表所提出的意见,先行拟出了两个草案,再交由李汉俊、刘仁静、周佛海等共同审查。"

的确,虽然陈独秀没有来参加会议,但他实际上依然遥控着会议的主题和方向,而且还委托陈公博带来了一封写给大会各代表的亲笔信，除了说明他不能抽身出席大会的原因之外，还就党的组织和政治建设专门提了四项意见，要求大会在讨论党纲党章时予以注意。四点意见如下：

一、慎重发展党员，严格履行入党手续，加强党员教育，以保证党的先进性和战斗力；

二、实行民主集中制，既要讲民主，又要集中；

三、加强党的组织纪律；

四、目前主要工作是争取群众，为将来夺取政权做准备。

陈独秀的四点建议，具有纲领性的价值和意义，得到了与会大部分代表的赞成，张国焘在起草大会文件时自然吸收了。他说："我首先草拟了一个党纲政纲草案，题名为'中国共产党成立宣言'。其要点大致包括共产主义者的基本信念、中共的组成、它的基本政策，以及中共将经由无产阶级专政实现共产主义等等。"

李汉俊看了张国焘起草的草案后，不完全同意，但认为可以作为讨论的基础。马林看了之后，则提出了批评，表示这个草案在理论的原则上写得不错，主要缺点是没有明确地规定中共在现阶段的政纲。但马林自己也没有提出具体的修改意见。

的确，毕竟是第一次召开这样的会议，大会的工作多半是由他们自己在摸索中进行。

上午预备会议结束后，代表们就在博文女校用餐。就在这个时间节点前后，张国焘找到了毛泽东，认为何叔衡不具备代表资格。张国焘回忆说："大会召开之前，几位主要代表还会商过代表的资格问题：结果认为何叔衡既不懂马克思主义，又无工作表现，不应出席大会；

并推我将这一决定通知毛泽东。他旋即以湖南某项工作紧急为理由，请何叔衡先行返湘处理。因此，后来出席大会的代表只有12人。"

这是一个问题。张国焘所言是不是真实的呢？如果按照张国焘所说，"大会召开之前，几位主要代表还会商过代表资格问题"，可是他并没有具体说出"几位主要代表"的名字。不过，按照当时的情况来分析，主要代表应该是张国焘、李汉俊和李达。因为是会后由张国焘通知毛泽东转告何叔衡的，毛泽东自然不是"主要代表"；董必武认为中共一大召开时没有代表资格审查制度，不存在谁审查谁、谁承认不承认谁的问题，可见他没有参会，自然也不是"主要代表"。后来，共产国际档案和毛泽东、李达、陈公博等多人在回忆或撰写论文时，也都认为参加中共一大的代表是12人。

事实上，作为长沙党组织推选的中共一大代表，何叔衡的确没有参加完一大会议的所有议程就返回湖南了。1929年12月26日，正在莫斯科中山大学学习的何叔衡响应瞿秋白关于征集党史回忆录的启事，专门致信在列宁学院学习的董必武，询问中共一大召开的日期、参会的代表、议程和内容，以及有没有发表宣言等五个问题。董必武一一回答，并委托同在列宁学院读书的同班同学张国焘去莫斯科中山大学讲课时带给了何叔衡。可见，何叔衡作为中共一大的代表，因为提前离会，对"一大"的历史并不熟悉。

1921年7月23日下午3时，中共一大正式开幕。

大会首先明确要正式成立中国共产党，接着通过原拟订的四项议程，决定每日分上下午举行两次会议。

按照议程，张国焘向大会说明关于草拟党纲政纲草案的经过情形。张国焘说，由其负责起草的《中国共产党成立宣言》的草案本来可以向大会提出，但是负责审查的李汉俊、刘仁静和周佛海等人在进行详细研讨后，认为不够成熟，还需要做一定的修改，不如由各代表先行就本问题自由发言，经过讨论后再行推人厘定宣言。在这种情况下，张国焘提议：由各代表先行报告各地区的情况，并就议程的第一项发表意见。这个提议，得到大会一致同意。

7月24日，大会第二次会议的议程由各地代表汇报情况。《中国共产党第一次代表大会》记载："这些报告里提到了以下三点：党员很缺少，必须增加党员，组织工人的方法和进行宣传工作的方法。"从目前共产国际中国代表团保存下来的文献中，也仅仅只看到北京和广州的报告。

北京党组织的报告是由张国焘作的。报告认为：北京虽然是公认的政治中心，但人们并不关心也不重视政治。"当中国存在着君主政体时，人们把政治看作是帝王个人的事情；革命以后，则把政治看作是军人个人的事情，即高级军官和普通军官个人的事情，看作是那些争夺各种特权的斗争中追求个人目的的各种政客的事情。"而知识界人士则认为改造社会时一定会运用他们的知识，科学事业使他们获得有影响的地位，因此看不起无产阶级，认为无产阶级是很无知的、贫穷而又软弱的阶级，只可利用他们来达到自己的目的。这种错误认知的结果，导致了工人革命运动的极大障碍。因此，他提出要加强在工人和知识分子中的宣传工作。

广州党组织的报告是陈公博作的。他在汇报了过去一年与无政府主义者的斗争和陈独秀到广州后改组党组织的情况后，向大会提出了今后广州工作的五点意见：一是吸收新党员；二是成立工会；三是成立工人学校；四是对农民的宣传工作；五是与士兵的联系。

大会在进行了两天之后，7月25日、26日两天休会。但大会选举成立的起草纲领和工作计划的委员会并没有闲着，利用这两天负责起草《中国共产党第一个纲领》（以下简称《纲领》）和《中国共产党第一个决议》（以下简称《决议》），供大会讨论。

7月27日至7月29日召开的第三次、第四次、第五次大会，主要任务就是讨论修改起草的《纲领》和《决议》。因为发觉有法租界巡捕房的侦探几次在附近出现，为了安全，按照事先要经常更换开会地点的决定和准备，后几天的会议就在望志路106号（后门为贝勒路树德里）李汉俊之兄的寓所举行。

李汉俊之兄寓所是一幢典型的上海石库门里弄砖木结构住宅，建于1920年夏秋。这座一进二层临街建筑，有前后两个门，前门为望志路，后门是贝勒路树德里。墙体是用青砖和红砖交错叠加砌成，白色石灰镶嵌勾缝，米黄色石条砌成的门框、乌黑的大木门、沉甸甸的铜环、门楣上的矾红雕花，远远看上去就给人一种庄重、典雅、古朴之感。那时，这里是上海的近郊，周边多为农田，比较僻静。李汉俊的兄长李书城去南方视察军务去了，只有李书城的妻子薛文淑和女儿住在隔壁的108号。会议选择此处召开，也是比较安全的。

大会进入审议阶段，这三天的会开得并不平静，甚至爆发了激烈的争论。大会代表们对起草的纲领、决议草案到底发生了什么分歧呢？回到历史的现场，我们发现以下四个方面的问题成为大会争论的焦点。

第一个焦点问题：中国共产党要不要实行无产阶级专政。

李汉俊认为：现在世界上有俄国的十月革命，还有德国社会党的革命；关于中国的共产主义究竟应采取何种的党纲和政纲问题，应先派人到俄国、德国去考察，在国内成立一个研究机构如马克思主义大学等，从事精深的研究后，才能作最后的决定。共产主义革命在中国既未成熟，目前共产党人应着重于研究和宣传方面的工作，并应支持孙中山先生的革命运动,在孙中山先生的革命成功后,共产党人可以参加议会。

李汉俊的意见成为大会讨论的焦点,但除了陈公博有时对他表示一些含混的同情之外,所有代表都给予不同程度的批评。尤其是刘仁静,与李汉俊展开了针锋相对的争论。刘仁静认为:共产党应信仰革命的马克思主义,以武装暴动夺取政权,建立无产阶级专政,实现共产主义为最高原则。他反对西欧社会民主党的议会政策以及一切改良派的思想。他认为中国共产党不应该只是马克思主义的研究团体,也不应对国民党和议会活动有许多的幻想,应积极从事工人运动,以为共产主义革命做好准备。

大多数代表都赞同刘仁静的观点,主张中共应确立无产阶级专政的基本原则。对于现实问题,有的主张中共目前不应参加实际政治活动,有的表示中共应站在共产主义的立场上,对孙中山的革命运动予以支持。为什么会出现两种不同的意见呢?因为在当时中共一大代表的心目中,普遍认为中国应有两次革命:一次是民族的和民主的革命,另一次是社会革命。对于国民党能否担负上述第一次革命的责任,大家颇有疑问,但也认为中国如能成为一个真正的民主共和国,工人阶级将可得到较多的自由。不过,共产党人并不以民主共和国为满足,还应该继续社会革命,以期实现苏维埃式的政权。

在经过几天的讨论后,张国焘综合与会者的意见,归纳出四点:一、中国共产党是无产阶级的革命政党,以实现无产阶级专政为基本原则;二、目前应着重马克思主义理论的研究和实际的工人运动,扩大共产党的组织与影响,为实行共产革命之准备;三、中国共产党不否定议会活动和其他的合法运动,但认为这些活动只是扩大工人阶级势力的手段;四、中国共产党站在共产主义的立场可以赞助孙中山先生的革命,但仍以实现共产革命为主,并不能将共产党的社会革命与国民党的革命混为一谈。大会对上述四点结论进行讨论,张国焘硬要通过,陈公博表达了不满。第二天,张国焘又主动提出共产国际代表马林、尼克尔斯基不同意,会议讨论通过的不算数。

关于"对现有政党的态度"问题,在后来中共一大通过的《纲领》第三条中清楚地表明:"我党采取苏维埃的形式,把工农劳动者和士兵组织起来,宣传共产主义,承认社会革命为我党的首要政策;坚决同黄色知识分子阶层及其他类似党派断绝一切联系。"而在大会通过的《决议》中,对未来的奋斗目标作出了如下规定:"对现有各政党,应采取独立、攻击、排他的态度。在政治斗争中,在反对军阀主义及官僚主义中,在要求言论、出版及集会的自由中,当必须表明我们的态度时,我党应坚守无产阶级的立场,并不准与其他党派建立任何关系。"

第二个焦点问题:未来的党中央是否采取民主集中制等组织纪律原则。

这个问题同样也是由李汉俊提出来的。他认为:中共未来的中央不过是一个联络的机关,不可任意发号施令,一切应征求各地方组织的同意,须有共同讨论、遇事公开的精神。对于征求党员也不可限制太严,不必规定党员都须从事实际工作,只要信仰马克思主义就够了。

张国焘认为:"我们主张要有严密的组织,要有中央,指挥各小组,要有纪律,要民主集中制,反对自由联合。当时的情形与现在不同,都不愿守什么纪律,听什么命令。特别是陈望道一类的人,说到命令,非特别反对不可。当时决定党章,大部分采取多数党的办法。"李汉俊的观点则不同,他说:"信仰马克思主义的联合,用不着什么中央(中央仅仅转信)、纪律等,以免中央多费金钱,且防野心家利用。"他"不赞成组成严密的、战斗的工人政党"。

李汉俊的这种观点再次遭到张国焘、刘仁静、李达等大多数代表的反对，多数代表支持原有的草案，批评他那种自由联合的想法，"决定建立严密的战斗的工人政党"，应该像布尔什维克党那样，反对和抵制无政府主义思潮，而决不能变成松散的软弱的学术研究团体。

最后，中共一大通过的《纲领》对此作出了明确规定。其中第四条至第六条是关于党员基本条件、入党手续的规定和要求。原文摘录如下：

> 四、凡接受我党纲领和政策，愿意忠于党，不分性别、国籍，经一名党员介绍，均可成为我们的同志；但在加入我党之前，必须断绝同反对我党党纲之任何党派的关系。
>
> 五、介绍党员入党手续：被介绍人应由当地委员会审查；审查期限至多为两个月。审查后经过半数党员同意，申请人即可取得党员资格。如该地区已成立执行委员会，应由该委员会批准。
>
> 六、在公开时机未成熟前，党的主张以至党员身份都应保守秘密。

《纲领》的这些条文强调党员要忠诚于党，接受党的纲领和政策，保守党的秘密，说明中共一大按照马列主义的建党思想，注重加强党的组织建设。马克思、恩格斯在创建的第一个无产阶级政党——共产主义者同盟的章程中，就严格规定了盟员的条件，要求盟员的生活方式和活动必须符合同盟的目的，每个盟员都必须承认共产主义，服从同盟决议，保守同盟机密等。1920年9月16日，蔡和森在给毛泽东的信中提到："布尔塞维克与门色维克（先同属社会民主党）的分裂，开首是争党员加入的条件，布派主张极严格。门派主张宽大。""现在布党改名为共产党,加入条件仍极严格。"

《纲领》第七至十四条为党的组织和纪律方面的内容。其中,第七至第十条是关于党的地方组织的条文,第十二、第十三两条规定了党的中央组织权限。

七、有五名党员的地方可建立地方委员会。

八、一个地方的委员成员,经当地书记介绍,可转至另一个地方的委员会。

九、不到十人的地方委员会,只设书记一人管理事务;超过十人者,应设财务委员一人、组织委员一人、宣传委员一人;超过三十人者,应组织执行委员会。该委员会的章程另订。

十、各地在党员增加的情况下,应根据职业的不同,利用工人、农民、士兵和学生组织,在党外进行活动。这些组织必须受党的地方执行委员会指导。

十一、(缺)

十二、地方委员会的财政、出版和政策都应受中央执行委员会的监督和指导。

十三、在党员人数超过五百,或已成立五个以上地方执行委员会时,应选择一适当地点成立由全国代表会议选出之十名委员组成之中央执行委员会。如果上述条件尚不具备,应组织临时中央委员会,以应需要。有关中央执行委员会的详细规章另订。

《纲领》的上述这些条文在组织原则方面,明确规定了党的各级领导机构采取委员会制度,规定了各级党组织的机构和制度,体现了下级服从上级、个人服从组织的民主集中制原则;在党的纪律方面,从当时党处在秘密状态的实际情况出发，规定党员应当在党的主张和党员身份问题上保守秘密。这表明党旨在建立一个组织严密、结构科学、活动有序、纪律严明的先进政党。

中共一大《纲领》的第十五条对纲领的修改程序作出了规定："本纲领须经全国代表大会三分之二代表通过修正案时方可修改。"它与第五条规定一样，都体现了党内民主的理念。

中共一大通过的《纲领》和《决议》，目前发现有俄文和英文两个版本。俄文版由共产国际保存，英文版系陈公博1924年在美国哥伦比亚大学用英文写的《中国的共产主义运动》论文的附录。但《纲领》，无论是俄文版还是英文版，都是15条，但奇怪的是，同样都缺第十一条的内容，留下历史遗憾。本书引用上述两份文献的内容均为英文版。

对上述两个焦点议题，代表们确实讨论得非常热烈。张国焘作为大会的主持人，自己也承认他是批评李汉俊意见最多最主要的发言人，以致有人误以为这是他们两个人在中央的权力之争。但是由于代表们多认为陈独秀、李大钊等重要党员是支持张国焘的意见的，因此李汉俊的意见很少有人附和，不过他终究是一个重要的发起人，所以争论虽然激烈，但大家都本着一种认真精神，没有意气之争。因为有这种争论，张国焘觉得"总令人难免有美中不足之感"。他回忆说："多数代表批评李汉俊的意见虽很严峻，但没有人指他为改良派或机会主义等等。初期的共产主义者彼此重视友谊，不愿意随便给意见不同者戴上一顶政治的'帽子'。李汉俊在讨论中虽也坚持他的意见，但从不与人争吵，当他的主张被否决时，总是坦率地表示服从多数的决定。"

第三个焦点问题：中国共产党与共产国际的关系。

对于中国共产党和共产国际的关系问题，一直令代表们非常纠结。

马林与李汉俊、李达关系之所以闹僵，正是因为这个问题。在马林看来，中共就是共产国际的支部，要接受共产国际的领导。尼克尔斯基也从伊尔库茨克的共产国际远东书记处得到明确指令，中共的会议"必须有他参加"，过程和内容必须向共产国际作出报告。

从历史和现实角度来说，共产国际的要求有它的正当性和合理性，但从情感上来说，这个指令有些强人所难的"霸道"，令中国革命者感受到不平等、不尊重，缺乏独立自主，难以接受。实际上，中共一大开幕后，马林和尼克尔斯基在参加了预备会之后，都没有参加议题的讨论。会议情况和进展，都是由张国焘单独向马林和尼克尔斯基作出报告。

如何处理好与共产国际的关系，这是新成立的中国共产党必须面对的一个重要问题。在这个问题上，代表们比较赞同李汉俊的意见，即中共可以接受共产国际的理论指导，并采取一致的行动，但不必在组织上明确中共是共产国际的一个支部。因此，代表们主张在党的《纲领》中使用"联合第三国际"这一提法。"联合"一词比较巧妙，既没有明确领导与被领导的上下级关系，也照顾了双方的关切和平等合作。但在《决议》的第六部分"党与第三国际的关系"中，最后采取了这样的表述："党中央机关每月应向第三国际提出报告。如有必要应派一正式代表前往第三国际设在伊尔库茨克的远东书记处，并派代表赴远东各国商讨阶级斗争中互相配合的计划。"

张国焘回忆说："至于中共和共产国际的关系问题，大会认为中共应是共产国际的一个支部，但不列入党章。"的确，直到一年以后，中共二大通过了《中国共产党加入共产国际决议案》，才明确写上："中国共产党为国际共产党之中国支部。"

第四个焦点问题：共产党员可不可以在现政府中做官。

共产党员是否可以在现政府中做官的问题，是7月27日至29日三天会议中争论最为激烈的问题。在中共中央写给共产国际的报告《中国共产党第一次代表大会》中有详细的记载，叙述得也非常清楚，摘录如下：

> 代表大会第三、四、五次会议专门研究了纲领，有些问题经过长时间争论以后，做出了最后决定，只有引起热烈争论的一点除外。这一点就是党员能否得到执行委员会许可做官和做国会议员。对这个问题有两种意见：一种意见认为，我们的党员做官没有任何危险，并且建议挑选党员加入国会，以使他们在党的领导下进行工作；另一方面不同意上面的意见。在第三次会议上，代表们没有得出任何结论，在第四次会议上，辩论更加激烈了。一方坚持认为，采纳国会制会把我们的党变成黄色的党，他们以德国社会民主党的例子证明，人们加入国会就会逐渐放弃自己的原则，成为资产阶级的一部分，变成叛徒，把国会制认为是斗争和工作的唯一方式。为了不同资产阶级采取任何共同行动，为了集中我们的力量进攻，我们不应当参加国会，而应当在国会外进行斗争。而且，利用国会也不可能使我们的情况有任何好转，加入国会，就会使人民有可能认为，利用国会，也只有利用国会，才能使我们的情况好转，才能为发展社会革命事业服务。另一方坚持主张，我们必须把公开的和秘密的工作结合起来。如果我们不相信在二十四小时内可以把国家消灭掉，不相信总罢工会被资本家镇压下去，那么政治活动就是必要的。起义的机会不会常有，它很少到来，可是我们在平时要做准备。我们应该改善工人的状况，扩大他们的眼界，引导他们参加革命斗争和争取出版自由、

集会自由的斗争。因为公开宣传我们的理论，是取得成就的绝对必要条件。而利用同其他被压迫党派在国会中的共同行动，也可以部分地取得成就。但是，我们要向人民指出：希望在旧制度的范围内建立新社会是无益的，即使试作一下也是无益的。工人阶级必须自己解放自己，因为不能强迫他们进行革命。否则，他们会对国会抱有幻想，采取和平的方式，而不采用彻底的手段。

这个问题最后还是没有得出结论，只好留到下次代表大会来解决。至于谈到我们是否应该做官的问题，这个问题有意识地回避了，但是，我们一致认为不应当作部长、省长，一般的不应当任重要行政职务。在中国，"官"这个词普遍应用在所有这些职务上。但是，我们允许我们的同志作类似厂长这样的官。

这个问题确实争论相当激烈。以李汉俊、陈公博、周佛海等人为一方，认为可以在现政府中做官，以张国焘、刘仁静、包惠僧等人为一方则坚决反对，最后没有得出结论。

怎么办？

这个问题不解决也是不可以的。最后，在一大通过的《纲领》中，专门在第十四条作出了规定："除为现行法律所迫或征得党的同意外，不得担任政府官员或国会议员。但士兵、警察和文职雇员不受此限。"

经过三天的讨论，与会代表对党的《纲领》和《决议》基本达成共识。尽管争论激烈，但气氛和平。张国焘每天都向未列席大会的马林和尼克尔斯基报告会议情况，"他们对大会的争论点甚感兴趣，表示支持多数人的主张，并引以为慰"。张国焘回忆说："可是李汉俊、李达等对马林印象不佳，不愿意让他干预大会的事；即与他保持接触的我，也只将他当作一个顾问，并没有遇事向他请教。这些情形似乎使他感受到冷遇,在大会讨论《党章》时,他以不耐烦的心情向我要求准他出席大会,发表演说。"

马林的要求为大会接受,他和尼克尔斯基应邀参加了最后一次会议。同时,鉴于一连四天在李汉俊寓所开会的情况,具有丰富革命斗争经验的马林建议,明晚开会一定要换一个地方,以免引起法租界巡捕的注意。大家觉得马林说得有道理,但又感到反正明天只有一晚会议就闭幕了,一时又不易另找地方,大概不要紧,于是就决定仍在望志路106号召开。

按照会议议程,大会即将进入最后的闭幕阶段。最后一天会议的任务就是要完成中共一大四项主要议程:一是审查通过《纲领》和《党章》;二是审查通过中心工作和实际工作计划;三是讨论通过《中国共产党成立宣言》;四是选举产生中央领导机构。

闭幕会是在7月30日晚上8时左右举行的。周佛海这天下午"忽然肚子大痛大泻,不能出门",无法出席,所以参加会议的代表只有11人,加上马林和尼克尔斯基,共计13人。

这一天是星期六,周末。晚饭后,代表们陆陆续续地赶来了,齐聚李汉俊寓所。这是一间书房,中间摆放着一张大餐桌。会议开始了,张国焘主持。接着由马林致辞。会议刚开始不久,突然一个穿着灰色竹布长衫的不速之客揭开书房的门帘,一只脚跨进门内,獐头鼠目地窥探了一下四周。一时间,大家非常吃惊,会场顿时安静下来。

李汉俊急忙站起来问道:"你找谁?"

"我找各界联合会王会长,找错了人家,对不起。"说完,这人转身扬长而去。此人正是法租界巡捕房"包探"程子卿。

马林很机警,赶紧问这是怎么回事儿。李汉俊就把情况翻译给他听。马林从座位上一跃而起,以手击桌说:"我建议会议立即停止,所有的人分途离开。"说完，他就同尼克尔斯基首先走了。张国焘赶紧让大家把桌上的文件收拾好，也随之分途散去。上海的石库门弄堂房屋本来是惯走后门，而不走前门的。现在情况紧急，为了安全起见，大家没有从后门上贝勒路，而是走前门从望志路离开了。

李汉俊对张国焘说："这是我的家，我是屋子的主人，我不应离开。"

陈公博说："我也不走了，跟汉俊做伴说说话。"

果不其然，不到一刻钟，法租界巡捕房就开来了两台卡车，一个法国总巡警、两个中国侦探、两个法国侦探、一个法国兵、三个翻译，共九个人冲进了屋子。法租界巡捕房暨警务处在华立路（今建国中路）22号，距离李汉俊寓所不过1.5公里。只见两个法国兵全副武装，两个中国侦探也是横眉怒目，要马上抓人的样子，空气一度紧张起来。

这时，法租界总巡警费沃礼用法语讯问道："为什么开会？"

李汉俊用法语回答说："我们没有开会，只是寻常的朋友叙谈叙谈。"

费沃礼对李汉俊的回答很是狐疑，当即下令搜查，结果翻箱倒柜也没有搜查出什么东西，只看到书柜中有很多藏书，便问道："家里为什么收藏这么多书籍？"

"我是学校的教员，藏书是为了学习参考和研究用的。"

"为什么还有许多社会主义的书籍？"

"我平时兼任商务印书馆的编译，什么书都要看一看。"

"刚才那两个外国人是干什么的？"

"北京大学的教授。"

"他们是哪个国家的人？"

"英国人。暑假来上海休假，常来我家谈谈。"

费沃礼讯问完了李汉俊，又转过身来用法语讯问陈公博："你是不是日本人？"

陈公博那时未学法语，很是诧异。站在一旁的华探译员曹炳泉赶紧翻译道："总办大人问你是不是日本人？"

陈公博觉得翻译传话比较麻烦，就用英语问这位法国总巡："你懂不懂英语？"

费沃礼点点头，遂用英语很神气地问道："你是不是日本人？"

陈公博有些纳闷，开玩笑地说："我是百分之百的中国人。我不懂你为什么怀疑我是日本人？"

"你懂不懂中国话？"

"我是中国人，自然懂中国话。"

"你这次由什么地方来的？"

"我是由广东来的。"

"你来上海做什么事？"

"我是广东法专的教授，这次暑假，是来上海玩的。"

"你住在什么地方？"

"我就住在这里。"陈公博编了一个谎言，他心想，决不能说自己住在大东旅社，因为那里还有漂亮的妻子在等着他回去。

就这样，前后折腾了近两个小时，费沃礼也没再讯问什么了，最后反而微笑着说："看你们的藏书，可以确认你们是社会主义者，但我以为社会主义或者将来于中国很有利益，但今日教育尚未普及，鼓吹社会主义，就未免发生危险。今日本来可以封房子，捕你们，然而看到你们还是有知识身份的人，所以我也只好通融办理。从今往后，在法租界公开集会，必须48小时以前向我们捕房报告，经核准后方可开会。如有秘密集会，不将会议理由预告者，巡捕房查悉后，将照章论处了……"

事实上，7月30日这天晚上闯入中共一大会场的"包探"程子卿，的确是误打误撞，根本不知道是共产党（当时法租界巡捕房仍叫共产党为"过激党"）在这里开会，更不可能知道召开的是中国共产党第一次代表大会。他说"我找各界联合会王会长，找错了人家，对不起"，也是实话实说，不是搪塞之词，因为他的确找错了人家。这是为什么呢？

第一，李汉俊寓所是望志路106号，隔壁的104号确实是全国各界联合会的办公地址。但该联合会没有会长，它的主席叫毛一丰，并不姓王。7月5日前后，他们召开了第三次代表大会筹备会。因此，密探闯入中共一大会场说是"找各界联合会王会长"，很可能就是找毛会长，因口音或方言之故，陈潭秋误听为"王会长"了。至于称呼会长还是主席，当事人或许也是一时口误或习惯，所以在以后的回忆中也都有所差异。

第二，"包探"程子卿的确是在奉命做事。第二天（7月31日）的《民国日报》曾刊登一则《法租界取缔集会新章》的新闻，说："法总巡警费沃礼君，昨特令中西探目派探分赴界内各团体，谓捕房订定于八月一日（即明日）起，如有开会集议，须在四十八小时前报告。一俟总巡核准，方许开会。"一周前的7月25日，《民国日报》也曾刊登《集会须先报捕房核准》的消息。

事发确实偶然，但偶然中也有必然。

7月30日晚，程子卿本来是奉命去隔壁的望志路104号找全国各界联合会主席毛一丰，宣告巡捕房的新规定，却误入106号李汉俊寓所，无意中发现有13个人集会，而且还有两个外国人，于是他赶紧回到捕房报告。还有一种可能是，程子卿在去104号发通告的时候，突然发现隔壁的106号楼上灯火通明，有人聚众开会集议，就顺便进门上楼打探。

因为马林的机警，中共一大代表们在第一时间已经有效撤离，因此当总巡警费沃礼以最快速度赶到时，还是扑了一个空。

但是，费沃礼为什么兴师动众带着7个人迅速赶来呢？说起来，这还是与共产国际代表马林有着密不可分的关系。马林的祖国荷兰阿姆斯特丹国际社会历史研究所至今仍完整保存有马林的档案。这些档案材料充分表明：至少从1920年12月开始，荷兰政府就知道这位名叫斯内夫利特的人，改名马林后"特受莫斯科第三国际派遣去东方完成宣传使命"，"进行革命煽动"，并通知马林护照上允许经过的各国政府设法"阻止他得到签证"。尤其当荷兰政府得知马林将来华的消息后，更提请中国当局注意，"务必不使之入境"。尽管在奥地利遭到驱逐，且一路行程都在各国警方和荷兰、英国驻华公使及荷兰驻上海总领事等的监视之中，马林还是经过意大利、新加坡来到了中国。在上海，马林的行踪随时随地处在上海公共租界和法租界巡捕房以及中国警察的监控之下。

有资料显示，从1920年12月10日至1922年1月5日，荷兰、印度、日本和中国以及法租界当局对马林来华行程、活动的监视来往信件和情报多达25份，其食宿地点、人际交往、接人待物均一一记录在案。但奇怪的是，在1921年7月12日至11月27日之间，也就是说在中共一大开会期间，对马林的监视记录却是空白。但事实上，从1921年6月3日抵达上海之后，马林与李达、李汉俊、张国焘等人频频接触，法租界巡捕房抓捕马林只是举手之劳的事情。可见，擅长于做秘密隐蔽工作的马林，一方面确实成功甩掉了密探，没有给巡捕房以抓捕的把柄；另一方面，马林确实也不是法租界巡捕房当时必须抓捕的目标,更何况此后他还聘请法国大律师巴和参与营救陈独秀。

　　法租界巡捕房多次在《民国日报》发表告示,禁止私自集会,不仅对留日学生救国团、学生联合总会、全国各界联合会等进行长期监视防范,同时也监视当时与陈独秀、孙中山有密切联系的无政府主义者的大同党,以及来自朝鲜、日本、印度的共产党人士,并笼统地把这些代表人物当作"过激主义""无政府主义共产党""东方共产主义"加以防范。正因为各种流派鱼龙混杂,相互交叉联系,把法租界当作根据地、大本营,反而导致法租界警方分不清谁是谁了。

　　"过激派"的活动不仅受到租界当局的监控,同时也受到日本领事馆的严密监视。在日本外务省外交史料馆收藏的《过激派及危险主义者取缔关系杂件(社会运动状况·中国)》第一卷的卷宗中,就收藏有一份1921年6月29日由警视总监致亚洲局局长的外秘乙第995号《关于上海中国共产党行动汇报》的情报,称:

>　　上海中国共产党将于明天三十日在上海法租界贝勒路原"适庐"召开同党大会,参加该大会的各地代表是北京、上海、广州、苏州、南京、芜湖、安庆、镇江、蚌埠、济南、徐州、郑州、太原、汉口、长沙等地的学生团体和其他各个联合组织的成员,亦有日本人参加,具体参会人员,正在侦查之中。

　　这份尘封的情报说明,日本人做情报工作确实有一套。但日本人的这条情报当年似乎并没有与法租界巡捕房分享。尽管各方监控严密,但中共一大从组织到召开,一直在秘密中进行,保密工作做得可谓滴水不漏,并没有被包括法租界当局在内的任何监控机关发现。只因法租界巡捕房"包探"程子卿奉命在7月30日晚到望志路104号向全国各界联合会登门告示《法租界取缔集会新章》，无意间闯入隔壁的106号中共一大会场，导致本应该闭幕的会议，被迫中断。

生活中总有偶然，偶然中也有必然；历史是一种必然，必然中也有偶然。谁也不会想到，当中国共产党第一次代表大会进行到最后一天的时候，一次偶然的意外，竟然改写了历史。

2. 最长的一天：一个大党诞生在一条小船上

危险随时随地都可能降临。

7月30日夜晚发生的一切，绝对不是虚惊一场。

真实的历史，不是轻轻松松的电视连续剧，所有的情节无法编辑和导演，所有的细节也难以想象。100年后的我们经过几代人的接力研究，才从纷繁芜杂的历史中发现事情的来龙去脉，努力还原历史的真相，而在历史现场的他们随着岁月的流逝，也难以说清那些必然中的偶然了。

历史的背后写满了新闻。新闻背后的新闻，或许才是真正的历史。

7月30日的上海之夜，是一个不平静的夜晚。马林和尼克尔斯基率先离开。马林当晚是否回到麦根路32G号鲁伯尔先生家居住，没有人知道。更重要的是，尼克尔斯基这位共产国际真正的"钦差大臣"，且掌握着经济大权的幕后角色，他的历史足迹和在上海的住处至今仍是一个秘密，鲜为人知，少有人研究。

的确，撤离会场后，当晚与会的11位中共一大代表中只有李汉俊、陈公博、张国焘、李达、包惠僧、毛泽东六位代表的行踪能够掌握，而董必武、陈潭秋、王尽美、邓恩铭、刘仁静五位代表的行踪至今还是一个谜。只有陈潭秋回忆说："我们分散后，各人找旅馆住宿，不敢回博文女校，因为据我们的推测，侦探发现我们的会议，是由博文女校跟踪而得的。"

李达、张国焘从李汉俊寓所离开后，先后回到了他们当时的住处，也就是环龙路老渔阳里2号陈独秀寓所。这个时候，因为陈独秀去了广州，夫人高君曼带着儿子鹤年和女儿子美住在楼上的主卧。李达和王会悟夫妇住在另一间厢房。张国焘自6月来沪参加会议，也一直住在这里。包惠僧也不敢回博文女校，就直接来到老渔阳里2号。紧张了一阵子之后，三个人确认没有侦探跟踪过来，就在一起闲谈。这时，高君曼和王会悟也下楼来，询问其他人的去向。

张国焘说："我最后离开的时候，汉俊告诉我他不走，公博也愿意留在那里陪汉俊说话。"

"其他同志呢？"王会悟着急地问道。

李达说："不知道。"

"也不知汉俊那里怎么样了，巡捕房去搜查没？"高君曼热心地问道。

张国焘说："我们哪知道呢？"

李达说："如果巡捕房要去了，那就糟了。"

张国焘说："应该不会出大问题，我们走的时候，都收拾得比较干净。"

高君曼说："嗯，我觉得不应该有问题。再说了，汉俊他阿哥也是有身份的人，巡捕房也不敢随便抓人的。"

你一言，我一语，大家就这样聊着，想着可能发生的情况，不知不觉两个小时过去了。

这时，张国焘说："惠僧，这么久了，应该没啥事儿了，要不你再到汉俊家去看看动静。"

大家都用期望的眼神看着包惠僧。

"好！我现在就去。"包惠僧爽快地答应着，转身就出门了。

"一定要注意观察一下周围情况再进门。"李达嘱咐说。

"小心点儿。"高君曼和王会悟不约而同地叮咛了一句。

包惠僧回忆说："距我们离开李汉俊家不到两个钟点的时间，他们要我到汉俊家看看动静。我当时是没有经验的人，就冒冒失失地跑到李汉俊家里，走上楼梯的中间，汉俊和陈公博迎了出来。"

陈公博的回忆证实包惠僧确实回到了李汉俊家。他说："他们一窝蜂下楼之后，汉俊便催我急走，我说危险算是过去，我们何必事后张皇。"他们俩就打开一听"长城"牌香烟，又煮水沏茶，聊起天来。

就在这时，楼梯又响了。陈公博和李汉俊感到有些吃惊，难道是巡捕房杀了一个回马枪吗？起身一看，谁知楼道里探出头来的是包惠僧。

"法国巡捕走了没有？"包惠僧急火火地问道。

李汉俊疑惑地问道："你回来干什么？你快走吧。"

包惠僧说："特立（张国焘）和鹤鸣（李达）让我来看看你们怎么样了。"

李汉俊不紧不慢地告诉他："你们走后，就来了九个武装巡捕和包打听，搜查了一番，没有搜到什么。我对他们说是北大几个教授在这里商量编现代丛书的问题。很侥幸！我的写字台抽屉里有一份党的纲领，一开抽屉就能看见，他们竟然没有发现。好在我还会说几句法国话，他们也知道这是阿哥的公馆，把紧张的场面缓和了些，最后说了几句客气话走了。"

陈公博也催促道："此非善地，你还是走吧，详细情况明天再谈。"

李汉俊郑重地说："根据现在这个情况，我认为不能再在我这里开会了,必须改换地点。你回去跟他们商量一下。"

包惠僧点点头说:"好!"

接着,李汉俊又叮嘱道:"你还是多绕几个圈子再回宿舍,防着还有包打听盯梢。"

就这样,包惠僧匆匆忙忙地下了楼,出门走了几步,叫了一辆黄包车,到三马路孟渊旅社下车,又买了一点零细食物,沿着三马路至西藏路,跑到新世界兜了一圈子。他心想,法租界的包打听到了公共租界就该松劲了。于是,他才沿着跑马厅到马霍路通过爱多亚路,到霞飞路进入老渔阳里2号。

包惠僧离开后,陈公博与李汉俊再谈了几句,眼看时钟已近晚上10时半了,遂告别而去。他回忆说:"我总以为大风过去,海不扬波了,但出了汉俊门后,倏见一个人隐身在弄口,似乎在侦察,我走了几步,他居然跟着来……"最后,他叫了一辆黄包车,到大世界逛了一圈,终于甩掉了跟梢的侦探,回到大东旅社。"我回至房间,叫我太太打开了箱子,关好了房门,一口气把文件用火焚烧,全搁在痰盂,至此才详细告诉她当夜的情形,湮灭证据的工作,算是告成了。"

等包惠僧回到老渔阳里2号,已经是深更半夜了。张国焘、李达、高君曼和王会悟也一直等着他回去汇报情况。听了包惠僧的汇报,他们心中的一块石头终于落地了。但是新的问题又来了,李汉俊提出明天不能继续在他家开会了,这是正当合理的要求,也应该是正确的决定。怎么办?

被迫中断的闭幕会,该换到哪里去开呢?

夜已经很深了。最后,张国焘和李达决定:明天暂时停会,另易地方,会期不定。

因为生病,没有参加当晚闭幕会的周佛海一直待在博文女校休息。

他回忆说:"一个人睡在地板上想工作进行步骤,糊糊涂涂也就睡着了。大约12时左右,忽然醒来,看见毛泽东进房来,轻轻地问我道:'这里没有发生问题吧?'我骇了一跳,问他,才知道出了事。"他还说,"我听了毛泽东的报告以后,觉得功亏一篑,实在可惜,和他商量明日一定继续开会,但是上海租界内恐怕不行了。"

7月31日,昨晚五位没有回博文女校的代表也都平安回来了。张国焘、李达等人分头行动,尽快把暂时休会的消息通知大家,等找到妥当地点之后再行复会。但是,没想到的是,陈公博住宿的大东旅社反倒是出了一起命案。

陈公博回忆说:

> 谁知一波未平,一波又起,那夜是阳历七月中旬,是上海最热的时候,我们的汗闷得出不来,在床上无论如何也睡不着,两人把席子拖下地板,才安稳睡了一觉。热极生风,半夜里起了大风雨,睡至微明,忽然听见一声枪响,同时又听见一声惨叫,我从地板跳起来,打开房门一看,看见走廊寂寞得没有一个人,只是急雨打窗,狂风吹面,我想明明有枪响,有惨叫,那莫不是我变了福尔摩斯的案中人么?我唤起励庄,告诉她我所闻,但两人都猜不出什么事故,我反怀疑是一种梦境。
>
> 还是睡罢,到了九时,有一个茶房跑进来,说你们隔壁房间有一个女子被人谋杀了。我问他什么一回事,他说前日有一男一女投店,今早那男的起身还叫了一碗面,食后出去,我们问他要钱,因为他只交柜上五块钱。他说立刻便回,我们也不注意,不料刚才我入房打扫,那女的已死在床上,经理立刻来看,她身中一枪,并且颈上还有毛巾缠住,看起来大概男的打了她一枪不死,

又用毛巾来勒毙的。我听了之后，我也不告诉他今早所闻，恐怕他还找我做证人，弄出莫名其妙的麻烦。不过我再想，如果有巡捕和侦探来侦察，保不定认识我就是昨夜被侦察人之一。长安虽好，不是久恋之家，此地不宜耽搁，还是走罢。我去找着总经理，那时大概是郭标罢，广东人和广东人总容易说话，我说我隔壁出了命案，我的太太非常惧怕，所以今日要去杭州一行，把所有行李，暂存旅馆，俟回来还要换一个房间。这种说话，自然郭大经理坦然不疑，我和我的太太，趁着巡捕和侦探没有光临，遂离开旅馆。先在一家饭馆安顿了太太，我自己跑去找李鹤鸣告诉他昨夜的经过，并且我下午要到杭州。经过昨夜的变故，他们也打算停会，另易地方。会期不定，我更可以从容的游西湖，逛灵隐了。

7月31日上午9时左右，陈公博退了大东旅社的房间，找了一家新旅馆，安顿好妻子，便来到老渔阳里2号，把昨晚的遭遇告诉了李达，并向李达和张国焘请了假。

这天傍晚，陈公博偕新婚妻子李励庄乘坐7时15分的116次夜快车去了杭州，继续消度他们的"后补蜜月"，"更可以从容的游西湖，逛灵隐了"。

因为会期不定，而凶杀案让"公博夫妇真吓得魂不附体"，再加上蜜月旅行计划的安排，陈公博没有参加中共一大最后的会议。后来，他在杭州看到了报纸新闻，才知道发生在大东旅社的命案是一起情杀案，死者为丝厂女工孔阿琴，凶手为其姘夫瞿松林。但这一起凶杀案，在中共一大代表的回忆录中，仅仅只有周佛海曾经提起过。陈公博在向李达、张国焘告假的时候，并没有说明此事。张国焘说："代表中只有陈公博未来，他早一天坦率地向我和李达表示请假不出席，因为太太对于李家所发生的事犹有余悸。其他的代表却不将这件事放在心上，身当其冲的李汉俊也满不在乎，大家仍然兴高采烈地继续工作，并笑陈公博是个弱不禁风的花花公子。"不过，张国焘记忆有误，因为担心被巡捕房跟踪，李汉俊其实也没有参加最后的大会。

现在，究竟到哪里去开会更安全呢？

这个问题，让负责处理会务工作的李达伤透了脑筋。

7月31日，晚上。张国焘、李达、李汉俊、包惠僧、陈潭秋、董必武、毛泽东、周佛海齐聚老渔阳里2号，商量开会的地点问题。

会上，还是有人主张继续在上海开会，换一个地方就可以了，但当即遭到了大多数人的反对。为什么？因为7月31日的《民国日报》上已经刊登了《法租界取缔集会新章》的公告，还刊登了一则巡捕房禁止法租界商业联合会开会的消息。而公共租界比法租界管理更为严格，早在1920年4月就公布了取缔集会的规定。

李达说："我们要换一个地方开会，最好还是离开上海，躲开巡捕。"

这时，有人提议到杭州西湖，我们可以乘火车到杭州，租一条游船，一边游湖一边开会，这样还能保证安全。

讨论来，讨论去，最后大家一致同意去杭州西湖开会的方案。随后，张国焘赶紧把大家的决定报告了马林和尼克尔斯基。马林没有提出反对意见，只是希望尽快在一天之内完成大会议程，不要再拖延时间。

听取马林意见后，张国焘回到老渔阳里2号已经很晚了。他和李达继续商量会务事宜，并转告了马林的意见。张国焘说："马林要求我们尽一日之长完成大会任务，以免再生枝节。"

"一天完成大会任务？！"李达一听，突然瞪大眼睛看着张国焘，

"这怎么可能?"

"为什么?"张国焘一脸疑惑。

"去杭州的火车,一个来回,火车班次的时间,我们赶不上趟。"李达和王会悟新婚后,曾经结伴去过杭州,也曾去过王会悟的家乡嘉兴,大概知道火车时刻表。

李达确实着急了。怎么办?

这时,王会悟走过来说:"别急别急,我明天上午去车站查询一下火车时刻表,再做决定吧。"

8月1日,上午。吃过早饭,王会悟急急忙忙地要出门。高君曼看见了,就问她:"妹妹,你着急忙慌地干啥去呀?"

王会悟就把昨晚商量的事情简单跟高君曼复述了一遍,说:"我赶紧去火车站呢!"

"妹妹不用着急,我这里有《申报》,上面就刊登着火车时刻表呢!"高君曼转身从屋子里取来了报纸。

王会悟接过《申报》,一看7月30日的报纸果然刊登了《沪杭甬路沪杭线行车时刻表》,开心地笑了:"还是君曼姐姐聪明。"说完,她就喊李达和张国焘一起过来看火车时刻表。

不看不知道,一看才发现,即使早上乘坐上海的第一班104次快车,到杭州也已经是中午12时40分;而在杭州,下午乘最后一班115次夜快车回上海,它开车的时间是18时15分,中间空余时间仅5小时35分钟,再加上下车和候车时间以及从杭州火车站到西湖往返的时间,根本无法"尽一日之长来完成大会任务"。

不算不知道,一算吓一跳。到杭州西湖开会,时间太紧张了,再说西湖游人太多,容易被人发现,显然这个选择已经不适当了。

怎么办?

李达愁眉不展了。

这时,王会悟看着火车时刻表,忽然高兴地跳了起来,兴奋地说:"鹤鸣,要不就到我们嘉兴南湖开会,南湖僻静,游人少,好隐蔽,到南湖上租一个画舫,一边游湖,一边在湖中开会,多好啊!"

李达一听,觉得妻子说得有道理,紧锁的眉头一下子云开雾散。他赶紧把脑袋埋进了报纸,研究上海到嘉兴的火车时刻表。仔细一看,李达终于开心地笑了。如果乘上海至杭州的104次快车出发,上海北站开车时间是7时35分,南站开车时间是7时45分,抵达嘉兴的时间是上午10时13分,路途最短耗时为2小时38分钟,时间比较合适;下午返回可以乘坐杭州至上海的115次夜快车,嘉兴开车时间是20时15分,候车时间为10分钟,回到上海南站的时间是22时40分,回到上海北站的时间是22时45分,路途最短耗时为2小时30分钟。从上午10时13分抵达到晚上8时15分离开,在嘉兴停留的时间可以达到10个小时零2分钟,时间上完全足够了。

这么一计算,李达终于眉开眼笑了,一把抱起娇小可爱的妻子,在客堂里转了一圈。高君曼站在一旁开心地笑着,两个正在厅堂里玩耍的孩子鹤年和子美看到这个场景,也高兴地蹦起来鼓掌。李达赶紧把张国焘叫过来,两人又仔细分析研究一番,都觉得在嘉兴南湖开会比在杭州西湖更合适:一是嘉兴地处沪杭之间,乘火车到嘉兴要比到杭州节省一半的时间;二是西湖人多眼杂,嘉兴只是一座小县城,南湖比西湖僻静,游人少,好隐蔽。这两点优势一下子就解决了到杭州西湖开会存在的两个难题。

70多年后的1991年底和1992年8月,王会悟两次接受采访时也说:"上海侦探很多,一大没开完就被发现了,李达也不知道下一步到底怎么样……有人提议去西湖。我说怎么能去西湖呢,已经被巡捕房注意，即使到了杭州也是要被察觉的⋯⋯刚开始，大家讨论，后来结论是，这也不能去，那也不能去⋯⋯还有人说，会总是要开的嘛。于是，我就说，要去一个大家想不到又可以去的地方⋯⋯我说到一个大又不大，小又不小的地方去。去南湖，是我一个人提出来的。董必武特别赞成。"

1921年7月底至8月初的这几天，上海已经进入了盛夏，气温骤然升高，虽然下了一点小雨，最高气温依然达到35.7℃，湿热难耐。

8月1日这天傍晚，茅盾带着夫人孔德沚来老渔阳里2号串门来了。作为女主人，高君曼特意让张国焘买了一个大西瓜，放进厨房过道小天井用水泥做的水斗中，放满冷水浸泡着。这年春天，茅盾委托商务印书馆的茶房福生在宝山路鸿兴坊租了一套一楼一底带过街楼的房子，把母亲和妻子从嘉兴接到了上海。不一会儿，邵力子也来了，周佛海也来了。因为都是中共党员，大家也就不避讳正在召开一大的事情，互相通报、商量面临的困难。

邵力子听说后说："我看还是应该离开上海，去嘉兴南湖比较好。"

孔德沚拉着王会悟的手，说："对！去嘉兴南湖，我弟弟另境在秀州中学（今嘉兴二中）念书，到时候也可以让他出力帮你。"

茅盾也给予支持，说："我们嘉兴南湖的确是个好地方，一是离上海比较近，时间宽裕些；二是风景秀丽，利于隐蔽；三是民风好，万一出了什么事，我们也好通融，我们的同乡褚辅成、沈钧儒二位先生都有关系在那边。"

李达一听，开心地笑了，说："德鸿兄说得对！我看就去嘉兴南湖开。"

周佛海说："我看，是不是请鹤鸣夫人明日提前去嘉兴，先雇一只大船等着，我们第二天再乘早班车去。"

张国焘说:"我同意,我们代表分两批去。请鹤鸣和夫人提前回去布置,打个前站,其他各代表第二天一早再搭车前往,这样做万无一失。"

李达说:"好!我和会悟再去北站了解一下到嘉兴火车的班次,买好票,我们几个人先去。"

其实,老渔阳里2号所在的法租界,距离上海南站更近一些,但从安全因素考虑,李达要求代表们故意舍近求远,穿过公共租界到上海北站去坐车。为提高警惕,做到万无一失,李达想方设法,可谓绞尽脑汁,甚至连到嘉兴南湖撑船的船工也都有自己的安排。有资料说,这位撑船的船工是一名海员,名叫施章。

这天晚上,张国焘和李达连夜分头通知各代表。

8月2日,上午7时35分,李达和王会悟夫妇一行四五人,在上海北站乘坐104次快车奔赴嘉兴。

上午10时13分,王会悟一行抵达嘉兴火车站。

嘉兴老城墙是1923年才拆除的,火车站在嘉兴县城东门城墙外面。下车后,王会悟一行从火车站出来,走过站前的小桥,沿着小马路走到大路上,向左转,过宣公桥,进了瓮城,再穿过春波门(东门),进入嘉兴县城内。

嘉兴县城内河网密布,街巷大多沿河而建,一河二街或一街,路面或铺石板或弹石。沿着迎紫河,从东门大街(今中山路),再右拐向北经县党部一直向北(今秀州北路,或走环城东路),到秀州中学找到孔德沚的弟弟孔另境。然后他们一起出门,先南行再折而向西,沿芝桥街(今勤俭路)直行,来到张家弄。2018年9月9日,笔者从嘉兴老火车站旧址实地步行到张家弄鸳湖旅馆旧址(今人民剧院,勤俭路876号),再从张家弄走到南湖狮子汇渡口,单程分别为20分钟和17分钟左右。

王会悟回忆说:"先到城内张家弄鸳湖旅馆落脚,开了两个房间休息,洗脸吃早饭,叫旅馆账房给雇船。当时准备雇只大的,但他们说雇大的需提前一天预订。现在大的没有了,只有中号船了,便雇了一只中号船,船费四元五角,中午饭一桌酒菜三元,连小费共花八只洋,当时把钱付清,并对旅馆账房说,给留两个好的房间,如好玩我们晚上回来住宿。"

的确,王会悟请鸳湖旅馆账房雇定的画舫,是一种名叫丝网船的快船,时称"无锡快船",需要提前"雇定"。陶元镛所著《鸳鸯湖小志》的《导游》篇记载:游南湖的游客一出站埠,可随手招船主摆渡到湖心岛,登烟雨楼游玩,但是,"游者如伴侣众多,拟作竟日游,可先期雇定丝网船。此项船只常泊北门外荷花堤,客在东门可托旅馆或绍酒肆介绍,招船主来与之面洽,菜随客点,通例船菜并计自20元至30元,菸酒自办或并嘱代办均可。最好先与谐定价目,菜用何色,船泊何地,一一与之接洽妥善,届日乘坐早班车,船至,鼓棹入湖,夏天可令择当风地点,抛锚停泊中流。船菜以虾蟹二味为最佳"。

8月初的这一天,上午7时35分,除了与王会悟已经先行一步的代表,以及避免侦探跟踪的李汉俊、请假的陈公博二人之外,其他中共一大代表都按时分头到达上海北站,乘坐前往杭州的104次快车。马林和尼克尔斯基是外国人,容易引人注目,自然不能前往了。

104次快车,到达嘉兴站的时间是上午10时13分。

"火车一停稳,我们就跳下去,混入月台上的人群中。过了一会儿,我们尽量装作若无其事的样子走出车站,步入大路。我凝视着近城的湖水,思量着这些平静的湖水不久便要诞生一头巨兽 —— 中国共产党。其他的代表也已走下火车,他们相互见到时,彼此都装作素不相识的样子。毛泽东和我沿街走去，小心地提防着周围，但没有发现有人跟踪。我们在一横街内找到一家小旅馆，租了一个房间过夜。"这是萧瑜1959年在回忆录《我和毛泽东的一段曲折经历》中所记叙的。

萧瑜是毛泽东新民学会的好友。6月29日，他与毛泽东、何叔衡同时乘船离开长沙，中途他在武汉有事下船，于7月底又赶到上海找到毛泽东，准备前往杭州西湖。他说："我到了上海后，直赴法租界环龙路，按毛泽东给我的门牌号找到那所房子……夜晚他回来时，告诉我他们跟秘密警察有些麻烦，秘密警察曾长时间地盘问他们。"到了嘉兴，安顿好后，毛泽东就去开会了，萧瑜留在房间里写信。

去过嘉兴的人，或者看过嘉兴老地图的人，就应该知道，南湖是在嘉兴县城的南面，在城墙外面；火车站也在县城的东门外。一般游南湖的人不需要进县城，下了火车之后就可以直接从火车站到狮子汇渡口雇船，开始登船游览。

这一天的南湖，是阴天，不大有太阳。

在狮子汇码头，租好的画舫早早从北门外荷花堤开过来，停泊在这里等候。这种"无锡快船"确实十分漂亮。王会悟回忆："船的式样大小，据我记忆不到14公尺，中间有一个大舱，大舱后面有一个小房间，内放一只铺，有漂亮的席枕，房间后面船艄住船老大夫妇，中舱和船头中间有一个小舱，可睡一个人（有栏槛和中舱隔开），船的右边有一个夹道，左边没有夹道，中舱内靠后边放有几枕俱全的烟榻一只，上边挂有四扇玻璃挂屏，两边玻璃窗上挂绿色窗帘，放大八仙桌一张，还有凳子。圆的、方的，还是椅子记不清楚了，家具颜色是广东漆的。"

周佛海记得："到了嘉兴，早有鹤鸣夫人在站等候，率我们上船。当地的人，以为是游南湖的，也不注意。"

从火车站走到狮子汇渡口，只有五六分钟的行程。如果算上排队等候时间，十分钟左右就能集合完毕。

张国焘回忆："我们分别搭上沪杭线的早班车，9点多钟就到达了嘉兴的南湖。王会悟所预备的大画舫已泊在湖边。"

包惠僧回忆说："大约9时左右，我们都到了南湖。此处风景甚好，游人不多。南湖中心有一个小岛，岛上庙宇巍峨，佛堂清净，和上海比较，感到别有天地。我们雇了一只相当大的画舫，买了酒菜，把船开到湖心，就宣布开会。"

或许是因为天气原因，这一天南湖的游客并不多。王会悟回忆："停放湖中的船连我们的一条一共五条船。内中一只据船大娘说是城内某商户为儿子办满月酒雇的，另一只是乡下土财携眷进城游玩的。"

周佛海回忆说："我们把船开到湖中，忽然大雨滂沱。"

陈潭秋也说："到9时半以后，天忽然大雨，游人均系舟登岸，大为败兴，然而对于我们倒很便利了。我们很放心的进行了一天的讨论。"

南湖这几天的确出现了强对流天气，这是因为江南地区出梅以后，强烈的空气垂直运动，造成副热带高压较为强盛，白天温度高，上升气流明显。就在王会悟抵达嘉兴的前一天，也就是8月1日傍晚4时至晚上8时之间，嘉兴南湖一带突降暴风雨。狂风骤雨造成"南湖中之避暑游船，于风起时不及傍岸，被风吹覆者四五艘，一般游客因不谙水性，而溺毙者竟有三人"，东门外盐仓桥裕嘉缫丝厂"所造成之三十八间房屋，为风吹倒者三十六间"。对此，上海《申报》在8月2日、3日均作了连续报道。

张国焘说："我们登上了大画舫，四顾南湖景物，只见万顷碧波，湖畔一片芦苇中掩映着楼台亭阁，使我们这些初来的观光者觉得较之西湖的景色别有风味。我们的大画舫在湖中环游了一遍之后，便或行或止地任由它在幽静的湖上荡漾。我们继续在上海未完的会议。"

李达回忆，开会的时间是"上午10时到下午6时。当天上午7时，大家从上海北站乘车出发，10时许在大游舫上聚齐"。

王会悟说："代表们到船上开会时已快11点钟了。"

的确，从下车到上船，再划船到湖心，嘉兴南湖会议真正开始的时间应该是上午11时左右。

中断的中共一大闭幕会，现在终于重新开会。

又是一个8月，又是一个夏天。时间过得真快，去年的这个时候，中国共产党发起组在上海法租界老渔阳里2号成立。一晃一年过去了。

现在，大家在画舫落座。出席中共一大嘉兴南湖会议的代表由13位变成了10位，分别是李达、张国焘、毛泽东、董必武、陈潭秋、包惠僧、王尽美、刘仁静、邓恩铭、周佛海。

王会悟一个人坐在船头，像一个哨兵一样，为大会放哨。

李达回忆说："嘉兴南湖会议讨论的议题主要是《党章》和工作方向。在党的组织方面分中央与地方，中央设书记、宣传主任与组织主任，地方组织也分这三部分。"

今天的人们可以看到中共一大保存下来的文件只有两份，一份是《中国共产党第一个纲领》，一份是《中国共产党第一个决议》。但这两份文件均没有中文原件，分别有俄文译稿和英文译稿。

对于《纲领》，上海会议期间，基本上已经达成共识，对存疑的几个问题在文字表述上也分别作了技术性的处理。前文已叙述《纲领》第三条至第十五条内容。而《纲领》的第一条就明确规定：

一、我党定名为"中国共产党"。

第二条则具体清晰地制定了中国共产党的第一个纲领，共四款：

1. 以无产阶级革命军队推翻资产阶级，由劳动阶级重建国家，直至消灭阶级差别；
2. 采用无产阶级专政，以达到阶级斗争的目的——消灭阶级；
3. 废除资本私有制，没收一切生产资料，如机器、土地、厂房、半成品等，归社会所有；
4. 联合第三国际。

讨论中，就李达所说的"工作方向"问题，达成了《中国共产党关于奋斗目标的第一个决议》。这项决议包括工人组织、宣传、工人补习学校、研究劳工组织的机构、对现有各政党的态度、党与第三国际的关系六个方面的内容。随着《纲领》的通过，这些问题没有引起太多的争论。而且因为上海会议的"虚惊一场"，大家都不约而同地加速讨论，很少长篇大论地发言，都把注意力集中在急需解决的具体问题上。

关于工人组织问题，《决议》指出："我党主要目的，在组织各种产业工会。任何地区之内，如该处有一种工业以上，即应组织一个工会；如某个地区没有巨大的工业，即应组织一个适合该地区情形之工厂工会。党应以阶级斗争的精神灌输予各工会，如果各工会所发动的政治斗争与我党党纲不相符合时，我党应避免沦为其他政党之傀儡。"

中共中央始终高度重视宣传工作，这或许与陈独秀、李大钊、毛泽东等中国共产党的创始人本身都从事过编辑出版和新闻宣传工作有关。中共一大《决议》对如何做好宣传工作，作出了特别严格的规定，可谓是这一宝贵经验和优良传统的开端。《决议》指出：

>一切杂志、日报、百科全书及小册子，均必须在中央执行委员会或临时中央执行委员会的管理之下。
>
>每一地区，均可视其需要而发行一份工会杂志，一份日报或一份周报，以及小册子、临时传单等。
>
>出版物，不论属于中央或地方，皆应由我党直接管理与编辑。
>
>不论中央或地方任何出版物，不得登载任何违反我党主义、政策及决议的文章。

在南湖会议上，中共一大顺利通过了第一个《纲领》和《决议》，旗帜鲜明地主张中国共产党信仰马克思列宁主义，组织工人、农民和士兵，宣传共产主义，以无产阶级革命军队推翻资产阶级统治，建立无产阶级专政；实行社会革命，消灭私有制，实行公有制，直至消灭阶级区分，造出一条通往共产主义的道路，充分展现了其为中国人民谋幸福、为中华民族谋复兴的初心和使命。

烟雨南湖，碧波荡漾。

大会讨论完上述议程，大约花了一个钟头，不知不觉已经到了吃午饭的时间。酒菜是由船家按照事先预定准备好了的，吃饭时在八仙桌上又放了一个圆的台面，十个人围着桌子也不算拥挤，大口大口地吃了起来。王会悟没有进去和他们一道吃。她说："当时也不想吃，我一个人坐在船头。"

吃完饭，收拾好碗筷，继续开会。这时，李达从随身包袱里专门取出了一盒麻将牌，特意摆在了八仙桌上。天气还是雾蒙蒙的样子。大会继续进行，还有两个议题需要完成，一个是讨论通过《中国共产党成立宣言》（以下简称《宣言》），一个是选举产生中央委员会。

熟悉中共党史的人们都知道，早在1920年8月，陈独秀在上海成立中国共产党发起组的时候，就曾在11月发布了一份《中国共产党宣言》。只是"这宣言的内容不过是关于共产主义原则的一部分，因此没有向外发表，不过以此为收纳党员之标准"，并没有联系中国具体的斗争实际。

中共一大召开时，张国焘负责起草并提交了《宣言》的草稿，但负责审查的代表提出了不同意见，认为这份草案可以向大会提出，作为讨论的基础。1937年，董必武在延安与美国作家海伦·斯诺谈话时，明确说过："我们决定制定一个反对帝国主义、反对军阀的宣言。"1961年，董必武回忆说："一大的另一件大事，就是大会提出过'反对帝国主义''反对军阀'的政治纲领，这个纲领是在宣言一类的文件中表达出来的。我记得曾经参加过起草这类文件的工作，所以还隐约想起这个纲领的内容。"

在嘉兴南湖会议上，10位代表再次讨论了这份《宣言》。在上海会议上讨论时，它就引起了很大的分歧和激烈的争论。陈公博回忆说："对这一篇宣言，我根本反对，辩论很久，宣言终于通过了。我急得跳起来，找佛海、汉俊商议补救办法。""国焘硬要通过，而多数人居然赞成。可是到了第二晚开会，国焘提出取消昨夜的决议，我质问为什么通过的草案可以取消，他说是俄国代表的意见。我真气极了。"

对这份《宣言》，陈公博为什么气得跳起来呢？后来，他在美国哥伦比亚大学撰写的毕业论文《共产主义运动在中国》中，曾提到这份《宣言》的原稿分为两部分，第一部分描述了中国的政治经济状况，第二部分列举了北方政府和南方政府的罪恶。

因为至今没有发现《宣言》的文本，李达的回忆则成为今天人们了解它的内容比较可靠的依据。李达说：

这《宣言》有千把个字,前半大体抄袭《共产党宣言》的语句,我记得第一句是"一切至今存在过的历史,是阶级斗争的历史"。接着说起中国工人阶级必须起来实行社会革命自求解放的理由,大意是说中国已有产业工人百余万,手工工人一千余万,这一千多万的工人,能担负起社会革命的使命,工人阶级受着帝国主义与封建势力的双重剥削和压迫,已陷于水深火热的境地,只有自己起来革命,推翻旧的国家机关,建立劳工专政的国家,没收国内外资本家的资产,建设社会主义经济,才能得到幸福生活。《宣言》草稿中也分析了当时南北政府的本质,主张北洋封建政府必须打倒,但对于孙中山的国民政府也表示不满。因此有人说"南北政府都是一丘之貉",但多数意见则认为孙中山的政府比较北洋政府是进步的,因而把《宣言》中的语句修正通过了,《宣言》最后以"工人们失掉的是锁链,得到的是全世界"一句话结束。

在上海会议上,《宣言》之所以引起争论不休,关键是两个问题,一个问题是共产党人要不要加入资产阶级国会,也就是共产党员能不能在现政府做官的问题;另一个问题就是南北政府有什么不同的问题。尤其是对张国焘认为"南北政府都是一丘之貉,对于南北政府应一律攻击"的观点,争论尤为激烈。

陈公博争辩说:"尽管国民党的纲领有许多错误观点,但它暂时还是多少代表了新的趋势。孙博士所提倡的民生主义类似国家社会主义。"

李汉俊辩驳说:"目前共产党人,应该支持孙中山先生的革命运动,在孙中山先生的革命成功后,共产党人可以参加议会。"

陈公博接着补充道:"我们的领袖陈独秀先生还在广州做教育厅长呢!由此可见,南方政府比北方政府进步些。"

现在,在南湖会议上,虽然陈公博和李汉俊都没有来,但关于对南北政府的态度问题,也就是对孙中山的态度问题,依然是会议争论的焦点话题。

陈潭秋回忆说:"包惠僧认为我们与孙中山是代表两个敌对的阶级,没有妥协的可能,他说我们对孙中山,应当与对北洋军阀一样,甚至还要严厉些,因为他在群众中有欺骗作用。"

包惠僧也坦诚地回忆说:"对于孙中山的问题是在讨论宣言时提出的,我对于孙中山好说大话不择手段,广东的军事独裁致民不聊生,表示不满。我说:'我曾到过广州,广州是满街"无兵司令",军人横行,遍地是赌场(名为楼上银牌)、鸦片烟馆(名为谈话处)、妓馆。'哪里还有一点革命的气味呢?况且他是一个代表资产阶级的东西,作为一个无产阶级政党的政治宣言,还能对他表示丝毫妥协吗?"

对于包惠僧的意见,有些同志表示赞成,董必武却提出了反对意见。最后,经过讨论,还是把这一段删除了。因为分歧明显,争论不下,大会最后决议"这篇《宣言》应否发出,授权新任的书记决定"。没有参加南湖会议的陈公博回广东后,向陈独秀痛陈利害,最后陈独秀才决定不发。因此,中共一大的文献中没有《宣言》。李达回忆说:"这个《宣言》后来放在陈独秀的皮包中,没有下落。"

游船在湖面荡漾着。云开雾散,天气渐渐好转。到下午3时以后,小游艇逐渐增多起来。有些油漆得很漂亮的小游艇,据说是城内士绅自备的。到了5点钟左右,湖中的游船增加到了5只。就在这时,一只小汽艇飞速向画舫这边驶来。王会悟十分警惕,疑为政府警察局的巡逻,赶紧起身向画舫内发出信号。李达收到信号后,立即临时休会,大家呼啦啦地装作打麻将的样子，吆喝起来。后来，经过船娘打听，才知道是城内葛姓士绅的私艇，王会悟才放心地解除了警报。再过一会儿，南湖更热闹了，隐约传来留声机唱京戏的声音。

此时，大会就剩下最后一项议程——选举。

大会确定的选举方式是以无记名投票方式进行。

没有任何悬念，没有参加会议的陈独秀依然高票当选。人心是一杆秤。

当有人念到李汉俊的名字时，董必武问道："是谁选的？"

刘仁静说："是我选的。"

包惠僧回忆："最后进行选举，事先张国焘同各代表商谈过的，所以票很集中，选举结果是陈独秀、张国焘、李达当选中央委员，李大钊、周佛海当选中央候补委员，并决定陈独秀任书记，张国焘任组织，李达任宣传。在陈独秀没有回上海以前，书记由周佛海暂代。"

陈潭秋回忆："决定暂时不组织正式中央机关，只成立临时中央局，与各小组发生联系。确定党名为中国共产党，并选举张国焘、陈独秀、李达为临时中央局委员，周佛海、李汉俊、刘仁静为候补委员。"

在晚上6点多钟的时候，中共一大嘉兴南湖会议选举产生了中央局成员，陈独秀任中央局书记，李达任宣传主任，张国焘任组织主任，周佛海暂时代理中央局书记一职（实际不到两个月）。

至此，全部议程结束，大会旋即宣告闭幕，举行了一个简单的闭幕式。张国焘致闭幕词。他回忆说："我以兴奋的心情祝贺大会的成功，并吁请各代表回到各地的岗位上，根据大会的决定，发展我们的工作和组织。"

张国焘话音一落，大家轻轻地鼓掌示意，同时轻声地呼喊："中国共产党万岁，第三国际万岁！共产主义——人类的解放者万岁！"

此时此刻，南湖暮霭沉沉，渔火点点，夏日的微风轻轻吹来，带着荷花的阵阵香甜……

从上海石库门到嘉兴南湖，中国共产党正式宣告成立了！

此时此刻，太阳已经下山了。船儿轻轻停靠在狮子汇渡口。上岸后，毛泽东、刘仁静因第二天去杭州留在嘉兴，其他代表都乘115次夜快车返回上海……

近代中国积弱积贫，九原板荡，百载陆沉。在民族危亡之际，中国共产党诞生在嘉兴南湖的一条游船上。那一刻，张国焘回忆说，他忽然想起陈独秀在上一年8月间跟他说过的话："日本的军阀政客们狂妄已极。他们看不起有五千年历史文化的中国和四亿炎黄子孙，他们只知勾结中国的旧军阀、烂官僚、走私商、吗啡客以及流氓瘪三等等，只看见中国人的小脚、辫子、鸦片和随地吐痰等等腐败的一面；他们总有意无意地蔑视中国新思潮新势力的方兴未艾。总有一天，由于他们的这种错觉，会弄到他们自己头破血流。"

陈独秀的话，自然不只是针对日本说的！一百年过去了，先辈的话语，依然蓬勃着信仰的力量，散发着思想的光芒，昂扬着奋斗必胜的信心！

一个大党，诞生于一条小船上。有了中国共产党，从此，中国人民谋求民族独立、人民解放和国家富强、人民幸福的斗争就有了主心骨，中国人民就从精神上由被动转为主动，而且从根本上改变了近代以来中国内忧外患、任人宰割的悲惨命运，近代中国才有了改天换地的大变化。如今，法租界的望志路早已改名兴业路。从望志到兴业，地名的变迁也饱含着人们对革命必定成功的自信和祝福。

一个大党，诞生于一条小船上。有了中国共产党，从此，中华民族和中国人民牢牢掌握革命的主动权，深刻改变了近代以来中国发展的方向和进程，深刻改变了国家和人民的前途和命运，深刻改变了世界发展的趋势和格局。中国共产党引领中国革命的航船从嘉兴启航，劈波斩浪，开天辟地，中国革命的面貌焕然一新。这条小船因而获得了一个永载中国史册的名字 —— 红船。

这是一个东方神话！

日出东方，嘉兴未央。红船，见证了中国历史上开天辟地的大事变，成为中国革命源头的象征，接受来自四面八方的人们特别是共产党人的瞻仰。

1921年8月初，中国共产党第一次全国代表大会闭幕了。

一天的时间很短。但一日长于百年，这一天意义深远、意蕴深厚、意味深长。

开天辟地，这是嘉兴历史上最长的一天。

这一天，对中国共产党来说，仅仅只是一个开始。

3."打倒列强，除军阀"，革命纲领破天荒

1921年9月11日，在广州生活工作了整整十个月，在坚辞不准的情况下，陈独秀不待陈炯明的批准，就借口胃病复发，请假离粤。

陈独秀不得不回到上海。为什么？

陈独秀的性格就是大刀阔斧，雷厉风行。这个时候的陈独秀，是一个理想主义者。但理想的头颅往往被现实的壁垒碰得头破血流。陈独秀在广东的教育改革很快就触礁搁浅 —— 先是陈炯明承诺保障的权利和经费无法得到真正落实，诸事搁置；接着是遭到广东封建顽固派的猛烈攻击，诬蔑他主张"讨父""仇孝""公妻""妇女国有"，捏造他的演说提倡"百善淫为首""万恶孝为先"，造谣说他参加了"讨父

团"，等等，要求陈炯明将他驱逐出广东。

前后有掣肘，左右不逢源。在这种情况下，陈独秀深感改革无法实行，遂萌生退志。恰好这时，包惠僧再次来到广州，邀请他尽快回上海主持党的常务工作。

"失一执信，得一广东，得不偿失；生为人敬，死为人思，死犹如生。"陈独秀在广州的这段教育改革和政治生活，可以在1921年1月他为朱执信去世撰写的挽联中找到注脚。当然，广东之行的"得不偿失"，并没有挫败陈独秀的革命斗志。而陈独秀尽快回到上海负起中共中央局书记的责任，主持中央工作，对另外一个人来说，却是迫不及待的大事情。

这个人就是马林。

1921年8月初，中共一大在嘉兴南湖闭幕后，除李达和张国焘、周佛海之外，其他代表均在会议结束后迅速离会。毛泽东在萧瑜陪同下去了杭州，刘仁静也去了杭州。刘仁静回忆说："在'一大'会议上，毛主席很少发言，但他十分注意听取别人发言。毛主席在北大图书馆当办事员时，就与我认识了，我当时觉得他对报纸很重视，无论什么报纸他都看，不管是反动的或进步的报纸。嘉兴南湖会议结束后，毛主席曾对我说，你今后要多做实际工作。他对我讲这句话，可能与他当时搞实际工作并在实际斗争中研究马列主义有关系，也可能是认为我在'一大'发言有点夸夸其谈。参加'一大'后，我和高尚德二人去游西湖，在西湖上碰到了毛主席。他当时穿着长衫，拿把雨伞，看见我们时，向我们点头。"

8月4日至5日，周佛海、李达、张国焘等临时中央局成员在上海召开了第一次会议。

张国焘回忆说："大会闭幕后，暂代陈独秀任书记的周佛海，任宣传的李达和任组织的我立即举行中共中央的第一次会议。我们的第一个困难是经费,已往的经费多半是由陈独秀先生筹集,因大会的开支所余无几。各地代表在离开上海以前都表示筹集经费的不易,使中央无法要求各地分担所需的费用。中共中央除我们三人外,并没有专任事务工作的人员,我们分别住在租来的小房间里,并没有一个可以集中办公的地点,一切也无规可循,都在摸索试探之中。我们将大会情形及会后新中央所面临的问题函告陈独秀先生,并催促他从速来沪就职。"

其实,陈公博恰好也是8月3日晚乘115次夜快车从杭州回到上海的,并将于4日乘"新宁轮"返回广州。为此,周佛海以中央局代理书记的身份于4日上午专门去见了陈公博,为其送行。陈公博回忆说:"归来上海后,佛海来找我,才知道最后大会在嘉兴的南湖船上开过,会议算是结束。""我和各人草草谈了两三次,遂乘船回广东了。"交谈中,周佛海简要告诉了陈公博中共一大闭幕会的情形和结果,并请他将会议通过的《纲领》和《决议》转交陈独秀,而《宣言》是否发表也交给陈独秀做最后决定,并告知经费困难,催促陈独秀尽快回到上海就任中央局书记。

新当选的中央局书记不在位,群龙无首,中央自然无法开展正常工作。怎么办?比大家更着急的是马林。此时,张国焘已经把中共一大的经过情形正式通知他了,"他最感觉高兴的是我们居然能摆脱警探的监视,迅速完成大会的工作,这是一种不怕风险积极精神的表现"。但是,他无法理解陈独秀不回沪就任的做法。

9月11日,陈独秀回到上海后,让李达、张国焘、周佛海非常兴奋。张国焘回忆说:"他一见面就向我表示对大会的成就甚感满意,准备立即负起书记的责任,积极地工作起来。可是第二天,当我见着他的时候,他的态度有些冷淡了。他说要花点时间料理私事,不愿立即举行中央的会议,也不愿与马林见面。"为什么呢?这令张国焘十分不解,也令马林感到非常奇怪。张国焘认为,陈独秀改变态度,是受了李达和周佛海的影响,李达向来就不满意马林居高临下的作风,也不满意张国焘对马林的迁就态度。本来支持张国焘的周佛海,因为在上海与会期间发生婚外情受到他的批评也改变了态度。而此时,李汉俊已经离开上海去武汉教书去了。

到底是谁惹陈独秀生气了呢?包惠僧回忆说:

> 接连(与马林)谈了两次,对于中共与第三国际的关系问题还有分歧。马林按照第三国际当时的体制,认为第三国际是全世界共产主义运动的总部,各国共产党都是第三国际的支部,中共的工作方针、计划应在第三国际的统一领导之下进行。陈独秀认为中国共产党尚在幼年时期,一切工作尚未展开,似无必要戴上共产国际的帽子,中国的革命有中国的国情,特别提出中共目前不必要第三国际的经济支援,暂时保持中苏两党的兄弟关系,俟我们的工作发展起来后,必要时再请第三国际帮助,也免得引起中国的无政府党及其他方面的流言蜚语,对我们无事生非的攻击。此时,张太雷已到上海,他奔走于马林与陈独秀之间,有一天我去陈独秀处,张太雷正在以马林的口气对陈独秀说:"全世界的共产主义运动,都是在第三国际领导之下……中国也不能例外。"陈独秀把桌子一拍说:"各国革命有各国国情,我们中国是个生产事业落后的国家,我们要保留独立自主的权力,要有独立自主的做法,我们有多大的能力干多大的事,决不能让任何人牵着鼻子走,我可以不干,决不能戴第三国际这顶大帽子。"说完了拿起皮

包出门要走，张太雷仍然笑嘻嘻地请他坐下来谈，陈独秀不理，很气愤地走了。

在与共产国际合作的问题上，陈独秀始终坚持认为："我们要保留独立自主的权力，要有独立自主的做法，我们有多大的能力干多大的事，决不能让任何人牵着鼻子走！"他和马林到底在哪里出现了矛盾和分歧呢？具体表现在四件事情上：一是共产国际远东局派来的代表尼克尔斯基根据指示，提出"党的领导机关会议必须有他参加"，马林向共产国际报告说："中国同志不同意这样做，他们不愿意有这种监护关系。"二是马林不征求中共中央的意见，擅自密派张太雷赴日本联络社会主义者参加即将在俄国召开的"远东各国共产党及民族革命团体第一次代表大会（又称：远东劳苦人民代表大会）"。三是张国焘与马林商定，中共一大后成立的专门指导全国工人运动的机构"劳动组合书记部"，接受共产国际的津贴，给工作人员发薪金。马林认为"中国共产党从成立起就编入了第三国际，是国际的一个支部"，要受国际的领导和经济援助，这是无产阶级国际主义和世界革命的需要，"你们承认与否没有用"。四是张国焘利用马林与中国同志语言上的隔膜，封锁中国同志，造成马林与中国同志之间的对立。李汉俊、李达等对马林的傲慢态度和张国焘的附庸作风十分不满。

陈独秀和马林之间格格不入的分歧严重阻碍了中共党组织的建设和发展，导致中共中央爆发了第一次大争吵。一个立足于中国革命的利益，一个强调苏俄、共产国际的利益；一个要根据中国的国情靠中国人自己来做，认为中国革命是一个持久的长期的过程，一个要用金钱利益交换共产国际的大帽子，越俎代庖，大干快上，恨不得中共马上成为苏俄在中国的一只拳头。"无法无天"的陈独秀拒绝会晤马林，并建议共产国际撤换马林。张国焘甚至认为陈独秀"在那里筹谋撇开马林，独立进行工作的计划"。独断专行的马林对陈独秀感到失望，甚至私下里挑动张国焘来领导共产党，他说："陈独秀同志回来两个多星期，拒绝和我会面，他的言论又简直不像一个共产主义者，这样如何可以负起书记的责任。你为何不丢开他，自己领导起来。"他甚至鼓励张国焘要像列宁当年反对普列汉诺夫一样，"反对他的老师"。

如此这般，陈、马之间的分歧几乎已经达到不可调和的地步。尴尬的僵局怎样才能打破呢？1921年10月4日，历史选择这一天为马林带来了好机会。同样，历史也选择这一天，给陈独秀政治地图的路线再次拨转了方向。

原来，这天下午6时陈独秀被法国巡捕房抓走了。这是陈独秀人生中遭遇的第三次被捕。但这一次跟以往不同，逮捕他的不是中国政府当局的军警，而是上海法租界巡捕房。他们为什么要逮捕陈独秀呢？

其实，这与马林也有着直接的关系。从广州回到上海不到一个月，陈独秀尽管和马林只有过两次简短会晤，但依然被法租界巡捕房的密探们发现，他们开始秘密跟踪。

陈独秀被捕的消息立即在上海闹得满城风雨，营救行动立即展开。北京、天津等地也给予高度关注。对于营救陈独秀的情况，包惠僧回忆说："第三天褚辅成和张继等就将他保释出去了。马林为营救我们做了不少工作，花了许多钱请律师（律师名巴和，是法国人或英国人）买铺保。陈独秀只关了两天。我们关了五天后也被保释出来，人放出来，但要随传随到。20多天以后又会审，说陈独秀宣传赤化，最后定案是《新青年》有过激言论。经过马林的种种活动，结果罚款5000元（此处包惠僧回忆有误，应为500元——引者注）了事。"巴和律师是当时在上海开户营业的一位著名法国律师。

从上海《时报》《申报》、北京《益世报》、天津《大公报》的报道来看,陈独秀这次被捕的主要原因是"《新青年》有过激言论"。但事实上并没有这么简单,其背后深层次的原因还是陈独秀与有共产国际背景的马林有交往,只因当时巡捕没有找到陈与共产国际有关系的过硬证据。张国焘说:"幸好这次法捕房还算是马虎;而章程名单之类的东西又没有搜着,所搜去的信件等并不足以构成罪证,而且又都是与法租界无关的,所以捕房认为证据不足,不加深究,经一度讯问后,就把他们开释了。"

从10月4日被捕,5日第一次庭审,6日经褚辅成和张继交押金500元获保释候审,19日再次开庭审理,除陈独秀外,其余人均获释放,26日法庭结案:"查《新青年》已被封闭禁止出售,被告明知故犯,销毁查抄书籍,释放陈独秀。"

这次被捕前前后后总共22天,陈独秀在狱中实际上只待了两天时间。

李达在1954年回忆说:"陈独秀出狱的那一天,我们曾雇了汽车到法国会审公廨去迎接。我记得前一年秋天派往莫斯科的青年团员中有两三人这时到了上海,在欢迎陈独秀出来的时候,还曾用俄语唱了国际歌。"

陈独秀获释后,李达、张太雷、张国焘、周佛海等都来看望、祝贺。席间,张太雷转达了马林恳切慰问的意意,并说:"如果不是不方便,马林是要亲自来慰问的。"马林到底是什么"不方便"不能亲自慰问陈独秀,亲历者们都没有提及。显然,作为共产国际代表的马林,他的特殊身份及受到租界各国警方的监视才是最大的原因。马林没有来,陈独秀却很和气地告诉张太雷:"我过一两天再约他会谈。"

在这天的聚会上,陈独秀斩钉截铁地说:"幸好此次没有搜出什么重要文件，否则乱子可就闯得不小。我们决不可因此气馁，更要勇往直前的干！不过更加要注意保密的工作。我们已被逼上梁山，只有一不做二不休了。"

陈独秀是一个讲感情讲义气的人，天生诗人气质，血气方刚，古道热肠，性格中不免有意气用事的缺陷。世事往往如此，做人的优点往往就成了做事的致命弱点。陈独秀出狱后，一改过去拒绝会见马林的做法，同意与马林合作。包惠僧说："陈独秀打完官司后作为合法公民，负起党的总书记责任。马林为营救陈独秀等人出了不少力，为此两人的关系逐渐好了。"张国焘回忆说："会后不两天，陈独秀先生与马林作首次会晤。他们两人似都饱受折磨，也各自增加了对事势的了解，好像梁山泊上的好汉'不打不成相识'，他们交换意见，气氛显得十分和谐。马林表示一切工作完全由中央负责领导，作为共产国际代表的他只与中共最高负责人保持经常接触，商谈一般政策而已。陈先生表示中共拥护共产国际，对其代表在政策上的建议自应尊重。他们这种相互谅解弥补了过去争执的裂痕，使在座的我为之额手称庆。他们从此经常见面，毫无隔阂地商讨各项问题。中共中央计划也按时送交马林一份，马林似从未提出过异议。关于政策方面，陈独秀先生也经常将马林的意见向中央会议报告。他们并且具体规定了接受共产国际补助经费的办法，此后中共接受共产国际的经济支持便成了经常性质了。"

因为双方相互妥协，陈独秀和马林的关系逐渐好转。陈独秀为什么在出狱之后，愿意与马林和解呢？遭遇人生第三次被捕入狱后，陈独秀明白了一个非常现实而又深刻的道理，那就是革命的成功还必须借力行船，靠自己一个人单干、蛮干是不行的。形势比人强。作为一个职业革命家，他在"逼上梁山"中懂得了在坚持和妥协之间需要平衡。当然，作为中共中央局书记，此时此刻的陈独秀最为尴尬的还是一个字——"穷"。一个没有经济力量支撑的政党谈何建设？谈何发展？陈独秀重新审视了自己的处境，开始重视经济基础的作用。作为职业革命家，一直反对从共产国际拿津贴，主张一边干工作一边干革命的陈独秀，开始从策略上考虑，改变自己的一些错误观念，愿意有原则有条件地接受共产国际的经济援助。

陈独秀与马林、尼克尔斯基秘密会谈了两次，在是否接受共产国际领导和经济援助的问题上达成了三点协议：一、全世界共产主义运动总部设在莫斯科，各国共产党都是第三国际的一个支部。二、赤色职工国际与中国劳动组合书记部，是有经济联系的组织。中国劳动组合书记部的工作计划及预算，每年都要赤色职工国际批准执行。三、中共中央不受第三国际的经济支援，如有必要开支，由劳动组合书记部调拨。事实上，在陈独秀1922年6月30日写给共产国际的报告中，就公开承认中共的活动经费绝大部分正是来自共产国际的拨款。该报告称：一年来共花费17655元，其中只有1000元是中共"自行募捐"的，余皆在"国际协款"中实报实销。

显然，对共产国际的经济援助，陈独秀的态度依然是有所保留的。他表示，可以从实际工作需要出发，接受共产国际必要的经济援助，但要求中共党员必须慎重处理和节约使用这些国际援助。为此，陈独秀专门主持会议，讨论职业党的工作者（即没有其他收入的专职党务工作者）的待遇问题，将薪酬统一改称生活费，其标准由原规定的每月20元至35元降低到最高不超过25元。这个生活费的标准是很低的，相当于当时一个劳苦工人的收入，陈独秀指示要将这个规定以书面或口头方式传达到全党。

陈独秀的提议，得到了张国焘、李达的赞同。大家一致认为："我们应尽量发挥刻苦的精神，关于生活费一点，应超越国际共产主义运动中自巴黎公社以来，薪给数额任何最低规定的前例。这种生活费数额较之当时党员在社会上所任职业的收入，自然低得很多，大致约为一与十之比。我们并不以为这是有意在生活上开倒车，我们主张在国际工人运动中，应该同工同酬，没有种族区别，现在这样规定，也不是暗示中国人自安于苦力的地位。我们的用意是要一般党员更接近劳苦大众的生活；而个人生活消耗少些，直接用于工作的费用就会增加起来。我们不依职位的高低，只按个人生活的需要，来定生活费的多寡。这在一般领取这种最低生活费的同志方面来说，应引以为荣，因为这正是一个共产主义者宝贵的精神的表现。"但在党的方面，不论党员领取生活费与否，对每一名党员都要负责各种意外的需要，如遇疾病损伤或被捕等事件发生，都应给予积极照顾。陈独秀自己则一如既往，分文不取。

陈独秀的这一决定，凸显了共产党人"立党为公，忠诚为民"的品格追求。

现在，陈独秀从书生革命的理想主义中回到了严峻的现实中来。此时，周佛海因为秋季开学，又回日本读书去了。陈独秀开始与共产国际代表马林合作，全心全意地担负起中国共产党的领导和建设工作。

1921年11月，陈独秀亲自用毛笔手书签发了中共历史上的第一个《中国共产党中央局通告》（以下简称《通告》）。全文如下：

中国共产党中央局通告

——关于建立与发展党、团、工会组织及宣传工作等

同人公鉴：

中央局议决通告各区之事如左：

（一）依团体经济状况，议定最低限度必须办到下列四事。

（A）上海、北京、广州、武汉、长沙五区早在本年内至迟亦须在明年七月开大会前，都能得同志三十人成立区执行委员会，以便开大会时能够依党纲成立正式中央执行委员会。

（B）全国社会主义青年团必须在明年七月以前超过二千团员。

（C）各区必须有直接管理的工会一个以上，其余的工会也须有切实的联络；在明年大会上，各区代表关于该区劳动状况，必须有统计报告。

（D）中央局宣传部在明年七月以前，必须出书（关于纯粹的共产主义者）二十种以上。

（二）关于劳动运动，决议全力组织全国铁道工会，上海、北京、武汉、长沙、广州、济南、唐山、南京、天津、郑州、杭州、长辛店诸同志，都要尽力于此计划。

（三）关于青年及妇女运动，请各区切实注意，"青年团"及"女界联合会"改造宣言及章程日内即寄上，望依新章从速进行。

一九二一年十一月

中央局书记 T.S.Chen

这是一份不同寻常的文件，可谓是中共一大《决议》的进一步发展和补充，旗帜鲜明，言简意赅，重点突出，既有最低目标，又让人看到前景，充满巨大的鼓舞力量，对推动中共地方组织的建设和扩大，对开展以工人运动为中心的各项工作起到了积极促进作用。

从这份《通告》中，可以看到陈独秀正在指导全党有组织、有计划、有步骤地从五个方面做好党的工作：一是积极筹备于1922年7月召开中共二大；二是要求各区积极发展党员和团员，扩大干部队伍；三是号召各区积极发动和领导工人运动；四是积极拓展农民运动、青年运动和妇女运动；五是利用一切机会扩大政治宣传。

下面，我们就回到历史的现场，看看中央局是如何带领新生的中国共产党完成上述五项工作的。

第一，如何发展党员、扩大干部队伍。

中央局《通告》下发后，上海党组织行动最快，当月就成立了中共上海地方委员会，由第一个翻译《共产党宣言》的陈望道担任书记。1922年5月，又改组为中共上海地方委员会兼区执行委员会，委员有徐梅坤、沈雁冰、俞秀松三人，徐梅坤任书记，沈雁冰负责宣传。至1922年6月底，上海已有党员50名，超额完成了中央局发展党员的要求。此前，上海党组织除了继续以《新青年》作为公开宣传刊物之外，又成立了人民出版社，由李达负责，当年就出版了马克思、恩格斯和列宁的著作15种。

中共北京地方委员会在北京大学红楼成立，由李大钊任书记，罗章龙任组织委员，高君宇任宣传委员，李梅羹任财务委员。随后，他们在天津、张家口、唐山、保定等地发展党员，建立中共支部。1921年秋，仅在北京长辛店工人中就发展了史文彬、王俊、杨宝昆等积极分子入党。11月，正式成立了北京大学马克思学说研究会，会员发展到150多人。

1921年10月10日，中共湖南支部成立，毛泽东任书记。随后，毛泽东、何叔衡又在湖南衡阳、平江、岳州、常德和江西的安源、萍乡发展党员，并于1922年5月成立了中共湘区委员会，毛泽东任书记，何叔衡、易礼容、李立三任委员。区委机关设在长沙小吴门外清水塘22号。为培养骨干，毛泽东、何叔衡等人利用长沙船山学社旧址，创办了湖南自修大学，这是中共成立后建立的第一个培养干部的学校。曾在自修大学学习的夏明翰、毛泽民、罗学瓒、蒋先云、柳直荀后来都成为中共的优秀党员。对毛泽东主持的湖南党的工作,陈独秀后来在中共三大报告中专门表扬说:"只有湖南的同志可以说工作得很好。"

在中央局的正确领导下,中共各地组织和党员队伍不断壮大。武汉、广州、济南等地区党的工作,也按照《通告》精神扎实推进。原来没有党员的成都、郑州等地,以及留俄、留德的学生中也都发展了党员。截至1922年6月底,中国共产党全国党员人数已经由一大召开时的58名增加到195名,其中工人党员21人,女党员4人,超过了《通告》规定的150人的预期目标。各地党员人数如下:上海50人,广东32人,湖南30人,湖北20人,北京20人,山东9人,河南8人,四川3人;另外境外党员有23名,其中留俄学生8人,留日学生4人,留法学生2人,留德学生8人,留美学生1人。

第二,如何发动和领导工人运动。

中共一大闭幕后不久,1921年8月11日,中央局在上海成立了中国劳动组合书记部。之所以取了这么一个不中不西的名称,就是为了与当时的黄色工会、"招牌"工会有所区别。"劳动组合"就是工会的意思,"书记部"就是办事机构的意思,采用的是日语译名。负责中央局组织工作的张特立(张国焘)被推选担任书记部主任,办事机关设在上海北成都路19号(今成都路899号)。这是中国共产党领导工人运动的第一个公开机构。

8月16日,张特立等26人联合署名发表了《中国劳动组合书记部宣言》,明确宣布中国劳动组合书记部"是一个要把各个劳动组合联合起来的总机关。它的事业是要发达劳动组合,向劳动者宣传劳动组合的必要,要联合或改组已成的劳动团体,使劳动者有阶级的自觉,并要建立中国工人们与外国工人们的密切关系",坚信"将来的世界一定是工人们的世界"。

为扩大宣传和联络，中国劳动组合书记部出版了自己的机关报《劳动周刊》，由李启汉、李震瀛负责编辑，积极做好对工人的宣传教育，提高工人的思想觉悟。不久，总部从上海迁往北京，由邓中夏担任主任。在北京、汉口、长沙、广州建立了四个分部，举办工人学校，组织产业工会，开展罢工斗争。在北京的北方分部由邓中夏、罗章龙、王尽美、邓培负责，联系包括河北、山东、山西、陕西、甘肃及东北各省，重点是北方的铁路工人和开滦煤矿工人。武汉分部负责人有包惠僧、林育南、项英等，工作重点在湖北各地和京汉、粤汉铁路工人。湖南分部负责人是毛泽东、李立三、刘少奇、郭亮，工作重点是湖南各地及江西安源路矿工人。广东分部负责人有谭平山、阮啸仙、冯菊坡等，工作重点是机器工人。据不完全统计，1921年全国发生罢工49次，其中有人数记载的22次，共108000人次，平均每次4900余人。以1922年1月12日爆发的香港海员大罢工为标志，中国工人运动迎来了第一个高潮。

从1921年11月到1922年5月，陈独秀身体力行，在《先驱》《民国日报》等报刊发表数十篇极具战斗性的文章，为工人运动鼓与呼，推波助澜。1922年5月1日至5日，陈独秀奔赴广州亲自主持召开了全国劳动大会。在5月1日各地代表与广州工人举行的"五一"节庆祝大会上，陈独秀发表即席演说《劳动节的由来和意义》，会后举行了10万人的大规模示威游行。这次全国劳动大会通过了中国劳动组合书记部为全国通讯机关，也就是说在中华全国总工会成立之前，中共领导的中国劳动组合书记部成为全国工人运动的唯一领导机关。

在中国共产党的领导下，中国历史上出现了前所未有的第一个工人运动高潮。这一年，上海成立了烟草、机器、印刷、纺织、邮务五大工会，北京成立了京汉铁路及京绥铁路工会，武汉成立了京汉铁路工人俱乐部和人力车夫、扬子江铁厂、烟草工人三个工会，长沙成立了粤汉铁路工人和萍乡路矿工人俱乐部。据不完全统计，1922年全国罢工达100次，罢工人数达21万。各地工人运动切实贯彻陈独秀提出的"谨慎发动、争取胜利"的原则，使得资本家惊慌失措，大多数罢工取得了胜利。显然，受到这个好成绩的鼓舞，陈独秀信心更足，他在6月份给共产国际的报告中提出今后工作的"五四三"打算，即：集中力量组织全国五个大的产业组合——全国铁路工会、全国海员工会、全国电气工人总工会、全国机器工人总工会、全国纺织工人总工会；设立四个工会职员讲习所——北京、上海、汉口和广州；组织三个地方总工会——上海、广东和武汉。因此，1922年又被称作"中华劳动运动纪元年"。

第三，如何积极拓展青年运动和妇女运动。

在工人运动风起云涌富有成效的时候，中国共产党领导的青年运动和妇女运动也逐步兴起，出现了前所未有的崭新局面。

自1920年8月起，上海、北京、广州、长沙、天津、唐山、太原、武汉等地，相继建立了社会主义青年团，到1921年初，全国各地共有团员1000多人。1921年3月，中国社会主义青年团临时中央委员会在上海法租界新渔阳里6号成立。但是，由于当时团员成分复杂，受无政府主义、基尔特社会主义、工团主义影响，观点分歧，组织涣散，团组织处于停顿状态。中国共产党成立后，1921年8月，出席共产国际第三次代表大会和青年国际第二次代表大会的张太雷从苏俄返回上海。他根据青年国际的指示和中共中央局的决定，负责对已停止活动的社会主义青年团组织进行恢复和整顿。11月，重新制定了《中共社会主义青年团临时章程》，从思想建团入手，明确规定"社会主义青年团为信奉马克思主义的团体"。

1922年1月15日，中国社会主义青年团在北京创办了机关刊物《先驱》。创刊号至第三期，在北京由邓中夏、刘仁静主编，第四期迁至上海，由施存统主编，蔡和森、高尚德参加编辑。到1922年5月，全国已有上海、北京、武昌、长沙、广州、南京、天津、保定、唐山、塘沽、安庆、杭州、潮州、梧州、佛山、新会、肇庆共17个地方建立了社会主义青年团组织，团员总数达到5000人。

1922年5月5日，青年团第一次代表大会在广州召开，标志着中国社会主义青年团正式成立。大会特意选择马克思诞辰104周年纪念日召开，表明青年团是信仰马克思主义的革命组织。出席这次大会的有来自15个地区的代表蔡和森、邓中夏、张太雷、施存统等25人。中共中央局书记陈独秀、少共国际代表达林出席并指导了大会。开幕式特意邀请正在广州召开的全国第一次劳动大会的全体代表及广东各界来宾1500人参加。陈独秀发表了题为《马克思主义的两大精神》的演说。他号召全国青年，第一要有"实际研究的精神"，要研究"现社会的政治及经济状况，不要单单研究马克思的学理"；第二要有"马克思实际活动的精神"，研究马克思学说，"还须将其学说实际去活动，干社会主义革命"。

与此同时，妇女运动也出现了前所未有的新气象。1921年8月，中共刚刚成立不久，就着手帮助在上海颇有影响的中华女界联合会进行改组，作为党的临时中央妇女机构。陈独秀的夫人高君曼、李达的夫人王会悟也都参与其中。这年年底，党还以女界联合会的名义创办了《妇女声》杂志，由王会悟、王剑虹编辑，李达审稿。1922年2月10日，上海党组织以女界联合会的名义开办了上海平民女校，作为培养妇女干部的基地，由李达出任校长。

陈独秀、邵力子、李达、陈望道、沈雁冰、高语罕、柯庆施、张秋人、沈泽民、王会悟等人分别担任国文、理化、英文、经济学等课程的教师。丁玲、王一知、王剑虹等人当时都是上海平民女校的学生。在中共的领导下，妇女解放运动迅速发展，广大妇女争取自身解放的觉悟明显提高，群体意识明显增强，成为反对帝国主义、反对封建主义斗争的一支重要力量。

值得一提的是，这个时候，中国共产党也开始领导新型农民运动。

1921年4月，在上海参加建立中国共产党发起组的沈玄庐，回到家乡浙江萧山县衙前村。他的祖辈、父辈都是萧山有名的地主，家产丰厚，拥有大量的土地和房屋。受到社会主义思想影响的沈玄庐，作为地主阶级的反叛者，公然站在农民的一边，公开表示不向农民收租，把从农民身上得来的钱用在农民身上。这天，他来到萧山的山北地区，头戴草帽、身穿布衫，站在土地庙的戏台上，用家乡话向附近二三十个村的农民发表《农民自决》的演说。他对农民们说，地主和佃户的关系是剥削与被剥削，"国家是农民劳动者的"，"国家底主权归你们掌握"。他主张废除私有财产，土地公有，号召农民们"赶快的团结起来，精密的组织起来！大地主们总有一天投降你们的"。

9月26日，为了提高农民的觉悟，沈玄庐在家乡开办了衙前农村小学，只限接收农民子弟入学，招收学生100多人。学校共分五个班，免收学费，学习用品也全部由校方免费供给。

9月27日，衙前村召开了全村农民大会，宣读通过了《衙前农民协会宣言》和《衙前农民协会章程》，选举了6名农协委员，推举贫农李成虎为领导人。中国共产党领导下的第一个新型农民组织——衙前农民协会正式成立。

到这年冬天，浙江绍兴、曹娥等地方圆300里的几十个村庄纷纷行动起来，以衙前农民协会为榜样，先后建立了80个农民协会，形成了萧山农民运动。这引起了萧山官吏和地主的恐慌，告到省府。浙江省长亲自下令武力镇压，李成虎被捕，备受摧残，死于狱中。沈玄庐获悉后，撰写挽联："四山坟墓堆里，找不到第二具；中国农运史上，这位推第一人。"

1922年6月，被誉为"农民大王"的彭湃在他的家乡广东海丰地区也开展了规模宏大的农民运动。至1923年5月，海陆丰地区共有500多个乡建立了农会，会员达到20万人。

第四，如何利用一切机会扩大政治宣传。

1922年1月，中国共产党人在《先驱》的发刊词中指出，必须把"努力研究中国的客观的实际情形，而求得一最合宜的实际的解决中国问题的方案"，当作"第一任务"。的确，从严格意义上说，作为一个独立的革命政党，刚刚成立的中国共产党其政党形态还不够完备，建党的任务并没有结束。尽管中共一大通过了《纲领》和《决议》，规定了党的最终奋斗目标，但并未制定出中国现阶段的革命纲领，更没有发表宣言。因此，对陈独秀来说，一个重大的任务就是尽快制定出一个适合中国国情的革命纲领。这是一个需要在实践中总结经验才能解决的历史课题。

1921年11月12日至1922年2月6日，美国打着"维护世界和平"的幌子，召开了一次新的国际会议——华盛顿会议。参加会议的有美国、英国、日本、德国、意大利、比利时、荷兰、葡萄牙，中国也派代表参加了这次会议。苏维埃俄国被排斥在会议之外。孙中山领导的南方政府被认为没有资格出席会议，北洋军阀派出的代表是亲美的政客。美国代表是美国国务卿休斯，实际上整个会议也是由他与英国代表贝尔福、日本代表加藤一起操纵。华盛顿会议的议题主要有两个，一个是限制海军军备，一个是远东问题。所谓远东问题，其实质就是重新瓜分中国的问题。

在会议讨论中国山东问题时，像巴黎和会一样，中国代表施肇基提出了尊重中国"领土完整及政治行政之独立"，废除以前中国政府给予外国的一切特别权利，取消中国在司法、政治、经济与行政上所受之限制，将德国在山东的权益归还中国，日本放弃"二十一条"，撤销外国在华军警，撤销外国的领事裁判权，归还租借地，实现关税自主等"十项原则"。然而，美、英、日代表却背着中国秘密磋商，并在11月21日抛出了所谓"机会均等，门户开放"为核心的四项原则。最后，华盛顿会议通过了所谓的《九国公约》，肯定了美国提出的"各国在华机会均等"和"中国门户开放"的原则，以遏制日本独占中国的势头，确认帝国主义列强共同侵略、宰割中国的局面。

在帝国主义势力的操纵下，中国国内各派军阀展开了更为激烈的争夺，引发了直皖战争、直奉战争等大规模混战，使中国政局陷入极度混乱。这些事实使中国共产党人开始认识到，中国人民所受的最大痛苦，还不是一般的资本主义剥削，而是帝国主义的压迫和封建军阀的统治。诚如陈独秀所言：

"至于所谓讨论远东问题，仍是讨论列强间尤其是美日间如何均分及防护在远东的利益，免得列强间因利害冲突而决裂，而战争予以弱小民族以自然解放的机会；并不是列强间都忽然发生慈悲心，愿意抛弃帝国主义经济的及政治的侵略，来讨论怎样解放帮助远东诸弱小民族啊！"他进而指出："可怜被压迫掠夺在此同盟势力下的弱小民族，在列强自身内被压迫掠夺的阶级即无产阶级联合起来和弱小民族携手努力世界的改造成功以前，决没有一日能逃帝国主义资本主义之铁蹄和算盘蹂躏的。"陈独秀呼吁："我们中国人尤其是美国留学生赶快不要做梦罢！"

1922年1月,共产国际在莫斯科召开远东各国共产党及民族革命团体第一次代表大会。出席这次远东会议的有中国、朝鲜、日本等国的代表178人。中国代表团人数最多,有中国共产党、社会主义青年团、国民党和工人、农民、学生、妇女代表,共44人。会议通过了《华盛顿会议的结果及远东形势的决议》,发表了《远东各国共产党和民族革命团体第一次代表大会宣言》。宣言尖锐地指出:"日美英法的强盗们正抢夺着四百兆人民的中国,以中国人民的血和泪造成他们生活的甜适";号召远东各国人民"对英美日法和其他的世界强盗们宣布一个'死生以之'的战争",我们要"对剥削中国的中国军阀宣战","对日本武人和官僚宣战","向诡诈式的美国帝国主义和贪婪的英国投机家宣战","不得胜利,誓不休止"!远东会议阐明了列宁关于民族和殖民地问题的理论,指明"当前的第一件事便是把中国从外国的羁轭下解放出来,把督军推倒",建立一个民主主义共和国。

1922年5月1日,陈独秀在《先驱》第七号发表《告做劳动运动的人》,提出:"劳动者在自己阶级(即无产劳动者阶级)没有完全力量建设革命的政府以前,对于别的阶级反抗封建式的政府之革命党派,应该予以援助;因为援助这种革命的党派成功了,劳动者至少可以得着集会结社出版罢工底自由,这几种自由是劳动运动重要的基础。"陈独秀对现实的这种思考,标志着中国共产党提出的中国现阶段的革命对象,已经不是本国资产阶级,而是帝国主义和封建军阀;革命的直接目标已经不是社会主义,而是民主主义;并且改变了过去排斥资产阶级政党的态度,提出无产阶级应该联合其他革命阶级,积极赞助和参与资产阶级民主革命。

就在这个时候,5月14日,蔡元培、胡适、梁漱溟、王宠惠、汤尔和、李大钊、陶孟和、朱经农、陶行知、丁文江、徐宝璜、王伯秋、罗文干、王徵、高一涵、张慰慈16人，在刚刚创刊的《努力周报》上发表了《我们的政治主张》，公开提出了所谓的"好人政府"，其实质是反对孙中山的北伐主张，支持吴佩孚、曹锟提出的恢复旧国会，请黎元洪复职的倡议。张国焘回忆说："李大钊致函我们，认为'好人政府'是当前混乱局面中一个差强人意的办法；一些从事新文化运动而在党外的朋友们，也直接间接表示中共对'好人政府'的主张予以支持。"

国际形势跌宕起伏，国内政局动荡不安，各种思潮泛滥迭起，对救国的道路和方式众说纷纭。怎么办？作为一个新生的无产阶级政党，中国共产党有必要对当下的时局旗帜鲜明地发表自己的政见。于是，中央局推举陈独秀负责起草党对时局的主张，经讨论修改后一致通过。随后，又派张国焘携文件到北京征求李大钊和北京党组织的意见。李大钊看后，表示完全同意，认为"上海中央的这种主张是正确而合时的"。

6月17日，中共中央局将最后拟定的《中国共产党对于时局的主张》刊印单行本出版。6月20日，《先驱》第九号全文发表。这是中国共产党第一次对中国时局公开表明政治态度。陈独秀在文章中指出，中国处于国际帝国主义和国内封建军阀的双重压迫下，"名为共和国家，实际上仍旧由军阀掌权"，是"半独立的封建国家"。"半独立"是指执政的军阀"与国际帝国主义互相勾结"，"帝国主义在相当的限制以内，也都乐以全力借给军阀，一是可以造成他们在中国的特殊势力，一是可以延长中国内战，使中国永远不能发展实业，永远为消费国家，永远为他们的市场"。中共反对"恢复国会""联省自治""好人政府"这些幻想和空话，指出挽救中国时局的"唯一道路只有打倒军阀，建设民主政治"。如何实现这种目标呢？中共主张的革命方法和步骤是："邀请国民党等革命民主派及革命的社会主义团体开一个联席会议，在上述原则的基础上共同建立一个民主主义的联合战线,向封建式的军阀继续战争;因为这种联合战争,是解放我们中国人民受列强和军阀两重压迫的战争,是中国目前的不可避免的战争。

值得一提的是,因为马林已经承诺不再干涉中共党内的具体事务,他遂于1921年12月10日在张太雷的陪同下由上海前往湖南、广西和广东考察国民党地区的政治经济情况,并拜会了孙中山,直至1922年3月回到上海。马林要求中共党员、团员均参加国民党,遭陈独秀严词拒绝,于4月离开中国。其间,中共的领导工作均由陈独秀全盘负责,得心应手。

这一年,中国共产党在马克思主义理论学习上获得了长足进步。1922年4月23日,陈独秀在上海吴淞中国公学发表了《马克思学说》的演讲。在这篇演说中,陈独秀阐述了马克思主义的四大经典核心理论,即:剩余价值、唯物史观、阶级斗争、劳工专政。这篇演说词发表在同年7月1日出版的《新青年》第九卷第六号上,标志着中国共产党在马克思主义理论研究上取得重大收获,达到了新的高度和境界,迈入了新的阶段;也标志着陈独秀作为革命先驱在革命理论上的日益成熟。

第五,中共二大召开的情况。

经过一年多的探索,在完成了上述四项工作的基础上,这时的中国共产党人对中国民主革命的对象、任务、性质就有了比较明确的认识,为制定反帝反封建的民主革命纲领作了理论上和思想上的准备,制定民主革命纲领的条件已经成熟。

1922年7月16日,中国共产党第二次全国代表大会按计划如期在上海召开,会场就设在李达王会悟夫妇的寓所——南成都路辅德里625号(今成都北路7弄30号)。这是一座一楼一底的两层石库门建筑，楼上为卧室，楼下为客厅。大会就在楼下的客厅举行。

出席中共二大的代表共12名，是由中央局提名或协商确定的，主要由三部分人员组成，即中央局成员、各地区的代表以及出席远东会议回国的部分代表。他们分别是中央局书记陈独秀，委员张国焘、李达，上海代表杨明斋，北京代表罗章龙，山东代表王尽美，湖北代表许白昊，湖南代表蔡和森，广东代表谭平山，中国劳动组合书记部代表李震瀛，中国社会主义青年团临时中央局代表施存统等，代表全国195名共产党员。会议由中央局书记陈独秀主持。

在第一天召开的第一次全体会议上，首先听取了陈独秀代表中央局所作的报告。接着，张国焘介绍了参加远东会议的经过和第一次全国劳工会议的情况，传达了共产国际的指示。然后，陈独秀就工人运动、民主革命等问题发言，随后由施存统向大会报告中国社会主义青年团的工作情况。最后，大会随即对以上三人的报告进行了讨论。

接受中共一大遭受巡捕侵扰的教训，大会采取了安全措施。会议决定以小型分组活动为主，全体会议减少次数，仅开三次，每次均变更地址，选择在公共租界举行。小组讨论分别安排在党员家中举行。会议决定发表大会宣言，阐明党的政治主张，推举陈独秀、蔡和森、张国焘组成起草委员会，负责起草大会宣言和文件。蔡和森推举陈独秀为执笔人，蔡、张负责提出修改和补充。

中共二大会议议程十分丰富，在短短8天时间里，共通过了11份重大文件，分别是：《关于"世界大势与中国共产党"的议决案》《关于"国际帝国主义与中国和中国共产党"的决议案》《关于"民主的联合战线"的议决案》《中国共产党加入第三国际决议案》《关于议会行动决议案》《关于"工会运动与共产党"的议决案》《关于少年运动问题的决议案》《关于妇女运动的决议》《关于共产党的组织章程决议案》和《中国共产党章程》，以及《中国共产党第二次全国代表大会宣言》。

7月23日，这是一个平静的夏日。

一年前的今天，中共一大在上海法租界静悄悄地开幕了，开天辟地地掀开了划时代的一页。今年的今天，中共二大在上海静悄悄地闭幕了。

中共二大发表的宣言，通过对中国经济政治状况的分析，揭示出中国社会半殖民地半封建性质。宣言在分析国际国内形势和中国社会性质的基础上，提出在目前历史条件下，党的奋斗目标是：消除内乱，打倒军阀，建设国内和平；推翻帝国主义的压迫，达到中华民族完全独立；统一中国为真正的民主共和国。这就制定了党在当前阶段的反帝反封建的民主革命纲领，即党的最低纲领。宣言又指出，党的目的是要"组织无产阶级，用阶级斗争的手段，建立劳农专政的政治，铲除私有财产制度，渐次达到一个共产主义的社会"。这又指明了党的最高纲领。

在中共二大上，中国共产党人在全国人民面前破天荒地明确提出了彻底的反帝反封建的民主革命纲领。这是多么了不起的事情！

早在19世纪就已经开始的中国民主革命，长时间里没有弄清楚革命的对象和动力，没有正面提出反对帝国主义和封建势力的主张。中国共产党成立才整整一年时间，就把这个问题基本解决了。这说明，只有用马克思主义武装起来的中国共产党才能为中国革命指明方向。这个纲领很快传播开来，"打倒列强，除军阀"成为广大人民群众的共同呼声。

大会决定创办党的中央机关刊物《向导》周报，由蔡和森担任主编。

大会选举由陈独秀、张国焘、蔡和森、高君宇、邓中夏五名委员和三名候补委员组成的中央执行委员会。中央执行委员会推选陈独秀为委员长。

民主革命纲领的制定，中共二大的胜利闭幕，标志着中国共产党人的建党伟业真正完成。

"谁是我们的敌人？谁是我们的朋友？这个问题是革命的首要问题。"《毛泽东选集》第一卷第一篇的第一句话，一针见血地指明了找准革命的对象，是革命成功的关键所在。

"红船劈波行，精神聚人心。"从上海兴业路到嘉兴南湖，从党的一大到党的十九大，从1921年到2021年，100年来，为了这开天辟地的伟大事业，中国共产党人不管风吹浪打，不怕激流险滩，始终坚定自己的理想和信念，以压倒一切敌人、战胜一切困难的大无畏英雄气概，矢志推动中国革命和建设事业的大船劈波斩浪，领航中国，不断奋进……

（节选自《红船启航》，浙江教育出版社2021年7月出版）

97颗星,我送你们去太空!

——记中国卫星燃料加注师白崑顺

长 江

有一句"白师傅在吗"就够了!

要说重任,这个人没有任何一枚总师、总指挥的手中帅印;要说头衔,这个人也没有专家、首席的任何一顶沉甸甸的帽子。但是他的一双手,因常年给卫星"加注燃料",已经被"烧"得又粗又硬。他的家,还有一箱子的东西,什么?通行证,拿出来可以铺满一张大床,这种"证"是进入"特区"——中国卫星发射现场有武警把门的"燃料加注间"的身份证明,花花绿绿地数下来竟有97张,每一张都代表着一次"加注任务",整整攒了26年。

是历史的陪伴?岁月的记录?青春的镌刻?幸运的旁证?

白师傅说:"也没有什么,就是命运选择了我,我也认准了一条道。"

为了卫星的发射，白师傅常年来不敢有丝毫的疏忽与懈怠，每一次知道了第二天要"加注"，头一天就怎么都睡不好觉：无数的细节，几百道口令，一遍遍在他脑子里过……

一辈子加注的《工作笔记》摞在地上，高到"等身"，每一颗卫星的上天，时间、地点、型号、加注的全过程……他都一一写在本子上。

这位"白师傅"是谁？

白崐顺，人事档案里写着中国航天科技集团五院502所推进系统部燃料加注高级技师，航天的岗位一干就是48年。

2017年，海南文昌航天发射场，白师傅曾经在这里送走了中国最大的火箭"胖5"三次搭载的实验卫星上天，而第二次加注前，远在千里之外的另一个发射场——中国西昌卫星发射中心，也要发射一颗很重要的卫星，总指挥在现场怎么也找不到白师傅的身影，就问："大白呢？"得知白师傅此时正在文昌，他立刻和相关领导协调："赶快，先把白师傅调到这边来！"就这样，文昌——西昌，西昌——文昌，等西昌的这颗星燃料加完了，再回到文昌，白师傅也成了"空中飞人"。

多少年来，很多领导都会在发射现场问一句："白师傅在吗？"

"在"，有"白师傅在"大家心里就踏实、就放心，就觉得不会出问题。

"行了，就这一句，就够了。"

20世纪60年代的中国，人们都熟悉"一穷二白"，那是当时国家经济、国力都依然匮乏的真实写照。可就是在那种情况下，全体中国人都支持共和国的领袖下决心：为了国防，为了弱小的新国家不会受到核大国的威胁，我们宁肯勒紧裤带，也要搞"两弹一星"！

"两弹" = 核弹 + 导弹，"一星"就是人造地球卫星。

然而,"两弹一星"说说容易,咋个搞?

当时没有资金,没有原料,没有强大的工业基础,也没有充足的专业队伍,就连研制核弹需要进行"海量计算"的工具——计算器,我们也只是有"手摇的"。

但是中国人为什么永远不可战胜,就是因为我们拥有冲天的勇气,又有不怕吃苦、不信命的奋斗意志。

中国的航天科技起步较晚,但发展迅速,1970开始发射航天器,第一颗卫星就是"东方红一号",当国人熟悉的《东方红》乐曲响彻太空的那一刻,中国也向世界宣告:我们拥有了第一颗人造地球卫星!

随后:从"神舟一号"到"神舟十二号";从"嫦娥一号"到"嫦娥五号";从空间实验室"天宫一号""天宫二号"到空间站;同时还有"天问一号";"北斗"导航系统;中国的通信卫星;中国的气象卫星;地球资源卫星……

无数爱国的知识分子,自海外、自祖国的四面八方,投入到马拉松一样的科学探索的战场,用汗水、智慧,甚至健康、牺牲换来了寰宇太空的话语权,一朵朵巨大的蘑菇云下走出来了一大批共和国的功勋,但除了这些领头羊,他们的身侧还有无数普通的科研人员、普通工人,以及运输、保卫、后勤……"每一位"都名不见经传,但"每一位"都为党、为祖国付出了自己的火热青春,毕生的辛劳。

他们当中就有"白师傅",这是航天人的代表,也是优秀共产党员的代表——有他在,人们就踏实、就放心,"一句'白师傅在吗'就够了"。两次面对面的采访,我都曾经认真地问,白师傅两次都很满足地说:"是的,够了,这难道不就是最大的荣耀与光环?"

赞美在这样的回答面前已显得没必要开口,但回报呢?"您觉得您一生有没有回报?"

白师傅:"有啊!我有回报。什么时候一想到天上转着的卫星,每一颗都有我和我徒弟们的汗水,我们没让一颗星出问题,就觉得心里特别高兴——这'高兴'不就是千金难换的幸福?"

是啊,白师傅说得太好了——他幸福并千金难换着!

苦孩子,出路只有"能吃苦"!

1972年,白崑顺从北京地坛中学毕业,说是"毕业",其实赶上了十年"文革",他在初中也并没有学到什么东西。那时候不是学工、学农,就是拉练、下乡,初三都快"毕业"了,要么"上山下乡"接受贫下中农再教育;要么当兵,被工厂招工,数量不多,令人艳羡——这都是他眼前可能会面对的"未来的命运"。

白师傅回忆,那个时候他和他们班上同学,每天上学,就是一大清早坐到教室里等"命运"。如果到了上午9点多钟了,还没有消息,就说明今天的"着落"没戏了,大家就都可以站起来回家。临了要走向社会了,老师才让同学们赶快学会写一二三四五六七八九的大写和表示公斤的kg,因为有人万一被分配去了商业部门,你总不能是个中学生,却连个发票都不会开。

终于有一天,他坐着还是在"等",教室的门开了,有人从外面递进来一张条子,老师照着条子开始喊人,连喊了三个,里面就有"白崑顺"——好了,白崑顺热血沸腾,"真是盼星星、盼月亮,那时候我就盼着能赶快参加工作!"他迅速离开教室,知道这一"离",门外就是社会,门里还是学校,出去了便是成人,没出来的,您就暂时还是"待业青年"。

此次招工的单位现在叫中国航天科技集团五院,就是后来白师傅一直工作到退休的部门。当时并不叫502所，而是叫"京字172部队"。但是白师傅不管，不管招工单位叫什么，只要能毕业、有工作，而且单位还是"保密机构"，这岂不是更好？

对于当兵，白崑顺从小就非常羡慕。那时候家里穷，每到寒暑假，他都会被送到三姨或四姨家，这样家里的7个孩子至少就少了一张嘴来吃饭。他的四姨父，是抗美援朝的英雄，战场上开着坦克车，呼呼呼地冲向敌阵，多少战友倒在他的身边，多少敌人更死在了他的炮火下，自己虽然受伤、挨冻，但这一生能保家卫国，能"雄赳赳、气昂昂地越过了鸭绿江"，也算为国家和自己的小家赢得了骄傲，是莫大的荣光。

因此能当兵让白崑顺已经按捺不住心头的喜悦。

"但是我们的'兵'，不穿军装，也没有领章帽徽。不过在这里做工人，直接服务的是国家，是为党'干大事'，这一点我还是知道的。"

没过多久，一辆大卡车，在约好了的时间、地点，接走了北京市总共31名学生，大家都事先被通知了要带洗脸盆、被褥和换洗的衣服，这就表明工厂很远，不能天天回家。

其实真的到了"工厂"，白崑顺发现也并不远，离着他家所住的北京市东城区"地坛"车程也就一小时。但工厂没有厂房、工作没有车间，他们被安排整天要干的活儿，就是拉沙子、搬砖。

这算什么啊？同学们开始小声地议论。

"唉，服从命令吧！"白师傅说。

502所那时候正在搞基建，一帮突然到来的青年学生正好出苦力，同时也能"锻炼锻炼"。可孩子们个个都莫名其妙。

"反正领导让干啥就干啥！"这是白师傅给自己拿的主意。

于是，男孩子每天从大卡车上爬上爬下，跟着车到京郊房山的窦店去拉沙子、装砖,然后再押车回来卸沙子、卸砖;女孩们就整天码砖、收拾、刷漆、和灰。大热的天,一群十七八岁的男男女女,没人告诉他们将来的前途是什么。反正眼下就是"这活儿",你耐得住吃苦,不偷奸耍滑,最后就会被筛出,分到重要的岗位。耐不住的,也会分配——但自己的"路"自己"选"。谁会想到每天艰苦的工作、单调的"搬砖",其实恰是对大家一场"不知情"的考验,尤其老师傅还会经常吓唬孩子们:"你们好好干,不好好干,赶明儿就把你们给送回去!"

白崑顺可不能让人给自己"送回去",他的家生活条件艰苦,好不容易有了工作,能替妈妈解决一点负担,多苦的工作他都得咬牙坚持。

一个天上下火的酷暑,白崑顺拎了一大桶红油漆,被要求爬上高高的脚手架,去涂刷写在墙上的大标语,他身材矮小,又瘦又弱,看得领队的师傅都心疼,但是师傅还是在心里默默地盼着这孩子"可别半途而废啊、可别……"

整整三个月,31个人,最后就优选出3位,白崑顺就是其中之一,他们被接到了位于北京东北方向怀柔县的一片大山里,这回,地方可远了。那里,有一个中国卫星发动机的试验站,白崑顺进了站,必须从ABC开始,了解航天、人造卫星,卫星里为什么还会有很多的发动机……

卫星之所以需要发动机,是因为它们被火箭送入茫茫太空,火箭的任务完成了,卫星就得靠自己定位,转身、腾挪、移动,然后根据地面的指令不断地"矫正"自己在空中的姿态。这样,卫星也就要像汽车一样需要动力推进,而"发动机"就是卫星的动力来源,只不过发动机也得吃饭,甚至还要带足了"干粮",进入太空几十年,它"有去不还"。

发动机的"干粮"是"燃料"这很容易理解,"燃料"是要靠人工

"加注"，白崑顺以后要干的"大事"就是指这个，只不过那是后来命运的选择，此刻在"试验站"，他得先给卫星发动机做好"热试车"。

这项工作一个是苦，一个是累，开始是一周，后来就两周才能回一次家。

20世纪70年代，中国还没有双休日，北京的交通条件也很差，从家到单位，他得先坐两个小时的长途汽车，然后到了怀柔县城，简单地吃点东西，还要再倒车，一站又一站：台上、台下、上庄、下庄，最后到了一个叫"坟头"的站，就该下车了。当然，下了车，还要走半个小时左右的山路 —— 这还只是路途。

还是那句话："不要讲条件，有工作就算是幸运！"

白崑顺的家，当时的条件真的是"很困难"。

7个兄弟姐妹，他排行老三，全家9口人只靠在铁路上工作的父亲一个人挣钱。最开始他们家也并不在北京市内，远在石景山，也就是首都钢铁公司的所在区。爸爸先是在安定门火车站做地勤，然后调到东直门日杂商店卖劳保用品。

"记得那时我爸的工资一个月是62块，这个钱数，对一般的工人或普通的店员来说还算高的。"

我坚持问白师傅："那您从小听话、吃苦，是受到了谁的影响？比如说父母、老师？"

白师傅说："父亲。我父亲最大的特点就是'能吃苦'，换句话说'他不吃苦也不行'。"

那时候白崑顺的父亲之所以"挣得还可以"，是用"特别能吃苦"换来的 —— 计件工作，多劳多得，所以就"拼命地干"。比如说送货（类似现在的外卖），父亲肯定要抢，不计远近，不挑肥拣瘦，有时骑着自行车从北京城里到郊区，好几十公里，一趟又一趟。

"因此您工作以后不怕吃苦也不喊累,其实也是受到了父亲的言传身教?"采访的时候我盯着问。

白师傅说:"是的,应该有这个影响,但更重要的是现实,残酷的现实。"

什么"残酷的现实"?

"就是我刚刚工作整一年,1973年5月1日,那一天正赶上'国际劳动节',能休息一下,可父亲他也不歇,又骑着自行车回石景山住在山上的我姥姥家去帮忙盖房子,结果遇到一个大上坡,他累了,本想停下来喘口气,然后再推着车往上爬。可这会儿遇到了一个村里的熟人,两人就聊了一会儿,还抽了一根烟。之后老乡说他要下山了,父亲说'我也得赶快上山去了',于是两人分了手。但此后,父亲没有动,应该是突发了心肌梗死?总之是等被同村的其他人发现,爸爸已经歪在一棵小树旁,自行车还支在自己的身边,人,已经都没气儿了……"

飞来横祸!简直是一场飞来横祸!

从此,九口之家唯一的经济"支柱"倒了——"我们的家,也塌了天。"

随后的日子无论全家人怎么省,也都难以为继。

母亲不得不出去工作。但即便是这样,每个月的后半个月,白家也都要到胡同里的邻居家里去借钱。

"借钱也不能只盯着一家借啊,得借好几家,一来,那个年月家家户户也都不富裕;二来,你只借一家,人家也借不起啊!"

好在白崑顺父亲活着的时候就是个"热心肠",邻里有难,他总会出手帮助,这样白家突然遇了难,邻居们能帮忙的也都愿意"搭上一把手"。

白师傅的儿子白洋向我提起他爸爸小时候受的苦,也曾跟我补充:

"记得我奶奶后来跟我们孙子辈的孩子们常说,那时候每个月的工资一发,就得先把该还人家的钱给挨家挨户地去还上,剩下的有多少花多少,不够了,到月底还得去再借。"

20世纪70年代,北京人吃粮还是"配给制",还都要靠"粮票"。白崑顺的母亲经常会把家里的细粮换成粗粮,"细粮票"能买大米、白面,"粗粮票"则只能买棒子面,但是细粮比粗粮贵啊,吃不起,买粗粮,为的就是便宜。

白师傅回忆:"所以我们小的时候整天吃的就是窝头、贴饼子,要不就是棒子面粥……"

"故事"听到这儿,我大概就已经知道了为什么白师傅长大,比一般的同龄孩子都能吃苦,但同时,从小没喂壮,都初中毕业了,他的个子也只有一米六几,从此就再也没有长高过一厘米。

"苦孩子"的出路就靠"能吃苦"? 我这样总结着。

白师傅使劲地点头:"对对对,除此,你也没有别的办法啊!"

或许是三个月"搬砖"搬得从不停脚?

或许是类似"那个下火的酷暑"白崑顺拎了一大桶油漆,吃力地爬上了高高的脚手架,不喊累也不偷懒,让领队的师傅看了都觉得心疼?

总之是他被看中、被留下,从此与卫星发动机结缘。到2020年,48年,中国谁也没有在"卫星加注"的这个岗位上比他的工龄更长,"我一辈子从来没换过第二个地方,就是跟卫星、发动机、燃料为伴……"白师傅说。

"那您是'卫星加注马拉松'的冠军了?"我开起玩笑。

白师傅同意:"那还真是 —— 有人后来就走了,也有人中途改行赚了大钱,但我就从普普通通的一个工人一路干下来,现在已经是'高级技师'了,也挺自豪的、满足的。"

苦累之外,最大的是危险

说起给卫星发动机加注燃料,很多"小白"也包括我,都会很自然地联想:"哦,液体啊,那不就是拿根管子,或像加油站里的汽车加油枪,往卫星的什么油箱、油罐子里咕嘟咕嘟地开始灌?"但看了材料,我真为自己的无知而感到不好意思。

白师傅说:"没什么,我们一开始,也是什么都不懂。"

发动机是起动力作用的,这一点已经明确。但是卫星的发动机长什么样?放在哪儿?

白师傅说:"外观就很像一个尺把长的'小喇叭'。"

"啊?那么小?"我很惊讶。

白师傅给我看照片。果然,一般卫星的发动机就是一把把的"小喇叭"。"喇叭口"的地方是喷口,"身子"后面跟着两根管子,一根是加注氧化剂的,另一根是加注燃烧剂的,其中"氧化剂"就是四氧化二氮;"燃烧剂"就是甲基肼,但"氧路""燃路"各走各的道,两种液体只要"一相遇",立刻就会自燃。所以每个卫星肚子里都有两个完全被隔开了的贮存罐,分别储着两种液体。同时,卫星还必须携带一个"氦气罐",那个氦气就是用来根据指令专门"顶"出液体的,什么时候两种液体需要让它们"见面"了,"推手"就是靠"气"——好几吨重的卫星就可以在太空中自己完成"推进"。当然,不同的卫星,发动机的大小会不同,加注的燃料也不同……

哦,说到这一步,我终于算明白了。

但另一个问题立刻冒出:"四氧化二氮和甲基肼会不会易燃、易爆?有毒吗?有害吗?"我立刻问。

"当然易燃、易爆，有毒也有害，而且危险系数还很高。"白师傅答。

曾经，航天五院502推进系统部的主任李永有一次面对澎湃新闻的记者，他说："现在，我们国家的卫星推进系统主要分为单组元和双组元。无论是单组元还是双组元，它们用的推进剂都是有毒的，若发生事故，可能会造成'星毁人亡'的严重后果。"

"星毁人亡"？如此的邪乎？

就是当说到"危险"，我才仔细地看了白师傅的手。

他的手干了几十年加注，已经被四氧化二氮和甲基肼腐蚀得掉了无数层皮，看着像扫帚，摸着更是又粗又硬。

白师傅说："您看现在的皮都软多了，2020年我退休后，手已经慢慢地恢复到有了正常的颜色。过去总是结硬皮，我就忍不住一层层往下撕。撕了，露出嫩肉，很疼，然后再变硬、再忍不住地往下撕……"

我没有想到，白师傅的手被加注液体腐蚀得常年疼痛不说，而且改变了组织。后来再回北京，他的家按统一规定安装了电子门锁，但白师傅已经没有了指纹，用他的手想开门，不行——电子门锁根本不认！

后来澎湃新闻的记者写了一篇名《与魔鬼共舞40余年》的文章，特别举例：以西昌卫星发射中心经常发射的"东方红四号"为例子，这类卫星就是采用双组元的推进系统，其中四氧化二氮所需加注的量是1900千克，甲基肼1100千克，两项加起来有3吨。卫星加注前，工作人员首先得花7至10天的时间检查推进系统各个管道的"气密性"，对"推进剂"进行化验，然后正式"加注"开始："氧化剂"要从早上7点加注到晚上11点；"燃烧剂"也要从早上的7点加注到晚上的7点。这就是为什么每一次"加注"下来，白师傅他们都要不间断地工作十几个小时，严格地按口令一个一个地执行……

"口令?"

"口令"是什么?

当然就是工作流程,一点都不能错。

我曾经听到"北斗三号"加注现场的指挥刘振新说:"我们的工作,每一次加注,要涉及大约8个人协同作战,口令有五六百条,管路接点有300多个,还有阀门50多个,阀门操作要数百次,这些都要操作人员在连续十五六个小时的作业时间里,每位同志头脑清醒,口令清晰,操作精准,数据读取无误……"

"加注"原来技术要求"如此之高"?

"我师傅干起活儿来像绣花,每次加注,他都要爬上两米高的大罐框架,有时候,加注的管道长达几百米,好几百个接口,得一一进行检查,他也不烦不躁,一丝不苟地按照流程,严格执行。"这是白师傅的大徒弟王国超跟记者说的。

有一个字,"肼",一开始我不知道是指什么,更不理解"滴肼不漏"对于"卫星加注"为什么说重要到"简直要命"!

后来请教,"肼"又称"联氨",是火箭和喷气式发动机的燃料,很容易和水相溶。"滴肼不漏"就是指卫星加注时要"一滴"燃料都不能漏。

漏了就意味着……?

那就意味着污染,意味着伤人!

"可是,一滴都不漏,漏了就会伤人,那你们工作时肯定要穿防护服吧?"我自然地想。

白师傅说:"那肯定,只是最开始的时候,我们的防护服比较差,性能也不好,像雨衣,不透气,好几个小时穿下来,人很难受,我戴的手套就经常一脱里面全是水……"

"啊,那不得把人捂死?"

"是啊,没办法,卫星加注很复杂,也很危险,机器无法替代人工,操作人员就得近距离地去接触。"

就拿西昌卫星发射中心这一个基地的工作量来说:这个发射场自1984年开始首次执行发射任务,不到40年,已经组织了一百多次航天发射,成功将一百多颗卫星送入了预定轨道,而白崑顺一人加注的卫星就有97颗(主要在西昌,还有其他发射场的一小部分)——一个人啊,"滴肼不漏",颗颗卫星加注成功,这不仅是在"与魔鬼共舞",而且是在"刀尖上跳舞"。白师傅之所以被誉为中国"卫星加注"数量上的"第一人",真是"牛"之无愧!

"可人再细心负责,总是会有疏忽的时候啊。"我稍稍担心。

白师傅非常坚定:"永远都不能疏忽!一疏忽就出事!出事就是大事!"

因此在每次加注前,卫星发射场都要组织演练:"就是消防车、救护车、急救人员、抢救人员都要到现场,模拟加注失败后如何救人、灭火、控制污染。我这个人个子小,好抬,常年就被当成'救助的对象'。好在26年,我们的卫星发射了26年,还从没失误过一次,但救火车、救护车至今都还是次次都要在场待命。"

四氧化二氮挥发性很强,到了零度就会进入"气液共存"的状态,若吸入到肺中,会对上呼吸道黏膜带来损伤;甲基肼腐蚀性更强,一旦操作不当,会烧衣服、烧肉、烧头发,进入到人体后还无法代谢——直接对肝脏带来伤害。

四面八方,很多人,都给我传递"卫星燃料加注"的危险,而除了危险,长时间的等待、单调,也让人很难熬。

"每次加注，一定要十几个小时不间断，对吗？"——这又涉及常识、原理，我成了"小白"，但又不能不问。

白师傅还是说"没办法"，卫星发动机的氧罐、燃料罐，里面都有网状的装置和过滤器，因此你的加注就不能快，一快了就起气泡，起了气泡就外泄。平时我们在家里把食用油从大瓶子里倒入小瓶，倒急了，瓶口处还会形成气泡，那油就噗噗噗地会往外流，我想这和卫星加注在道理上也应该是一样的？白师傅说："对。只不过四氧化二氮和甲基肼一旦外泄，那跟食用油外流可不能同日而语，'星毁人亡'的说法一点都不夸张。"所以"卫星加注"的时间必须"慢"，跨度长，工作琐碎，每一道程序都要严格遵守，容不得有丝毫的闪失，半点也不能"走神儿"。

"熬"出来的每一次成功！

比较在卫星发动机试验站，到了卫星发射场，那里的工作强度、责任心，可不是增加了一点，白师傅有一次跟我脱口而出："很多次都把人给熬醉了。"

他用了一个"熬"字，还把人"熬"得——以至于"醉"？

举个例子吧，我建议。

白师傅就说："好。有一次，上一颗星，也就是前面已经发射了的卫星，应该是某环节有些问题，领导和专家们就开会，要归零，找出问题究竟出在了什么地方。这个会从早上一直开到了下午3点钟，我们负责加注的几个师傅并不知情，还是一大清早就来到了加注现场。可是等了大半天，大家都已经累了，还以为今天这活儿'肯定干不了了'，但是到了下午3点钟，一个电话打过来，现场总指挥说：'白师傅，你们现在可以加注了,而且还得辛苦一下 —— 马上干!'啊?都什么时候了?大家都已经熬了大半天,从现在?再开始?又接下来十几个小时?"

但领导这样安排,一定有他的道理。白师傅一辈子从来也没有在任何的一次任务前讨价还价,这次也当然要"无条件"地上!

"卫星加注",因为是卫星安到火箭上之前的最后一道工序,因此每到此时,整个基地都要清场,气氛庄严,不是战场,也似"战场"。

白师傅所在的部门,全科室总共有5位师傅都姓白,外面有时来电话,说"请帮忙找一下白师傅",接电话的人总会问:"找哪位白师傅啊?是大白?二白?三白?四白?还是五白?"——"大白"说的就是白崑顺,这样称呼并不是因为他个大,是年龄,白崑顺排行"老大","老二"叫白玉明,小师傅12岁。因此白崑顺说怎么干,大家也往往都跟着就怎么干。

加注一干就是十几个小时,不熬夜是不可能的,这是第一个"熬";另外,随时待命、随时上架子,这种"随时随刻"的"熬"有时更考验人。所以白师傅跟我说有时真能把人给熬到"醉",是活生生的表述,非亲身经历者不可能知道那个"醉"是什么滋味,会让人困到什么程度。

近十几、二十年,国家富裕了、强大了,卫星的发射也变得频密。"卫星加注"工作跟着更多、更耗人。

从1994年白师傅经常被从北京怀柔派往西昌,最长的一次"出差",一待就是10个月,其余的半年、几个月的更是家常便饭。他的儿子白洋 —— 小白师傅,后来也加入到航天502所负责信息系统的运维,采访时跟我说:"我爸单位在北京,但他那哪里是常出差啊?简直就跟长在基地一样,是发射场的一员!"

我问白洋:"那你有没有觉得,父亲有时回来了,你倒感觉有点陌生?"

白洋说:"您提的这个问题,现在都不用问我了,就接着问我的儿子吧。"

小白师傅的儿子后来看到爷爷回家,每次都这样问爷爷:"您这一次,在我家会住上几天?"——天哪,这个家,本来就是爷爷的,但是爷爷因为常年不在家,在孙子眼里,倒成了客人!

"白洋小时候,才10岁,我就开始经常往西昌跑,根本顾不了他。后来我孙子出生了,出生的那天我也在基地,领导知道我又因为工作不能回家,食堂吃饭,还特意要了两瓶红酒来为我祝贺。"

仅仅是给卫星加注,白师傅一埋头就干了26年,这26年他带出了很多的徒弟,只要一有机会,他都会让徒弟们先回家看看。"可不是嘛,很多年轻人也都刚成了家,有了小孩,长期这么在外面,不好,所以能回家了,我就往往把机会都让给他们——我在这里盯着,你们先回、先回。"

"但是您不也是从年轻的时候过来的吗?当年您的孩子也还很小。"我有点抱打不平。

"嗨,那是没办法啊,时间长了,我们家里也都习惯了。"

白师傅所说的"习惯",不仅仅是指他的小家,还有他的大家。

父亲去世后,家里的7个孩子都"很懂事",不用相互招呼,每到周末或节假日,大家一准都会从各自的小家回到母亲这里来陪伴妈妈。一大家子人吃饭,经常是几十口,一张桌子得分三拨开饭。

"但是我们家里多少侄男甥女的婚礼,我爸都没有参加过,倒是他在基地,附近村里人的很多红白喜事他都去,去贺喜或帮忙。"这还是白洋"抱怨"的。

"共产党员嘛，总要先人后己。况且我是师傅，要给徒弟们做榜样。"这是白师傅的"托词"。

这26年，白崐顺真像"长"在了基地，附近村里的很多人，有时见了都会问："您还没有复员呢？您都在这儿当兵干了多少年了？"

当地老百姓不仅把白崐顺当成了发射基地的人，就是发射场自己内部的人也有人常常惊讶："哦，白师傅，您还在这儿？这一年四季的，怎么连个病都没见您生过？病假、事假的，统统没有呀……"

白师傅自嘲："是啊，那还真是，我还从来没去过医务室、医院，我这个人在加注的岗位，好像身体都明白 —— 我是不敢生病的。"

时刻准备着，时刻都把神经绷得紧紧的。

但是人，常年总是这么"熬"着，总有一天会……这一天还真的出现了 —— 白师傅有一次真的病了。

那是在北京，还不是在基地 —— 白师傅连生病都躲开了卫星发射的"档期"。

"那次单位正要开会，他突然捂着肚子说疼得特别厉害。"白玉明师傅跟我讲，"我一看，情况不对呀，就赶快搀着他去了医务室。医务室的人还真的就是都不认识他，但看他的脸色，初步一检查，说，不好啊，别耽误了，你们赶快带他去医院吧，他这反应，咱这医务室看不了。"

就这样，白玉明"架"着白崐顺好不容易挪上了车，把师傅送到了海淀医院看急诊。结果一查，是犯了急性尿结石，难怪人疼得都受不了。

后来经过治疗，病情缓解了，白师傅还呵呵呵地笑："这结石发作的真是时候，疼成这样，如果我在加注台，再坚持，也可能会出事。一旦出事，那就不是我的麻烦大了，而是卫星的麻烦 —— 可就大了。"

工人？一个"工"字咱得顶天立地！

和白师傅聊天，因为大家差不多都是同龄人，因此我们有很多的时代语言、共同语言。

比如说"工人"，20世纪50到70年代，工人阶级在中国很伟大，填写档案，如果你是出身"工人""贫农"，那简直就很棒；如果是"革干""革军"，当然更骄傲；但是如果你是属于"职员""小业主"，还不要说"中农""富农""地主""资本家"，大家可就都要躲闪，心里既无奈又窝囊，这样填表时就往往会用手挡着……

中国共产党是中国工人阶级的先锋队组织，这是一句最硬的口号。

白师傅说他入党的时间并不早，没有在一参加工作就获得这份殊荣。但是他，常年以来，一方面早就用共产党员的标准来要求自己，同时"咱是工人"，什么时候、哪里党和国家有需要，我就得毫不犹豫地往前冲，这感召跟"共产党员跟我上"一样，都很带劲！

在刚刚来到怀柔卫星推进系统试验站的时候，那时候的工作只要不特别忙，白崑顺就会利用单位派他去附近工厂学工的机会认真地拜师学艺，连续几年，车、钳、铣、刨每一个工种，他都学。后来像模像样地"出了徒"，工厂的正常生产，来了图纸也会交给小白，白崑顺都给人家一样一样地加工好、交上去——没有工资，没有奖励，他只为了自己能练手。

其实"车钳铣刨"跟"卫星试验"有什么关系吗？

应该是没有直接关系的。

但是年轻人内心应该有更大的追求，有幸加入"工人老大哥"的行列,"我就想多方面地掌握技能,然后有一天,一旦国家需要了,咱就能成为国家的栋梁、国家的依靠。"

人生的选择,往往于迈步的初始,似乎看不出"道路"的价值所在,但是"有心人"是"有志者"的开山之斧,这斧子人人手里都有,就看你会不会用,舍不舍得花气力来锻炼自己。

后来的事实也证明,如果不是青春时的好学进步,"艺不压身",到了20世纪八九十年代,国家要开始大踏步地发展航天事业了,502要派出优秀的人才去一线的发射场,白崑顺怎么会成为最合适的人选?

当然一颗螺丝钉拧在"卫星加注"的这部机器上,按那个时代的"时尚"白师傅就会"干一行爱一行",全心全意,直至退休,退休后还被单位返聘……

17岁,白师傅参加工作。65岁,回到北京,一个"回"字,再好不过地说明了他大半生的状态 —— 很少在京,很少回家,更很少对家庭、爱人孩子尽心尽职。

我问:"您爱人有没有埋怨?"

白师傅说:"应该有吧。"

白崑顺的妻子在幼儿园当老师,天性喜欢出行旅游,可这辈子,丈夫从来也没有带着她出去玩过一次。很多年后她知道原来国家给公职人员每年还有15天的带薪休假,这个"年假",她压根儿就不知道!

别说结婚以后没机会带爱人出去玩玩,就是谈恋爱难舍难分的时候他也没有多余的时间,他的生活也是围着试验转,一个礼拜最多回市里一次,同事们都一块儿回来,他的家离着东直门长途汽车站近,白崑顺还要负责周日一清早去给大家先把车票买好,不然周一再回怀柔,很多人就没有座。

慢慢地，白师傅成了一个好说话的"热心肠"，而且"人家白师傅还什么都会"。

于是，单位、同事、朋友、邻居，谁家有需要，比如洗衣机、电视、电冰箱坏了，都会找他来帮忙修理。

白洋说："我小时候就知道，我爸今天又是'活雷锋'去了，好不容易捞着一个礼拜日，他一叫就走、一叫就走。先是给人家去查看电器出了什么毛病，然后骑着自行车去买零件，然后再赶回来给人家立刻换上。"

"有这事？"我问。

白师傅有点很亏欠家里的样子："但是，大热的天，你说人家空调坏了，或者是家里有老人突然生了病什么的需要电器，你能说不马上去给人家看看吗？"

"那零件也要由您来买？让他们先准备好了不行？"我质疑。

白师傅说："大部分零件使用者都不会买，我去了他们家一看，知道是什么品种、什么型号，我买回来的才能用。"

"哦，那您这'活雷锋'学了有多少年？多少回？"

"这可就没数了。上百家？上千台？几十年，只要我有空……"

不仅是北京、单位、身边人，就是在西昌，白崑顺的善行义举也惠及了当地。

彝族同胞的婚丧嫁娶一定会请白崑顺就不多说了，他常常帮助村里的乡亲，小到从北京给孩子们带吃的、穿的，大到老彝胞有谁到北京办事，他也是能接待的接待，能帮忙的帮忙，特别是有的人家孩子要上学，家庭困难的，他就出钱资助……

"何必这样呢，您并没有这个义务。"很多人都说。

白师傅总是一句："谁没个难处？谁不需要个朋友？"

有一次他在麻叶林村偶尔看到村里人养蜂，但收集蜂蜜的设备又旧又不好用，他就暗暗记下了相关的尺寸和形状，趁着自己回北京的时候，逛市场，找合适的替代物，最后买了一个大铁皮桶，自己画图、设计，跟着又找人给加工，再回到西昌的时候，一套崭新的蜂蜜收集设备就送到了村里。

咱是党员，工人，一个"工"字，得做到顶天立地！

这就是白师傅内心的追求。

我从来没听说过一个工人，会把自己的身份诠释得如此胸襟博大又脚踏实地！

但白师傅就是这样想的，"工人老大哥"—— 这个称呼他不能白当、不能白当……

大国工匠，原来是这样造就……

无论从白师傅的"能吃苦""熬到醉"，还是他作为一个党员要起模范带头作用，抑或"做工人"也要让自己"顶天立地"，我都能从他的身上感受到一种超乎寻常的力量——坚守，坚持！

在他年轻的时候，刚刚做了工人，社会上还没有流行"大国工匠"，但白师傅心里就明白：一件事，要做好，不是一时，也不是一事，要用一辈子、用一生。

熟能生巧，"巧"是什么？就是经验的总结和沉淀，更是你独家的绝活儿本领，这都需要时间，是滴水穿石的毅力和持之以恒。

记得我开始写他从文昌到西昌，又从西昌回文昌，两个发射场，领导都拿他"当个宝"，记不清两边基地发射的都是些"什么星"了，就给白师傅打电话。白师傅说："哦，您等等！"跟着就去翻他的

"本"——那些26年来他参与发射的97颗卫星的《工作笔记》。

一会儿白师傅回我的微信了,说:我们国家总共在海南发射过三颗"胖五"火箭,第一次是在2016年10月3日晚上8点43分,搭载了一颗"实践17"号实验卫星;第二次是在2017年6月1日,搭载的是"实践18"号;第三次是2019年10月31日,三次火箭发射搭载的三颗星,都是由我加注的……

哦——厉不厉害?

早听说过白师傅的《工作笔记》,26年来每一次发射,在什么地方,中国的还是外国的,导航的、气象的,还是通信的,是否顺利,有谁参与,涉及"加注"的工作又遇到了什么问题,是不是一切都正常……都记得清清楚楚。采访时我也要求看一看,白师傅说:"好,没问题,但是太多了,你看我这个大床的底下,堆得满满都是。"还好那天他家的抽屉里就有几本,是友邻单位的同事要看,白师傅先挑出来的。我就拿起本子,那《笔记》薄厚并不统一,大小差不多也都是16开本的。随手翻翻,字迹工整,密密麻麻,有公式、有程序,有术语、有口令,门外汉是根本看不懂的。不过很多"本子",我是一眼就看出来是上个世纪七八十年代的东西,其中有的封皮上还印着"红太阳、放光芒""最高指示""毛主席语录"……

我说:"您一开始记这些要干吗呀?后来攒了这么多,都可以进历史博物馆了。"

白师傅说:"就是随手记惯了,不断地总结经验、教训。开始也并没想到要拿它当什么资料查,但我这个人比较重视积累,攒多了,还就不舍得扔了。"

"反反复复地做一件事,难道您不烦?"

我终于要提出这个问题,但话到嘴边,觉得不好,就变成:"那您这么多年搞加注，反反复复地……都在做哪些具体的工作？"

白师傅没在意我真心要问的是他"烦不烦"，相反，既然问起他的工作，他就很认真地给我掰着手指头数："您看哈，每一个卫星发射场加注的平台都是混用的，所以我们无论到哪个基地，加注的准备都要从北京清点好了再运输，这是第一；第二，到了现场，我们要展开设备，这些设备包括电子秤、压力表、传感器、热电偶等等等等的；第三，电子秤的标定，因为地理位置不同海拔也不同，海拔高度又会影响到地球的引力，所以秤每次都要调，比如说你到了西昌，海拔高度是2000米，在北京一吨重的砝码，到了西昌就可能给你差出去20斤；第四，搬运燃料，那更得千小心万仔细，易燃易爆、有毒有害嘛；然后第五，连接设备，厘清高压气路，也就是氧路、燃路，以及安放好起稳定作用的气垫……"

"这些事情都做熟了，但每次还……"

我还是觉得一辈子人只干这一件事，怎么会不烦？

可白师傅说："烦可不行。你得每一次都认真。毛主席不是讲过了嘛，这世界上怕就怕'认真'二字，共产党就最讲认真。"

认真？"共产党最讲认真和您这工作……？"我耳目一新。

但接下来想想——可不是嘛：

共产党真是用"认真"建立起了中国的一个政党、一个新的国家！

想当年国民党和共产党的力量对比，悬殊之大天壤之别，一个小米加步枪，一个拥有美式装备的800万军队，结果——共产党"认真"出了政权、"认真"出了江山。

如今，共产党又在带领着十几亿中国人"认真"地出经济、出富裕、出国防、出强大……

白崑顺的"认真"，看似平凡与重复，但是他的"认真"，"挑战"

的是"永远都不能出错"——永远啊，就这一点，是多大的困难？

什么是"大国工匠"的来路与生成基础？干漂亮了自己的绝活儿，永远都是顶梁柱不让人担心。

白师傅说，至今，只有一件事让他感到很遗憾。我问："是什么？"

他说就是希望通过自己的双手，能为我们国家送出去100颗卫星。但是60岁退休，先是按规定返聘了3年，领导舍不得，又续聘了2年，最后到2020年"北斗三号"的"收官之星"前，他工作时限到了，不得不离开。

"但是，最后那颗星，负责加注的不还是您徒弟吗？"我说。

他承认，也高兴。几十年来，他亲手带出来的徒弟，已经接过了他的工作，认真、严谨，而且徒弟们一个个地也都学着师傅的样儿，每个人、每一次任务，都认认真真地把前后工作记录在本子上，白师傅的《工作笔记》也不断地在加高、加厚。

2021年是中国共产党建党100周年，我说您这老党员"内心感到最骄傲的是？"。

白师傅一秒钟也没耽误，马上说："一百年的政党，还能够赢得民心！而具体到我自己——那还是一句：'老白在吗？'有我在，领导就放心。"

很多时候，他在通往西昌发射场的路上走着，不管是什么人，开着车从他身边路过，都会停下来，摇下玻璃窗，大喊一声："大白，来，我捎你一段！"

有几次驻军的司令员迎面走过来，见到他总会快走几步，上前就给他"敬了个军礼"，弄得白师傅很不好意思，身后的警卫、司机更是会吃惊地瞪大了双眼，心说："这是个什么人啊？模样瘦瘦小小的、普普通通的，可咱司令……"

还是要说有一次推迟的加注，本来安排的是白天加注，但因为计划推迟，"加注"命令到了同一天下午3点钟正式下达，需要连夜完成任务。在一线指挥的所领导当即找到白师傅："时间紧，任务重，必须保证夜间操作安全！"白师傅知道这是领导对他的信任，他的回答没有丝毫迟疑："任务再紧也不能让加注有一丝一毫的差池。"

在白师傅等一线人员按照预案的周密安排，加注操作持续了十几个小时，万无一失，"滴肼不漏"。

一夜过去，任务圆满结束，白师傅站在高高的工位上，已经非常疲惫。在场的领导和同事们都非常感动，快步上前把他扶了下来，感谢他和徒弟们完美地完成加注任务。"也没什么感谢不感谢的"，白崑顺后来说，他内心真正的自豪是"这辈子又多加了一颗卫星"。

一个不珍惜英雄的民族，永远都没有后劲，而和平时代的英雄，是何人？有怎样的表现？

他们往往都默默无闻，最平常，平常到可能是你、我、他。

但平常的人走过了英雄的路——那路便与众不同，便永远会与日月同辉，铺展出光明、闪烁出召唤，养人的眼，暖人的心，让后来者一个又一个地愿意去跟着他——去追随……

（原载《北京文学》2021年第8期）

一个网红的入场与退场

马宇平

周玲在意网友的评价,"想让自己的名声好一点"。她关闭了直播打赏功能,也不和其他主播PK。她带货的一款眼镜销量不错,卖出去3000多副。我们的聊天里,"我粉丝"代替了"我朋友",她拿到A2驾照后,最想"感谢13万粉丝家人们的支持"。

退 网

采访进行到第18天时,我的采访对象宣布"退网"。两天后,她删掉短视频平台上的所有作品。

我采访到的故事不止有两个版本。

第一个版本,身高1米5出头的95后女生周玲(化名),驾驶着16.5米长的半挂货车,又美又飒。她出生在云南省昭通市彝良县的大山里,16岁时,为了还哥哥欠下的赌债,她被重男轻女的父母卖给另一户人家做媳妇。她遭遇3次家暴，最严重的一次回娘家躺了半个月，她在孩子两周岁时逃离了大山，独自出省打工。遇到后来的货车司机丈夫程兴（化名），她和丈夫一起开货车，为买房子和车攒钱。可新车刚买没几个月，俩人在养育她第一段婚姻里孩子的问题上发生矛盾，直接导火索是周玲背着程兴给孩子买了一辆200元的儿童自行车。为了孩子，周玲选择了离婚。

这个版本是周玲的叙述。两年前，她的人生故事被获得过奥斯卡奖的导演拍成纪录片。

今年9月，她爽快地同意了我的采访邀约。通常情况下，她要开一整夜从浙江台州到福建泉州约700公里的高速路段，天亮后和搭档的师傅换班，她爬到车内的板铺上剪视频、直播、补觉。车轮每碾过一米，她给自己攒的嫁妆、给儿子攒的抚养费就厚实一点。她熬一个通宵，赚450元。

和周玲接触的两周多时间里，她称呼我"妞"，尽管我年长她5岁，比她高出一头半。她比我想象中还要热情、健谈。这通常是我们可遇而不可求的采访对象。我随她一起通宵出车，在午夜的高速公路上唱歌、吃辣条，她回忆那些她认为的"重要时刻和选择"。"生活就是父母生下来，自己活下去。"

黑夜里，她握着方向盘大声歌唱："低着头，期待白昼，接受所有嘲讽。向着风，拥抱彩虹，勇敢向前走……"那一刻，我觉得她本人比我在视频里见到的更动人。

周玲租住的房子在台州，除了台风天，她很少能在房子里睡一晚。我们在她的出租房一起做饭。公共厨房里放着6个煤气罐，她从铝盆里挖一大勺凝固的猪油放到热锅里，爆出葱姜蒜的混合香味。洗菜的水池堵了，她让我躲远，自己蹲在管道旁，徒手晃着拔下连接处的塑料管，污水涌过她的脚面，"通好啦。"她愉快地扭头通知我。

在弥漫着油烟味的公共厨房里，周玲同我聊关于女性经济独立、家庭与婚姻生活的话题。她不愿意我为这一刻拍照留念，因为"觉得环境太差了"。"等我买了房子请你再来做客。"

"她活得热烈，就像一个小太阳。"采访过她的同行和我交换对她的第一印象。她的故事很适合拍成视频。

她能敏锐地感觉到粉丝数量的变化，即便我们在吃饭时，她也实时人工监控关于自己的"网络舆情"。粉丝突然增加很多时，一定又是有自媒体转载关于她的视频，她要把对方的解说再听一遍，看到负面的留言她直接"开怼"。

"她浑不吝的外表下，有没有恐惧的东西？在男性为绝对主导的货运行业里，她坚持站在里面的动力是什么？她渴望的、追求的又是什么？"采访笔记本里记录着我第二次采访结束时的困惑，我决定去找她周围的人。

她几乎没有什么朋友，我尽可能找到她在采访中提到过的人——她的父亲、前夫、姐姐，以及采访过她的媒体人和被她"怼到哑口无言"的一家企业公关总监。

没想到，故事陷入一个又一个"罗生门"。

外部信息拼凑出另一个版本的故事。

周玲不是被家人"卖"掉的。她和村里其他早婚的姑娘一样，媒人上门说媒，她和第一任丈夫相处一个多月后便嫁了过去，后随丈夫一家到浙江打工。

她的父亲告诉我，自己从不知道她被家暴的往事。她的姐姐告诉我，自己也是在看了纪录片之后才知道"小妹曾被婆家打"。她的前夫程兴对我说，他们确实因为她第一段婚姻里孩子的事情争吵过，但离婚是因为女方犯了婚姻中原则性的错误。这段婚姻结束得并不平静，两人曾有意复合，也曾在短视频平台上发视频揭短。

程兴说，为了收取更多的粉丝打赏，他曾按周玲的要求配合她在网络上假装离婚——不进她的直播间，去掉昵称中"某某老公"，"别人问你什么，你都说她说的是真的"。

两个版本有重叠的地方，她来自很穷的云南大山深处，家里重男轻女，书只念到初一。她勤快，能吃苦，当过洗碗工、洗车工，在电子厂的流水线上组装过零件。后来，开大货车让她得到了关注和相对体面的收入。

外围采访在某个瞬间击垮了我与周玲间的信任。我一度怀疑要不要继续这个选题。出发前，我被她的"故事"吸引，但生活总是在故事之外。

我想起媒体人王开岭说的，有时候"做新闻，就是和这个时代的疾病打交道，我们都是时代的患者，采访在很大程度上是病友之间的相互探问"，"把一个人送回他的生活位置和肇事起点，才能了解和理解，只有不把这个人孤立和开除出去，才能看清这个事件对时代生活的意义"。

逃 离

周玲25岁，鹅蛋脸，大嗓门儿，笑声能穿透一节车厢。她个子矮，只能坐驾驶椅的前一半，一个枕头塞在她的腰与椅背间。她身体前倾踩下离合器，右手推动有着12个挡位的手动挡挡杆，给人感觉"她快站在离合器上了"，16.5米长的半挂货车在她的指挥下"跑"起来。

接近晚上12点，我背着双肩包爬上半挂车4.2米高的驾驶室。装着辣条、苹果、梨和柚子的食品兜,大红色的铁质手拎音响已经提前登车,为了方便我拍视频时能拍清楚些,她踩着车头前梁,拿着抹布在擦挡风玻璃时卖力"挥手",她踮起脚也只能擦到玻璃的三分之二处。也因为我的到来,她特地回出租屋画了淡妆,涂着口红,头发精心编着,发尾用蝴蝶结卡子夹住。

整座城市已经入睡,周玲和我,还有她的卡友们先后出发。这条路线她开了半年多,她能准确地记清每一个分叉路口,约700公里的道路根本不需要开导航,并能在道路的坑洼处提示我坐稳。

高速路上偶遇的物流车辆大都是周玲的"旧相识",她和这些卡友们偶尔在抖音下互动,内容无非是"今天在某某路段看见你了","晚上一起发车,某服务区见"。他们在超车时鸣笛打招呼,"海豚音"偶尔划破夜的静。

"女卡车司机"在这个行业里并不常见。2016年中国物流与采购联合会发布的《卡车司机从业状况调查报告》显示,中国女司机占比约为1%;2020年的"中国卡车司机调研课题组"根据问卷估计,女司机约占4.2%。

周玲调侃自己"一上高速就是飞行模式"。"速度"总关联着"胆量""技术"和"油耗"。速度快,载重量40吨的半挂卡车要"猛喝油",司机们最怕急刹车,有时刹住了车头,车身会靠惯性冲上来,"整个驾驶室就被'推'平了"。她不在意这些,"快"是她在卡友中的独特"标识"。

她讲自己和"黑夜"的相处。她说自己人生中最难的是被家暴的那段时间,"因为看不到希望"。最后一次受到家暴后,她去镇上买了火车票,钱是在工地做小工搬水泥时攒下的。她在一个夜里逃出来。两岁多的儿子已经睡熟,她把枕头和被子摞起来,挡在儿子身边。她走一个半小时夜路到镇上,第二天在镇上换上了新买的衣服和板鞋,然后坐大巴到隔壁县的火车站,踏上去杭州的火车。

故事里的每一个场景和细节,她都能讲得详细,感染力十足。采访过她的记者评价她"能聊","被她展现出来的生命力打动"。

她也擅用"意象"。她想买"解放"牌的货车,因为"解放"对她有特殊意义,"象征着自己重获自由"。行驶路上遇见湖中有座小岛,她说:"我就像那座小岛。"

我们的车被黑夜包裹着。讲到这些时已经是夜里两点多,路上的车变得少了,困意不可抑制地袭来,周玲脸上的妆也不再精致,她把音箱放开,跟着曲调放声歌唱。

"还记得离开家那天的日期吗?"我问。

"不记得了。"

"去驾校报名的日期都能记得,这场命运里非常重要的'逃离',为什么会记不清时间呢?大概几月呢?"我好奇。

"因为发生太多事了,一件接一件的。"她答。

后来,我看到她对"女孩别怕"公众号作者讲述的又一个版本:趁着丈夫和婆婆外出,她穿着身上一套衣服就溜去镇上,躲在一家小吃店做服务员,第一个月工资是600元。怕被找到,钱一到手,就马不停蹄地跑去了杭州。

唯一重叠的是她的目的地和结果,她逃离了大山里的婚姻。

安 全 感

遇见卡车司机程兴是在2018年,她给程兴的短视频账号发私信:"被他开大车的样子迷住了"。除了秀车技,程兴偶尔发几个自己"主演"的搞笑视频,"这行业除了螺母是母的,全是公的"。

后来,周玲不羞赧,朝镜头笑着说:"是我追的他。"

她那时在嘉兴打工,在一个生产浴霸的工厂组装零件。她飞去长沙见程兴,程兴不介意她的过去,这让她感到安全。她回嘉兴辞了工,退租了房子,卖掉能换钱的物件,成为程兴车上"穿高跟鞋的卡嫂"。

程兴出生在贵州遵义的农村,初中毕业出去闯荡。他脑子活。认识周玲的时候他已经在运输行业待了近10年。他发现,驾校学到的技术必须多"实战",这是"商机"。他注册了咨询服务公司,帮新手练车,收入是开车时的几倍。

周玲是第一个执着向他表白的姑娘。程兴第一次见到周玲,"第一感觉就是这姑娘好矮啊"。但他喜欢周玲外向、开朗的性格,这与他的性格恰好互补。

他教周玲开车。"哇,那时路过的人都说'那是个女司机'!"周玲从未体验过那种受关注的感觉。周玲不再满足过把瘾,她要持证驾驶。

这段故事后来又增加了一些戏剧化的情节。她不只对一家媒体讲,自己背着程兴去报名,考完科目一程兴才知道,程兴生气到几天没有理她。

后来程兴告诉我,是他带着周玲在贵州的驾校报了名,自己起初确实不同意,因为知道开车辛苦,他的肩周、腰椎都有劳损。但程兴也向往两人像其他卡车上的夫妻一样,带着锅碗瓢盆,把生活搬进同一辆车上,"她会开(车)的话,能偶尔搭把手就行"。

"我才不要在家给你带娃娃咧。"纪录片里,周玲提到自己对结婚后生活的计划。网友称赞她"不做家庭主妇,婚后仍要保持女性独立和社会的连接"。采访时,我从她口中得知本意,她的"不要在家"是为了时刻和丈夫在一起，守卫自己的婚姻。

周玲成了名副其实的副驾。河南到广西，重庆到上海，夫妻俩开着车碾过大半个中国。一起跑重庆到上海的路线时，他们没有租房，4天一来回，在高速服务区接水洗头发，吃住都在没有空调的车上。

后来，她开始独立驾驶一辆车，与丈夫跑不同的长途路线。她两天一个来回，程兴路途稍远，需要3天，夫妻俩一周只能见一次面，一起待6个小时。

我和几位关注周玲很久的卡友粉丝聊，他们说，周玲和程兴的故事一度在卡友圈传为佳话。他们印象深刻的是一家自媒体发布的视频：黑夜，两辆卡车打开车灯，车头相对而停，年轻的夫妻俩分别从车上下来，显得有些疲惫，程兴拍拍周玲的头，把她揽入怀中。

"能娶这样的媳妇一起跑车就完美了。"一名卡友在视频下留言。

开货车后，周玲在网络上发布自己开车的视频，与那些剃着寸头、皮肤黝黑的卡车司机不同，即便在车上，她的头发也要变着花样地编，穿短裙，戴蝴蝶结。她在车窗边缘贴上花朵的装饰，车内摆盆栽，一个黄色的皮卡丘玩偶系着安全带坐在副驾位上。她没看过皮卡丘"主演"的动画片《神奇宝贝》，但她喜欢它的造型。

周玲的粉丝量很快超过了程兴。她开直播，接受网友在直播间送出的礼物，礼物能兑换成现金，一场直播"多的话能赚五六百"。她在网上称自己单身，"因为这样有更多人刷礼物"。夫妻俩为此没少吵架。

"他说我都结婚了，还在说自己是单身，就是在骗人家钱。"周玲认为，"骗谈不上，刷礼物是人家心甘情愿的，又不是我拿着人家的手机来给我支付，而且他能不能讲点良心，这个钱也不是我一个人花了。"

程兴说，两个人的争吵通常以他的妥协结束。他结束"网络隐形人"的身份是在2019年底，周玲火了，程兴作为故事里的"元素"，出现在有关周玲的报道中。

走 红

2019年的"双11"，周玲在网络上走红。

一家电商公司做了传播策划，"六个维度记录下生动、感人、真实的'双11'故事"，周玲被选中代表"物流"这个维度。她那时为某快递公司的承运商开货车，偶尔在网络上发布自己开车的视频，有一两万的粉丝。

11月13日，关于周玲的微纪录片在微博上的播放量达到612万。随后，不少媒体也注意到这个"开大货车的小个子姑娘"，纷纷跟进采访。

周玲和快递公司公关部门的接触多了起来。她和我提到这家快递公司曾提出要签约包装她，她不愿意，因为"被签约就失去了自由"，她讲自己如何戳破公关负责人的谎言，并"刚烈地"拉黑了对方的联系方式。

我找到她提到的公关负责人林雪（化名），故事同样出现了不同的版本。

林雪回忆，周玲希望公司能签约她，每月支付一定的费用。"她就很想把自己变成网红，她试图在打造一个经过自己打拼成为女强人的人设，然后希望通过这样一个过程去变现。"林雪分析。"我们没有实力花很多钱去签约一个网红，但可以帮她找到这样的MCN（多频道网络）机构签约她。"

林雪向我提供了她们的部分沟通记录。周玲希望成为快递公司的正式员工。但公司是加盟制，司机来自承运商，公司没有签约任何一个快递车司机。

周玲拒绝了别的岗位。"我还是开车，因为人家看中的就是我这么小的个子开大车。要是我做其他的，人家也不感兴趣。""我要和你们签合同，条件我来定。想把广告打得更响，开车这方面得听我的。要是有的谈呢，就谈，没的谈我也不勉强哈。"

后来合作没有谈成，周玲拉黑了林雪，周玲解释："讨厌威胁和跟我玩套路的人。"

很多故事的细节呈现出"套娃"的样子。

联系上程兴后，我从程兴那里也得到了不一样版本的故事。周玲显得坦然，"离婚后能说对方什么好话？""让他拿出证据来。"转天，她的朋友圈屏蔽了我。

她表示不想解释关于程兴说的"谎话"，"我觉得没啥必要（回应）"。"重庆三十多度的温度，在车上睡觉，可想而知，我跟他在一起是吃了很多苦过来的。"

她试图和我和解。"我煮饭给你吃，并不是因为你是记者。可能是我没朋友，想多交几个朋友。你也知道，我天天在大车上，没几个女孩子愿意跟我玩。"

我虽然仍被她挡在朋友圈之外，却也被这段话打动。

原生家庭

当地几乎快忘记了这个人。

她的身份证和户口本上是另一个名字，那才是她本来的名字。

周玲出生在云南省昭通市彝良县山上的某自然村，她是家里的第五个孩子,她有1个哥哥和3个姐姐。

不仅整个村子四面环山,整个昭通市都在乌蒙山区,全市96.3%的地域是石漠化严重的山区。周玲的家在半山腰,学校在山的另一面的山脚下,她每天早晨上学4点半就要起床,走3个小时山路到学校。

她和村里的孩子一样,打小干农活,周玲左手上还留着割猪草时被划伤留下的疤。庄稼地里的事她熟悉:农历十月开始种土豆,过完春节土豆就发芽了,3月份,在土豆旁边的沟里种玉米,玉米长到半人高的时候就开始挖土豆,然后把红薯种进土豆腾出来的窝。

"像我们老家,多子女的家庭很多。父母为了自己的生活宽裕点,让十五六岁的女儿嫁人多的是,不只是我们家。"周玲的姐姐告诉我。

关于她的出嫁,周玲的父亲和周玲的讲述有着不同的版本。父亲对我说,镇上的一个会计上门做媒,给他和老伴各2000元。男方家在镇里的另一座山上,家庭条件好,儿子在矿上工作。在周玲的讲述中,自己是被父母卖去的,哥哥赌钱输了,讨债的人堵到家里来。过年猪不能卖,便给15岁的她说了门亲事,给了6000元彩礼钱。一名采访过她的记者告诉我,"(采访时)那个彩礼钱,她说了好几个不一样的数。"

对于这家人而言,2010年时的几千元是笔不小的财产。周玲说:"人家有洗衣机,有冰箱,算稀奇的,那时我们家里还都是手洗衣服。"脱贫攻坚全面胜利之前,昭通市全市11个县中有10个是国家级贫困县,其中深度贫困县7个。

在她的叙述里,在另一座山上,她做着和出嫁前一样的农活,镇上工地缺人手时,跟同村妇女坐着摩托车到工地干活。她做得最多的是往楼上搬水泥,一天赚30元。

我关注了一些当地妇女的短视频账号,她们和周玲年龄相仿。有的全家长年在外打工,也有像候鸟一样的,农闲时飞向浙江杭州、慈溪、嘉兴、湖州等地,农忙时赶回家,收土豆,栽海椒秧。

能拴住她们的是孩子。"要不是怀孕了,谁愿意天天待在家里,那种自己赚钱自己花的日子,不香吗?"即便"吃不起海底捞,没买过超过300元的衣服",外面的世界"还是安逸"。她们这样概括在家带娃的日子,早起赶天凉快的时候去干农活,回到家"左手抱着孩子,右手拿着价格不到1000元的手机,拍着永远上不了热门的视频"。

她们的视频下总有几条到几十条的回复。除了同为在外打工的异乡人,还有一些异性的调侃、表白和求交往。

周玲在2015年告别了这样的日子。新的环境里,她隐瞒着结过婚、生了孩子的经历。她给自己改了名字,后来网上的昵称又加上"开卡车的""大货车司机"等定语。她在2016年6月考取C1驾驶证。"因为有人给我介绍了对象,要买辆车。"那段感情最终没有结果。

她现在每月开车能赚1.3万元,对自己的收入有"完全支配权"。跟程兴离婚后,她分期付款买最新款的苹果手机,增驾A2驾照后,奖励自己一块9000多元的"浪琴"手表。今年的生日是在高速路上过的,右手腕的3连环金镯子是她送给自己的生日礼物。

从第一段婚姻出走后,周玲有3年没回家,也没和孩子联系过。2018年5月,她和程兴登记结婚。据她讲,她提前寄了一张银行卡给父亲,里面存了1万元。然后父亲才在镇上把户口本快递给她。

她和程兴的婚礼,10辆卡车作为婚车。女方没有来一位亲友,周玲的父母也没有到场。

我问周玲的姐姐:"如果你们不知道她被家暴,那收到她和程兴结婚邀请的时候就会奇怪吧,好好的怎么又结婚了呢?"

"我不是很清楚，不知从何说起。"对方回复，她和小妹的联系"今年多了一些"。

纪录片拍摄时，他们回到大山里。哥哥家的新房已经盖起来，父母跟哥哥一家生活。她在父母面前撒娇，带着他们到镇上买衣服，在镜头前大方地亲吻父亲。

摄制团队也去了她儿子就读的学校。课间时，她把孩子叫到教室门口，抱住孩子，"幺儿，我是妈，你不认得我了？"孩子显得漠然，没有眼泪流下来，她用手反复擦着孩子的眼角和脸蛋。

真 相

天渐渐亮了，我们的车行驶进城市。周玲打起精神，因为城市比高速路更"危险"——一不小心就会驶入禁行区，物流园路旁容易被车顶刮落电线，还有狭窄的掉头区。

"对你最重要的人是谁？"我们在午饭时闲聊。她面露难色，摇头说，没有。

纪录片播出后，她的粉丝又涨了一波。我采访她时，她已经有近24万粉丝。她接受了几家采访，有网友私信评论她"是抛弃孩子的母亲"。

"我说你哪只眼看到我抛弃孩子了，没有联系是因为没有联系方式，而且虽然我一直打工有赚钱，但也没有攒下钱，"她又补充道，"我怕被他们抓回去。"随后，她在个人资料栏里写下，"不再接受媒体采访"。

她告诉我"许多网红都是有团队的"，而她只有一个人，没有人可以商量。有卡友以过来人的语气嘱咐她："找几个经历过这些事的过来人坐下来好好研究一下以后的路怎么走，不敢再乱了。"

"人红是非多你懂吧。"她害怕网络暴力。她给我讲乔任梁父母的例子，讲曾在大火中失去家人的林生斌，"网友太能深挖了"。

第一次采访时，我们聊到媒体影响力，她直言："要是人民日报来采访我就好了。"

她问我有没有采访过一位95后志愿者，对方在去年疫情期间驰援武汉，后来得到表彰。那些荣誉和对方的200多万粉丝一样，令她羡慕。

她希望我能帮忙介绍一个当兵的年轻人，想嫁一个"兵哥哥"。"兵哥哥应该都很有素质，最好是暖男那种。但是我又怕人家看不上我。我先攒钱，房子买好了，他退役了我可以开车去接他。"

周玲在意网友的评价，"想让自己的名声好一点"。她关闭了直播打赏功能，也不和其他主播PK。她带货的一款眼镜销量不错，卖出去3000多副。我们的聊天里，"我粉丝"代替了"我朋友"，她拿到A2驾照后，最想"感谢13万粉丝家人们的支持"。

接受媒体采访或是直播，她也有意或无意地塑造着程兴的形象。她的叙述拼凑起程兴的形象：小气，舍不得几十块的水果钱；脾气大，生气之下把她扔在高速路上；他不够体贴，因为打麻将忘记接她，让她独自在医院做手术，自己倒尿袋。她称自己是程兴的"赚钱机器"。"我直播一两个小时，少则100元，多则1000元。"此前我们聊到她直播打赏的收入，"最多一小时赚600元，前后总共赚了两万元。"

去年，她向自己的粉丝宣布，自己2020年7月1日已经离婚，理由是"因为钱"。

而程兴给我看的离婚证显示，他们2021年2月离婚。今年6月，纪录片播出后，她改口"离婚是因为孩子"。临近片尾的镜头是他们吵架时说的话，气头上的程兴说了一句"那你去和你的孩子过吧"。"程兴不能接受她的孩子"成了观众解读他们婚姻结束的原因。

程兴说，自己至今没有看那部纪录片。熟悉夫妻俩的卡友们质问周玲，为什么要那样说老程，他以后要怎么生活？她一面向程兴解释，自己不知道纪录片片尾有那几句气话。一面继续对询问的粉丝称："纪录片里有我的离婚理由。"

她的视频里一再展示自己命运多舛。父亲是养父，自己"不是（父母）亲生的"。有网友评论："还要演到什么时候？""她的脸和她父亲、她姐姐简直是一个模子刻出来的。"

我找到他的父亲、表哥求证，他们否定了她的说法，"不知道她在搞什么"。

面对我的很多质疑，她没有做出回答。

最后一次采访，我尝试着放下那些"不同的声音"，再与她来一次交心的谈话。我笨拙地暗示，有些细节毫无编造的必要，真实生活本身就具有力量。

我指出一些事实出入和她接受采访时前后内容的矛盾。"家暴的起因？地点？还有既然家暴都发生在浙江嘉兴，何来在云南镇上照相馆拍的伤痕照呢？"我问。在我对她的第一次采访中，她曾提到最后一次家暴后，她在镇上拍照留下家暴证据，然后逃离云南老家。

"在嘉兴是第一次，回老家是第二次，这有什么出入吗？"她显得理直气壮。

"你昨天说3次家暴全是（发生）在嘉兴。"我追问不放。

"既然不相信，我没有跟你继续聊下去的必要，谢谢。"她说。

9月24日，她宣布"退网"，她在那份"退网说明"里表示，在网上分享自己的故事，是为了"传播正能量"——"想要的东西得靠自己的双手创造，包括女性朋友面对家暴，要勇敢的（地）零容忍，拒绝家暴。"但因为意识到"自己的力量太小了"，所以"网络这浑水，就不掺合了"。

而我觉得"真实"最有力量。我对她的感情也从初见时的"特别喜欢"变得复杂而难表达。交稿前，我把文中她的真名改成了化名，希望不要伤害到她。因为这不只是一个女孩的故事，我们每个人可能都从故事里看到自己的弱点。

她的朋友圈默默恢复向我可见，又再次关闭。我没有再联系她，短暂的朋友圈"窗口期"，只见到她在半截塑料瓶里种的几头大蒜，努力地生长。

（原载《中国青年报》2021年10月20日第5版）